ullstein

Das Buch

Nadja Kleman ist glücklich: Sie hat einen fürsorglichen Mann und eine erwachsene Tochter. Nie hat es ihr an etwas gemangelt, schon gar nicht an Liebe. Und doch ist da diese Lücke in ihrem Leben, die sich so schwer beschreiben oder gar begreifen lässt.
Es ist eine Stimme im Radio, die Nadjas überschaubares Leben von heute auf morgen durcheinanderbringt. Eine Stimme, die klingt wie ihre eigene. Und wie die ihrer Tochter Lena. Nadja recherchiert: Die Frau aus dem Radio heißt Pia Albrecht. Wie sich bald herausstellt, redet sie nicht nur mit gleicher Stimme, sondern sieht Nadja auch noch zum Verwechseln ähnlich. Pia ist Nadjas Zwilling.
Nach der ersten überwältigenden Freude ergeben sich für die beiden Schwestern viele neue, teils drängende Fragen. Gemeinsam machen sie sich auf die Reise in die Vergangenheit, nach der nichts mehr so sein wird, wie es einmal war …

Die Autorin

Barbara Kunrath wurde 1960 geboren. Sie arbeitet als Geschäftsassistentin für einen Weinjournalisten. Sie hat zwei erwachsene Töchter und lebt mit ihrem Mann in der Nähe von Frankfurt.

Von Barbara Kunrath sind in unserem Hause bereits erschienen:
Schwestern bleiben wir immer · Töchter wie wir

Barbara Kunrath

Geteilt durch zwei

Roman

Ullstein

Besuchen Sie uns im Internet:
www.ullstein-buchverlage.de

MIX
Papier
FSC FSC® C083411

Originalausgabe im Ullstein Taschenbuch
1. Auflage Januar 2020

Umschlaggestaltung: bürosüd° GmbH, München
Titelabbildung: © Miquel Sobreira / Arcangel Images
Gesetzt aus der Quadraat Pro powered by pepyrus.com
Druck und Bindearbeiten: CPI books GmbH, Leck
ISBN 978-3-548-06049-1

Die Zeit mag Wunden heilen,
aber sie ist eine miserable Kosmetikerin.

Mark Twain

Prolog

Das Land ist zweigeteilt. Auf der einen Seite türmen sich hohe dunkelgraue Wolkenberge, auf der anderen stehlen sich Sonnenstrahlen durch Wolkenlücken und tauchen die Landschaft in ein goldenes Licht. Auf der einen Seite rüttelt der Wind an den Ästen der Bäume und peitscht Regen in böigen Abständen über das Land, auf der anderen rotieren die Blätter der Windräder in unbeeindruckter Gleichmäßigkeit.

Die Windräder, es sind zwölf, stehen ganz oben auf dem Kamm des bewaldeten Hangs, der hinter unserem Dorf ansteigt. Sie haben vor einigen Jahren für viel Unruhe gesorgt und nicht nur die Landschaft, sondern beinah auch unser Dorf zweigeteilt.

Ronny und ich gehen in Richtung Wald. Der Abstand zwischen uns wird schnell größer. Wenn ich ihn rufe, kommt er zu mir, dann streiche ich über sein schwarzbraunes glänzendes Fell, und er rennt wieder los. Ich sehe ihm nach und atme tief. Jeder Schritt ist Anstrengung, jede noch so kleine Steigung ein Berg. Aber ich nehme es gelassen. Es sind nur noch ein paar Wochen.

Über dem Hügel rechts vom Wald, der Seite mit den Sonnenstrahlen, leuchtet ein wunderschöner Regenbogen. Als ich noch ein Kind war, hat meine Mutter mir immer dieses Märchen erzählt, das von dem Schatz, den man an seinem Ende findet. Ich habe nie danach gesucht, weil ich nicht wusste, wo das Ende ist. Und wo der Anfang.

Auch bei meiner Geschichte weiß ich das nicht. Vielleicht fing sie in dem Moment an, in dem meine richtigen Eltern sich das erste Mal begegneten. Oder bei meiner Geburt. Oder an dem Tag, an dem meine anderen Eltern sich entschlossen hatten, mich zu adoptieren. Vielleicht beginnt meine Geschichte aber auch erst viel später. Mit einem Tag vor etwa einem Jahr.

1. Kapitel

Nadja

März 2017

Ich wachte auf. Einfach so. Kein Wecker hatte geklingelt, kein Schnarchen mich gestört, kein Lichtstrahl mich gekitzelt, und doch hatte mich etwas wach werden lassen. Dabei wollte ich gar nicht wach sein. Ich wollte in meiner Traumlandschaft bleiben. Weiter schwerelos sein. Und etwas finden. Es war wichtig, es war etwas, das ich schon lange suchte. Und ich war ganz kurz davor gewesen.

Ich hielt die Augen geschlossen, atmete ganz flach und versuchte, wieder zurückzugleiten, aber je flacher ich atmete und je mehr ich mich bemühte, desto wacher wurde ich. Und je wacher ich wurde, desto weiter entfernte ich mich von meinem Traum. Und je weiter ich mich entfernte, desto schwerer wurde ich. Alles an mir wurde schwer, meine Hände, meine Arme, mein Kopf. Selbst die Decke, die auf mir lag. Die vielen Gewichte drückten mich in die Matratze.

Vorsichtig drehte ich mich auf die Seite und tastete mit blinden Fingern über das wellige Kissen. Es fühlte sich warm an und seidig. Mein Arm tastete weiter zur anderen Bettseite. Sie war unberührt.

Erschrocken öffnete ich die Augen und setzte mich auf. Dann fiel es mir wieder ein. Ralph war nicht da. Er war übers Wochenende mit Jochen unterwegs, eine Fahrradtour unter Freunden.

Ich ließ mich wieder ins Kissen sinken und blinzelte müde ins Halbdunkel. Durch kleine Ritzen im Rollladen schimmerte das frühe Morgenlicht, aber es war noch zu dämmrig, um etwas zu erkennen. Ich kannte den Raum ohnehin, auch im Schlaf. Die weiß gerahmten Bilder, die weiße Lampe, die weißen Möbel. All diese Dinge, die ich irgendwann ausgesucht, und all die Plätze, die ich dafür bestimmt hatte. Nur der Fußboden, der war nicht weiß. Er war aus Holz. Fichte, glaube ich.

Mein Blick wanderte zum Wecker, es war erst 6.39 Uhr. Ich schaltete das Radio an. Die Prinzen sangen *Ich wär so gerne Millionär, dann wär mein Konto niemals leer.* Augenblicklich fühlte ich mich getröstet. Es war nicht der Text, der mich tröstete, sondern die Stimmen. Ich brauchte Geräusche, egal, welche. Stille war mir verhasst. Besonders die Stille ganz früh am Morgen oder am späten Abend. Sie war anders als die Stille am Tag. Viel stiller eben.

Ich nahm das Kissen von Ralph, hielt es vor mein Gesicht und roch daran. Es roch nach Waschmittel, aber nicht nach ihm. Ich vermisste ihn. Vielleicht war es auch nur das Gefühl der Nähe, das ich vermisste, ich war mir nicht sicher. Ich konnte stundenlang neben ihm liegen, ohne dass wir ein

Wort wechselten, und ich fühlte mich trotzdem gut, nur weil er neben mir lag und atmete.

Solange ich denken konnte, war das schon so. Auch lange vor Ralph. Ich konnte noch nie gut allein sein. Bis ich acht war, schlief ich im Zimmer meiner Eltern. Bis zur Pubertät wünschte ich mir nichts mehr als eine Schwester. *Schwester*, das stand dann auch auf jedem Wunschzettel für besondere Anlässe. Ich hätte gern mein Zimmer mit ihr geteilt. Ich hätte alles mit ihr geteilt, und so mussten meine Eltern alles mit mir teilen. Ihre Zeit, ihre Aufmerksamkeit, ihr Zimmer. Erst als ich alt genug war, um mich für Jungs zu interessieren, entspannte sich diese Situation wieder. Mit vierzehn hatte ich meinen ersten Freund. Ich war immer noch vierzehn, als der zweite folgte. An meinem fünfzehnten Geburtstag machte ich Schluss mit Nummer zwei wegen Nummer drei. Meine Haut lechzte nach Berührung. Meine Mutter reagierte entsetzt, mein Stiefvater mit Verständnis.

Dieses Muster behielten wir bei, bis ich knapp zwanzig war. An jungen Männern gab es keinen Mangel. Ich war schnell zu begeistern, und ich begeisterte schnell. Ich zickte nicht, ich war immer gut drauf, auch dann, wenn ich es nicht war. Ich war süchtig nach Anerkennung. Wurde ich gelobt, ging es mir gut. Wurde ich umschwärmt, dann fühlte ich mich geliebt. Zeigte man mir aber auch nur einen Hauch an Ablehnung, dann stellte ich mein ganzes Leben infrage.

Dass meine Freundschaften trotzdem nie lange hielten, lag an mir. Wann immer ich einen Mann in mein Leben gelassen hatte, hatte sich die Anzahl meiner Neurosen damit verdoppelt. Dazu kam, dass keiner auf Dauer meine Erwartungen erfüllte. Irgendwann war es dann nicht mehr lustig, für keinen von uns. Auch Ralph war da keine Ausnahme. Aber das steht auf einem anderen Blatt.

Die Prinzen waren am Ende, die Moderatorin meldete sich zu Wort. »In unserer heutigen Sendung reden wir über Steuern.« Trotz des trockenen Themas klang sie recht heiter. »Speziell über die Einkommensteuererklärung, die für viele von uns ja ein sehr rotes Tuch ist. Wir haben Gäste eingeladen, die hoffentlich ein bisschen Licht ins Dunkel bringen.« Sie nannte zwei Namen, die ich nicht verstand. Ich verstand nur, dass es sich um ein Ehepaar handelte, das gerade ein Buch geschrieben hatte. Für Leute, die ihre Steuererklärungen selber machen wollten, aber nicht so recht wussten, wie.

Obwohl ich Geld nicht besonders wichtig fand, war ich die Steuerexpertin in unserer Familie. Anfangs hatte Ralph sich darum gekümmert, aber Herbert, mein Stiefvater, hatte immer wieder Fehler gefunden und Ralph immer mehr die Lust daran verloren. Irgendwann hatte ich begonnen, mich damit auseinanderzusetzen, und zusammen mit Herbert Listen von Ralphs Fehlern und Versäumnissen gemacht. Bis Ralph sich endgültig verweigerte. Also übernahm ich die Aufgabe. Es machte mir sogar Spaß, auch wenn mich am Anfang Ralphs diesbezügliche Unfähigkeit ziemlich irritiert hatte. Es war nämlich so: Als ich noch ein Kind war und auch noch als sehr junge Frau, hatte ich so eine Art Urvertrauen in die Menschen, die ich wichtig fand. Ärzte, Lehrer, Politiker. Sie alle wussten, was sie taten, und würden das in meinem Sinne Richtige tun, davon war ich überzeugt. Vielleicht lag es an meinem Stiefvater, der dieser Überrolle schon ziemlich nahekam. Dieses Urvertrauen hatte ich jedenfalls später jedes Mal auf meine jeweiligen Partner übertragen. Ein Mann musste für mich immer alles zusammen sein: Partner, Lehrer, Bestimmer, Erzieher, Ratgeber. Und eben auch Steuerexperte. Eine Art Gott, der nur für mich da war und mir dabei half, mich im Leben zurechtzufinden. Und mich gleichzeitig bewunderte. Es dauerte eine Zeit, bis ich begriff, dass Männer auch nur Menschen waren und dass kein Mensch auf dieser Welt die Rolle eines Allwissenden ausfüllen konnte.

Ralph war so wenig perfekt wie seine Vorgänger, nicht nur wegen der Steuererklärung, und wahrscheinlich wäre die Sache mit uns genauso schiefgegangen wie bei all den anderen. Aber dann wurde ich schwanger. Das ist kein Vorwurf. Im Gegenteil. So bekam ich Lena.

Ralph stand für mich, wenn man von einer Skala von eins bis zehn ausgeht, auf einer guten Sieben. Tendenz Acht. Es gibt keine Beziehung ohne Kompromisse, nicht mit dem Partner, nicht mit Freunden, nicht mit den Eltern, nicht einmal mit den eigenen Kindern.

»Bei Selbstständigen zum Beispiel gibt es ein Wahlrecht für die Abschreibung geringfügiger Wirtschaftsgüter«, hörte ich den Experten sagen.

Seit einigen Jahren kümmerte ich mich auch noch um die Steuererklärung meiner Eltern. Herbert war nicht mehr so recht auf dem Damm, und mir machte es nichts aus. Ich war sogar stolz darauf, dass er mir vertraute.

»Was genau ist denn ein geringfügiges Wirtschaftsgut?«, schaltete sich die Moderatorin wieder ein.

»Darunter versteht man ein bewegliches, abnutzbares Gebrauchsgut, das selbstständig nutzbar ist«, hörte ich den weiblichen Gast sagen. Mit einer Stimme, die mir seltsam vertraut erschien.

»Weitere Details besprechen wir in wenigen Minuten. Bleiben Sie dran!«

Ich schlug die Bettdecke zurück, setzte mich auf den Bettrand und tastete im Halbdunkel mit meinen Füßen über den kalten Boden. Meine Pantoffeln waren nicht an ihrem Platz. Ich machte Licht. Sie standen etwa einen halben Meter zu weit links und damit außerhalb meiner Reichweite. Und es gab niemanden, den ich dafür kritisieren konnte. Außer mich selbst.

Vor dem großen Spiegel neben der Treppe blieb ich stehen. Wie an jedem Morgen. Als müsste ich mich vergewissern, dass ich noch da war. Oder schauen, ob sich seit gestern etwas verändert hatte. Mit einundvierzig ist man nicht mehr jung, aber auch noch nicht alt. Man ist irgendetwas dazwischen. Es gab immer noch Männer, die sich für mich interessierten. Das erkannte ich an den Blicken, die man mir zuwarf, an der gewissen Art zu lächeln oder an Berührungen, die zufällig schienen, obwohl sie es nicht waren. Ich kannte sie alle: die Blicke, die Berührungen, die Männer. Es waren immer die gleichen. Auf den immer gleichen Veranstaltungen. Kirmes, Lumpenball oder Sportfest. Kai, Peter, Wolfgang oder Manfred.

Ich trat einen Schritt zurück und versuchte, mich mit den Augen dieser Männer zu sehen: eine mittelgroße Frau, eher blond als braun, mit halblangen Haaren und Stufenschnitt, einem schmalen Gesicht, einer sehr geraden Nase und großen hellbraunen Augen. Bambi-Augen, hatte Ralph einmal gesagt. Vielleicht war ich in meinem vorigen Leben ein Reh. Über den Hüften hatte ich kleine Speckrollen, die das weite Shirt jetzt verdeckte und die mich schon seit Jahren störten. Nahm ich ab, wurde mein Gesicht ganz schmal, und die Haut zwischen Schultern und Schlüsselbein wölbte sich bedenklich nach innen, was mir ein beinah verhungertes Aussehen gab, aber der Hüftspeck blieb. Nahm ich zu, dann zuerst an den Rollen.

Als ich fünfzehn war, hatte ich einmal versucht, mich umzubringen. Ich hatte meinen derzeitigen Freund gerade zum Teufel geschickt, ein neuer war noch nicht in Sicht, und ich war allein zu Hause. Ich schluckte alle möglichen Tabletten, die die Hausapotheke zu bieten hatte, und legte anschließend mich und die leeren Verpackungen gut sichtbar auf die Couch. Als meine Eltern wenig später nach Hause kamen, sie waren bei Freunden, brach meine Mutter zusammen, und mein Vater rief den Notarzt. Es war am Ende nicht sehr dramatisch, die meisten der Tabletten waren Vitaminpräparate, dazu ein paar Grippemittel und Schlaftabletten, aber meine Mutter war natürlich trotzdem völlig außer sich und gab Herbert die Schuld. Es waren *seine* Freunde, die sie besucht hatten. Sie ist bis heute nicht darüber hinweg.

In der Küche folgte ich meiner alltäglichen Routine. Ich füllte zuerst den Wasserkocher, nahm dann eine Tasse aus dem Schrank und setzte den Filter auf. In dieser Reihenfolge, da war ich eigen. Viele Alltäglichkeiten hatten bei mir einen festen und sehr geregelten Ablauf. Mein Mann und meine Tochter machten sich manchmal lustig darüber, aber das war mir egal. Ich fand, dass man viel Zeit auf diese Weise sparte.

Während ich darauf wartete, dass das Wasser zu kochen begann, machte ich absichtlich Lärm. Ich stellte die Kaffeedose scheppernd zurück ins Regal, schlurfte über den Boden, öffnete das Fenster und schnalzte sogar mit der Zunge. Als alles nichts half, schaltete ich auch hier das Radio ein. Dieselbe Moderatorin, dieselben Gäste, dasselbe Thema. Es ging immer noch um Steuern.

»Hauptsächlich arbeite ich als Steuerberaterin. Nebenher doziere ich noch an der Steuerakademie in Frankfurt«, hörte ich den weiblichen Gast sagen. Wieder schien mir der Klang ihrer Stimme eigenartig vertraut. Er erinnerte mich an jemanden. Aber an wen? Ich ging zum Radio, um es lauter zu stellen, aber genau in diesem Moment wurde wieder Musik eingespielt, und außerdem kochte das Wasser. Ich vergaß die Stimme wieder und zählte bis fünfzehn. Man soll mit dem Aufbrühen immer fünfzehn Sekunden warten, damit sich das Aroma optimal entfalten kann, das war ein alter Hausfrauentrick von meiner Mutter, einer der wenigen, die ich mir gemerkt hatte. Während das Wasser durch den Filter tröpfelte, ließ ich meinen Blick schweifen. Er blieb an einem Bild von Ralph und Lena hängen, ein Foto aus ihrer Kinderzeit, sie war vielleicht acht oder neun Jahre alt.

Lena und ich, wir waren so etwas wie eine symbiotische Einheit und uns sehr ähnlich. Wir fühlten und dachten oft gleich, lachten über dieselben Dinge und verstanden uns wortlos. Jedenfalls meistens. Sie hatte die gleichen großen Rehaugen wie ich und auch die gleiche gerade Nase und die gleiche dunkle, etwas raue Stimme. Nur die hohe Stirn, die vollen Lippen und ihre sehr pragmatischen Fähigkeiten, die hatte sie von ihrem Vater.

Wie immer, wenn ich die beiden nicht in meiner Nähe hatte, machte ich mir Sorgen und befürchtete alles Mögliche. Dass ihnen etwas zustoßen könnte zum Beispiel. Oder dass sie aus anderen Gründen nicht zu mir zurückkommen würden. Es gab keinen rationalen Grund für meine Befürchtungen, sie hatten sich auch noch nie bewahrheitet, aber ich konnte sie nicht abstellen. So war es eben.

Der Toast sprang aus dem Toaster. Ich griff danach, warf ihn schnell auf den Teller und pustete auf meine Fingerspitzen. Im Radio wurde jetzt wieder gesprochen. Mit halbem Ohr hörte ich, wie der männliche Gastredner weitschweifig erklärte, welche Änderungen sich im neuen Jahr im Steuerdschungel im Allgemeinen ergeben hatten und auf was man im Besonderen achten sollte. Erst als seine Frau wieder zu reden begann, hielt ich in meiner Bewegung inne und lauschte angestrengt.

»Mit einem guten Programm ist so eine Steuererklärung keine Zauberei. Und mit ein paar einfachen Kniffen kann man auf legale Weise sehr viel Geld sparen«, sagte sie.

Es war dieser auffallend dunkle und kehlig-raue Klang, der mich irritierte. Jetzt hörte ich ihn ganz genau. Und endlich begriff ich auch, warum: Es war Lenas Stimme, mit der sie sprach. Und damit auch meine.

»Nadja? Nadja, bist du da?«

»Ja. Oben, im Bad.«

Ralph polterte die Treppe hoch. Er betrat keine Räume, er stürmte sie. Immer und in allem eine Spur zu laut, zu groß, zu heftig. Ein Zweimetermann mit hoher Stirn, haariger Brust und leicht schwammiger Taille. Nicht, dass mich das störte, es war nicht wichtig. Am Ende konnte man an allem und jedem etwas auszusetzen haben, wenn man nur lange genug danach suchte.

Er warf seine Tasche in die Ecke und drückte mir einen verschwitzten Kuss auf die Wange. Ich unterdrückte den Impuls, die feuchte Stelle abzuwischen, schnappte nach Luft und lächelte schwach.

»Puh, geschafft«, sagte er.

»Meinst du die Fahrt? Oder dich?«

»Beides.«

»War's denn schön?« Ich atmete vorsichtig durch den Mund, bemüht, ihn nicht einzuatmen.

Er zog sich das Shirt über den Kopf. Seine kurzen Haare, mittlerweile mehr grau als braun, standen in alle Richtungen, sein Gesicht glühte. »Ja. Aber auch ziemlich anstrengend.« Er setzte sich auf den Wannenrand und zog die ehemals weißen Socken aus. Der Geruch von Schweiß traf jetzt doch auf meine empfindliche Nase. Mit spitzen Fingern klaubte ich seine schmutzige Wäsche zusammen.

Er stand auf und betrachtete sich im Spiegel. »Hast du schon gegessen?«, fragte er.

Ich nickte. »Ja. Tut mir leid. Ich wusste ja nicht, wann du

kommst. Es ist aber noch was von der Gemüsepfanne von gestern übrig, oder …«

»Ach, lass mal. Bestellst du mir eine Pizza?«

Ich nickte wieder und wollte gehen. Da fiel mir noch etwas ein.

»Du, Ralph?«

»Hm?«

»Glaubst du, dass Menschen, die nicht miteinander verwandt sind und sich nicht kennen, genau die gleiche Stimme haben können?«

Er hob überrascht den Kopf. »Wie kommst du denn da jetzt drauf?«

»Ach. Nur so. Ich hab im Radio so eine …«

»Na ja, bei einer Weltbevölkerung von knapp acht Milliarden ist das vielleicht nicht auszuschließen. Aber ich denke, es ist trotzdem unwahrscheinlich, dass man genau auf den Menschen dann auch trifft. Außerdem: Viele Stimmen klingen wahrscheinlich einfach ähnlich, vor allem, wenn man sie im Radio hört. Das verfälscht.« Er stellte sich auf die Waage und gab einen zufriedenen Laut von sich. »Rufst du den Pizzaservice an? Pizza mit Pilzen, Schinken und Zwiebeln, du weißt schon.«

Ich nickte und schloss die Tür hinter mir. »Und einen gemischten Salat«, flüsterte ich.

»Und einen gemischten Salat«, rief er mir hinterher.

Ein paar Tage später saß ich auf meinem Lieblingsplatz am Küchentisch und sortierte die Barbelege vom letzten Jahr. Monat für Monat, ordentlich und chronologisch. Zum dritten Mal tippte ich die Rechnungsbeträge für den Monat November in den Taschenrechner und verglich die Zahlen. Zum dritten Mal bekam ich ein anderes Ergebnis. Ich seufzte und schaute aus dem Fenster. Viel zu sehen gab es nicht. Dichter Nebel verhüllte Häuser und Landschaft. Sogar die Windräder waren unsichtbar.

Ich schob die Unterlagen zusammen und streckte mich. Gestern hatte ich im Sender angerufen und mich nach dieser Steuerexpertin erkundigt. Die Mitarbeiterin wusste leider nichts darüber, aber sie hatte versprochen, das Anliegen weiterzugeben, und sich meine Telefonnummer notiert.

Dieser Anruf war eine sehr spontane Aktion und damit typisch für mich. Spontaneität war mein Metier. Ralph war eher der bedächtige Typ. Er wog alles zehnmal ab, bevor er eine Entscheidung traf. Darin war Lena ihm ähnlich. Von mir hatte sie dafür den vielleicht etwas übertriebenen Hang zur Ordnung.

Ralph und ich erkannten uns in unserer Tochter in vielem wieder. Es gab allerdings auch ein paar Eigenschaften, die uns vor Rätsel stellten. Ihre Sammelleidenschaft zum Beispiel, dazu neigten wir beide nicht. Als Kind hat Lena Steine gesammelt, bis ihre Regale unter der Last beinah zusammenbrachen. Es gab keinen Spaziergang, keinen Ausflug ohne Trophäe. *Von wem hat sie das bloß?*, haben wir uns früher oft gefragt und darüber gelacht.

Als ich in die Pubertät kam, hatte ich mir diese Frage auch gestellt. Es war die Zeit, in der ich das Ausmaß meiner Herkunft zu begreifen begann. Was hatte ich von wem und wie viel davon? Sah ich aus wie meine leibliche Mutter, war ich im Wesen wie mein Vater? Wer hatte mir meine Affinität für Zahlen und wer meine Abneigung gegen das Kochen vererbt?

Über meine leiblichen Eltern und die Umstände der Adoption wusste ich nur wenig. Irgendwann hatte man mir erzählt, meine Eltern seien noch sehr jung gewesen und kurz nach meiner Geburt bei einem Unfall ums Leben gekommen. Ich konnte mich an keine Zeit mehr erinnern, in der ich das nicht wusste, und auch nicht daran, wie oder wann man es mir gesagt hatte.

Bis heute war dieses Thema ein rotes Tuch für meine Mutter. Sie bekam schlechte Laune, wenn es sein musste auch einen Migräneanfall, sobald ich sie darauf ansprach. Trotzdem beschäftigte es mich natürlich. Als kleines Kind hatte ich mir diese unbekannten Eltern als eine Art himmlische Wesen vorgestellt, mit ziemlich außergewöhnlichen Fähigkeiten. Sie sahen wunderschön aus und lebten in einem schlossähnlichen Haus mit vielen Tieren.

Als ich etwas älter wurde, begann ich, die Dinge zu reflektieren und differenzierter zu betrachten. Meine Kindheit war glücklich, es gab keinen Mangel an was auch immer, ich wurde geliebt, und ich liebte. Ich dachte mir immer noch Geschichten mit diesen imaginären Eltern aus, aber ich vermisste sie nicht mehr. Meine Adoptiveltern waren für mich meine Eltern und sonst niemand. Mit guten und mit schlechten Eigenschaften. So wie sie andere Eltern auch hatten. Trotzdem war das Bedürfnis, mehr über meine wahre Herkunft zu erfahren, immer noch da.

Einmal, ich war etwa zwölf, fasste ich mir ein Herz und

wagte einen neuen Versuch. Das Ergebnis waren jede Menge Tränen und eine dreitägige Migräneattacke bei meiner Mutter und viel schlechtes Gewissen bei mir. Danach gab ich Ruhe und fragte sie nicht mehr.

Mein Adoptivvater lebte damals längst schon ein anderes Leben mit anderen Kindern, es wäre mir nicht in den Sinn gekommen, ihn zu fragen. Blieb nur mein Stiefvater.

Herbert ließ sich viel Zeit und antwortete mir geduldig. Es waren die Antworten eines Politikers. Viele Worte, wenig Inhalt. Am Ende ließen sich seine langatmigen Ausführungen etwa so zusammenfassen: Meine Eltern waren selbst Waisen gewesen und in Heimen aufgewachsen. Als sie mich bekamen, waren sie noch sehr jung und unerfahren. Sie hatten keine Ausbildung und kein Geld, deshalb mussten sie mich in einem Kinderheim unterbringen. Sicher hätten sie mich zu einem späteren Zeitpunkt wieder zu sich genommen, aber bevor es dazu kam, sind sie leider verunglückt. Ich fragte ihn, ob sie mich geliebt hätten, und er sagte: *Bestimmt. Es liegt doch in der Natur der Sache, dass Eltern ihre Kinder lieben.* Ich fragte, wie sie aussahen, und er sagte: *Wahrscheinlich sahen sie dir ähnlich.* Ich wollte wissen, ob sie sich aus dem Heim kannten, ob sie bereits als Kinder befreundet waren und wie ihre Kindheit dort überhaupt war. Dieser Teil des Dialogs war ungefähr so:

Ja, soviel ich weiß, sind sie im selben Heim aufgewachsen.

Dann waren sie doch bestimmt schon als Kinder miteinander befreundet?

Ich denke schon.

Und als sie dann erwachsen wurden, haben sie sich verliebt.

So wird es wohl gewesen sein.

Ich war trotzdem dankbar, nahm alles ungefiltert auf und bastelte mir daraus meine eigene Geschichte. Die Geschichte eines Königspaares, das sich verzweifelt liebte, jedoch von bösen Mächten beherrscht und daran gehindert wurde, sich zu finden.

Nachdem ich mit ungefähr dreizehn Jahren dann im Fernsehen einen Film über die APO-Bewegung in Berlin gesehen hatte, veränderte sich mein Bild wieder. Es war jetzt folgendes: Meine Eltern waren jung, schön und politisch unglaublich ambitioniert. Sie führten wichtige Diskussionen, saßen stundenlang rauchend zusammen und waren damit beschäftigt, die Welt zu verbessern. Die Sache mit dem Heim sparte ich in meiner Version aus, aber irgendwann kam ich immer an den Punkt, an dem sie verunglückten, und dann musste ich weinen.

Dich hat uns der liebe Gott geschenkt, sagte meine Mutter, wenn sie mich tränenüberströmt in meinem Zimmer fand, und weinte mit mir. Dabei weinte ich gar nicht so sehr um diese Eltern, die ich ja nie kennengelernt hatte. Ich weinte, weil ich die Geschichte als solche so traurig fand. Ohnehin weinte ich oft und gern. Ich weinte, wenn man mir Märchen vorlas, und ich weinte, wenn ich aus Versehen auf eine Schnecke trat. Aber bei allen Fragen, Vergleichen und Vorstellungen, auch bei allen Tränen empfand ich es nie als Makel, adoptiert worden zu sein. Im Gegenteil. Ich war *besonders*. Ich war ausgesucht. Und ich liebte die Eltern, die ich hatte, von Herzen. Mir fehlte nichts. Jedenfalls nichts, was ich hätte erklären können.

Mit Beginn der Volljährigkeit rückte das Thema dann wieder in meinen Fokus. Ich kannte meine Rechte. Aber ich kannte auch Marlies. Selbst vorsichtigste Fragen lösten noch immer Wein- und Migräneattacken aus. Erst Ralph und meine Schwangerschaft lieferten mir dann den einen, wirklich relevanten Grund, sie auf meine Abstammungsurkunde anzusprechen. Ich brauchte sie zum Heiraten. Meine Mutter überließ es Herbert, sich darum zu kümmern, und zog sich mit Migräne zurück.

So erfuhr ich also mit knapp einundzwanzig Jahren, dass der Name meiner biologischen Mutter *Corinna Räbiger* und Münster in Westfalen meine Geburtsstadt war. Ich weiß noch, wie seltsam mich das damals berührt hatte. Nicht der Name, aber die Sache mit Münster. Ich hatte mir viele Gedanken über meine leiblichen Eltern gemacht, aber nie darüber, wo ich geboren war. Irgendwie gehörte ich für mein Gefühl so ganz und gar in den Taunus.

Wer mein Erzeuger war, stand übrigens nicht in der Urkunde. Es sei denn, sein Vorname war *Vater* und sein Nachname *unbekannt*. Noch so ein überflüssiges Rätsel. Die beiden waren zusammen gewesen, sogar im Tod, warum also stand sein richtiger Name nicht dort, wo er hingehörte?

Der Nebel draußen begann sich allmählich zu lichten, die Umrisse der Windräder wurden wieder sichtbar. Ich folgte dem gleichmäßigen Rotieren ihrer Flügel.

Das Haus, in dem wir wohnten, befand sich am Dorfrand, in einem der beiden Neubaugebiete. Wir hatten es selbst gebaut, nachdem Herbert uns das Grundstück zur Hochzeit geschenkt hatte. Es war ziemlich ruhig hier.

Niersbach war ein Dorf, eins wie viele andere auch. Es gab eine Dorfkirche, eine Hauptstraße, einen kleinen Einkaufsladen, eine Tankstelle, zwei Neubaugebiete und siebenhundertdreiundzwanzig Einwohner. Die Lage war traumhaft, das Dorf, ein Luftkurort, lag mitten im Taunus auf knapp vierhundert Metern Höhe, umgeben von sanften Hügeln, saftigen Wiesen und dunklen Wäldern. Die Region war schon lange ein Geheimtipp für Leute aus der Stadt. Daran hatten auch die Windräder nichts geändert.

Ich liebte das dörfliche Leben bei uns. Und ich liebte die Menschen, die hier wohnten. Beinah jeden kannte ich persönlich, und wen ich nicht persönlich kannte, den kannte ich zumindest irgendwie vom Sehen. Man traf sich an der Tankstelle oder beim Einkaufen, wenn man zum Beispiel Zucker oder Milch vergessen hatte. Die Leute hier waren sehr aufgeschlossen, um nicht zu sagen neugierig. Sie fragten, wie es einem ging, ohne dass sie es wirklich hören wollten. Manchmal fragten sie auch, was man von einer Sache oder einem Menschen hielt, und dann wollten sie, dass man genau das sagte, was sie selbst dachten.

Die meisten wohnten schon immer hier, so wie auch die Eltern und Großeltern schon immer hier gewohnt hatten. Der eine oder andere Zugezogene war vielleicht der Liebe wegen gekommen oder weil das Bauland viel günstiger war als in der Stadt. Für die *Neuen* war es allerdings schwer, in den Kreis der Alteingesessenen aufgenommen zu werden.

Ich selbst gehörte zu denen, deren Familien immer hier

gelebt hatten, seit Generationen schon. Auch wenn es nicht meine biologische Familie war, fühlte ich mich als Alteingesessene. Es hatte in meinem Fall aber auch etwas mit Liebe zu tun: der Liebe zu meinem Stiefvater. Er war der Ruhepol unserer Familie. Der Fels in meiner Brandung.

Die erste Ehe meiner Mutter ging vor vielen Jahren schief, ich war erst acht. Den ersten Riss hatte sie bekommen, als klar war, dass es mit eigenen Kindern nichts werden würde. Den zweiten, als sich herausstellte, dass es an ihr lag und nicht an ihm. Das war vielleicht auch schon der Todesstoß. Mittlerweile habe ich drei Halbgeschwister, die, bis ich heiratete, mit Nachnamen alle so hießen wie ich, ohne mit mir verwandt zu sein.

Als meine Adoptiveltern noch ein Paar waren, gab es bei uns viel Streit. Solange ich denken konnte, ließ meine Mutter kein gutes Haar an meinem Vater, zumindest kann ich mich an keins erinnern. War er zu Hause und saß vor dem Fernseher, schimpfte sie *mit* ihm. War er unterwegs, und sie wusste nicht genau, wo, schimpfte sie *über* ihn. So wie ich es sehe, konnte er es ihr sowieso nie recht machen. Er war ein phlegmatischer Mensch, der gerne aß und trank und einfach seine Ruhe haben wollte. Aber die konnte sie ihm nicht lassen. *Du bewegst dich nur, wenn du anderen Frauen nachstellst.*

Es gab sicher auch Tage, an denen sie nicht stritten, aber daran erinnere ich mich nicht. War ich in der Nähe, machten sie mich zum Sprachrohr. Es gab keine Vornamen mehr. Aus Marlies wurde »deine Mutter«, aus Benno »dein Vater«.

Sag deiner Mutter, sie braucht nicht mit dem Essen auf mich zu warten.

Sag deinem Vater, er soll doch seine kleine Freundin fragen, ob sie ihm etwas kocht.

Ich musste natürlich nichts sagen, sie hatten ja selbst alles gehört, es genügte, meinen Blick hin- und herschweifen zu lassen.

Als meine Oma starb, trennten sich die beiden gerade mal wieder. Es war heiß, meine Mutter hatte mir eine kleine Wanne mit Wasser auf die Terrasse gestellt, mein Vater stand mit einem gepackten Koffer in der Tür. Das Telefon klingelte, und Mama rannte ins Haus. Als sie wieder zurückkam, hatte sie verweinte Augen, und Papa war weg. Sie erzählte mir, dass Oma gegangen sei, in eine Welt, die nicht unsere war. Eine Welt, in der auch mein Opa schon war und wo es viele Engel gab. Es ginge ihr gut dort. Ich wollte auch dahin. Das sei nicht möglich, sagte Mama. Man müsse warten.

»Worauf?«, wollte ich wissen.

»Darauf, dass der liebe Gott einen zu sich ruft.«

»Und Papa?«, fragte ich. »Hat der liebe Gott den auch gerufen?«

»Nein. Der ist auf dem Weg in die Hölle. Das ist die andere Richtung«, sagte sie. Zwei Tage später war er wieder da.

Die endgültige, offizielle Trennung folgte etwa ein Jahr später und war schlimm für mich. Trotz aller Streitigkeiten wollte ich, dass alles so blieb, wie es war, nur besser. Was ich nicht wollte, war, alleine bei meiner Mutter zu bleiben, die je nach Tagesform entweder traurig oder wütend war.

Ich wollte lieber mit meinem Vater gehen, der zwar hin und wieder Ausflüge in die Hölle machte und nicht allzu viel Interesse an mir zeigte, der mich aber wenigstens nicht mit permanenter Fürsorge oder Tränen erstickte. Aber ich blieb. Wegen der Tränen.

Nach der Scheidung nahm mein Vater sich dann eine Wohnung in der Stadt und eine neue Frau. Bald gab es auch neue Kinder. Trotzdem holte er mich anfangs noch regelmäßig an jedem zweiten Wochenende zu sich, aber nachdem seine eigenen Eltern ebenfalls gestorben und meine Mutter auch wieder verheiratet war, wollte er mit Niersbach und meine Mutter mit ihm nichts mehr zu tun haben. Von da an sah ich ihn nur noch sehr sporadisch. Es gab zu vieles, das uns trennte, und nur sehr wenig, das uns noch verband. Der leichte Knoten hatte sich wieder gelöst, ich glaube nicht, dass es ihm sehr wehgetan hatte. Wahrscheinlich hatte er es noch nicht einmal gespürt.

Mit Herbert war es anders. Er war zuverlässig. Auch in seiner Liebe. Nie würde er Niersbach oder uns verlassen. *Hier bin ich geboren, hier werde ich sterben, und hier möchte ich begraben sein,* sagt er immer. Er und meine Mutter kannten sich schon sehr lange, genau genommen, seit sie auf der Welt war. Geheiratet hatten sie zwei Jahre nach der Trennung meiner Eltern.

Er war damals unser Bürgermeister. Jetzt gibt es hier schon lange keinen Bürgermeister mehr, nur noch einen Ortsvorsteher, aber für viele Niersbacher ist Herbert noch immer ein wichtiger und angesehener Mann. Er hat auch wirklich viel für die Gemeinde getan. Und auch viel erreicht.

Deshalb begegnen die Niersbacher ihm und unserer Familie bis heute mit Achtung und Respekt. Mehr Respekt jedenfalls, als sie meinem Adoptivvater entgegenbrachten, der nicht nur Frau und Kind im Stich ließ, sondern auch unserem Dorf den Rücken kehrte. Er war für die Niersbacher gestorben, schon lange, bevor er wirklich tot war.

Unser derzeit amtierender Ortsvorsteher hat auch keinen leichten Stand hier. Dabei hatte er, obwohl zugezogen, die Niersbacher zuerst durchaus mit seinen Visionen und Ideen begeistert. Aber seit der Sache mit den Windrädern war das vorbei. Er hatte sie hierhergeholt, daran bestand kein Zweifel. Sein Schwager war ein hohes Tier bei dem zuständigen Energieunternehmen, und damit war den meisten im Dorf sofort klar, woher der Wind wehte. Ein paar gründeten eine Art Dorfpartei, die Kontra-Windrad-Partei, aber die Sache ließ sich trotzdem nicht mehr aufhalten.

»Der Mensch ist ein Widerspruch in sich«, sagte Ralph damals. »Er gibt zwar gerne vor, die unberührte Natur zu lieben, aber wo immer er sie vorfindet, da zerstört er sie. Und wo immer er sie zerstört hat, da vermisst er sie dann wieder.«

Ich nehme an, er gehörte zu den Gegnern, aber ich bin mir nicht sicher. Ich habe ihn auch nie danach gefragt. Ich selbst tat mich jedenfalls ziemlich schwer damit, eine eigene Meinung zu haben. Ich wollte niemanden verärgern, also hatte ich lieber gar keine. Außerdem gab es für beide Seiten gute Argumente. Es gab kein klares Votum für Falsch oder Richtig, alle hatten irgendwie recht, daran änderte auch der ganze Streit nichts. Das einzig Unumstrittene war: Strom wollten wir alle.

Mittlerweile hatten sich die Gemüter jedenfalls dank der Vermittlung meines Stiefvaters wieder beruhigt. Aber noch immer kochten die Emotionen hoch, sobald das Thema auf den Tisch kam. Keiner hier hatte vergessen, wer wo stand.

Zwölf Windräder vor unserer Haustür. Die Aussicht verbaut, der Naherholungseffekt zum Teufel, da konnten auch die Schwarzstörche nichts mehr retten, von denen wir vorher gar nicht wussten, dass es sie gab.

Es klingelte. Zweimal kurz. Das Klingelzeichen meiner Mutter. Ich zögerte noch, aber da sah ich auch schon ihr Gesicht, das vor dem vorhanglosen Küchenfenster auftauchte.

»Ist eure Klingel kaputt?«, fragte sie, als ich die Tür öffnete.

Ich trat zur Seite. »Ich sitze an der Steuer.«

Das Bild meines Stiefvaters, der wie immer einen halben Meter hinter meiner Mutter stand, beunruhigte mich. Nichts an der zwar immer noch großen, aber jetzt sehr hageren und gebeugten, nahezu kraftlosen Gestalt erinnerte noch an den starken, aufrechten Mann, der er einmal gewesen war. Vor knapp achtzehn Jahren hatte er sich aus dem politischen Geschehen im Dorf zurückgezogen, seitdem ging es immer mehr bergab, nicht nur mit Niersbach. Sein Gesicht, seine schlaff am Körper hängenden Arme, seine ganze Haltung, alles strahlte Resignation aus.

Meine Mutter drückte mir einen Topf mit unbestimmtem Inhalt in die Hände, dessen Deckel mit einem Einmachgummi befestigt war, und nickte sich selbstzufrieden im Spiegel zu. »Zucchinisuppe. Frisch zubereitet.« Sie schnüffelte. »Hast du noch nicht gekocht?«, fragte sie und zupfte dabei ihre kurzen kastanienbraunen Haare und ihren paillettenbestickten Pullover zurecht.

»Ich mache mir nichts aus Suppe, das weißt du doch.«

»Die Zucchini sind noch aus unserem Garten«, sagte sie, als würde das irgendetwas an meiner Suppenabneigung ändern. »Ich hatte sie eingefroren.«

Ergeben nahm ich den Topf und trug ihn in die Küche. Trotz des Deckels stieg mir der Suppengeruch unangenehm in die Nase. Ich versuchte, so wenig wie möglich davon einzuatmen, und stellte den Topf ganz hinten auf die Küchentheke.

»Möchtet ihr etwas trinken? Einen Tee?« Ich warf einen Blick auf die Uhr und auf meinen Vater. Er hatte die Hände auf den Küchentisch gelegt, es sah aus, als müsste er sich abstützen. »Setz dich doch, Papa.«

»Dein Vater trinkt einen Tee, und ich könnte noch einen Kaffee vertragen.« Marlies ging zum Radio und stellte es leise. »Immer dieser Lärm. Das ist doch nicht gesund.«

Ich schob die Papiere zur Seite und setzte Wasser auf. »Ich habe nicht viel Zeit, ich ...«

»Du hast nie Zeit, wenn wir dich besuchen«, fiel sie mir ins Wort.

»Ihr besucht mich eben immer dann, wenn ich gerade keine habe.«

»Dein Vater ist alt und krank. Und ich werde auch nicht jünger.«

»Mama. Ich habe wirklich viel zu tun. Die Arbeit, das Haus und jetzt noch die Steuererklärungen.«

»Wenn eine Frau ihre Familie der Karriere opfert, kommt nie etwas Gutes dabei heraus«, meinte meine Mutter.

Dazu sagte ich nichts. Mir fiel nichts ein. Ich arbeitete in der kleinen Volksbankfiliale im Nachbarort. Vier Tage die Woche, von acht bis vierzehn Uhr. Freitags hatte ich frei.

»Es hätte Lena bestimmt gutgetan, nicht als Einzelkind aufzuwachsen.«

Das war ein wunder Punkt. Tatsächlich hatte Lena sich als kleines Kind immer Geschwister gewünscht. Genauso wie ich. An Ralph hatte es nicht gelegen. Er liebte Kinder. Er war Physiotherapeut, hatte eine eigene Praxis und sich auf Behandlungen mit Kindern spezialisiert. Bobath und solche Dinge. Es hatte an mir gelegen, wieder einmal. Etwas hatte mich gehindert, und als ich endlich so weit war, war es zu spät. Ich bin nicht mehr schwanger geworden, jedenfalls nicht auf *normalem* Weg, und ein anderer war für mich nicht infrage gekommen. Dieser Umstand dominierte ein paar Jahre mein Leben, bis ich das tat, was Ralph mir riet: Ich fand mich damit ab.

Mit unserer Familie nahmen wir ja auch keineswegs eine Sonderstellung ein, die meisten unserer Freunde hatten nur ein Kind. Wir waren zur Ein-Kind-Gesellschaft mutiert, weil uns für mehr die Zeit oder das Geld oder die Courage fehlte. Oder weil es, wie in unserem Fall, eben nicht mehr klappte. Dabei erinnerte ich mich noch sehr genau an meinen eigenen Geschwisterwunsch. Und an meine Lieblingspuppe, die keinen Namen hatte und einfach nur *Schwester* hieß.

Marlies putzte Herberts Brille und reichte sie ihm zurück. »Glaubst du, Ralph kann am Wochenende vorbeikommen und unseren Rasen mähen?«

»Das kann ich auch.«

»Du hast doch gerade eben noch über deine Zeitnot geklagt.«

Ich zuckte die Achseln. »Am Wochenende habe ich Zeit«, meinte ich und überlegte dabei, ob es auf meiner Abstammungsurkunde irgendeinen Hinweis auf Geschwister gegeben hatte. Sehr unwahrscheinlich, daran könnte ich mich bestimmt erinnern. Andererseits war es lange her, und ich hatte keine Gelegenheit gehabt, sie mir genauer anzusehen. Ich war mir auch gar nicht sicher, ob das auf einer Abstammungsurkunde überhaupt vermerkt wurde. Jetzt war die Urkunde jedenfalls wieder bei Marlies, sie hatte sie nach dem standesamtlichen Zeremoniell sofort wieder an sich genommen, angeblich, weil mir die Handtasche fehlte.

Das Telefon klingelte. Dankbar griff ich nach dem Hörer. »Kleman.«

»Frau Kleman, hier spricht Martina Lau vom Südwestfunk.«

»Ja?«

»Sie hatten angerufen. Es ging um einen unserer Gäste vor zwei Wochen in der Frühstücks-Matinee.«

»Ja?«

»Die Frau heißt Pia Albrecht. Das Steuerbüro ist in Darmstadt, und sie hat nichts gegen eine Kontaktaufnahme.«

»Oh. Danke.« Ich war überrascht, dass es so einfach war,

das hatte ich nicht erwartet. »Haben Sie vielleicht eine Adresse? Oder die Telefonnummer?«

»Frau Albrecht steht im Telefonbuch.«

Ich legte auf und begegnete dem Blick meiner Mutter.

»Probleme?«

»Nein«, sagte ich abgelenkt.

»Vielleicht solltest du das doch besser einem Fachmann überlassen.«

»Was meinst du?«

»Giselas Sohn arbeitet in einem Steuerbüro.«

»Danke für den Tipp. Wenn ich Hilfe brauche, melde ich mich.«

Sie sah mich verletzt an.

»Entschuldigung. Das war nicht so gemeint«, murmelte ich. Ich stellte die Kaffeekanne auf den Tisch, goss heißes Wasser in eine der Tassen und gab den Teebeutel hinein. *Indischer Traum.*

Meine Mutter rührte einen Löffel Zucker in ihren Kaffee und leckte den Löffel ab. »Die ganze letzte Woche haben wir nichts von dir gehört«, setzte sie wieder dort an, wo sie vor ein paar Minuten aufgehört hatte. »Noch nicht einmal, wenn du Urlaub hast, meldest du dich. Wenn ich heute nicht …«

»Au!« Mein Vater zuckte zusammen und vergoss einen Teil des Tees.

»Herbert! Pass doch auf! Der Tee ist noch heiß!« Sie schnappte sich ein Papiertuch und begann zu wischen. »Siehst du? Dein Vater ist wie ein kleines Kind.«

Mein Vater und ich tauschten einen Blick. Er lehnte sich zurück und verschränkte die Arme.

»Magst du etwas Süßes?« Ich stand auf, ohne seine Antwort abzuwarten, und holte eine Packung dänischer Kekse. Die liebte er.

Meine Mutter warf das feuchte Papiertuch in den Müll. »Wie geht's Ralph? Wie war die Fahrradtour?« Ich erkannte den bemühten Ton.

»Ralph geht es gut, und die Fahrradtour war schön.«

»Und Lena?«

»Lena geht's auch gut.«

»Kommt sie am Wochenende nach Hause?«

»Ich glaube schon.«

»Ich habe sie seit Wochen nicht gesehen. Sie soll sich mal bei uns melden.«

Eine kleine Meise hatte sich auf die Fensterbank gesetzt und sträubte ihr Gefieder.

»Ich sag ihr Bescheid«, sagte ich widerstrebend. Ich teilte die wenige Zeit, die wir noch zusammen hatten, nur ungern. Mit dem Zeigefinger schob ich einen Krümel auf dem Tisch hin und her. »Du, sag mal …« Ich sah auf und in ihre Augen.

»Was denn?«

»Meine Abstammungsurkunde … die ist noch bei euch, oder?«

Meine Mutter zuckte zusammen. »Wieso fragst du?«

Mir fiel keine plausible Erklärung ein. Ich lenkte meinen Blick wieder auf die Tischplatte und kaute angestrengt auf meiner Unterlippe.

»Nadja! Was soll das?«

»Ich hätte sie einfach gerne hier. Bei mir.«

»Warum?«

»Nur so.«

»Nur so?«

»Sie gehört doch mir. Also habe ich auch ein Recht darauf.«

Sie wurde blass. »Herbert! Hast du das gehört? Jetzt sag du doch auch mal was dazu!«

Ich sah seinen hilflosen Blick und machte einen Rückzieher. »Ach, ist schon gut. So wichtig ist es nicht. Ich dachte nur ...«

Meine Mutter stand auf.

»Mama. Jetzt mach doch bitte kein Drama daraus.«

Sie stellte ihre Tasse hörbar auf die Spüle. »Wir fahren jetzt einkaufen«, sagte sie knapp.

»Gibt es einen Grund?«, fragte Herbert leise.

»Nein. Ich dachte nur ... ich würde einfach gerne mehr über meine biologische Familie erfahren. Ich meine, ich bin jetzt über vierzig, da muss man doch wirklich kein Staatsgeheimnis mehr daraus machen.«

»Wir sind deine Familie«, sagte meine Mutter leise und mit sehr dünnen Lippen.

»Das weiß ich doch. Darum geht es auch gar nicht.«

Sie schüttelte den Kopf und drehte mir den Rücken zu. »Kommst du?«, forderte sie Herbert auf. Ihre Stimme klang plötzlich müde.

»Nadja.« Herbert sah kurz zu seiner Frau und legte seine knochige, warme Hand auf meinen Arm. »Es ist alles so lange her. Kannst du es nicht gut sein lassen?«

Ich seufzte und legte den Deckel auf die Zuckerdose. »Es

ist nur ... ich habe letzte Woche eine Frau im Radio gehört. Sie hatte eine Stimme ... also sie klang irgendwie ...«

Meine Mutter blieb in der Tür stehen und drehte sich um. Wieder kreuzte sich ihr Blick mit dem meines Stiefvaters.

»Wie Lena und ich«, beendete ich den Satz.

Die Tasse Tee, die er noch in der Hand hielt, blieb auf halber Strecke stehen.

»Im Radio klingen Stimmen immer anders als in Wirklichkeit«, sagte meine Mutter schwach. »Das weiß doch jeder.«

»Das glaube ich nicht.«

Sie schüttelte ganz leicht den Kopf und sah plötzlich sehr klein aus. »Das spielt doch auch alles gar keine Rolle mehr.«

»Nein. Natürlich nicht. Es war nur so eine Idee ...«, murmelte ich. »Vergiss es.«

Sie warf mir einen eigentümlichen Blick zu. »Du auch«, sagte sie leise.

Ich stellte mich ans Fenster und sah ihnen nach. Nichts hatte sich geändert. Auch nach all diesen Jahren nicht. Verstohlene Blicke, hilflose Gesten, Tränen. Keine Antworten. Und wieder spürte ich, was ich immer gespürt hatte: Etwas stimmte nicht. Nicht mit meinen biologischen Eltern und damit wahrscheinlich auch nicht mit mir.

Das Internet in Niersbach arbeitete langsam, aber zuverlässig. Nachdem ich *Albrecht, Pia, Darmstadt* eingegeben hatte, dauerte es etwa eine Minute, bis es die Ergebnisse ausspuckte. Es gab in Darmstadt viele Albrechts, aber nur einen Eintrag, der passte: *Albrecht, Pia und Thomas, Steuerberatung.* Ich notierte die Nummer und verstaute sie unter dem Buch, das ich gerade las und das auf meinem Nachttisch lag. Darin ging es um eine Familie. Und um Loyalität. Was in diesem Fall so viel bedeutete wie: Verpflichtung zur Dankbarkeit. Ich hatte erst ungefähr fünfzig Seiten gelesen, aber schon jetzt fiel es mir schwer, den demütigen Ton auszuhalten, den der Sohn seinem Vater gegenüber anschlug. Und den herrischen, den er bei seiner Frau hatte. Ich pustete ein paar Staubflusen auf den Boden und griff nach dem Zettel.

Die Stimme am anderen Ende der Leitung war ungewöhnlich hell und klar. »Steuerbüro Albrecht, guten Tag.«

»Frau Albrecht? Guten Tag, hier ist Nadja Kleman ...«

»Mein Name ist Monika Baumann, möchten Sie mit Frau Albrecht sprechen?«

»Äh, ja.«

»Einen Moment, ich verbinde.«

Ein kurzes Knacken, und ich hörte Musik. *Freude schöner Götterfunken.* Wieder ein kurzes Knacken.

»Albrecht.«

»Nadja Kleman, guten Tag«, sagte ich nervös.

»Guten Tag, Frau Kleman. Was kann ich für Sie tun?«

»Ich bin, also, ich habe Sie vor Kurzem im Radio gehört und ...«

»Ach? Möchten Sie einen Termin?« Ihre Stimme klang fremd. Dunkel zwar, aber irgendwie verzerrt.

»Nein.« Meine auch. »Ich ... äh ... haben Sie Verwandte?«, fragte ich konfus.

»Bitte? Ich verstehe die Frage nicht.«

»Entschuldigen Sie. Es ist nur so, also, mich hat Ihre Stimme an jemanden erinnert, sehr sogar, und deswegen dachte ich …«

»Natürlich habe ich Verwandte. Meine Eltern zum Beispiel. Außerdem bin ich verheiratet.«

»Und hat Ihre Familie … ich meine, haben Sie schon immer in Darmstadt gelebt?«

Sie zögerte kurz. »Nein. Ich habe ein paar Jahre in München gewohnt.«

»Ach?« Darmstadt und München. Das hatte so gar nichts mit Niersbach gemein. »Gab es … in Ihrer Familie … vielleicht einmal …?« Meine Sätze wurden immer schleppender.

»Ja? Bitte?«

»Ach nichts. Entschuldigen Sie bitte die Störung.«

Sie schwieg.

»Ich, äh, ich wollte nicht aufdringlich sein.«

»Kein Problem. Wenn ich Ihnen sonst noch irgendwie helfen kann?«

Jetzt erkannte ich den kehligen Klang eindeutig wieder. Hörte sie das nicht auch? Bei mir?

»Nein. Vielen Dank und … auf Wiedersehen.«

»Wiedersehen.«

Ich zerknüllte den Zettel und warf ihn in den Müll. Bei annähernd acht Milliarden Menschen auf der Welt gab es vielleicht irgendwo irgendjemanden, der genau die gleiche Stimme hatte. Eine Laune der Natur, mehr nicht. Darmstadt und München waren weit weg von mir. So weit wie China. Oder Münster.

Ein paar Tage später wollte ich meine Eltern nach der Arbeit besuchen. Ich stand vor der Gartentür und sah mir die bunt blühenden Tulpen und Narzissen an, während ich auf das bekannte Summen des Türöffners wartete. Hier war alles so wie immer: der mit grauen Steinplatten belegte Weg, das geharkte Beet, die gestärkten Gardinen im Fenster.

Mein Vater öffnete mir die Tür.

»Hallo, Nadja.«

»Hallo, Herbert. Na, alter Soldat, wie geht's dir?«

Er zuckte mit seinen hängenden Schultern und trat zur Seite. »Gut. Komm rein.«

Drinnen schlug mir der Duft von frischem Kaffee entgegen, der den sonst vorherrschenden leicht muffigen Geruch überdeckte. Ich folgte ihm in den Flur. Links führte eine steile Treppe nach oben, dort war mein Zimmer. Es war unverändert, sogar das große Poster von Nena hing noch an seinem Platz.

»Ich habe mir gerade einen Kaffee gemacht. Willst du auch?«

Ich sah mich um. »Bist du allein?«

Er nickte, und wir lächelten uns verschwörerisch zu. In der Küche setzte ich mich auf meinen alten Platz. Er stellte einen Kaffeebecher vor mir ab.

»Danke.«

»Also?«

»Was also?«

»Weshalb bist du hier?«

Eigentlich wollte ich nicht so mit der Tür ins Haus fallen, aber ein Blick aus seinen warmen dunklen Augen, und schon warf ich meine Strategie wieder über den Haufen. »Wegen meiner Abstammungsurkunde«, murmelte ich schuldbewusst. »Und den ... Adoptionsunterlagen.« Kinderausweis, Ausweis der Staatszugehörigkeit, vielleicht sogar eine Todesanzeige. Wenn meine Eltern wirklich bei einem Autounfall ums Leben gekommen waren, dann musste es doch irgendeinen Beleg dafür geben.

»Hm, das dachte ich mir. Ich weiß aber leider nicht, wo sie ist.«

Ich sah ihn an.

»Schau nicht so. Ich weiß es wirklich nicht. Die Urkunde lag immer in einer Schublade im Schreibtisch. Aber da ist sie nicht mehr.«

»Darf ich nachsehen?«

»Natürlich.« Er nickte und stand auf. »Wenn du mir nicht glaubst.« Im Arbeitszimmer öffnete er die oberste Schreibtischschublade und trat einen Schritt zur Seite. »Hier hat sie immer gelegen.«

Ich warf einen unschlüssigen Blick auf den Inhalt.

»Bitte.« Er nickte wieder.

Ich begann, zwischen alten Rechnungen und entwerteten Sparbüchern zu stöbern, öffnete auch die anderen Laden, aber ich fand natürlich nichts. Herbert stand direkt hinter mir. Sein Atmen klang angestrengt. Ich zog ein Blatt Papier aus dem Schreibtisch und las: »Abstammungsurkunde.« Ich hob den Kopf. »Oh, mein Vater war Schauspieler?«

»Was?«, fragte er irritiert. Er nahm mir das Blatt aus der

Hand. Es war die Rechnung vom Staubsauger. »Ach, Nadja, du und deine Witze.« Er klang erleichtert. Ich suchte weiter.

»Na gut. Hier ist nichts«, sagte ich irgendwann resigniert und sah mich im Zimmer um. »Vielleicht im Aktenschrank?«

Er schüttelte den Kopf. »Bestimmt nicht. Aber bitte ...« Er wies mir in einer geduldigen Geste die Richtung. Ich zögerte. *Jetzt mach doch aus einer Mücke keinen Elefanten,* hatte Benno früher immer zu meiner Mutter gesagt. Ich schob meine Zweifel zur Seite und nahm Kurs auf den Schrank, blieb dann aber vor einem alten Stuhl an der Wand wieder stehen und setzte mich. Ich musste nachdenken. Was war schon groß passiert? Eine Frau, die ich nicht kannte, hatte eine ähnliche Stimme wie Lena und ich. War das ein Elefant oder eine Mücke?

Herbert setzte sich auch. »Ich fürchte, du musst warten«, sagte er.

»Worauf?«, fragte ich.

Lena war da. Seit gestern. Ich hörte, wie sie die Treppe hoch und wieder runterlief, hörte, wie sie ins Bad ging und die Toilettenspülung benutzte, hörte all diese kleinen banalen Geräusche, die sie verursachte, und war glücklich. Und gleichzeitig fürchtete ich mich schon wieder vor dem Zeitpunkt, wenn sie ihre Tasche packen und wieder nach Gießen fahren würde. Abschiede fielen mir immer schwer.

Der erste Abschied in meinem Leben, an den ich mich noch erinnerte, war der von meinem Vater, also dem Vater, der mich adoptiert hatte. Und von dem Leben, das wir zusammen hatten. Der nächste war der von Rudi, meinem Hund. Rudi starb, als ich zehn war. Abschiede tun weh. Sie hinterlassen Lücken, von denen man glaubt, sie ließen sich nie wieder schließen, auch wenn das nicht stimmt. Ich bekam einen neuen Vater und einen neuen Hund. Der neue Vater war besser als der alte, und Toni, mein neuer Hund, wurde von mir nicht weniger geliebt als sein Vorgänger.

Vor elf Jahren musste ich mich von diesem Vater verabschieden, der mir längst fremd geworden war. Und doch, obwohl unser Verhältnis nicht das Beste war und obwohl wir uns auch kaum noch sahen, hatte es wehgetan. Es gab viele unschöne, aber eben auch ein paar schöne Erinnerungen, die mich noch immer mit ihm verbanden.

In meinem Kopf sind überhaupt sehr viele Erinnerungen. Manche sind ganz klar und sitzen so fest, als wären sie angeschraubt, andere sind eher diffus und kaum zu fassen. In meiner ältesten sehe ich mich an einem dunklen, kalten Ort. Ich stehe in einem Gitterbett und weine. Die Gitterstabwände sind hoch, und ich habe Angst. Die Tür öffnet sich, meine Eltern kommen ins Zimmer. Mama nimmt mich auf den Arm und drückt ihr warmes Gesicht an meins. »Du sollst doch schlafen, Nadja«, sagt sie. »Warum schläfst du nicht?« Mein Vater streicht mir mit der Hand über den Kopf. Neben mir in meinem Bett ist ein tiefes, kaltes Loch. Es macht mir Angst, aber ich habe noch keine Sprache, deshalb weine ich. Aber auch später, als ich längst gelernt hatte zu reden, fehlten mir die Worte für das, was ich fühlte.

Mit Herbert, meinem Stiefvater, verband mich jedenfalls viel mehr als mit Benno. Das hatte sich bis heute nicht geändert. Er war mein Anker. Solange ich denken konnte, war er für mich da. Er tröstete mich, wenn ich Trost brauchte, und er beschützte mich, wenn ich seinen Schutz forderte. Nie hatte er mir irgendwo hineingeredet, immer vertraute er mir, und immer und zu jeder Zeit hatte er ein offenes Ohr für mich. Kein Problem in meinem Leben war zu klein oder zu groß, als dass ich es nicht mit ihm teilen konnte. Aber auch von ihm würde ich mich irgendwann verabschieden müssen, das war absehbar, und ich fürchtete mich sehr davor. Ich war nicht gläubig, was ich manchmal bedauerte. So hatte der Tod etwas gnadenlos Endgültiges.

Lena kam ins Wohnzimmer. »Mein Zug geht um acht. Bringst du mich nachher zum Bahnhof?«

»Na klar, mein Schatz«, sagte ich fröhlicher, als ich mich fühlte. »Sollen wir noch einen kleinen Spaziergang machen? Nur wir beide?«

Sie zögerte. »Okay. Wenn du magst. Jetzt gleich?«

Ich sah aus dem Fenster, geradewegs in eine blaue Himmelslücke, die sich zwischen den Wolken aufgetan hatte, und stand auf. »Am besten. Bevor es wieder zu regnen beginnt.«

Wir liefen nebeneinander, vertraut und nah, aber ich spürte, dass sich etwas zu verändern begann. Seit sie nicht mehr zu Hause wohnte, entfernte sie sich. Nicht nur räumlich.

»Sollen wir den Weg zum Eichstätter Hof nehmen?«

»Hm.« Sie nickte geistesabwesend.

»Alles in Ordnung?«

Sie nickte wieder. Ihr Schritt war flott, die Fäuste steckten in den Taschen ihrer Regenjacke. Ich passte mich ihrem Tempo an. Auch dem Schweigen. Ihre Stirn war gefurcht, sie wirkte abwesend und fahrig, das ganze Wochenende schon. Etwas beschäftigte sie. Vielleicht ihr neuer Freund. Sie hatte ihn vor ein paar Monaten kennengelernt.

»Was macht eigentlich ... wie heißt er noch?«

»Alexander.«

»Genau.«

»Es geht ihm gut.«

»Ihr seid also noch zusammen?«

Sie kickte mit der Stiefelspitze gegen einen kleinen Stein. »Ja. Wir sind noch zusammen.«

Wir stapften über vertraute Wege, und ich löste mich von innen auf. Das passierte mir ab und zu, aber es war nicht unangenehm. Ich war hier, mit Lena, die ich liebte, und in einer Landschaft, die mich umschloss wie ein warmes Tuch.

»Was denkst du?«, fragte Lena irgendwann.

»Nichts.«

»Man kann nicht nichts denken.« Sie studierte Psychologie.

»Ich schon.«

Sie schnaubte und schüttelte den Kopf.

»Hast du eigentlich schon Pläne für die Semesterferien?«, fragte ich.

»Siehst du?«

»Aber davor habe ich wirklich nichts gedacht.«

»Keine konkreten.«

»Das heißt?«

»Na ja, wir wollen im August ein paar Tage an die Ostsee. Alexanders Eltern wohnen in Rostock.«

»Ach? Hattest du nicht gesagt, er kommt aus Berlin?«

»Er ist in Berlin aufgewachsen, aber seine Eltern kamen ursprünglich aus Rostock. Sie sind vor ein paar Jahren wieder zurückgekommen.«

»Und was machen seine Eltern so?«

»Seine Mutter arbeitet auf einem Amt, und sein Vater hat ein Ingenieurbüro.« Sie warf mir von der Seite einen Blick zu. »Mit ein paar Angestellten.«

Sie wollte mir imponieren. Die Sache schien also ernst zu sein. »Aha«, sagte ich.

»Er hat drei Geschwister. Zwei Brüder und eine Schwester.« Sie sah mich wieder an. »Und er studiert Ingenieurwesen. Genau wie sein Vater.« Sie kannte meine noch nicht gestellten Fragen.

»Ach? Will er das Büro später übernehmen?« Zwischen Rostock und Niersbach lagen mindestens sechshundert Kilometer.

»Mein Gott, das weiß er doch jetzt noch nicht.«

Es hatte wieder zu regnen begonnen. So ein feiner Nieselregen, den man zuerst kaum bemerkt. Lena spannte einen Schirm für uns auf. Ich hakte mich bei ihr ein.

»Herbert macht mir Sorgen. Er baut immer mehr ab«, sagte ich.

»Findest du? Gestern kam er mir aber ganz fit vor.«

»Warst du bei ihm?«

»Ja.«

»Ach? Das habe ich gar nicht mitbekommen.«

Sie lächelte. »Das ist ja nix Neues.«

»Hey!«

»Ihr wart gerade ziemlich beschäftigt. Du hast mal wieder versucht, Papa die Besteckschublade begreiflich zu machen. *Gabeln links und Messer rechts, Ralph, das kann doch nicht so schwer sein.*«

Mein Handy vibrierte. *Papa*, sagte ich stimmlos in ihre Richtung und meldete mich. »Ralph?«

»Wo seid ihr?«

»Spazieren. Gleich wieder zu Hause.«

»Bleibt Lena zum Abendessen?«

Ich sah Lena an. »Papa will wissen, ob du mit uns zu Abend isst.«

Sie nickte.

»Ja«, sagte ich erleichtert.

»Soll ich schon mal Kartoffeln schälen?«

»Sehr gute Idee.«

Lena schaufelte sich den Teller voll. Sie aß mit gutem Appetit und plapperte entspannt mit ihrem Vater. Ich hörte nur mit halbem Ohr zu, weil ich zu sehr damit beschäftigt war, meine Tochter anzuschauen. Mit Wohlwollen, aber auch mit etwas Sorge. Lena war nicht dick und nicht dünn. Sie war in diesem Stadium, in dem sie aufpassen musste. Ich war mir nur nicht sicher, ob sie das auch tat. Ich selbst war als Kind immer etwas zu dick gewesen, ich nahm jedes Jahr ein paar Kilo zu, bis ich bei einer Körpergröße von 1,65 Metern knapp siebzig Kilo wog. Ich unternahm einen Suizidversuch und hörte anschließend auf zu essen. Natürlich nicht völlig, aber doch so, dass ich zwei Jahre später nur noch vierundvierzig Kilo wog. Hatte meine Mutter mich zuerst ständig gemaßregelt und Kalorientabellen neben meinen Teller gelegt, so rannte sie jetzt mit mir von Arzt zu Arzt. Bis ich irgendwann wieder zunahm. Zuerst atmete alles um mich herum vor Erleichterung auf, dann wurden die Kalorientabellen wieder ausgepackt. Also hörte ich wieder auf zu essen. Dieses Spiel spielten wir, bis ich auszog. Seit ich mit Ralph zusammenlebe, hat sich mein Gewicht stabilisiert. In all den Jahren habe ich nur noch ein einziges Mal zu- und wieder abgenommen. Aber da war ich schwanger, das zählt nicht.

»Die nächsten Wochen werden hart, da kommen einige Klausuren auf mich zu. Ich weiß nicht, ob ich es dann so oft schaffe, nach Hause zu kommen«, hörte ich Lena sagen.

»Lernen kannst du doch auch hier.« Ich konnte den leichten Vorwurf in meiner Stimme nicht unterdrücken.

»Ich treffe mich mit meinen Kommilitonen, wir lernen in Gruppen«, sagte sie. »Das ist viel effektiver, als sich allein den ganzen Stoff reinzuziehen.«

Ich konzentrierte mich auf eine Kartoffel, die ich mit der Gabel zerdrückte. »Mir ist da vor ein paar Tagen etwas Komisches passiert.« Ich hob den Kopf und sah in zwei erwartungsvolle Gesichter. »Na ja, *passiert* ist nicht das richtige Wort. Es ist nur ... ich habe eine Frau im Radio gehört ...«

»Ja und?«

Ich warf Lena einen Blick zu. »Sie hatte eine Stimme ... also, sie klang irgendwie genauso wie wir.«

»Ach, deshalb deine Frage neulich«, meinte Ralph.

»Ich habe sie ausfindig gemacht und auch schon mit ihr telefoniert.« Ich legte meine Gabel auf den Teller. »Weil ich wissen wollte, ob ich mir das nur eingebildet habe.«

»Und?«, fragte Lena.

»Nein. Sie klingt wirklich so.«

»Was hat sie denn gesagt.«

»Nichts.«

»Sie hat nichts gesagt, aber sie klingt wie du?« Ralph sah mich zweifelnd an.

»Sie hat nichts Wichtiges gesagt. Aber das mit unserer Stimme …«

»Worüber habt ihr denn gesprochen?«

»Sie dachte, dass ich einen Termin wollte. Sie ist Steuerberaterin und hat mit ihrem Mann eine Praxis in Darmstadt.«

»Und weiter? Mama, lass dir doch nicht jeden Wurm aus der …«

»Ich habe ihr gesagt, wie es ist. Dass ich sie im Radio gehört habe und dass mich ihre Stimme an jemanden erinnert, den ich kenne.« Ich nahm die Gabel wieder in die Hand und schob etwas Kartoffelmatsch mit Soße über den Teller.

»Und?«, wiederholte Lena.

»Nix und. Ich weiß nicht, ob ihr überhaupt etwas aufgefallen ist. Sie hat jedenfalls kein Wort darüber verloren.«

»Was hast du denn erwartet?«, fragte Ralph.

»Ich weiß es nicht.«

»Hast du etwa gedacht, sie sagt: Oh, wir klingen so ähnlich, wir müssen verwandt sein?«

»Nein. Natürlich nicht. So war das gar nicht«, sagte ich

ärgerlich. Ralph warf mir öfter vor, naiv zu sein. In gewisser Weise stimmte das auch. Aber ich war nur dann naiv, wenn ich naiv sein wollte, und nicht, weil ich es tatsächlich war. Das war ein Unterschied.

Lena legte ihr Besteck und die Serviette auf den Teller. »Das war doch noch nicht alles?«, fragte sie.

»Ich habe sie noch nach ihrer Familie gefragt. Und nach ihren Verwandten.«

Meine Tochter kannte meine Geschichte, es war kein Geheimnis, nie eines gewesen. »Und?«

»Sie hat Eltern und einen Mann. Alles ganz normal«, sagte ich. »Jetzt lebt sie in Darmstadt. Sie hat auch eine Zeit in München gewohnt.« Ich nahm einen Schluck Wasser.

»Ich war vorgestern bei Oma. Ich wollte einen Blick in meine Abstammungsurkunde werfen. Es war nur so eine Idee. Ich dachte, vielleicht steht da ja noch etwas, woran ich mich nicht mehr erinnern kann.«

»Ja?«

»Sie war nicht da. Also Oma. Und die Urkunde auch nicht.«

»Aha«, sagte Lena. »Und jetzt?«

»Was und jetzt?«

»Na, du willst das doch nicht auf sich beruhen lassen, oder?«

»Das weiß ich noch nicht.«

Lena stand wortlos auf und verschwand. Als sie zurückkam, hatte sie meinen Laptop unter ihrem Arm. »Wie war der Name?«, fragte sie.

»Pia Albrecht.«

Sie tippte den Namen ins Fenster der Suchmaschine, dazu Darmstadt und Steuerberatung. Wir warteten.

»Es gibt ein Steuerbüro Thomas und Pia Albrecht«, sagte sie schließlich.

»Ja. Das ist sie.«

Lena beugte sich vor und starrte auf den Bildschirm. »Das gibt's doch gar nicht.«

»Was?«, wollte Ralph wissen.

Ich stand auf und stellte mich hinter sie. Mir wurde ganz schummrig, die Knie wurden mir weich. »Das gibt's doch gar nicht«, sagte auch ich.

2. Kapitel

Nadja

April 2017

Eine unbekannte Frau mit gleicher Stimme konnte vielleicht noch ein Zufall sein. Eine unbekannte Frau mit gleicher Stimme und gleichem Gesicht war es nicht.

Es war Freitag, und ich saß im Auto. Auf dem Weg nach Darmstadt. Ich hatte mich nicht angekündigt, der Plan war, Pia zu überraschen. Ich nannte sie jetzt Pia. Wir waren verwandt, nah verwandt, daran hatte ich keinen Zweifel mehr.

Erwartungsgemäß war meine Mutter dagegen. Selten hatte ich sie allerdings derart aufgelöst und verstört gesehen. »Deine Familie ist hier, wir sind doch deine Familie.« Meine Versicherung, dass ich das wüsste und dass sich daran nie etwas ändern würde, erreichte sie nicht. Herbert legte beruhigend seine Hand auf ihren Arm.

»Du siehst doch, wie sehr du deine Mutter damit verletzt«, sagte er zu mir. »Kannst du es nicht auf sich beruhen lassen?«

»Nein«, sagte ich traurig entschlossen. »Das kann ich dieses Mal nicht.«

Zum Abschied wollte ich sie umarmen, aber sie drehte sich weg. Das hatte sie noch nie getan. Ihr erschüttertes Gesicht verfolgte mich während der ganzen Fahrt.

Das Gebäude war groß und hässlich. Unten ein Schuhgeschäft, darüber Wohnungen und Büros. Nebenan gab es weitere hässliche Geschäftshäuser. In einem war ein Café.

Pia und Thomas Albrecht, Steuerberatung, stand neben der Klingel. Das Büro war im dritten Stock. Eine junge Frau am Empfang sah mich an. Zuerst lächelnd, dann ungläubig. Ihr Blick wanderte irritiert von mir zu einer der Bürotüren. Kurz war ich versucht, so zu tun, als wäre ich nicht ich, sondern *sie*, und so etwas zu sagen wie: *Kommen Sie bitte in mein Büro zum Diktat*. Aber dann ließ ich es. Kein Mensch wurde heute mehr ins Büro zum Diktat gerufen. Außer vielleicht sehr schöne junge Assistentinnen von ihren Chefs, und denen wurde nichts diktiert. Jedenfalls nichts, was sich aufzuschreiben lohnte.

»Guten Tag. Ich möchte zu Frau Albrecht.«

»Sind Sie, äh ... ich wusste gar nicht ...« Sie erhob sich. »Warten Sie bitte einen Moment.«

Sie verschwand hinter einer der Türen und sah, als sie wenig später wieder vor mir stand, fast noch verwirrter aus. »Können Sie bitte in einer Stunde wiederkommen. Frau Albrecht ist im Gespräch mit einem Mandanten, aber den Folgetermin kann sie verschieben.«

An der Tür drehte ich mich noch einmal um. »Sagen Sie Frau Albrecht, dass ich in dem Café nebenan bin. Ich warte da auf sie.«

Das Café hatte außen eine schmutzige Fassade und wirkte wenig einladend, war aber innen überraschend schön. Viel Holz und wenig Schnörkel, glatte Flächen und kantige Möbel. Auf moderne Art geschmackvoll. Ich suchte mir einen Platz am Fenster und bestellte einen Cappuccino. Kurz überlegte ich, auch ein Croissant zu nehmen, ich hatte nur wenig gegessen am Morgen, genau genommen noch gar nichts, aber dann ließ ich es. Ich war zu aufgeregt, ich würde sowieso keinen Bissen hinunterbekommen.

Das Bild von Pia Albrecht schwebte vor meinem geistigen Auge und ließ mir keine Ruhe. Äußerlich war die Ähnlichkeit unverkennbar. Und sonst? War da noch mehr? Adoptiert worden zu sein birgt immer gewisse unbekannte Faktoren. Wo man sich in anderen Familien Episoden oder Abenteuer über längst verstorbene Urgroßeltern oder Kinder erzählte, gab es bei uns nur Geschichten über mich. Mir fehlten diese Geschichten meiner unbekannten Vorfahren. Erst sie zusammen würden das Bild ergeben, in das ich mich einfügen könnte. Mein Stammbaum war ein Puzzle mit nur einem Puzzleteil, meinem eigenen. Ich hatte keine Ahnung, wie viele Teile es noch gab. Und ich hatte keine Ahnung, wie das komplette Bild meiner Familie aussehen könnte.

Der Zeiger der Uhr bewegte sich in quälender Langsamkeit. Meine Hände waren schweißnass, obwohl mir kalt war. Außerdem war mir übel, wahrscheinlich lag es am Cappuccino. Ich bestellte eine Tasse Früchtetee und blätterte in einer Zeitschrift, ohne eine einzige Silbe zu erfassen.

Die Bedienung kam und stellte den Tee vor mir ab. Sie

sah extrem jung aus, fast wie ein Schulmädchen. »Bitte schön.« Neben der Tasse lagen zwei Plätzchen.

»Danke.«

Wir lächelten uns so verschwörerisch an, als würden wir ein Geheimnis teilen. In diesem Moment öffnete sich die Tür. Eine Frau mit meiner Nase, meinen Augen, meiner Haarfarbe und meinen Bewegungen betrat das Café. Die Bedienung hörte auf zu lächeln und sah verwirrt zwischen uns hin und her. Ich stand auf und verschluckte mich beinah an dem trockenen Plätzchen. Die Frau kam mit zögernden Schritten auf mich zu. Wir starrten uns an. So wie ich wenige Tage zuvor bereits den Bildschirm meines Computers angestarrt hatte. Alles war gleich. Bis auf die Frisur. Eine zitternde Hand streckte sich mir entgegen.

»Pia«, sagte die Frau, die aussah wie ich, mit meiner Stimme.

»Nadja«, entgegnete ich und nahm ihre Hand. Ich zitterte auch, das hatte ich noch gar nicht bemerkt. Wir standen ein bisschen verloren da.

»Ich glaube«, sagte sie, ohne den Blick von mir abzuwenden, »ich muss mich erst einmal setzen.«

Ich nickte, mir fiel nichts ein, was ich hätte sagen oder tun können. Erst jetzt wurde mir die Tragweite meines Handelns bewusst. War es richtig gewesen, sie derart zu überfallen? Wäre es nicht besser gewesen, sie vorher anzurufen und mit meinem Verdacht zu konfrontieren? Dem Verdacht, dass wir verwandt waren. Cousinen vielleicht, hatte ich gedacht, denn Geschwister schien ja nach dem, was ich wusste, ausgeschlossen. Jetzt nicht mehr. Irgendetwas war schief an dem Bild, das ich von mir und meinem Leben hatte.

»Sie haben mich vor Kurzem schon einmal angerufen, oder?«

»Ja. Nachdem ich Sie im Radio gehört habe.« Ich atmete. Tief und zittrig. »Ich bin ein Adoptionskind«, sagte ich leise.

»Ich auch.«

»Ich bin am 23.11.1975 geboren.« Jetzt flüsterte ich nur noch. Ich bemerkte ein kleines Mal an ihrer Oberlippe. Das hatte ich nicht.

»Ich auch. In Münster.«

»Münster, Westfalen?«

»Ja.«

Ich drückte meine feuchten Hände. »Ich auch.«

Pia saß vor mir wie ein schönes Bild von mir. Sie sah aus wie ich, nur besser. Sie war mir fremd und doch auch nah. Sie war eine Frau, die ich noch nie gesehen hatte, und sie war das Kind, neben dem ich vor mehr als vierzig Jahren in unbekanntem Mutterleib gewachsen war. Sie war mein Zwilling. In jedem erdenklichen Sinn, auch im biologischen. Sie war mein Pendant, sie war die Lücke, die ich immer gefühlt und nie begriffen hatte.

Plötzlich lachte sie laut, beinah hysterisch, und winkte der Bedienung. »Einen Kaffee. Schwarz. Und einen Cognac.« Sie sah mich an. »Sie auch?«

Ich schüttelte den Kopf. »Meine Eltern ... wir wohnen im Taunus.« Meine Stimme klang ganz heiser. »Ich ... ich wurde schon als ganz kleines Baby adoptiert.«

»Ich war knapp zwei. Von meiner Tante.«

»Welche Tante?«, fragte ich irritiert.

»Der Schwester meiner …« Sie unterbrach sich. »*Unserer* Mutter.« Dann zuckte sie die Achseln und lachte wieder. Als wäre unser Leben ein guter Witz.

»Irgendwie kapier ich das alles nicht.« Ich ging jetzt ohne Umstände zum Du über. »Warum wurde ich als Baby adoptiert und du erst mit zwei? Und warum bist du bei dieser Tante aufgewachsen und ich …« Ich schüttelte ratlos den Kopf. »Ich kapier das nicht«, wiederholte ich und kratzte die wenigen Informationen, die ich hatte, mühsam zusammen. »Ich war nur kurz im Heim … also nach dem Unfall …«

Sie sah mich überrascht an. »Unfall? Welcher Unfall?«

»Na, der Unfall. Unsere Eltern sind doch verunglückt.«

»Also, was mit unserem Vater war, weiß ich nicht«, sagte Pia. »Aber unsere Mutter hatte Krebs.«

Der Weg von ihrem Büro bis nach Roßdorf, dem Ort, in dem Pias Eltern wohnten, führte ein paar Kilometer durch eine wenig reizvolle Landschaft. Vielleicht war sie auch reizvoll, und ich hatte nur kein Auge dafür. Immer wieder schweifte mein Blick auf die Seite. Ich betrachtete Pias Profil, das aussah wie meines. Ich erkannte die Art, wie sie ihre Handtasche auf dem Schoß hielt, wie sie ihre Stirn runzelte und sich leicht vorneigte, wie sie nach Taschentüchern suchte und in die rechte Taschenklappe griff, wenn sie die linke meinte, und zum gefühlt hundertsten Mal dachte ich: *Wie bei mir.* Dabei fühlte ich mich ganz unwirklich. Als würde ich mich auflösen. Als hätte ich keine Konturen mehr.

»An der Ampel links und dann die zweite Straße rechts«,

sagte Pia. Ich setzte den Blinker. Sie sah mich an und nickte. »Das andere Links.« Wir lächelten beide.

Sibille und Rainer Jürgensen wohnten in einem kleinen Reihenhaus. Der Vorgarten bestand aus einem kleinen Weg links und einem kleinen Beet rechts. Eine Art Blumenbeet, nur ohne Blumen. Wir standen vor der Tür. Mir war elend zumute. So elend wie schon lange nicht mehr. Das letzte Mal hatte ich mich so gefühlt, als ich ungefähr siebzehn war. Damals hatte ich mich zum ersten und zum letzten Mal heillos betrunken. Meine Mutter hatte geweint, und Herbert hatte mir dabei geholfen, mich auszuziehen. Ich konnte es nicht mehr selbst tun. Das Einzige, was ich noch konnte, war, mir die Seele aus dem Leib zu kotzen.

An diesem Punkt war ich jetzt auch. Ich hörte ein schrilles Klingeln und lautes Hundegebell und übergab mich. Direkt ins Blumenbeet. »Tut mir leid«, japste ich würgend.

»Schon gut.« Pia legte ihre Hand auf meinen Rücken. Die erste schwesterliche Berührung.

Die Tür wurde geöffnet, ein kläffendes Etwas wuselte um uns herum, ich hob den Kopf und sah aus den Augenwinkeln eine blonde, mir völlig fremde Frau, die mit fremder Stimme schimpfte. »Aus, Oskar!«

»Hallo, Sibille«, hörte ich Pia mit meiner Stimme sagen.

»Dein Hund macht mich noch wahnsinnig. Hallo, Pia. Du bist früh heute.« Die Frau öffnete die Tür ganz weit. »Komm rein, ich habe gerade Kaffee gemacht. Oskar hat seine Runde schon hinter sich, er war ...« Ihr Blick fiel auf die Seite, sie erkannte meine kauernde Gestalt neben dem

Hund vor ihrem Blumenbeet und erstarrte. Wir erfuhren nicht mehr, was mit Oskar war. Er leckte gerade an meiner Hand und roch an dem, was ich im Beet hinterlassen hatte.

»Was …?«, fragte Sibille und hielt sich am Türrahmen fest.

»Ich glaube, wir sind jetzt diejenigen, die hier ein paar Fragen stellen«, sagte Pia.

Sie nahm meine Hand und zog mich hoch. Zog mich in die Wohnung, vorbei an der Frau, die mich anstarrte und die nur eine von uns großgezogen hatte. Pia. Nicht mich.

Ich war wie betäubt. Pia saß links von mir, Sibille, ihre Mutter, meine Tante, die Schwester unserer Mutter, saß uns gegenüber. Sie war mittelgroß, blond und trotz einiger Falten noch ziemlich attraktiv. Sie hatte braune Augen wie wir und ein weiches Gesicht. Sie erinnerte mich an nichts und niemanden.

Wir waren alle überfordert und erst einmal damit beschäftigt, uns gegenseitig auszuweichen. Ich wich Sibilles Blick aus, Sibille wich Pias Blick aus, Pias Hand wich Oskars Zunge aus, bis der Hund verstimmt den Schwanz einzog und sich unter der Bank verkroch. Tiere sind sensibel, sie spüren, wenn etwas nicht stimmt.

Ich vergaß vor Anspannung fast zu atmen und hielt mich an der Tasse Tee fest, die Pia mir hingestellt hatte.

Dabei zitterte ich, ich konnte nicht aufhören zu zittern. Es ging zu schnell, viel zu schnell. Es fühlte sich irgendwie falsch an, es fühlte sich an, als hätte ich einen Bungeesprung zwar überlebt, würde jetzt aber in hoffnungsloser

Höhe über einem Abgrund baumeln. Ich hätte mich nicht so hineinstürzen dürfen, ich hätte Pia vorwarnen, ihr eine Wahl lassen müssen. Ich hätte vorher mit ihr telefonieren, ihr einen Brief schreiben, sie und mich vorsichtig vorbereiten müssen. Ich hätte …

»Trink das«, sagte Pia, so wie ich mit Lena immer sprach, wenn sie krank oder elend war. Und: »Geht's wieder?« Sie schaute mich an mit Augen, die aussahen wie meine eigenen, und ich nickte verlegen.

Sibille nahm Pias Hand. Sie war blass, aber gefasst und räusperte sich ein ums andere Mal. »Ich weiß gar nicht, was ich sagen soll«, erklärte sie.

Meine Schwester zog ihre Hand nicht weg, aber ihr Blick war fest und unnachgiebig. »Wie wär's mit der Wahrheit?«

Die Wahrheit.

Die Wahrheit war: Ich hatte noch eine Familie. Eine leibliche Tante, einen Onkel und … eine Zwillingsschwester. Ich war ein Zwilling. Etwas Halbes. Ein Teil von einem Ganzen. Ich allein war so unvollständig, wie ich mich immer gefühlt hatte.

An die Heimfahrt konnte ich mich nachher nicht mehr erinnern. Ich stand unter Schock. Erst Stunden später war ich in der Lage zu realisieren, was geschehen war, was uns geschehen war, und was wir heute erfahren hatten.

Sibille hatte mir ein Bild von unserer Mutter gezeigt. Ein Kindergesicht mit Rehaugen. Zum Zeitpunkt der Entstehung des Fotos war sie knapp zwanzig Jahre alt, etwa so alt wie Lena jetzt. Sibille versprach, einen Abzug machen zu lassen und mir zu schicken. Er kam nur wenige Tage später mit der Post. Wochenlang trug ich das Foto bei mir, bis es ganz knittrig und schmutzig war und Ralph mir einen neuen Abzug besorgte. Einen Abzug vom Abzug.

In einigen Teilen deckte sich das, was ich an diesem Tag erfahren hatte, mit dem, was ich bereits wusste. Es gab tatsächlich keine leiblichen Eltern mehr, jedenfalls nicht für uns. Unsere Mutter war tot und unser Erzeuger im Nirwana. Keiner kannte seinen Namen, keiner die Umstände unserer Zeugung. Er war nie aufgetaucht, nicht vorher und nicht nachher. Es hatte auch keinen Unfall gegeben und also auch keinen Mann an ihrer Seite. Jedenfalls nicht offiziell. Unser Vater war das Geheimnis, das in ihrem Grab ruhte. Er würde unser ewiges Rätsel bleiben. Wir konnten uns mit unserer Mutter vergleichen und vielleicht Ähnlichkeiten mit ihr feststellen. Ob aber das, was wir bei ihr nicht fanden, sein Erbe war, das wussten wir nicht. Das konnten wir nur vermuten.

Was die Umstände ihres Todes anging, so hatte Pia recht. Es war kein Unfall. Sie war an den Folgen ihrer Krebserkrankung gestorben. Die Krankheit sei erst eine Weile nach unserer Geburt ausgebrochen, sagte Sibille auf meine Nachfrage. Großeltern habe es zu dieser Zeit schon nicht mehr gegeben, und Corinna sei bald zu krank gewesen, um sich um uns zu kümmern. Wir kamen also in ein Heim. Als Corinna nur wenige Monate später starb, mit noch nicht einmal fünfundzwanzig Jahren, übernahm die Behörde die Vormundschaft. Außer Sibille gab es keine lebenden Verwandten, aber Sibille war viel zu jung und außerdem nicht verheiratet. Wäre sie verheiratet gewesen, dann hätte sie uns adoptieren können, aber das wollte ihr damaliger Freund nicht, und schon gar nicht wollte er Kinder, die nicht seine eigenen waren. Es war auch besser so. Ein Jahr später verließ er Sibille, und dann dauerte es noch ein weiteres Jahr, bis sie Rainer traf.

Als Sibille und Rainer heirateten, nur wenige Monate später, stellten sie unverzüglich einen Adoptionsantrag. Für uns *beide* war es da allerdings schon zu spät. Ich war bereits in Niersbach. Nur Pia war zu haben. Sie war sehr krank gewesen, und keiner hatte ein so krankes Kind gewollt.

»Was hattest du denn?«, fragte ich.

»Etwas mit der Lunge. Eine Art Lungenentzündung.«

Mir war natürlich sofort klar, was wirklich los war. Pia war krank geworden, weil man uns getrennt hatte. Man darf nicht trennen, was zusammengehört.

Sibille

April 1975

Schulter an Schulter. Ganz nah. Und trotzdem meilenweit auseinander. Es waren nicht nur die fünf Jahre Altersunterschied, die sie trennten.

Sibille saß neben Corinna auf der Eckbank und versuchte, nicht zu hören, was ihre Schwester erzählte. Nichts sehen, nichts hören, nichts sagen. So kam man besser durchs Leben.

Die Einrichtung hier war spärlich. Eine Bank, sechs alte Stühle, ein Tisch mit verkratztem Furnier. Außerdem ein alter Küchenschrank mit Türen, die man nicht mehr schließen konnte, eine Spüle, die ständig tropfte, ein Kühlschrank, der meistens brummte. Und ein uralter Dreiplattenherd, der nur sporadisch funktionierte.

Corinna saß ganz vorne auf der Kante, wippte nervös mit den Füßen, kleine, schmale Füße in Jesuslatschen, und redete immer weiter. Sie wusste ja nicht, dass Sibille ihr nicht zuhörte. Nichts hörte von dem Mann, der so ganz anders war als alle anderen. Davon, dass es dieses Mal etwas Ernstes war. Dieses Mal ganz bestimmt. Sie starrte auf ihre Hände. Was ging sie das alles an?

»Mit ihm ist alles ganz anders. Er ist ... einfach der Richtige«, redete Corinna unbeirrt weiter.

Beinah hätte Sibille gelacht. Der Richtige. Das waren auch alle anderen davor. Sie hatte aufgehört, sie zu zählen. Der Letzte war Musiker gewesen, ein Mann von fünfundvierzig Jahren, beziehungserfahren hatte Corinna ihn genannt.

Einfach nicht reagieren. Einfach irgendwohin schauen und abwarten. Sie kratzte mit dem Fingernagel über einen Schmutzfleck auf dem Furnier.

»Er will, dass ich zu ihm komme. Nächste Woche fahre ich hoch zu ihm und schau mich nach einer Wohnung um.«

Jetzt hörte Sibille auf zu kratzen. »Wo wohnt er denn?«

»In Münster.«

»Ach so.«

»Nicht das Münster hier. Ein anderes, weiter weg.«

»Wie weit?«

»Keine Ahnung. Zweihundert Kilometer, vielleicht auch mehr.«

»Warum kommt er denn nicht hierher?«

»Er kann da doch nicht so einfach weg.«

»Das kannst du auch nicht.«

»Sibille, ich habe mir das nicht ausgesucht. Aber jetzt ist es so. Wir bekommen ein Baby.«

»Was? Bist du schwanger?«

»Ja.«

Sibille schluckte. Corinna bekam ein Kind. Ein Baby. Eigentlich sollte sie sich freuen. Stattdessen war ihr diese Ankündigung wie ein Schreck in die Knochen gefahren. »Wie soll das alles gehen? Ich meine, was ... was wird denn dann mit Mama?«

»Was soll mit ihr werden? Sie erkennt mich noch nicht einmal, sie wird mich also kaum vermissen.«

»Und ich? Was ist mit mir?«

»Ach, komm schon. Ich bin ja nicht aus der Welt. Wenn du volljährig bist und deine Lehre hinter dir hast, dann kommst du eben zu uns. Und so lange hältst du hier die Stellung. Du hast doch selbst gesagt, dass es dir hier gefällt.«

»Das habe ich nicht gesagt. Jedenfalls nicht so.«

»Doch. Hast du.«

»Hab ich nicht.«

Sibille sprang schnell auf, um ein Glas Wasser zu holen. Auch, um die Tränen abzuwischen. Die würden sie nur wieder schwach aussehen lassen. Neben der Spüle blieb sie stehen. Etwas roch säuerlich. Auf dem Herd stand ein Topf mit Suppe. Von vorgestern. Der Topfdeckel war leicht geöffnet. Niemand hatte sich die Mühe gemacht, die Suppe in den Kühlschrank zu stellen. Das war einer der Nachteile in diesem Heim, in dem sie seit ein paar Monaten lebte und das eigentlich gar kein richtiges Heim war. Eher so eine Art Wohngemeinschaft. Für Mädchen ab sechzehn, die lernen sollten, Eigenverantwortung zu übernehmen. Zum Beispiel für Lebensmittel, die in den Kühlschrank gehörten. Sie hatte zwar gerade begonnen, sich daran zu gewöhnen, aber nicht, sich hier wohlzufühlen.

Sibille schob den Deckel zurecht und sah, wie Corinna nach dem Fotoapparat griff. Wie schon ihr Vater fotografierte sie gerne und hatte das Hobby sogar zum Beruf gemacht. Der Apparat hatte früher dem Vater gehört, und Herr Räbiger hatte sich seine Leidenschaft etwas kosten lassen.

»Hey, du wirst Tante. Kannst du dich denn gar nicht mit uns freuen?« Ihre Schwester fixierte sie durch den Sucher der Kamera.

Sibille wischte sich mit dem Ärmel über das Gesicht und drehte sich um. »Hör auf damit!«, sagte sie böse, aber dann fiel ihr etwas ein. Corinna nahm es oft nicht so genau mit der Wahrheit und legte sich die Dinge gerne so zurecht, wie sie sie haben wollte.

»Bist du wirklich sicher?«

»Völlig sicher. Ich habe zweimal meine Tage nicht bekommen, und letzte Woche habe ich einen Test gemacht.«

Es klang sehr aufrichtig.

»Warst du bei einem Arzt?«

»Das brauche ich nicht. Ach Mensch, Bille, jetzt mach doch nicht so ein Gesicht. Du wirst sehen, zwei Jahre vergehen wie im Flug.« Corinna stellte sich hinter sie und legte die Arme um ihre Taille. »Und dann kommst du zu uns, und alles wird gut.«

Sibille schüttelte stumm den Kopf. Es hatte schon zu viele Veränderungen in ihrem Leben gegeben. Und nur selten war danach etwas gut geworden. Oder besser als davor. Vor drei Jahren, nachdem ihr Vater gestorben war, mussten sie das große Haus räumen. »Wir machen es uns schon gemütlich«, hatte Corinna gesagt, als sie in die kleine Wohnung gezogen waren. Direkt unter dem Dach. Im Sommer war es heiß, im Winter kalt. Und immer dunkel. Ein halbes Jahr ging es noch gut, dann nicht mehr. Corinna nahm sich eine eigene Wohnung, die Mutter kam in eine Klinik, und sie selbst musste in ein Heim. Sie war ja erst fünfzehn. Und jetzt war sie hier.

Sibille seufzte. Sie hatte bunte Träume, aber was nutzte das? Die Realität war dunkelgrau.

Zwei Tage später sah sie ihre Schwester mit einem Mann vor dem Eiscafé am Marktplatz. Corinna hatte den Kopf gesenkt, während er redete. Glücklich sahen sie beide nicht aus. Aber er war ein schöner Mann, das musste Sibille zugeben. Ein sehr schöner sogar.

»Schöne Männer bringen nur Unglück«, hatte ihre Mutter immer gesagt, als sie ihre Sinne noch beisammenhatte.

Nadja

Immer noch April 2017

Kaum wieder zu Hause, stellte ich meine Mutter zur Rede. »Ich habe eine Schwester, und du hast es gewusst«, fiel ich ohne Einleitung mit der Tür ins Haus. »Die ganze Zeit. Die ganzen Jahre.«

Marlies stand da wie ein gefallener Engel.

»Warum habt ihr nie etwas gesagt?«

»Ist sie ... ganz gesund?«

»Warum soll sie denn nicht gesund sein?«

Sie drehte sich zur Seite. »Komm erst einmal rein«, sagte sie schwach.

»Nein.« Ich wollte nicht reinkommen. Ich wollte wütend sein. »Warum habt ihr uns getrennt?«

»Das verstehst du nicht.«

»Nein. Das verstehe ich nicht.«

»Nadja, bitte.«

»Sie ist meine Zwillingsschwester.« Ich spürte, wie neue Übelkeit in mir hochstieg. »Das ... das verzeih ich dir nie.«

»Sie war damals sehr krank.«

»Und da war es einfacher, nur das gesunde Kind zu nehmen? Haha!« Ich lachte unfroh. »Wie im Supermarkt.«

»Ein todkrankes Kind ... und dein Vater ... es war doch auch so schon schwer genug.«

Ich wandte mich ab.

»Nadja«, sagte sie und nahm meinen Arm.

Ich entzog mich. »Ach, lass mich einfach in Ruhe!«

»Nadja. Bitte. Verstehst du das denn nicht?« Sie war schrecklich blass, und ihre Augen lagen in tiefen Höhlen. Fast tat sie mir leid. Trotz allem. Ich schluckte den Rest an Wut und spürte dem Schmerz nach. Dem meiner Schwester, dem meiner Mütter, auch meinem eigenen.

»Weißt du was?«, sagte ich leise, bevor ich ging. »Ich wünschte, ihr hättet mich nie adoptiert. Dann hätten wir vielleicht eine Chance gehabt.«

Ich war ein Puzzleteil, das genau in Pias Lücke passte. So wie Pia in meine. Aber die jahrelange Trennung hatte unsere Kanten rau gemacht. An uns war nichts mehr glatt.

Beinah täglich meldete ich mich bei Pia. Es war, als müsste ich mich immer wieder vergewissern, dass es sie wirklich gab. Manchmal vertröstete mich die Sekretärin. *Frau Albrecht ist gerade im Gespräch, sie ruft zurück.* Und manchmal rief Pia mich tatsächlich zurück.

Wir hatten auf Anhieb einige Gemeinsamkeiten erkannt, zum Beispiel hatten wir offenbar beide eine kleine Links-Rechts-Schwäche, um unsere Duplizität aber noch mehr herauszustellen, suchte ich nun ganz aktiv nach allen erdenklichen Übereinstimmungen. Lieblingsfarbe, Lieblingsmusik, Lieblingsfilm, ich wollte, dass wir gleich waren.

»Welche ist deine Lieblingszahl?«, fragte ich.

»Keine Ahnung. Zwei, glaube ich«, sagte Pia.

»Meine auch«, behauptete ich. Dabei hatte ich gar keine.

Es gab allerdings auch Fragen, die ich mich scheute zu

stellen. Die nach ihrer Kinderlosigkeit zum Beispiel. Ich weiß nicht, warum, aber etwas hinderte mich daran. Vielleicht die Angst, irgendwelche Wunden aufzureißen.

Und bei aller Euphorie und Freude: Tief in mir drin nagte auch ein leiser Zweifel. Wollte ich nicht zu viel auf einmal? Ging das alles nicht viel zu schnell? Vierzig getrennt gelebte Jahre ließen sich doch nicht einfach vermischen wie Farben, indem man vorgab, gemeinsame Vorlieben zu haben.

Auch der Streit mit Marlies belastete mich. Obwohl uns nur wenige Hundert Meter trennten, schien die Entfernung plötzlich unüberbrückbar. Daran konnten auch Herberts Bemühungen nichts ändern. *Sie liebt dich doch.* Ich wusste, dass sie mich liebte. Ich wusste auch, dass es ihr schlecht ging, aber ich verschloss mich. Ich wollte oder konnte mein zerbrechliches Glück nicht mit ihr teilen. Ich hatte so eine diffuse Angst, dass sie es mir nicht lassen würde. Also zog ich es vor, mein schlechtes Gewissen zu ignorieren und mich in meiner Wut einzurichten. Es gab schließlich hundert berechtigte Gründe dafür, wie ich mir einzureden versuchte. Aber es ging mir nicht gut damit.

Die emotionale Berg-und-Tal-Fahrt forderte schließlich ihren Tribut. Ich schlief schlecht, bekam einen hässlichen Ausschlag und hatte permanent Kopfschmerzen. Ich litt. Und alles um mich herum litt mit mir. Meine Arbeit, meine Beziehung, meine Familie.

Nach ein paar Wochen fanden wir beide, dass es Zeit wurde, uns wieder zu sehen und unsere Familien zusammenzuführen.

»Ihr kommt zu uns«, sagte ich. »Lena und Ralph können es kaum erwarten, dich endlich kennenzulernen. Und deinen Mann natürlich.«

Wir verabredeten uns also für das kommende Wochenende. Doch die fünf Tage, die dazwischenlagen, schienen mir plötzlich wie eine unüberwindbare Ewigkeit. Genauso unüberwindbar wie der kurze Weg zum Haus meiner Mutter.

»Sprich endlich mit Marlies«, sagte Ralph, als ich ihm von dem geplanten Besuch erzählte. »Schließ sie nicht aus.«

Aber ich weigerte mich. Ich hatte keine Kraft, mich den unweigerlich folgenden Diskussionen zu stellen, ich hatte genug mit mir zu tun.

Um mich Pia näher zu fühlen, begann ich, alles um mich herum mit ihren Augen zu sehen: die Wälder, die Wiesen, die Windräder. Das schäbige Bankgebäude mit dem kleinen Schalter, hinter dem ich jeden Tag stand, von acht bis vierzehn Uhr. Unser Haus, die Wohnung, die Möbel.

Ich saß auf dem Bett in unserem Schlafzimmer, betrachtete den hellen Überwurf, die Kissen darauf, den Stuhl, den Schrank und die gerahmten Fotos an der Wand. Ich ging ins Wohnzimmer, schaute auf das große, knautschige braune Sofa, das vor einer Wand stand, auf die hellen Ornamente, die ich an die Seite gemalt hatte, auf den alten Schrank, der aus Frankreich stammte, auf das Klavier, das mich seit meinen Kindertagen begleitete. Ich durchquerte den Flur und betrachtete den Kerzenständer und die selbst gebastelten Filzblumen auf der weiß gestrichenen Kommode. Ich lag in der Wanne im Bad und ließ meinen Blick über Regale und

Handtuchstapel schweifen. Ich betrachtete die Blumen in unserem Garten, als hüteten sie plötzlich ein besonderes, einzigartiges Geheimnis. Räume, Möbel, Deko-Artikel, Bäume und Pflanzen, alles, sogar die Tapeten sah ich mit den Augen meiner Schwester. Oder versuchte, sie so zu sehen. Es war wie ein Spiel, das ich den ganzen Tag nicht müde wurde zu spielen. Es brachte mich Pia näher. Aber es entfernte mich auch immer mehr von mir selbst.

Zwei Tage vor Pias Besuch stand ich im Wohnzimmer am Fenster und sah in den Garten. Wir hatten zwei Apfelbäume, die jetzt voller kleiner grüner Früchte hingen. Es waren zwei ziemlich alte, nicht mehr sehr populäre Sorten, *James Grieve* und *Krumpeter*, Ralph hatte sie vor ungefähr zwanzig Jahren gepflanzt. Dafür hatte es zwei Gründe gegeben: erstens Lenas Geburt und zweitens eine CD von Reinhard Mey. *Du bist das Apfelbäumchen, das ich pflanz.*

Ich weiß noch, wie sehr wir uns in den ersten Jahren über jeden wurmstichigen Apfel gefreut hatten. Als der Ertrag im Laufe der Zeit dann immer reicher wurde, habe ich die Früchte zu Apfelbrei und Gelee verarbeitet. In guten Jahren konnte es passieren, dass ich kaum nachkam. Einmal stand ich zwischen hundert Einmachgläsern und kiloweise Gelierzucker und schimpfte: »Ein Baum hätte auch gereicht. Wir haben ja auch nur ein Kind.«

Aber egal, ob der Ertrag reichlich oder nur spärlich war, ich hing an diesen Bäumen. Sie verbanden uns als Familie. Genauso wie der Alte Fritz. Der Alte Fritz war eine gusseiserne, bronzierte Figur von Friedrich II., dem König von

Preußen, er hatte also eine hoheitsvolle Bedeutung. Er war etwa einen halben Meter hoch und ziemlich schwer, was es mir unmöglich machte, ihn hochzuheben, wenn ich den Boden wischte. Ich konnte ihn nur schieben. Früher hatte er dem Vater meiner Mutter gehört. Und davor schon seinem Vater. Meine Mutter fand ihn aber immer scheußlich, und irgendwann wollte sie ihn dann nicht mehr im Haus haben. Ralph gefiel er, mir war es egal. So kam Fritz zu uns und wurde zu einer Art erweitertem Familienmitglied.

Na, wie geht's?, fragte Ralph manchmal, wenn er an Fritz vorbeiging. Oder *Schieb mal den Alten Fritz zur Seite, aber tu ihm nicht weh*, wenn der Weihnachtsbaum gestellt wurde und er mal wieder im Weg stand. Im Weg stehen konnte er gut.

Ich legte meine Hand auf seinen kühlen Kopf. Er war nicht schön, aber ich wusste: Würde er aus irgendeinem Grund einmal nicht mehr da sein, dann würde er mir fehlen, der Alte Fritz.

Einen Tag vor Pias Besuch klingelte am Nachmittag das Telefon. Mein Herz machte einen Satz. Ich war immer in Sorge, dass doch noch etwas dazwischenkommen und unser verabredetes Treffen scheitern könnte. Kopflos rannte ich in die Diele und nahm das Telefon, den Daumen schon auf der Taste mit dem grünen Hörer, aber dann erkannte ich die Nummer meiner Eltern und legte das Gerät wieder zurück auf die Station.

Ich setzte mich aufs Sofa, wickelte mich in eine Wolldecke und schaltete den Fernseher ein, die Lautstärke auf sieben, damit ich das Telefon nicht mehr hörte. Im Fernsehen lief eine Sendung über Kasachstan, die mich nicht die Bohne interessierte. »Kasachstan gehört mit einer Fläche von rund 2,1 Millionen Quadratkilometern zu den zehn größten Ländern der Erde. Rund 15 Millionen Menschen leben dort«, sagte ein Sprecher. Und: »Zum Vergleich: Deutschland verfügt über rund 360.000 Quadratkilometer. Bei 82,5 Millionen Einwohnern.« Ich rechnete. In Kasachstan kamen auf jeden Bewohner rund 140.000 Quadratmeter Fläche. Bei uns dagegen nur ungefähr 4.500.

Ein Geräusch ließ mich aufhorchen. Ich stellte den Ton leise und lauschte. Etwas klopfte an die Scheibe. Ich drehte den Kopf und sah in das Gesicht meiner Mutter. Der Druck, der schon seit Tagen auf meinem Brustkorb lastete, wurde plötzlich unerträglich. Ich rappelte mich auf. Es nutzte ja nichts. Im Gegenteil. So wurde es immer nur schwerer und größer, mit jedem Tag.

Ohne viele Worte führte ich Marlies in die Küche. Wichtige Gespräche führten wir immer am Küchentisch, das war schon so, als ich noch ein Kind war. Am Küchentisch hatte ich hundertmal erfahren, dass meine Eltern sich trennen wollten. Bis sie es dann irgendwann tatsächlich taten. Am Küchentisch hatte meine Mutter mir zwei Jahre später verkündet, wieder heiraten zu wollen. Und am Küchentisch hatten Ralph und ich ihr dann vor knapp einundzwanzig Jahren verkündet, dass wir sie zur Großmutter machen würden.

Sie sah schrecklich aus. Ihr Gesicht war grau, die Haare unfrisiert. »Das hat doch so keinen Sinn«, sprach sie aus, was ich selbst gerade gedacht hatte. »Lass es mich dir doch wenigstens erklären.« Sie wirkte erschöpft und gleichzeitig gefasst. Ich sah auf ihre gefalteten Hände und nickte.

»Ich hatte schon einmal ein Kind.«

Damit hatte ich nicht gerechnet.

»Ein kleines Mädchen. Antonia.«

Jetzt sah sie mich an. Und ich sah den Schmerz in ihren Augen. Ich konnte ihn sogar fühlen. Auch nach beinah fünfzig Jahren war er nicht vergessen.

»Antonia kam zur Welt und entwickelte sich zuerst ganz normal. Sie wuchs. Sie lachte. Sie begann zu krabbeln, später zu laufen. Aber dann wurde sie krank.« Marlies' Stimme klang brüchig. »Sie aß schlecht, sie war anfällig für Infektionen, sie war zu klein und zu leicht. Es wurde schlimmer. Jeder Husten wurde zur Katastrophe, jeder Infekt brachte uns in die Hölle. Sie magerte ab, war ständig fiebrig. Wir rannten von Arzt zu Arzt, von Klinik zu Klinik, aber niemand konnte uns helfen.« Sie unterbrach sich. Ihre blutleeren Lippen waren kaum mehr erkennbar, der Mund eine dunkle Höhle. »Sie war noch nicht einmal zwei Jahre alt, als sie starb.«

Mir wurde plötzlich kalt. Ich erinnerte mich wieder an ganz frühe Friedhofsbesuche bei meinen Großeltern. Und an einen kleinen weißen Engel auf einem winzigen Grab ganz in der Nähe, vor dem meine Mutter jedes Mal stehen geblieben war.

»Ich ... ich glaube, ich mach uns mal einen Tee«, stotterte ich hilflos.

»Nein. Bitte bleib.« Marlies legte ihre kalte Hand auf

meine. So wie Sibille es vor knapp zwei Wochen bei Pia getan hatte.

»Bitte bleib«, sagte sie wieder, und ich blieb.

»Toni, wir nannten sie Toni, hatte eine seltene Stoffwechselerkrankung. Erblich bedingt. Wir mussten uns aufwendigen Tests unterziehen, und dann war klar, dass wir keine eigenen Kinder mehr haben würden. Dass ich nie ...« Der unvollendete Satz blieb zwischen uns hängen. Ihr Blick streifte mich. Sie räusperte sich. »Zwei Jahre nach ihrem Tod meldeten wir uns bei der Adoptionsbehörde.« Sie räusperte sich wieder. »Das war kein einfacher Weg. Wir mussten uns viele Fragen gefallen lassen.«

Ich wusste nicht, was ich sagen sollte. Wer nimmt Kindern ihre Mütter und Müttern ihre Kinder? Gott? Ich war nicht sehr gläubig, das machte die Sache noch schwieriger. Etwas Feuchtes landete auf meinem Handrücken. Sie weinte. Ich ließ meine Hand, wo sie war.

»Dann kam der Anruf. Zwei kleine Mädchen, die Mutter gerade gestorben, der Vater unbekannt. Eins davon sehr krank. Die Ärzte hatten kaum noch Hoffnung.«

»Habt ihr sie denn damals gesehen?«

Meine Mutter nickte. »Auch wenn du das nicht verstehst, aber ... es ging nicht. Wir konnten das nicht. Nicht noch einmal.«

Ich verstand es. Aber verzieh ich es auch? *Die Ärzte hatten kaum noch Hoffnung.* Krankheiten, ja sogar Demokratie, Emanzipation oder Gleichberechtigung, all das waren keine unumkehrbaren Zustände. Für den Tod galt das nicht. Er war endgültig. Aber Pia war nicht tot. Sie lebte, und sie hätte jemanden gebraucht, der mit ihr und um sie kämpfte.

»Und ... ich?«, fragte ich leise und hob den Blick. Ich sah den goldfarbenen Schimmer in ihren Augen, das leichte Lächeln, das sich jetzt in ihre Mundwinkel stahl. Ich sah ihr *Liebesgesicht*.

»Du warst überm Berg. Ein kleiner Sonnenschein. Meine Tochter.« *Meine* Tochter. Nicht *unsere*.

»Überm Berg? War ich denn *auch* krank?«

»Du ... du hattest ... ich weiß nicht mehr so genau, irgend so eine Infektion oder so etwas. Aber das war bald überstanden. Als wir dich ein paar Tage später abgeholt haben, warst du schon wieder ...«

Ich ließ sie nicht ausreden, weil mir noch etwas eingefallen war, das mir jetzt sehr wichtig erschien. »Warum habt ihr mir immer erzählt, dass meine Eltern bei einem Unfall ums Leben gekommen sind? Ich meine, okay, *Vater unbekannt*, das versteht vielleicht kein Kind, aber ...«

Sie seufzte. »Was sollten wir dir denn sagen? Du warst doch noch so klein, da schien es einfacher ...«

»Einfacher als Krebs? Das kapier ich nicht.«

Sie sah mich überrascht an. »Sie hatte Krebs?«

»Ja.« Jetzt war ich auch überrascht. »Wusstest du das nicht?«

»Doch, doch. Natürlich. Hat ...« Sie zögerte. »Hat *sie* dir das gesagt?«

»Sie?«

»Ja. Ich meine ...«

»Meinst du *meine Schwester*?«

Sie nickte.

»Nein. Ich weiß es von Sibille. Sibille ist Pias Mutter. Und außerdem ... meine Tante.«

»Ich weiß«, murmelte sie.

»Du weißt, wer Sibille ist? Woher?«

»Von Ralph. Er war gestern bei uns.« Sie strich ihr Shirt glatt. »Ich glaube, jetzt könnte ich doch noch eine Tasse Tee brauchen«, sagte sie gefasst.

Ich stand auf und füllte den Wasserkocher. In meinem Kopf wirbelte alles durcheinander. Ich hatte das Gefühl, immer nur scheibchenweise Informationen zu bekommen. Und immer nur dann, wenn es sich nicht vermeiden ließ.

»Und später?«, fragte ich. »Ich meine, habt ihr denn nie versucht zu erfahren, was aus Pia geworden ist?«

»Nein.« Sie schüttelte den Kopf. »Das ... das hätte uns zu sehr belastet. Vielleicht war es ein Fehler, aber damals ...«

»Schon gut.« Ich wollte ihre Entschuldigungen nicht hören. »Sie besucht mich am Wochenende. Hat Ralph dir das auch gesagt?«

Marlies zog fröstelnd ihre Schultern hoch und nickte. Mit einer Geste, die jetzt einerseits entschlossen, aber gleichzeitig auch sehr verletzlich wirkte, wischte sie ein paar imaginäre Krümel vom Tisch. »Ich bin jedenfalls sehr froh, dass ich gekommen bin. Und dass wir miteinander gesprochen haben.«

Ich stellte zwei Becher auf den Tisch und setzte mich wieder. Es waren noch längst nicht alle Fragen beantwortet, jedenfalls nicht für mich, aber als wir uns wieder gegenübersaßen und unseren heißen Tee schlürften, wurde es wieder still zwischen uns. Irgendwann begannen ihre Augenlider zu flattern. Sie gähnte und schob ihre halb leere Tasse zurück.

»Ich habe schlecht geschlafen die letzten Nächte«, sagte sie und stand auf. »Dein Vater wartet sicher auch schon. Er macht sich immer Sorgen um mich. Dabei muss man sich um ihn viel mehr sorgen.«

Sie war noch immer blass, aber sie wirkte nicht mehr so schrecklich bedrückt und hoffnungslos. Alles an ihr schien plötzlich leichter. Ihre Bewegungen, die Haltung ihres Kopfes, ihr Atmen. Manche Päckchen im Leben wiegen schwer. So schwer, dass wir sie kaum mehr tragen können. Tragen hat etwas mit ertragen zu tun, leicht mit erleichtern. Vielleicht hatte sie schon seit Jahren nach dem passenden Zeitpunkt oder einer Möglichkeit gesucht, die Last mit mir zu teilen. Und jetzt war er gekommen. Überraschend und ungewollt. Aber unvermeidbar.

Vor der Haustür drehte sie sich noch einmal um. »Bist du mir noch böse?«, fragte sie leise.

»Nein. Enttäuscht vielleicht und traurig.« Ich umarmte sie und ließ mich von ihr umarmen. »Aber nicht mehr böse.« Und das stimmte. Meine Wut war weg.

Erst viel später fiel mir ein, dass noch etwas an ihren Erklärungen nicht stimmen konnte: Nach der Aussage meiner Mutter wurde ich bereits mit wenigen Wochen adoptiert. Aber laut Sibille waren wir das erste Jahr noch bei unserer leiblichen Mutter und kamen erst dann ins Heim. Eine von beiden hatte also gelogen. Aber wer? Und warum?

Der große Tag war gekommen. Heute würde ich Pia wiedersehen, wir hatten uns für den frühen Nachmittag verabredet, *so gegen halb vier.*

Um zehn sortierte ich alte Zeitschriften aus und staubte staubfreie Schränke ab. Gegen halb elf saugte ich das ganze Haus, sogar den Keller, und putzte um zwölf das große Wohnzimmerfenster. Um eins schob ich einen Kuchen in den Ofen und den Alten Fritz tief in eine Ecke und rückte um halb zwei sämtliche Kissen zurecht und gerade hängende Bilder noch gerader. Schließlich setzte ich mich ans Klavier. Ich schlug ein paar Tasten an, eine lose Reihe von Tönen. Unser Klavier hatte einen vollen, kräftigen Klang, aber ihm fehlte diese perlende Leichtigkeit, wie man sie bei neueren oder hochwertigeren Instrumenten findet. Es war nicht perfekt, aber alltagstauglich. So wie ich.

Ich schloss meine Augen und strich mit zarten Fingern über das Holz, fühlte jede Unebenheit, auch die raue Stelle ganz links, dort, wo Lena als Kind mit einer Stricknadel ihre Initialen eingeritzt hatte.

Die Zeit hatte endgültig aufgehört, das zu tun, was ihre Pflicht und Arbeit war, nämlich zu vergehen. Stattdessen hielt sie mich in einer Endlosschleife gefangen. Der Zeiger unserer alten Wiener Uhr bewegte sich in herausfordernder Langsamkeit. Dabei hüpfte mein Herz die ganze Zeit völlig unkontrolliert, und es schien auch nicht an der Stelle zu sitzen, an der es eigentlich sitzen sollte. Es hatte sich irgendwie nach oben verschoben.

Mir fiel der Traum ein, den ich letzte Nacht geträumt hatte. Ich hatte in einer Art Nische gesessen, aber nicht allein, da war noch jemand, im Schatten verborgen. Ich hatte nur ein paar Hände gesehen, sie lagen auf einem Tisch, und ich spürte den leichten Wind ihrer Bewegungen. Ich hatte leise Klaviermusik gehört, irgendwann eine Stimme, die *Nadja* sagte, mehrere Male, und dass sie mir etwas erklären müsse. Ich begriff, dass es etwas Wichtiges war, aber ich verstand den Sinn nicht. Ich verstand überhaupt nichts, nur *Nadja*. Die Stimme klang fremd und verzerrt. Plötzlich waren die Hände verschwunden, die Musik wurde laut und disharmonisch. Bis zur Unerträglichkeit. Ich wurde wach, und mir war klar, dass ich im Traum meiner Mutter begegnet war, aber ich hatte keine Ahnung, welcher.

Ralphs Kopf erschien im Türrahmen. »Nadja, wo um alles in der Welt ist der Zettel mit der Telefonnummer, der hier auf der Kommode lag?«, fragte er ärgerlich.

»Ich weiß nicht. Ich glaube, ich habe ihn in die Schublade gelegt.«

»Und mein Handy?«

»Ist das nicht da?«

»Nein!«

»Eh, vielleicht auch in der Schublade.«

Ich hörte ihn stöhnen und stand auf. »Du lässt auch immer alles irgendwo rumliegen«, schimpfte ich. Er wusste genau, wie sehr ich Unordnung hasste.

»Ich lasse nicht alles rumliegen. Ich lege alles an bestimmte Plätze, damit ich es nachher nicht suchen muss.«

Wir suchten gemeinsam. Einen Moment war ich versucht, ihm von meinem Traum zu erzählen, aber dann vergaß ich ihn wieder. Ich vergaß auch den Kuchen, den ich im Ofen hatte.

»Wie spät ist es denn?«

»Kurz vor zwei.«

»Nicht später?«

»Geh eine Runde spazieren. Dann fühlst du dich bestimmt besser.«

Ich hob die Schultern und schüttelte leise den Kopf, während wir gemeinsam die Schubladen durchwühlten. Er meinte es ja nur gut.

»So viele Jahre. So viele vergeudete Jahre«, murmelte ich. Wir hatten ein verdammtes halbes Leben gebraucht, um uns zu finden. Damit haderte ich am meisten.

Ralph hörte auf zu wühlen. »Ach? Du findest die Jahre mit uns vergeudet?«, fragte er gekränkt.

»So meine ich das doch gar nicht.«

Er sah mich an. »Gestern war eine Mutter mit ihrem kleinen Sohn in der Praxis. Der Junge ist knapp vier. Er leidet an einer besonders aggressiven Form von Kinderrheuma. Seine Füße sind jetzt schon so verformt, dass er Spezialschuhe braucht. Er hat jeden Tag Schmerzen.«

Hier sprach nicht nur Ralph, der Ehemann. Hier sprach auch Ralph, der Kindertherapeut.

»Tut mir leid«, murmelte ich beschämt.

»Und vielleicht schaust du dir einmal an, was in der Welt so passiert. Schau dir Bilder aus Aleppo an. Schau dir die Menschen an, die jeden Tag diesem Kriegsterror ausgesetzt sind. Schau dir die Kinder an, die nicht genug zu essen haben. Oder die Eltern, die ihre toten Kinder begraben. Vielleicht kannst du dann endlich damit aufhören, dein eigenes Schicksal so schrecklich zu finden.«

Das war Ralph, der Moralist. Aber mit diesem Argument nahm er mir auch den letzten Rest Wind aus meinen angegriffenen Segeln. »Ich weiß. So meine ich das doch auch gar nicht«, wiederholte ich.

Aber tief in mir drin meinte ich es so. Genau so. Seit ich denken konnte, litt ich unter Verlustängsten, träumte schlechte Träume und war auf der Suche, ohne zu wissen, wonach. Ich fand, ich hatte jedes Recht darauf, es so zu meinen.

Als ich meine Schwester später endlich durch das Fenster aus dem Auto steigen sah, waren Zettel und Handy gefunden, unsere Gemüter hatten sich wieder beruhigt, und der Kuchen war verbrannt.

Ich rannte aus dem Haus, Pia und ich fielen uns wortlos in die Arme. Unsere Gesichter berührten sich, Haut an Haut. Sie roch nach teurem Parfüm, aber unter dem Parfüm war noch ein anderer Duft, ein leichter Hauch, den ich nicht benennen konnte und der mir doch vertraut war. Alles an ihr war mir vertraut. Und gleichzeitig auch fremd.

Als Pia mich losließ, taumelte ich und bückte mich verlegen, um Oskar zu streicheln. Der Hund wuselte laut bellend und schwanzwedelnd zwischen uns hin und her. In meiner gebückten Haltung kam mir ein Paar unbekannter Herrenschuhe in den Blick.

»Thomas«, stellte der Schuhträger sich vor. »Ich bin Pias Mann.«

Ich richtete mich auf. Der Mann war nicht groß, aber sehr gepflegt. Selbst sein kahler Kopf glänzte wie poliert.

Brille, Anzug, alles passte. Er war der optische Inbegriff eines Steuerberaters.

Ich gab ihm die Hand. »Hallo. Ich bin Nadja.«

»Freut mich.« Er hatte eine für seine überschaubare Körpergröße überraschend tiefe Stimme. »Hier«, sagte er und überreichte mir eine Flasche Sekt. »Zum Anstoßen.«

»Danke.«

»Ich bin Ralph«, brachte mein Mann sich in Erinnerung. »Und das ist Lena, unsere Tochter.«

»Das ist ja echt Wahnsinn«, sagte Lena. Sie ließ ihren Blick hin- und herschweifen. »Eindeutig eineiig.«

Im Wohnzimmer ging Pia von Möbelstück zu Möbelstück und von Wandfoto zu Wandfoto. Sie sah sich mein ganzes aufgeräumtes Leben an, aber sie sagte nichts. Kein einziges Wort. Ich hatte mir in den letzten Tagen alles Mögliche vorgestellt. Aber nicht nichts.

»Was ist?«, fragte ich unsicher.

»Das ist schon verrückt«, sagte sie.

»Was meinst du?«

Sie machte eine ausholende Bewegung mit ihrem Arm. »Na, das hier.«

Ich verstand den Sinn ihrer Aussage nicht. »Ja. Und?«

Sie öffnete ihre Handtasche und kramte ein Foto hervor. Auf dem Foto sah ich einen traumhaft schönen Raum im englischen Landhausstil mit einer traumhaft schönen Pia, die auf einer genoppten Ledercouch saß, eine Hand locker auf der Seitenlehne, und einen traumhaft schicken Greta-Garbo-Anzug trug. Neben ihr erkannte ich einen Flügel.

»Schon verrückt, oder? So viele Parallelen.« Sie zeigte auf den Alten Fritz. »Aber so einen haben wir nicht.«

»Oh. Das ist unser Fritz. Den haben wir …«

Pia war schon am Klavier. »Spielst du auch?«, unterbrach sie mich.

»Nur ein bisschen«, sagte ich kleinlaut und betrachtete sie verstohlen. Sie war das perfekte Bild von Anmut und noch etwas, das ich nicht erklären konnte. Obwohl wir die gleichen Nasen, Augen, Wangenknochen, ja sogar dieselbe Kleidergröße hatten, war etwas an ihr anders. Sie hatte eine Art Ausstrahlung, die sie von anderen abhob, auch von mir. Vielleicht lag es daran, dass sie der Typ war, der teure Blazer oder Greta-Garbo-Anzüge und Absatzschuhe trug, während ich eher mit Strickjacke und bequemen Tretern unterwegs war.

Pia schlug den Deckel auf. Sie summte leise und spielte eine lose Folge von Tönen und Akkorden. Ich hob den Kopf und lauschte verblüfft. Zum ersten Mal klang dieses Klavier so, wie ich es mir immer gewünscht hatte: leicht und perlend.

»Komm«, sagte meine Schwester und klopfte mit der linken Hand auf den freien Platz neben sich. »Lass uns etwas zusammen spielen.«

»Ach.« Ich wand mich. »Ich glaube, ich bin aus der Übung.«

»Etwas Leichtes?«

»Ich glaube wirklich nicht, dass ich …« Aber noch bevor ich erklären konnte, was ich nicht glaubte, hatte sie schon angefangen zu spielen und entlockte dem Instrument Klänge, die wir beide so nicht gewohnt waren.

Ralph brachte Kaffee. »Oh. Ein Hauskonzert«, sagte er. »Wie schön!«

Lena kam ins Zimmer. Sie stellte sich neben mich, und wir lächelten uns zu. Ich schloss die Augen und sog diesen Moment ein. Oder vielleicht war es auch meine Schwester, die ich einsog. Ihre Musik, ihren Duft. Beides nicht zu süß und nicht zu viel, aber sehr verführerisch. Hinter meinen Lidern bildeten sich blaue und lila Kreise, von den Rändern flossen dunkle Streifen in die Mitte. Während ich Lenas Arm an meinem spürte, wurde ich ganz leer, alles in mir zerfloss wie das Innere meiner Augen.

Mit einem tiefen Seufzen holte Lena mich zurück. »Schön, oder?«, flüsterte sie. Auch wenn Lena sich als Kind immer geweigert hatte, ein Instrument zu erlernen, liebte sie beinah jede Art von Musik. Nur war sie manchmal zu emotional. Bis heute brachten Stücke mit zu vielen Mollakkorden sie zum Weinen. Deshalb durfte ich früher an Weihnachten niemals *Maria durch den Dornenwald ging* spielen, sonst war die Bescherung gelaufen.

Ich öffnete die Augen und sah Pias entrückten Gesichtsausdruck und ihre Hände, die über die Tasten flogen. An der linken Hand trug sie einen mit kleinen Diamanten besetzten Goldring. Ihre Nägel waren sehr gepflegt, gepflegter auf jeden Fall als meine eigenen. Aber wir hatten die gleichen Finger: lang und dünn. »Spinnenfinger« hatte ein Junge aus meiner Klasse einmal zu mir gesagt. Er war Geiger, wir feierten den Abschluss der Mittelstufe und sollten beide etwas vorspielen. Ich weiß nicht mehr, welches Stück es war, aber ich weiß noch, dass ich mich verspielte. Zweimal. Er stand daneben und lachte. »Kein Wunder. Mit den Spinnenfingern.«

Pia hatte die gleichen Spinnenfinger wie ich. Ich fand sie wunderschön.

»Jetzt spiel du doch auch mal was«, sagte sie und stand auf. Aber ich weigerte mich. Ich war viel zu nervös und würde mich bestimmt wieder verspielen. Das würde kein gutes Bild machen. Da machte ich lieber gar keins.

Kurze Zeit später, wir waren noch beim Kaffeetrinken, kamen meine Eltern dazu. Meine Mutter begrüßte Pia und Thomas freundlich. Sie ließ den Blick zwischen uns hin- und herschweifen, ihre dünnen Lippen waren aufeinandergepresst, und die Hand, mit der sie die Kaffeetasse nahm, zitterte leicht. Den anderen mochte es nicht aufgefallen sein, aber ich erkannte die Zeichen. Ich verstand sie nur nicht. Bei allen Vorwürfen und dem Ärger der letzten Wochen, wir hatten uns doch wieder ausgesöhnt, und letztlich saß Pia jetzt gesund und munter hier am Tisch. Alles war gut. Ich wollte ihr ein Zeichen geben, ihr zulächeln oder so etwas in der Art, aber sie mied meinen Blick. Erst als Herbert seine Hand auf ihren Rücken legte, schien sie sich etwas zu entspannen.

Ich sah in die warmen dunklen Augen meines Stiefvaters, in denen nichts stand außer Liebe, und wir lächelten uns an. So war es immer. Meine Eltern waren das perfekte Beispiel dafür, dass es so etwas tatsächlich gab. Egal, was je gewesen war oder kommen mochte, es spielte keine Rolle. Er liebte sie. Sein ganzes Leben schon.

Lena stand auf. »So«, meinte sie. »Ich lass euch jetzt allein. Muss leider noch ein bisschen lernen. Nächste Woche habe ich zwei Klausuren.«

Ich war sehr stolz auf meine schöne, fleißige Tochter und hatte das Bedürfnis, das auch zu zeigen. »Ach, Lena, kannst du heute keine Ausnahme machen?«, fragte ich. »Es ist doch so ein besonderer Tag für mich.« Ich sah zu Pia. »Für uns. Und Pia ist bestimmt enttäuscht, wenn du ...«

»Ach«, sagte Pia, ohne auf ihre eigene Enttäuschung einzugehen. »Wir haben ja noch gar nicht auf uns angestoßen. Wo ist denn der Sekt?«

»Ich hole ihn«, sagte ich und sprang auf.

Ralph hielt mich zurück. »Lass nur. Das mache ich schon.«

Ich setzte mich wieder und sah Lena nach. Das leise Gefühl der Enttäuschung, das ich Pia eben noch unterstellt hatte, nagte jetzt an mir.

Pia deutete auf die Ornamente an der Wand »Das ist toll«, sagte sie. »Hast du die gemacht?«

Ich nickte, und sie schenkte mir einen anerkennenden Blick. Überhaupt lobte sie alles. Unser Haus, den Garten, die Lage. Als Ralph mit dem Sekt kam, lobte sie sogar seinen Filterkaffee.

»Mein Mann kann noch nicht einmal Wasser kochen«, schnaubte sie verächtlich.

Thomas legte seine Hand auf ihren Arm und warf ihr einen bedeutungsschwangeren Blick zu. Es wirkte nicht sehr liebevoll. Für mich sah es eher aus wie eine Warnung.

»Was? Stimmt doch.« Pia zog den Arm weg und stieß dabei ihr Glas um. Von einer Sekunde auf die andere wurde es ganz still.

Marlies holte ein Päckchen Papiertaschentücher aus der Tasche, aber ich war schon aufgesprungen. »Lass nur. Ich mach das schon«, murmelte ich.

Als ich mit der Küchenrolle zurückkam, herrschte immer noch betretene Stille. Außer den Klängen von Mozart war nichts zu hören. Ralph brachte die Scherben zum Müll, und Lena war oben, am Tisch saßen noch meine Eltern, Pia und Thomas. Während ich den Schaden behob, zermarterte ich mir das Hirn nach einer witzigen Bemerkung. Aber mir fiel nichts ein. Nur die Sache mit dem verbrannten Kuchen, der in der Biotonne gelandet war, und diese Anekdote hatte Ralph schon zum Besten gegeben.

Ich deutete auf den Kuchen aus der Bäckerei. »Möchte jemand noch ein Stück?« Meine Stimme war noch dunkler als sonst. Sie klang fremd, sogar für mich.

Köpfe wurden geschüttelt, Teller zusammengeschoben, das Schweigen blieb. Ich fühlte mich ganz elend. So hatte ich es mir nicht vorgestellt. Jeden Moment würde Pia aufstehen und *Wir müssen so langsam …* sagen. Und mir würde nichts einfallen, um sie aufzuhalten. Wo waren unsere Schnittmengen? Was hatten wir noch, außer einer gemeinsamen DNA? Ich schüttelte unmerklich den Kopf. Mehr als vierzig Jahre, die ließen sich nicht einfach ungeschehen machen. Wegwischen, überschreiben, neu formatieren. Das

Leben hatte uns in verschiedene Sonnensysteme katapultiert. So war es eben. Ich hob den Kopf, mein Blick traf den meiner Schwester. Sie lächelte.

Oskar sprang zur Tür und bellte. »Er muss mal raus«, sagte Thomas und stand auf.

»Lass nur. Ich mach das schon.« Sie sah mich an. »Kommst du mit?«

Ich nickte dankbar. »Klar.«

»Schaffst du das?«, fragte Thomas.

»Natürlich.«

»Sicher?«

»Ja, mein Gott. Mir geht's wieder gut.«

Ich sah sie überrascht an. »Dir geht's *wieder* gut? Ging's dir denn schlecht?«

»Nichts weiter. Ich habe nur manchmal etwas Probleme mit der Luft.«

»Welche Probleme denn?« Was hatte sie, das ich nicht hatte?

»Ich habe dir doch erzählt, dass ich als kleines Kind eine Lungenentzündung hatte …«

Ich verstand es trotzdem nicht. »Und da hast du heute noch Probleme mit der Luft?«

Bevor Pia antworten konnte, erhob sich auch meine Mutter. Sie legte Herbert eine Hand auf die Schulter und sagte: »Komm, es wird spät.«

»Ja natürlich. Du hast recht.« Er stand umständlich auf und reichte Pia und Thomas die Hand. »Es war nett, Sie kennenzulernen.«

Meine Mutter küsste mich auf die Wange und sah mir tief in die Augen. »Meldest du dich die Tage bei mir?«

»Ja. Klar.« Ich drückte sie kurz an mich. Dabei durchströmte mich ein warmes Gefühl. Bei allen Differenzen, die wir hin und wieder hatten, sie war meine Mutter, sie war diejenige, die mich großgezogen und an meinem Krankenbett gesessen hatte, tage- oder nächtelang, wenn es sein musste. Eine Lungenentzündung hätte bei mir keine Chance gehabt, so nachzuwirken, dass ich noch heute Probleme mit der Luft hätte. Nicht die geringste.

Ralph nickte meinen Eltern zu, schnappte sich einen Stoß Teller und wandte sich an Pia. »Wie alt warst du denn damals?«

Sie zuckte die Achseln. »Keine Ahnung. Noch ziemlich klein, ich kann mich nicht mehr daran erinnern.« Oskar setzte sich vor ihre Füße und hechelte erwartungsvoll. Sie nahm ihn an die Leine.

Thomas warf ihr noch einen letzten Blick zu, den ich nicht einordnen konnte. »Wirklich wieder alles okay?«, fragte er.

»Ja. Meine Güte!«, sagte sie schroff. »Jetzt hör doch endlich auf, jedes Mal eine Staatsaffäre daraus zu machen.« In ihren Worten klang ein Subtext mit, den ich nicht verstand.

Der Hund begann, leise zu winseln. Pia klopfte ihm beruhigend auf den Rücken. Thomas schüttelte in stummem Unverständnis den Kopf.

Mich hatte die ganze Sache nachdenklich gemacht. Aus verschiedenen Gründen. Einer davon war, dass mir plötzlich bewusst wurde, dass ich meine Schwester hätte verlieren können, ohne es je zu erfahren. Eine Lungenentzündung wäre nur eine von vielen Möglichkeiten gewesen.

Wir liefen nebeneinander. Die Sonne schien, aber für die Jahreszeit wehte ein ziemlich frischer Wind.

»Ganz schön kühl«, sagte ich.

Pia nickte und verschränkte die Arme vor ihrer Brust. Dabei beugte sie sich nach vorn, sodass es aussah, als müsste sie sich mit dem Oberkörper gegen irgendetwas stemmen. Oder als würde sie etwas stören. Der in Sonnenlicht getauchte Taunus konnte es nicht sein, der zeigte sich von seiner besten Seite.

»Wir können auch umkehren, wenn's dir zu kalt ist«, bot ich an.

»Nein, nein. Lass uns noch ein Stück gehen. Wo lang?«

Ich sondierte die Lage. Rechts führte der Weg direkt zurück nach Niersbach. Links ging es zum Wald, und über einen Bogen kam man ebenfalls wieder nach Niersbach. Geradeaus führte der Weg über eine Kuppe in Richtung Heidenrod. Von oben hatte man eine schöne Aussicht. Dorthin zeigte ich.

Oskar hüpfte zwanzig Meter vor uns über eine Wiese. Das Gras stand hoch, ich sah nur seinen Kopf, der in regelmäßigen kurzen Abständen auftauchte. Wann immer der Abstand zu groß wurde, pfiff Pia kurz auf zwei Fingern, und er kam zurück.

Zuerst hatten unsere Schritte den gleichen Takt, aber bald musste ich mein Tempo drosseln. »Bin ich zu schnell?«

»Ein bisschen.«

Ich zeigte nach rechts »Das da hinten ist übrigens der Feldberg.«

»Wie im Leben.«

»Was?«, fragte ich irritiert.

»Man läuft und läuft und lässt alles an sich vorbeiziehen. Anstatt sich die Dinge mal in Ruhe anzuschauen.«

Wir blieben beide stehen, aber ich war mir nicht sicher, ob ich wirklich verstanden hatte, was sie meinte. »Du arbeitest halt auch viel.«

»Ja. Zu viel.«

Sie lachte und warf einen Stock für Oskar. Der Hund rannte los, und ich musste an Rudi und Toni denken. Die Hunde meiner Kindheit. Plötzlich war mir, als müsste auch ich nur pfeifen, und sie würden hinter einem der Büsche hervorspringen.

»Ganz früher hatte ich auch Hunde. Aber später nicht mehr. Lena hatte als Kind eine Tierhaarallergie«, erklärte ich.

»Auf Oskar hat sie aber nicht reagiert.«

»Stimmt.« Ich war erstaunt. Das war mir gar nicht aufgefallen.

Wir setzten unseren Spaziergang fort, liefen jetzt dicht nebeneinander. Unsere Arme berührten sich hin und wieder wie unabsichtlich. Die Berührungen schickten jedes Mal zarte kleine Wellen durch meinen Körper. Ich beobachtete Pia verstohlen von der Seite. Meine Schwester anzusehen löste ein vertrautes und gleichzeitig fremdes Gefühl in mir aus. Sie sah aus wie ich, aber dachte sie auch die gleichen

Gedanken? Fühlte sie die gleichen Gefühle? Ich wusste es nicht, ich konnte es noch nicht einmal vermuten.

Immer wieder hatte ich mich in den letzten Tagen mit dem Foto unserer gemeinsamen Mutter vor den Spiegel gestellt und nach Ähnlichkeiten gesucht. Die gerade Nase, vielleicht auch der ähnliche Blick aus großen runden Augen, sonst hatte ich nicht viel gefunden. Aber das Bild war auch mehr als vierzig Jahre alt. Es war unscharf und farblos, kaum noch möglich, etwas Genaues zu erkennen. Und obwohl diese Mutter zwanzig Jahre älter war als ich, war sie auf dem Foto zwanzig Jahre jünger. Sie war immer nur jung gewesen. Bis zum Schluss. Wie war ihr kurzes Leben bis dahin verlaufen? Welche Vorlieben hatte sie gehabt, welche Abneigungen? Ich wusste nichts von ihr, noch nicht einmal, wo sie begraben war.

»Wo ist sie eigentlich begraben?«, sprach ich den letzten Gedanken laut aus.

»Wer?«

»Unsere Mutter. Wo ist sie begraben?«

»Es gibt kein Grab mehr. Das Grab wurde vor ein paar Jahren aufgelöst.«

Es war nichts übrig. Nicht von ihren Gedanken, nicht von ihren Träumen, noch nicht einmal von ihren Knochen. »Erzähl mir von ihr.«

»Was soll ich dir denn von ihr erzählen?« Pia sah mich überrascht an. »Ich kann mich genauso wenig an sie erinnern wie du.«

»Aber Sibille hat doch bestimmt mit dir über sie gesprochen.«

Pia blieb stumm.

»Hat sie doch, oder?«

»Nur selten. Und wenn, dann nicht gern.« Irgendetwas an der Art, wie sie das sagte, erinnerte mich an Marlies. Unser Gespräch an meine früheren Fragen, an meine Neugier, an das Ausweichen. Jetzt wich mir meine Schwester aus. Wollte Pia das, was sie hatte, für sich behalten?

»Und über was habt ihr *nur selten* gesprochen?«

Sie hob die Schultern. »Keine Ahnung. Mir fällt jetzt auf Anhieb nichts ein«, sagte sie.

»Hat sie auch Klavier gespielt?«

»Nicht, dass ich wüsste.«

»War sie überhaupt musikalisch?«

Pia schob ihre Hände in die Jackentaschen. »Das weiß ich nicht.« Sie schüttelte den Kopf. »Ich weiß es wirklich nicht.«

»Aber irgendetwas musst du doch wissen?«, beharrte ich.

»Sie hat viel genäht.«

»Ach?« Das war immerhin eine Aussage, mit der ich etwas anfangen konnte. Und schon hatte ich ein Bild vor Augen. Ich sah diese junge Frau vor einer Nähmaschine, sah, wie sie mit angestrengtem Blick aus bunten Stoffen kleine Kunstwerke schuf.

»Ich habe sogar noch ein selbst genähtes Kleid von ihr. Das Oberteil ist aus Jeansstoff, und unten sind aneinandergenähte Stoffstreifen.« Pia beschrieb mit den Händen, was sie meinte.

Ein Kleid, das unsere Mutter irgendwann einmal genäht

und angefasst hatte. Sogar getragen. »Zeigst du's mir, wenn ich dich besuche?«

Ich glaubte ein leichtes, kaum wahrnehmbares Nicken zu erkennen. Pias Gesicht wirkte auf einmal verschlossen. Fast abweisend. Wir hatten eine gemeinsame Mutter, die uns für immer miteinander verband. Aber irgendwie trennte sie uns auch. Für mich war diese Frau ein großes Geheimnis, unerreichbar und fremd. Für meine Schwester nicht. In gewisser Weise war Pia mit ihr aufgewachsen. Plötzlich wünschte ich mir, selbst dieses todkranke Kind gewesen zu sein. Dann hätte ich meine Mutter immer bei mir gehabt. Doch dann dachte ich an Marlies, die Mutter, die mich großgezogen hatte, die Mutter, die immer für mich da war, mein ganzes Leben schon, bis heute, und ich schämte mich.

Ein Holunderzweig streifte mein Gesicht. Ich brach ihn ab und schabte mit einem Fingernagel an der feuchten Rinde.

»Du spielst sehr gut Klavier«, sagte ich, um meinen undankbaren Gedanken wieder eine dankbarere Richtung zu geben.

»Danke.«

»Ich spiele auch, aber lange nicht so gut.«

»Ich wollte immer Klavier spielen, schon als ganz kleines Kind.«

»Von wem wir das wohl haben?«

Pia zuckte die Achseln. Sie blieb stehen, nahm ihr Handy und machte jede Menge Fotos. Von mir und der Landschaft.

»Mach eins von uns«, sagte ich und stellte mich dicht neben sie. Ich hörte sie laut atmen, während wir in die Kamera grinsten.

»Geht's noch?«

»Ja. Alles gut.«

Ich zeigte auf die Bank, die in diesem Moment vor uns auftauchte. »Da oben machen wir eine Pause.«

Die Bank war feucht und schmutzig. Ich breitete meine Strickjacke aus. Wir setzten uns. Der Wind strich mit kalten Fingern über unsere Gesichter. Fröstelnd rieb ich mir die Arme und sah zur Seite. Pia saß stumm neben mir. Sie kam mir auf einmal sehr blass vor.

»Benno hat das Klavier irgendwann angeschleppt«, nahm ich das Gespräch wieder auf. »Ich glaube, ich war sieben. Am Anfang fand ich es noch toll, aber ich war nie besonders fleißig. Beim Üben hab ich meistens geschummelt.«

Ich versuchte, mich zu erinnern. An Benno, an die Familie, die wir damals waren. Auch an die Klavierlehrerin. Frau Reiser. Sie war sehr jung und kein bisschen streng. So konnte aus mir keine begnadete Pianistin werden.

Pia schwieg weiter; und mir fiel jetzt auch nichts mehr ein. Ich seufzte. Vor mir war der Kirchturm von Heidenrod, hinter mir die Tankstelle von Niersbach. Nichts, was ich nicht schon tausendmal gesehen, keinen Wald und keine Wiese, die ich nicht schon tausendmal durchlaufen hätte. Aber zum ersten Mal fühlte ich mich hier fremd.

»Unsere Mutter hat damals in einer Anwaltskanzlei gearbeitet«, sagte Pia plötzlich mitten hinein in mein Hadern.

»Was?«

»Bis sie krank wurde.«

Ich war überrascht. »Ach?«

»Ich habe als Kind mal einen Zettel gefunden. Da stand ein Name drauf. Und eine Adresse in Münster. Sibille hat mir den Zettel sofort abgenommen und gesagt, das sei der Name des Anwalts, für den sie einmal gearbeitet habe.«

»Und dann?«

»Nichts. Sie hat den Zettel weggeschmissen.«

»Kannst du dich an den Namen noch erinnern.«

»Nein.«

»An sonst irgendwas?«

»Nein. Ich weiß nur noch, dass es in Münster war.«

»Wie alt warst du da?«

»Keine Ahnung. Vielleicht neun oder zehn.«

Ich veränderte meine Position und begann, mit dem Zweig kleine Kreise auf den Boden zu malen. »Vielleicht war er ja unser Vater.« Die Worte *unser* und *Vater* jagten mir kleine Schauer über den Rücken. »Könnte doch sein.«

Sie schüttelte den Kopf. »Sibille hat immer gesagt, dass Corinna bei einem Anwalt gearbeitet hat.«

»Na und? Viele Paare lernen sich bei der Arbeit kennen, es gibt da solche Statistiken …«

»Ach komm, das ist jetzt aber wirklich reine Spekulation.«

»Hast du Sibille denn einmal danach gefragt?«

»Ja, das habe ich sogar tatsächlich. Aber da konnte sie sich nicht mehr an den Zettel erinnern.«

»Und? Glaubst du ihr?«

»Ich weiß es nicht. Es waren immerhin ein paar Jahre dazwischen.«

»Aber es musste doch irgendeinen Grund gegeben haben, ihn aufzuheben.«

»Muss es das? Ich hebe alles Mögliche auf.«

Das tat ich auch.

Pia schloss die Augen und legte den Kopf zurück.

»Wahrscheinlich hat sie einfach nur dort gearbeitet und sonst nichts.«

Es gab ziemlich viele *Vielleicht* und *Wahrscheinlich* in unserem Leben. Wäre das mit unseren Eltern damals anders gelaufen, dann wären wir *vielleicht* in Münster aufgewachsen. Dann hätten wir einen gemeinsamen Vater gehabt und *wahrscheinlich* auch Großeltern und andere Verwandte. *Deine bucklige Verwandtschaft*, hatte Benno früher immer zu Marlies gesagt, wenn eine Familienfeier ins Haus stand und er nicht mitkommen wollte. Obwohl es gar nicht viel Verwandtschaft gab, ich kann mich nur an zwei sehr viel ältere Cousinen von Marlies erinnern.

In Niersbach lebten Familien, die so groß und unübersichtlich waren, dass es praktisch unmöglich war, alle verwandtschaftlichen Zusammenhänge zu kennen. Brüder, Schwestern, Eltern, Großeltern, Tanten, Onkel, Cousins und Cousinen. Ersten Grades, zweiten Grades, dritten Grades. Um ihren Familienstammbaum zu zeichnen, hätte eine ganze Wand in unserem Dorfgemeinschaftshaus nicht ausgereicht. Bei mir war das nicht so. Ein Fetzen Papier, mein Name und viele blinde Flecken. Ich war astlos, ich war sogar stammlos. Nur wurzellos hatte ich mich nie gefühlt. Bis jetzt.

Am nächsten Tag, es war ein Sonntag, rief ich bei Marlies an. »Es ist noch Kuchen da. Kommt doch heute Mittag noch mal vorbei«, lud ich sie ein.

»Das ist lieb von dir, aber heute Mittag bekommen wir selbst Besuch. Tante Li und Onkel Werner kommen.«

Anneli Bergmann war Marlies' Freundin. Sie kannten sich seit der Schulzeit. Für mich war sie Tante Li.

»Ach, schade«, sagte ich. »Na, dann friere ich ihn eben ein.« Ich war schon wieder im Begriff aufzulegen, aber ich spürte oder ahnte, dass sie noch etwas sagen wollte. »Ist noch was?«

»Wie ... war es denn noch schön gestern?«

»Ja. Pia und ich waren spazieren, und so gegen sieben sind die beiden wieder gefahren.«

»Aha.«

»Was?«

»Nichts.«

»Doch. Du willst wissen, worüber wir geredet haben.«

»Unsinn. Wenn es etwas gibt, das du mir sagen möchtest, werde ich es sicher erfahren.«

»Genau.«

»Gibt es denn was?«

»Nein.«

Stille.

»Mama?«

»Ja?«

»Ich … ich bin sehr glücklich, dass ich Pia gefunden habe, aber … es ändert doch nichts.«

»Nein. Nein, natürlich nicht.«

Ich zögerte. »Ich habe … ich würde dich gerne noch etwas fragen.«

Ich hörte sie seufzen. »Was?«

»Ich wüsste gerne, wann genau ich adoptiert wurde. Ich meine, wie alt ich war.«

»Noch sehr klein.«

»Geht's genauer?«

Sie seufzte wieder. »Du warst … ungefähr … ein paar Monate.«

»Wie viel? Drei, sieben, elf?«

»Vielleicht auch ein Jahr.«

»Aha. Und warum hast du immer gesagt, ich sei ein winziger Säugling gewesen?«

»Habe ich das?«

»Mama!«

»Ja meine Güte, was weiß denn ich. Das ist alles ewig her. Und was macht es auch für einen Unterschied? Wir haben dich adoptiert, und ich …«

»Ja?«

»Ach, nichts. Ich muss jetzt Schluss machen und mich um Herbert kümmern. Er vergisst immer seine Tabletten.«

Ich sagte nichts.

»Bis morgen.«

Ich sagte immer noch nichts.

»Nadja. Bitte«, hörte ich sie flüstern.

»Bis morgen. Sag Tante Li einen schönen Gruß.«

3. Kapitel

Nadja

Mai 2017

Ich konnte nicht einschlafen. Während Ralph neben mir lag und leise schnarchte, waren meine Füße eiskalt, und meine Gedanken kreisten. In immer kürzeren Abständen sah ich auf die Uhr, drehte mich vom Bauch auf den Rücken, vom Rücken auf den Bauch, zählte Schafe und was mir sonst noch einfiel, und versuchte, an nichts zu denken. Es funktionierte natürlich nicht. Ich dachte an alles Mögliche, vor allem an Pia. Und an meine Familien. Die, die ich hatte, und die, die ich hätte haben können. Ich dachte daran, dass mein Leben in letzter Zeit ein bisschen wie ein Adventskalender war: viele geschlossene Türchen, von denen man nie wusste, was sich dahinter verbarg.

Ich streckte meine kalten Füße zu Ralph. Er drehte sich zur Seite und schnarchte weiter. Mein Mann war ein Eins-a-Schläfer. Ganz Niersbach könnte untergehen, er würde es lediglich als Teil seines Traumes verbuchen. Ich dagegen saß sofort senkrecht im Bett, wenn etwas im Haus klapperte oder sich die monotone Gleichmäßigkeit seines Schnarchens veränderte.

Morgen würde ich Pia besuchen. Eigenartig, dass wir Zwillinge waren. Wir kannten uns doch kaum. Und bei aller Ähnlichkeit, es gab auch eine Menge Unterschiede, wie ich immer häufiger feststellte. Sie war zum Beispiel sehr klug, klüger als ich, wie mir schien, und sie hatte es auch beruflich weitergebracht. Aber sie war nicht so offen, nicht so bereit, mich in ihr Leben zu lassen, wie es umgekehrt der Fall war. Manchmal ließ sie mich regelrecht abprallen. Dann zog sie sich plötzlich völlig in sich zurück, von einer Sekunde auf die andere, und ich wusste nicht, warum. Ob es an ihr lag oder an mir.

Meine Füße waren endlich auf Normaltemperatur, aber mein Geist noch immer hellwach. Ich faltete meine Hände. Eine Freundin hatte mir einmal erklärt, dass Beten bei Einschlafproblemen helfen könnte, eine Art abendliches Ritual. *Bitte, bitte, lieber Gott,* murmelte ich und überlegte, was es noch zu sagen gab. Als Kind hatte ich nur ein einziges kurzes Gebet gekannt. Heute waren meine Gebete minutenlange ausgedachte Wunschkonzerte mit viel *Bitte, bitte* und *Ich danke dir* dazwischen. Das Gebet meiner Kindheit hatte Herbert mir beigebracht. Er saß jeden Abend an meinem Bett, und wir beteten gemeinsam. Als ich ungefähr dreizehn war, hatte er keine Lust mehr dazu und gab die Aufgabe an Marlies weiter. Aber das war nicht mehr dasselbe. So hörte ich mit vierzehn auf zu beten und fing erst mit vierzig wieder an. Das Gebet aus meiner Kindheit konnte ich aber auch heute noch wie aus dem Effeff. Es ging so:

Müde bin ich, geh zur Ruh,
schließe beide Äuglein zu.
Vater, lass die Augen dein
über meinem Bettchen sein.
Amen, gute Nacht, schlaf gut.

Jahrelang dachte ich *Amen, gute Nacht, schlaf gut* sei Teil des Gebets, deshalb setzte ich diese Worte auch heute noch an jedes Ende. Sie waren in mir eingebrannt, aufgereiht wie die Perlen einer Kette. *Amen, gute Nacht, schlaf gut.* Das gehörte dazu, so unumstößlich wie das Licht im Flur und der Türspalt, der immer offen stand. So unumstößlich wie der Hund, der damals neben meinem Bett schlief. Und manchmal auch darin.

Am nächsten Tag, es war ein Samstag, verließ ich das Haus schon am frühen Vormittag. Ralph trat neben mich. Er hatte Joggingsachen an und sah zweifelnd nach oben.

»Hm«, murmelte er. »Sieht ja nicht sehr vielversprechend aus.«

Ich folgte seinem Blick und nickte. Am Himmel hingen dicke schwarze Wolken. Der Sommer wollte in diesem Jahr nicht so richtig Fahrt aufnehmen.

»Nein«, sagte ich und gab ihm einen Kuss. »Bis heute Abend.« Ich setzte mich ins Auto und öffnete ein Fenster.

»Ach, bevor ich es vergesse: Ich habe die Spülmaschine angestellt. Kannst du die nachher ausräumen?«

»Geht klar.« Er blieb neben meinem geöffneten Autofenster stehen. »Wann kommst du nach Hause?«

Ich zuckte die Schultern.

»Ich hätte mal wieder Lust auf ein gutes Steak. Wir könnten zusammen essen gehen.«

»Ich weiß nicht, wie spät es wird.« Wenn ich Pia besuchte, wollte ich mich nicht mit Zeitlimits belasten. »Frag doch Lena. Oder hol dir was aus der Truhe.«

»Lena ist verabredet. Aber macht nichts. Ich komm schon klar.« Ich hörte den Ärger in seiner Stimme. »Ich kann auch alleine gehen.«

»Oder morgen?«, fragte ich versöhnlich.

»Gute Fahrt. Und schöne Grüße.«

»Morgen?«, wiederholte ich.

»Mal sehen.«

»Alles okay?«

»Natürlich.«

»Wirklich?«

»Ja.« Er schaute auf die Uhr. »Ich frage mich nur, wofür ihr den ganzen Tag braucht? Ich meine, was könnt ihr euch denn noch erzählen, was ihr euch nicht sowieso schon gesagt oder geschrieben habt?«

Ich schloss wortlos das Fenster und startete den Motor. Das war Ralphs Art, seinen Ärger zu kommunizieren. Er hatte mir in letzter Zeit schon ein paarmal vorgeworfen, mich zu sehr um Pia zu bemühen und darüber die Familie zu vernachlässigen. Er sprach dabei von Lena, Marlies und Herbert. Aber er meinte sich.

Kurz vor der Ausfahrt nahm ich den Fuß vom Gas. Darmstadt. Der Name dieser Stadt hatte für mich einen eigenartigen Klang. Vielleicht lag es daran, dass meine *richtige* Mutter dort aufgewachsen und zur Schule gegangen war. Dass sie hier Freunde gehabt hatte und eine Familie. Eine Schwester, eine kranke Mutter und einen Vater, der alles zusammenhielt. Bis er starb. Danach hielt gar nichts mehr.

Ich setzte den Blinker und fuhr ab. Lenkte den Wagen durch volle Straßen und versuchte, mir diese Familie vorzustellen, die ich nicht kannte, obwohl sie meine war.

Ich wusste nichts von ihr. Nicht, wo genau sie gelebt, eingekauft und sich gestritten hatten. Nicht, wo unsere Mutter zur Schule gegangen war, mit wem sie sich traf oder welche Wege sie regelmäßig nutzte.

Mein ganzes Leben schon war ich auf der Suche nach Antworten. Selbst in meinen Träumen suchte ich. Dabei könnte man meinen, dass jetzt, nachdem ich Pia gefunden hatte, die Sucherei endlich aufhörte. Aber sie ging weiter.

»Alles, was Eltern und Großeltern je erfahren haben, liegt verschüttet irgendwo in einem drin. Man muss nur tief genug graben, dann stößt man auf das, was einmal war«, hatte Lena vor ein paar Tagen gesagt. »Das Problem ist nur, dass du in der *falschen* Familie aufgewachsen bist. Du könntest also wahrscheinlich gar nichts mit dem anfangen, was du findest.«

Ich suchte trotzdem weiter. Ich wollte wissen, woher ich kam. Aber je mehr ich suchte, desto mehr entfernte ich mich von den Wurzeln, die ich hatte. Und je mehr ich mich davon entfernte, desto mehr spürte ich sie.

Das Haus meiner Schwester lag etwas versteckt hinter hohen Mauern und Hecken. Die Pforte öffnete sich auf mein Klingeln und gab den Blick frei. Die Krone einer mächtigen Kastanie wölbte sich über einen Teil des Daches, und der wolkenverhangene Himmel wölbte sich über den Rest. Das Haus selbst war alt, aber prächtig. Jugendstil. Das hatte meine Schwester mir bei meinem letzten Besuch erklärt. Vor dem Hintergrund des frischen hellgelben Anstrichs erkannte ich eine weiße Alarmanlage. Die war mir bisher noch nicht aufgefallen. In Niersbach gab es auch schöne und prächtige Häuser, aber die waren alle neu. Die alten Häuser bei uns waren krumm und bucklig, dort wohnte nur, wer sich kein neues Haus leisten konnte.

Pia stand in der Tür zwischen blumigen blaugrünen Keramikornamenten und winkte mir zu. Ich lief ihr mit meinen neuen Absatzschuhen auf dem mit feinem Kies bestreuten Weg entgegen und winkte zurück. Wir begrüßten uns verlegen. Das Ankommen der Realität in unseren Köpfen hatte der ersten großen Aufregung ein Ende gemacht, aber in mir drin herrschte noch immer diese fassungslose Ungläubigkeit. Sie verstärkte sich noch, als ich ihr in die Diele folgte und mich verstohlen umsah. Alles hier sah teuer aus, alles hatte diese selbstverständliche Aura von Macht und Geld, und vielleicht war es am Ende auch das, was uns am meisten unterschied. In Pias Haus hingen imposante Kronleuchter von der Decke, bei uns Lampen von Ikea. Hier konnte man wertvolle Gemälde an den Wänden bewundern, bei uns nur ein paar billige Kunstdrucke und jede Menge Familienfotos. Ich fotografierte gern.

»Ich hatte noch gar keine Zeit für einen Kaffee. Magst

du auch einen?«, fragte Pia mitten hinein in meine vergleichenden Überlegungen. Ich nickte und warf einen Blick in den Raum links neben mir. Die Tür stand offen. Ein Flügel, ein Sofa und eine Leiter, die vor einem der deckenhohen Bücherregale hing. Es war die Art Leiter, die sich hin- und herschieben ließ und die ich aus Filmen kannte.

Pias Handy klingelte. Sie warf einen kurzen Blick auf das Display und zeigte nach vorn. »Geh schon mal ins Wohnzimmer, und mach's dir bequem. Ich bin gleich bei dir.«

Wieder nickte ich und hörte, wie sie mit weicher Stimme ins Telefon sprach. »Hallo, Rainer. Wie geht's dir?« Wir waren unseren Vätern näher als unseren Müttern. Darin waren wir uns wieder ähnlich.

Ich streifte die Schuhe ab und betrat ein großes Zimmer. Ein Wohntraum, der Küche, Wohn- und Esszimmer in einem war. Etwa in der Mitte befand sich eine frei schwingende Treppe, die nach oben führte, auf der linken Seite eine Küchenzeile und rechts eine halbe Wand, hinter der sich – wie ich von meinem letzten Besuch noch wusste – eine Sofaecke verbarg. Auf der Seite zum Garten befand sich eine Reihe halbrunder Flügelfenster, von denen eines weit geöffnet war. Der süße Duft von Flieder wehte zu mir herein.

Ich stellte den Kaffeeautomaten an, er blinkte bereitwillig. Während ich wartete, versuchte ich, mir vorzustellen, es wäre *mein* Kaffeeautomat. *Mein* Wohntraum, *mein* Haus. Aber es funktionierte nicht. Ich fühlte mich fremd hier, auch Pia gegenüber. Der Raum, das Haus, der Garten, das alles war wie eine Kulisse. Eine Kulisse, die nichts mit meinem wirklichen Leben zu tun hatte. Mein Leben war Niersbach, waren Nachbarn, die ich mein ganzes Leben schon kannte, war der weite Blick über den Taunus, den höchstens ein paar Windräder störten. Hier war ich klein, neben Pia fühlte ich mich fast unsichtbar. Wären wir Freundinnen, wäre es vielleicht etwas anderes. Unsere Freundschaft hätte sich entwickelt und wäre langsam gewachsen, so wie bei Angelika und mir. Aber wir waren keine Freundinnen, wir waren Schwestern, auch wenn wir uns kaum kannten. Ich war mir nicht sicher, welche Maßstäbe in diesem Fall galten.

Mit dem Kaffeebecher in der Hand begann ich durch die Raumlandschaft zu wandern. Auf der Rückseite der halben Wand entdeckte ich auch hier ein paar gerahmte Fotos. Ich trat näher, um sie mir anzusehen. Die meisten davon waren nicht sehr alt und zeigten Pia und Thomas. Nur in der Mitte gab es eine ältere Schwarz-Weiß-Fotografie. Ein junges Paar, das vor einer Hütte stand.

Pia stellte sich neben mich. »Magst du etwas essen?«

»Danke, nein«, murmelte ich abgelenkt.

»Rainer und Sibille kommen nachher. Ich habe sie zum Kaffee eingeladen.«

Ich nickte und zeigte auf das Foto. Es stammte vermutlich aus den Vierziger- oder Fünfzigerjahren des letzten Jahrhunderts. »Wer ist das?«

»Meine …, nein, unsere Großeltern.«

Unsere Großeltern. Meine leise Ahnung hatte mich nicht getrogen. Natürlich hatte ich nicht nur eine leibliche Mutter, sondern auch leibliche Großeltern gehabt. Aber erst mit diesem Foto wurden aus meiner imaginären Vorstellung plötzlich Menschen aus Fleisch und Blut. *Meinem* Fleisch. *Meinem*

Blut. Pias natürlich auch. Obwohl weder von dem Blut noch von dem Fleisch dieser Großeltern noch irgendetwas übrig sein dürfte.

Ich atmete tief und fuhr mit dem Finger über die Gesichter unter Glas. Dabei schaute ich mir die Frau genauer an. Und wieder begann ich zu vergleichen. Hatten wir nicht die gleiche zarte Kinnlinie? Und die gleiche gerade, schmale Nase? Aber sie schien klein, wahrscheinlich war sie viel kleiner gewesen als Pia und ich. Auf jeden Fall viel kleiner als ihr Mann, der mit durchgedrücktem Oberkörper neben ihr stand und Überlegenheit ausstrahlte.

Ich versuchte, mich an das zu erinnern, was Sibille erzählt hatte. Der Großvater war gestorben, bevor seine Töchter erwachsen waren, und dann ging es nur noch bergab. Nicht nur mit der Großmutter. Mehr fiel mir nicht mehr dazu ein. »Wie war das noch mal genau mit den beiden?«, fragte ich.

Pia zuckte mit den Schultern. »Er ist schon früh gestorben. Und sie ... na ja, sie war nicht so ganz auf der Höhe.«

»Was heißt das?«

»Ich weiß nicht viel darüber, nur, dass sie irgendwie krank war. Psychisch krank. Ihre Familie kam aus Ostpreußen, sie mussten nach dem Krieg fliehen, und da muss irgendetwas passiert sein. Solange ihr Mann da war, ging es noch, aber als er starb, kam sie nicht mehr zurecht. Deshalb kam Sibille damals ins Heim.«

Ich nickte dem Bild zu. »Und was wurde aus ... ihr?« Die Worte *unserer Großmutter* lagen mir auf der Zunge, aber ich brachte sie nicht über die Lippen.

»Sie war dann in einer psychiatrischen Einrichtung. Bis sie gestorben ist.«

»Wann war das?«

»Keine Ahnung. Noch vor unserer Geburt. Ach …« Pia wandte sich ab. »Warte mal einen Moment. Ich bin gleich wieder da.«

Sie verschwand, und ich ließ mich aufs Sofa sinken. Ich zog meine kalten Füße unter die Beine und versuchte dabei, dieses irrationale, unwirkliche Gefühl loszuwerden. Es war seltsam, mit Pia über unsere Großeltern zu reden. Oder über Sibille und Corinna. So, als wären sie irgendwelche zufälligen Bekannte.

Pia kam zurück und legte mir ein in der Taille abgesetztes, sehr kurzes Kleid in den Schoß. Oben Jeansstoff, unten zusammengenähte bunte Streifen. Es wirkte ziemlich nostalgisch, es passte auch so gar nicht zu meiner Schwester, die eher der elegante Geschäftsfrauentyp war, aber natürlich wusste ich sofort, was es damit auf sich hatte. Sie drückte mir auch eine Kette in die Hand. Feingliedrig und aus Gold, mit einem kleinen Eulenanhänger.

»Auch von ihr?«, fragte ich.

Sie nickte. Ich sah mir den Anhänger genau an und fuhr mit der Fingerspitze vorsichtig über die Rückseite. Dort war eine Prägung. Vermutlich die Nummer, die den Karatwert angab. Mit bloßem Auge konnte ich sie nicht erkennen. Aber plötzlich, noch während ich die Kette untersuchte und befühlte, regte sich etwas in mir. Eine leise Ahnung, ein vages Bild. Ich hatte diesen Anhänger schon einmal gesehen. Gleichzeitig wusste ich, dass das nicht möglich war. Ich war viel zu klein, um mich zu erinnern. Aber noch während ich das dachte, hatte ich dieses Bild vor Augen: Unsere Mutter, die auf einer Treppenstufe saß, mich auf ihrem Schoß. Ihr Gesicht war verschwommen, sie sprach leise auf mich ein. Ich konnte sie nicht verstehen, aber ihr gleichmäßiges Gemurmel beruhigte mich. Die Sonne schien mir ins Gesicht, ich war müde. Etwas Glänzendes bewegte sich hin und her. Eine kleine Eule aus Gold.

Wenig später kamen Sibille und Rainer und noch etwas später auch Thomas. Wir setzten uns alle an den großen Tisch, tranken gemeinsam Kaffee, aßen Kuchen und plauderten. So wie Familien eben zusammensitzen, Kaffee trinken, Kuchen essen und plaudern. Nur fühlte es sich in unserem Fall ziemlich surreal an.

Ich sah mir diese Familie an, die jetzt auch meine war. Mit zweien davon war ich genetisch verbunden. Seltsamerweise fühlte ich mich Rainer näher als Sibille.

Er war nicht ganz so groß wie Ralph und auch schlanker. Sehr entspannt saß er dort auf seinem Stuhl, die langen Beine ausgestreckt, die Arme locker verschränkt. Als wenn das hier eine ganz alltägliche Situation für ihn wäre.

Sein Schwiegersohn war ein ganz anderer Typ. Thomas hatte das bemüht höfliche Auftreten eines Steuerberaters, sogar bei Pia. Er ging mit ihr um, als wäre sie seine Klientin und nicht die Frau, mit der er das Bett teilte.

Ich begann, die beiden Männer miteinander zu vergleichen. Rainer hatte sich nicht rasiert, seine Haare waren zu lang, und sein Gesicht war so knittrig wie sein über der Jeans hängendes Hemd. Thomas war glatt. An ihm gab es kein überflüssiges Haar, nicht in seinem Gesicht und nicht auf seinem kahl geschorenen Kopf. Auch keine Falten. Außer den gebügelten. Was ihm aber vor allem fehlte, war Rainers ruhige Ausgeglichenheit.

Aus den Augenwinkeln bemerkte ich, dass ich ebenfalls beobachtet wurde, und wandte den Kopf. Sibille starrte mich an. Vielmehr starrte sie auf die Kette an meinem Hals. Ich hatte die kleine Eule schon wieder vergessen.

»Die hat Pia mir geliehen«, sagte ich und ärgerte mich. Ich klang, als müsste ich mich verteidigen. Dabei hatte ich das gleiche Recht, diese Kette zu tragen, wie meine Schwester.

Sibille hob den Kopf. »Kein Problem«, sagte sie und lächelte. Ich glaubte ihr nicht.

»Möchte noch jemand einen Kaffee?«, fragte Pia.

Thomas stand auf. »Ich muss los.«

»Ach ja? Jetzt schon?«, fragte Pia mit bitterer Stimme. Sibille warf ihr einen schwer zu deutenden Blick zu.

»Wir haben ein wichtiges Spiel heute, das hatte ich dir gesagt«, erklärte Thomas ruhig.

»Da kann man wohl nichts machen. Deine Scheißprioritätenliste geht natürlich vor.«

Von einem Moment auf den anderen hatte sich der Stimmungswind gedreht. Ich sah in betretene Gesichter.

»Wir haben ein Medenspiel. Ich kann die Mannschaft nicht hängen lassen.« Thomas hatte jetzt diesen gewollt freundlichen Ton, den ich auch von Ralph kannte.

»Nein. Nur mich.«

»Pia, bitte«, murmelte Sibille leise.

»Ich glaube, es ist jetzt nicht der geeignete Zeitpunkt für Grundsatzdiskussionen«, meinte Thomas kühl und schob seinen Stuhl an den Tisch.

»Klar«, meinte Pia. »Dann sag mir Bescheid, wenn dein Terminkalender eine Grundsatzdiskussion zulässt.«

»Auf Wiedersehen.« Thomas reichte mir die Hand. »Tut mir leid.«

»Oh, das macht nichts, also, ich meine ...« Ich war gerade damit beschäftigt, mit einem Finger über die grobe und, wie ich erfahren hatte, aus alten Schiffsplanken gezimmerte Tischplatte zu streichen und mich darauf zu konzentrieren, die Geschichten zu lesen, die ich mir hinter den erfühlten Rillen und Vertiefungen vorstellte. Es war eine Eigenart von mir, alle möglichen Sachen auf diese Weise zu berühren und sie so für mich sichtbar zu machen. Sein Händedruck war fest. »Viel Erfolg«, murmelte ich.

Er nickte und beugte sich über Pia, es sah aus, als wollte er sie küssen, aber sie drehte den Kopf zur Seite, sodass sein Mund nur ihr Haar streifte. In die eingetretene Stille klang das Klappern meiner Kuchengabel, die mir vom Teller gerutscht war und auf den Boden fiel. Ich hob sie auf und lächelte verlegen.

Nachdem Thomas den Raum verlassen hatte, legte Sibille ihre Hand auf Pias Arm. »Reg dich nicht auf, mein Schatz. Er hat ja auch recht. Tennis ist nun mal ein Mannschaftssport.«

»Klar. Tennis ist ein Mannschaftssport, und die Hälfte seiner Kunden kann nur abends.«

Rainer hatte sich jetzt ebenfalls erhoben. Es sah umständlich aus. So, als müsste er seine zwei langen Beine erst noch sortieren. »Ich muss leider auch los. Hab gleich Dienst.«

»Haben deine Kollegen eigentlich auch so oft Dienst am Wochenende?«, fragte Pia mit einem Seufzen. Sie klang enttäuscht, aber nicht mehr böse.

»Nein. Ich bin der Einzige, der unentbehrlich ist.« Er zwinkerte und strich ihr über den Kopf.

Ich konnte nicht einschätzen, wie viel Wahrheit in diesem Satz steckte, aber etwas konnte schon dran sein. Rainer arbeitete als Wissenschaftler beim Europäischen Raumflugkontrollzentrum. Er berechnete, wie ich von Pia wusste, unter anderem die Umlaufbahnen von Satelliten. Da spielten Wochentage wahrscheinlich eine eher untergeordnete Rolle.

Auch er gab mir die Hand. Der Duft seines Aftershaves stieg mir in die Nase. Ein herb-würziger Geruch, der, wie ich fand, nicht so recht zu seinem Äußeren passte. So wie sein Äußeres nicht so recht zu Pia und ihrem Leben zu passen schien.

Sibille griff nach ihrer Tasche. »Warte«, sagte sie. »Ich komme mit.« Sie umarmte Pia und strich mir mit der Hand kurz über die Wange. »Dann habt ihr zwei mehr Zeit für euch.«

Ich fühlte mich überrumpelt. Von der Eile, die plötzlich alle an den Tag legten. Aber mehr noch von dieser beinah zärtlich anmutenden Geste.

»Bleib doch noch«, bat ich.

Sie sah mich überrascht an.

»Bitte. Ich ... ich habe noch ein paar Fragen.«

»Also, ich wollte eigentlich ...«

»Ja, natürlich, wenn du's eilig hast ...«, gab ich nach.

Unschlüssig blieb sie stehen und warf ihrem Mann einen Blick zu.

»Also, ich muss auf jeden Fall jetzt los«, meinte der. »Aber du kannst das Auto haben, dann nehme ich die Straßenbahn.«

»Na gut.« Sibille setzte sich wieder. »Was möchtest du denn wissen?«

Ich schluckte und überlegte fieberhaft. Marlies war so transparent wie ein Glas Wasser. Aus ihrem Gesicht konnte ich jede Stimmung ablesen. Das war nicht immer von Vorteil, sie war sehr gut darin, entweder beleidigt oder, noch schlimmer, verletzt auszusehen, was meine Entscheidungen oft maßgeblich beeinflusste. Bei Sibille war es etwas anderes. Was sich hinter ihrer immer noch ziemlich faltenlosen Stirn abspielte, konnte ich noch nicht einmal erahnen.

»Nadja?«

»Ähm. Also, wie wir gewohnt haben zum Beispiel«, sagte ich schließlich, obwohl das ganz und gar nicht das war, was mich primär interessierte. Aber etwas anderes fiel mir auf die Schnelle nicht ein.

»Was?«

»Unsere Mutter und wir. Wie haben wir denn gewohnt?«

»In einer Wohnung natürlich. Einer Zweizimmerwohnung. Ganz normal.«

»Und ... und wo? Also, ich meine, wie war die Adresse?«

Sibille legte ihre Hände wie gefaltet auf den Tisch. Sie schien zu überlegen. »Mein Gott«, murmelte sie, »das ist so lange her.«

»Komm schon, Sibille. Das musst du doch noch wissen«, sagte Pia. »Du hast damals die Wohnung aufgelöst.«

»Schmiedstraße, glaube ich. Oder Schmiedelstraße. Ich bin mir nicht sicher.«

Mir fiel der Zettel wieder ein, den Pia als Kind gefunden hatte. »Pia hat mir erzählt, dass unsere Mutter bei einem Anwalt gearbeitet hat?«

Sibille sah Pia überrascht an. »Wie kommst du da drauf?«

»Da war dieser Zettel mit einer Adresse, erinnerst du dich? Du hast damals gesagt, das sei der Anwalt, bei dem Corinna gearbeitet hat.«

»Was? Nein. Keine Ahnung. Das weiß ich nicht mehr.«

»Ja. Das dachte ich mir«, sagte Pia und betrachtete ihre Fingernägel.

»Wenn du dich nicht erinnern kannst, *ob* sie bei einem Anwalt gearbeitet hat, dann weißt du wahrscheinlich auch nicht mehr, wie der Anwalt hieß, an den du dich nicht mehr erinnern kannst«, versuchte ich es mit Ironie.

Sibille schüttelte irritiert den Kopf. Aber die Fassade begann zu bröckeln. Ich sah kleine Risse im immer noch viel zu glatten Gesicht.

»An was erinnerst du dich denn?«

»Nadja, was erwartest du? Du tauchst hier auf, nach so vielen Jahren, und fängst an, Fragen zu stellen …«

»Ja«, sagte ich knapp. »Ich fange an, Fragen zu stellen.«

»Also gut. Es gab da einen Anwalt. Corinna hat ihn ein- oder zweimal erwähnt.« Sie machte eine vage Handbewegung. »Das ist alles.«

»Und sein Name?«

»Keine Ahnung.« Ihr Gesicht war jetzt wieder eine glatte, undurchsichtige Fläche. »Corinna und ich, wir hatten damals kaum Kontakt«, sagte sie.

»Warum eigentlich nicht? Ich meine, warum hattet ihr keinen Kontakt.«

»Mein Gott!« Sie blickte sich um, als läge die Antwort irgendwo verborgen in diesem Raum. »Sie war in Münster. Und ich war hier. Wir hatten beide kein Auto, es gab kein Handy, kein WhatsApp, kein Facebook. Es war nicht wie heute.«

»Aber es gab doch schon Telefon und … ich meine, sie war deine Schwester.«

»Was willst du eigentlich?«

»Ich will mir vorstellen können, wie das damals war.«

»Dann stell dir vor, du hättest weder Handy noch Auto, dafür eine Schwester, die ein paar Hundert Kilometer entfernt wohnt.«

»Ich würde sie, sooft ich könnte, besuchen. Ich würde sie anrufen oder ihr schreiben, und ich würde ihr alles erzählen, was in meinem Leben passiert«, sagte ich mit Blick auf meine Zwillingsschwester.

»Ihr hattet damals Streit«, sagte Pia. »Das hast du mir einmal erzählt.«

»Quatsch. Ich habe mich geärgert, weil sie einfach ging, aber wir hatten keinen Streit deswegen.«

»Warum bist du nicht mit ihr gegangen?«, fragte ich.

»Ich war erst siebzehn, also noch nicht einmal volljährig. Außerdem war da noch unsere Mutter. Eine musste ja hierbleiben und sich um alles kümmern.«

Okay. Das war plausibel. Aber trotzdem kam mir irgendetwas komisch vor. An der Art, wie sie redete, an der Art, wie sie nach Erklärungen suchte, an der Art, wie sie sich nicht erinnerte. An ihren besorgten Blicken zwischendurch, die sie Pia zuwarf. Aber auch an ihrer ganzen abweisenden Haltung, für die ich keinen wirklich überzeugenden Grund sah. »Was hat eure Mutter denn dazu gesagt?«

»Wozu?«

»Na, zu alldem. Dazu, dass Corinna wegzog, dazu, dass sie schwanger war, dazu, dass wir ...«

»Mein Gott! Was sollte sie dazu sagen? Sie war krank. Sie hat vieles überhaupt nicht mehr mitbekommen. Und als ihr dann geboren wurdet, da war sie schon tot. Schlaganfall. Um die Beerdigung musste ich mich alleine kümmern.«

»Warum?«

»Weil Corinna ..., ach, egal.« Sibille strich sich die Haare aus der Stirn und stand auf. Sie sah auf einmal sehr müde aus. »Tut mir leid, aber ich muss jetzt wirklich los.«

Dieses Mal hielt ich sie nicht zurück. Ich sah ihr nur wortlos nach. Etwas anderes fiel mir nicht ein.

Sibille

September 1975

Sie wollte gerade zur Arbeit, da kam Frau Böhm, ihre Betreuerin, und gab ihr einen Brief. Er war von Corinna. Jede Woche ein neuer Brief. Sibille überflog die Zeilen und stopfte den Umschlag in ihre Tasche. Es stand sowieso immer das Gleiche darin. »Ich bin so glücklich. Bald sind wir eine richtige Familie.«

Sie schnaubte ärgerlich. Sie war nicht glücklich. Ihre Familie, das waren eine kranke Mutter, um die sie sich kümmern musste, und eine gedankenlose Schwester, die sich um nichts kümmerte. Und die sich seit Monaten nicht mehr hier blicken ließ.

Kaum in der Firma angekommen, rief ihr Chef sie ins Büro. Das hatte ihr gerade noch gefehlt. Herr Reitz glotzte ihr gerne in den Ausschnitt und auf die braun gebrannten Beine. Dabei stellte er fadenscheinige Fragen. Wie es in der Berufsschule so laufe, ob sie mit dem Ausbildungsleiter zufrieden sei, ob sie zurechtkomme. Manchmal legte er ihr dabei väterlich den Arm um die Schulter, so hatte er noch einen besseren Blick auf ihre Brüste. Sie erlaubte es ihm. Sich selbst erlaubte sie dafür im Gegenzug hin und wieder einen Tag unentschuldigtes Fehlen in der Schule.

Heute aber war etwas anders als sonst, das erkannte sie an seiner bekümmerten Miene und dem nervösen Spiel seiner Hände.

Er sah sie an und räusperte sich. »Setzen Sie sich«, sagte er förmlich.

Sie überlegte fieberhaft, wann sie das letzte Mal geschwänzt hatte.

Sie konnte sich nicht genau erinnern, vor zwei Wochen vielleicht. Oder vor drei.

»Ich habe leider schlechte Nachrichten. Ihre Mutter hatte einen Schlaganfall. Die Klinik hat vorhin angerufen. Sie liegt im Städtischen Krankenhaus.«

Er gab ihr für den Rest des Tages frei. Sie trat benommen aus seinem Büro. Sie hatte keine Ahnung, was genau ein Schlaganfall war. Auf jeden Fall nichts Gutes. Draußen regnete es in Strömen, und sie hatte keinen Schirm dabei. Sie rannte den ganzen Weg bis zur Straßenbahn.

Nadja

Immer noch Mai 2017

Mit dem Auto fuhren Pia und ich auf einen Waldparkplatz, keine zehn Minuten von ihrem Haus entfernt. Pia holte zwei Paar Gummistiefel aus dem Auto und reichte mir eins.

»Zieh die an.« Sie zeigte auf meine Füße. »Mit deinen Schuhen kommst du hier nicht weit.«

»Danke«, sagte ich und meinte es auch so. Ich tauschte die Schuhe und schloss den Reißverschluss der Regenjacke. Der Himmel war wieder grau. Es hatte leicht zu nieseln begonnen. Oskar strich mir um die Beine. Ich klopfte ihm das Fell.

»Hast du eigentlich nie daran gedacht, dir auch wieder einen Hund zuzulegen? Du kannst gut mit Tieren.«

»Doch«, gab ich zu. »Aber zum einen war Lena allergisch, und zum anderen konnte Ralph nie viel mit Hunden anfangen.«

»Thomas wollte auch nie einen«, sagte Pia und ließ Oskar von der Leine. »Es gibt so einiges, was Thomas nie wollte.«

»Was denn noch?«

»Mich zum Beispiel.«

Die Stiefel begannen, unangenehm an meinen Fersen zu reiben. Auch unsere Unterhaltung rieb an mir. »Warum sagst du das? Er hat dich immerhin geheiratet.«

»Hui! Er hat *mich* geheiratet.«

»So meine ich das nicht. Ich meine, ihr habt ...«

»Schon gut. Du hast ja recht. Er hat mich geheiratet. Weil ihm nichts anderes übrig blieb. Ich habe ihm sozusagen die Pistole auf die Brust gesetzt.« Sie streckte einen Finger und zeigte auf mich.

Zwischen Pia und Thomas war irgendetwas. Da schwang so ein drohender Unterton mit, wenn sie miteinander sprachen. Ein Subtext, den ich nicht verstand. Ralph und ich stritten auch hin und wieder, aber das waren klare Auseinandersetzungen, für die wir immer einen Grund hatten. Und danach kam die Versöhnung.

»Was ist eigentlich los mit euch?«

»Wieso? Was soll denn los sein?«

»Das weiß ich nicht. Sag du's mir.«

Sie blieb stehen. »Sag mal, musst du eigentlich immer so einen Aufriss machen?«

»Was?«, fragte ich verblüfft. »Ich mache doch keinen ...«

»Kannst du nicht einfach mal den Tag genießen und aufhören, alles zu hinterfragen oder zu zergrübeln?«

»Das tu ich doch gar nicht«, widersprach ich ärgerlich.

»Tust du doch.«

»Nein.«

»Das ist mir vorhin schon aufgefallen. Bei Sibille.«

»Warum? Weil ich ihr ein paar Fragen gestellt habe?«

»Ach, Mensch, Nadja. Wahrscheinlich hatten die beiden Streit, und dann ist unsere Mutter krank geworden und gestorben, bevor sie sich ausgesprochen haben, und Sibille hat bis heute ein schlechtes Gewissen deswegen. Da muss man nicht immer wieder den Finger in die Wunde legen.«

»Das habe ich doch auch gar nicht. Ich wollte nur ...«

»Du kannst ziemlich penetrant sein, weißt du das?«

Diese Anschuldigung fand ich derart ungerecht, dass mir nichts mehr dazu einfiel.

»Du hast bei Sibille vorhin jede rote Ampel überfahren.«

Gekränkt kickte ich mit dem Stiefel gegen einen Stein und bemerkte dabei, wie Pia mich von der Seite ansah.

»Was ist los? Bist du jetzt beleidigt?«

»Nein. Ich finde es nur unfair, wenn du so etwas sagst. Ich meine, du konntest immer fragen, du warst immer an der Quelle, aber für mich ist das alles komplett neu. Bis vor ein paar Monaten wusste ich noch nicht einmal, dass es dich gibt.«

»Das wusste ich von dir auch nicht.«

»Aber du wusstest wenigstens, woher du kommst.«

»Auch nur zur Hälfte.«

»Ja, aber du ...«

»Siehst du? Das meine ich«, sagte Pia freundlich und hakte sich bei mir ein. »Du kannst einfach nicht aufhören.«

Also schloss ich den Mund und hörte auf.

»Lass uns doch einfach den Tag genießen.« Pia blieb stehen und atmete tief durch die Nase. »Riechst du das?«

»Was?«

»Wie gut das hier riecht.«

Verwirrt von den raschen Stimmungswechseln meiner Schwester blieb ich ebenfalls stehen und schnüffelte angestrengt. Nach was roch es hier? Auf jeden Fall nach feuchtem

Wald. Und nach Pias Parfüm. Ich nickte unentschlossen, während Pia den Kopf in den Nacken legte und in das Gewirr aus Ästen und Blättern über uns schaute.

»Herrlich«, seufzte sie zufrieden und setzte sich wieder in Bewegung. Oskar und ich folgten ihr. Schweigend und schnüffelnd. Bis der Wald in eine offene Landschaft überging. Hier roch es nach Hundescheiße. Ein Teil davon klebte an einem meiner Gummistiefel.

»Mist«, murmelte ich und rieb den Stiefel über das feuchte Gras.

»Verreist du eigentlich gerne?«, fragte Pia.

»Ach. Geht so.« *Geht so* traf es ziemlich gut. Ich fand es immer ganz schön, mit meiner Familie irgendwohin zu fahren, aber nach spätestens einer Woche bekam ich meistens solches Heimweh, dass es sich nicht mehr nach Urlaub anfühlte.

»Ich würde wahnsinnig gerne eine Weltreise machen.«

»Und? Was hindert dich?«

»Thomas meint, wir können das Geschäft nicht so lange allein lassen. Aber ich glaube, er hat einfach keine Lust. Jedenfalls nicht mit mir. Er wollte noch nicht einmal mit mir nach Münster fahren.«

Vor uns war eine Wiese mit Apfelbäumen. Ich vermutete Cox Orange, aber ganz sicher war ich mir nicht, die Früchte waren noch zu klein. Ich schaute auch nicht so genau hin, weil ich immer noch damit beschäftigt war, die Hundescheiße loszuwerden. Pia gab mir ein Papiertaschentuch. »Vielleicht sollten *wir* beide das zusammen machen.«

»Was? Eine Weltreise?«

»Nein. Uns Münster anschauen. Back to the roots.«

Es hatte aufgehört zu regnen. Die Wolken rissen auf und machten der Sonne Platz. Ich faltete das Taschentuch mit spitzen Fingern und sah sie an. »Ist das dein Ernst?«

»Warum nicht?«, lachte Pia und breitete die Arme aus. »Den Augenblick leben, das ist die Kunst.«

Pia war anders. Ich auch. Manchmal lachte sie an Stellen, die ich kein bisschen lustig fand, und manchmal war es umgekehrt. Wir waren uns fremd und hatten gleichzeitig das Gefühl, uns genau zu kennen. Wenn ich Pia ansah, war es, als würde ich in einen verbogenen Spiegel schauen. Alles war wie immer, aber irgendwie verzerrt.

Sie schenkte sich Sekt nach, ich griff nach den belegten Broten. Sie erzählte mir alte Geschichten von Männern, mit denen sie zusammen war, ich erzählte Geschichten von Lena. Zum Beispiel von der Fahrt, als wir beide an einen Baggersee wollten und in der Tiefgarage einer großen Baufirma gelandet waren. Das Navi hatte irgendetwas falsch verstanden.

»Das Reinkommen war auch kein Problem, aber man kam nur mit einer Chipkarte wieder raus«, sagte ich, und dieses Mal lachten wir beide.

»Tja. Wie bei einer Beziehung. Rein kommt man ganz leicht, aber raus nur irgendwie«, meinte Pia. Sie hob die Flasche über mein Glas.

»Nein«, sagte ich und legte schnell meine Hand darüber. »Für mich nicht mehr. Ich muss gleich los. Es ist schon spät.«

Von einem Moment auf den anderen verschwand das Lächeln aus ihrem Gesicht. »Stimmt.« Sie stand auf und holte ihr Smartphone. »Wo bleibt Thomas nur wieder? Das Spiel ist doch längst vorbei.«

»Lass ihn doch. Vielleicht will er uns nicht stören und trinkt mit ein paar Freunden noch ein Bier.«

»Siehst du? Genau das meine ich!«

»Was?«

»Jeder findet Entschuldigungen für ihn. Sogar du.« Es klang böse.

Ich malte mit dem Finger kleine Kreise auf den Tisch. Ihre Stimmung konnte sehr schnell kippen, ganz besonders, wenn es um Thomas ging. »Ich finde keine Entschuldigungen für ihn. Ich sehe ja noch nicht einmal einen Grund, ihn zu entschuldigen.«

»Er achtet mich nicht.«

Ich konnte nur beurteilen, was ich auch sah. Oder hörte. Und das war etwas anderes. Es herrschte ein irgendwie verkrampfter Ton zwischen den beiden. »Vielleicht solltet ihr es einmal mit einer Paartherapie versuchen?«, schlug ich vorsichtig vor.

Pia schnaubte ärgerlich. »Nein. Das werden wir ganz bestimmt nicht.«

»Also, ich kenne Paare, bei denen …«

»Lass es«, sagte sie knapp.

»Freunde von uns …«, startete ich noch einen Versuch.

»Nadja! Das geht dich nichts an!«

Ich hörte die Ausrufezeichen und schwieg beleidigt.

Schließlich war ja nicht ich es gewesen, die das Gespräch auf ihre Beziehung gebracht hatte.

»Tut mir leid«, sagte Pia versöhnlich.

»Schon gut«, erwiderte ich.

Sie hob ihr Glas und prostete mir zu. »War wirklich nicht böse gemeint. Auf uns!«

»Schon gut«, wiederholte ich, als würden wir ein Spiel spielen, das Déjà-vu hieß.

»Ralph und Lena sehen sich übrigens sehr ähnlich. Das ist mir sofort aufgefallen. Schon als ich sie zum ersten Mal gesehen habe.«

»Hm.«

»Was studiert deine Tochter noch mal?«

Wenn ich jemanden liebte, dann war es Lena. Und wenn ich über jemanden gerne sprach, dann über sie. »Psychologie. Sie ist im vierten Semester.«

Pia nippte am Sekt. »Hm. Das passt zu ihr.«

Oskars warme Hundeschnauze wühlte sich in meine Hand. Ich kraulte seinen Nacken.

»Nadja?«

»Hm?«

»Ich hab's eben nicht so gemeint.«

»Schon gut.« Mein neuer Lieblingssatz. Schon gut, schon gut, schon gut.

»Aber Thomas ... du siehst ja selbst, wie er ist. Immer dreht sich alles um ihn.«

Das konnte ich zwar beim besten Willen nicht sehen, aber ich wollte nicht schon wieder intervenieren. Plötzlich kam mir ein Gedanke. »Sag mal ... hat er, ich meine, gibt es da vielleicht eine andere?«

»Oh Gott bewahre, nein. Das wäre ja wohl ein bisschen zu einfach.«

Ich wusste nicht, was daran einfach sein sollte. Bei den Paaren, die ich kannte und die sich getrennt hatten, war immer ein neuer Partner im Spiel gewesen, meine Adoptiveltern eingeschlossen, und es hatte die Sache ganz bestimmt nicht einfacher gemacht.

Pia schüttete sich den Rest Sekt ins Glas und hielt die leere Flasche hoch. »Soll ich uns noch eine holen?«

»Für mich nicht, danke«, sagte ich und kraulte weiter Oskars Kopf. »Wie gesagt: Ich muss noch fahren.« Das Kraulen beruhigte mich. Den Hund offensichtlich auch, denn jedes Mal, wenn ich es unterbrach, legte er eine Pfote auf mein Bein. Vielleicht hatte Pia recht, vielleicht sollte ich mir wirklich wieder einen Hund zulegen. Jetzt, wo Lena aus dem Haus war, fühlte es sich manchmal ziemlich einsam an. Ein Hund war ja irgendwie auch ein bisschen wie ein Kind. Man musste sich um ihn kümmern, ihn pflegen, füttern und dafür sorgen, dass er genug Bewegung und frische Luft bekam. »Pia?«

»Hm?«

»Darf ich dich noch etwas fragen?«

»Nur zu.«

»Warum habt ihr eigentlich keine Kinder? Wolltet ihr keine?«

»Nein.«

»Wollte Thomas keine?«

Sie kratzte über einen kleinen Fleck auf dem Tisch.

»Pia?«

Mit einer schnellen Bewegung griff sie sich die leere Flasche und stand auf. »Ich bin gleich wieder da.«

Um nicht schon wieder *Tut mir leid* zu sagen, nickte ich nur und sah ihr nach. Auf einmal hatte ich Angst. Angst, dass es mit uns nicht klappen würde. Ich trat an die geöffnete Terrassentür und starrte in den Garten. Er war anders als die Gärten, die ich kannte. Für einen Stadtgarten war er zwar verhältnismäßig groß, aber durch die dichte Bebauung rundherum fühlte ich mich trotzdem wie eingesperrt. In Niersbach konnte man den Blick in jede Richtung schweifen lassen. Es mochte bestimmt eine Menge Arbeit und auch viel Geld in den Skulpturen, den verschlungenen Wegen und den Beeten mit den blühenden Sträuchern und Blumen stecken, aber mir fehlte die Weite. Außerdem, das war gewiss, konnte kein Geld der Welt etwas an den vielen schweren und dicken Wolken ändern, die hier überall hingen. Nicht nur über dem Garten.

Ich legte den Kopf in den Nacken und sah nach oben. Vor einiger Zeit hatte ich einmal gelesen, dass große Wolken ein ziemliches Gewicht haben. Sie können viele Tonnen wiegen. Aber die nanowinzigen einzelnen Wassertröpfchen sind zu leicht, und gleichzeitig ist der Reibungswiderstand der Luft zu groß, deshalb landen sie nicht einfach mit einem Platsch auf dem Boden. Erst wenn sich einzelne Tröpfchen miteinander verbinden, werden sie so schwer, dass sie als Regen auf die Erde fallen.

Vater unbekannt. Ich hatte keine Ahnung, wer er war, ich

wusste noch nicht einmal, ob er noch lebte, aber noch immer hatte ich ein Bild in meinem Kopf. Ich stellte mir keinen Prinzen mehr vor, aber doch einen gut aussehenden, intelligenten und irgendwie interessanten Mann. Der Gedanke, dass unsere Mutter ihn durch die Arbeit kennengelernt und sich dabei in ihn verliebt hatte, gefiel mir. Ein Anwalt. Auch das gefiel mir. Ich wäre jedenfalls im Traum nicht auf die Idee gekommen, ihn mir als gescheiterte Existenz vorzustellen.

»Hallo, Papa. Siehst du mich?«, flüsterte ich der dichten Wolkendecke zu. Irgendwo dahinter schien die Sonne, das fand ich tröstlich.

Pia trat neben mich. Sie reichte mir ein volles Sektglas und legte den Arm um meine Schulter. »Am besten, du schläfst heute Nacht bei mir.«

Ich schüttelte den Kopf. »Nein, ich muss …«

»Bitte, Nadja.« Sie klang plötzlich so ängstlich und verzagt wie ein kleines Kind. Sie sah auch so aus. »Nur heute Nacht.«

»Na gut«, sagte ich. »Nur heute Nacht.«

Nur so zum Spaß googelte ich ein paar Tage später Anwaltsadressen in Münster. Ich schaute mir ein paar Profile an und begann schließlich, Namen und Telefonnummern aufzuschreiben. Ich wählte nur die Kanzleien aus, die für mich infrage kamen. Dabei verließ ich mich ganz auf mein Gefühl. Auf das Gefühl einer möglichen Verbindung. Seipold zum Beispiel war ein Name, den ich mir vorstellen konnte. Würmelsberger nicht. Eine Kanzlei, die sich mit Familien-

und Erbrecht beschäftigte, war in Ordnung. Eine, deren Schwerpunkte so etwas wie Arbeits- oder Insolvenzrecht waren, nicht. Das war natürlich sehr subjektiv, aber irgendwo musste ich schließlich anfangen. Am Ende standen auf drei DIN-A4-Seiten ungefähr einhundert Namen.

Ralph steckte seinen Kopf zur Tür rein. »Was machst du da?«

»Nichts«, sagte ich und schob die Blätter zusammen.

»Gehen wir noch eine Runde an die Luft.«

»Jetzt noch?« Ich warf einen Blick aus dem Fenster. »Es wird schon dunkel. Ich meine, wenn wir einen Hund hätten ...«

»Ach, Nadja«, stöhnte er.

Seit ein paar Tagen war *Hund* ein Thema zwischen uns. Noch so eine Lücke in meinem Leben. Zuerst hatte ich nur hin und wieder eine beiläufige Bemerkung gemacht und er mir dann jedes Mal einen Vortrag über sämtliche Nachteile gehalten. Aber je öfter ich es erwähnte, desto stiller wurde er. Heute hatte er seinen langen Tag gehabt. Kaum Gelegenheit für beiläufige Bemerkungen.

»Na gut«, sagte ich. »Ich komme mit.«

4. Kapitel

Nadja

Juni 2017

Nach der Arbeit setzte ich mich ins Auto und fuhr direkt zum Tierheim. Es lag auf einem Hügel, etwas außerhalb der Stadt, und bestand aus langen Reihen mit Zwingern und einem heruntergekommenen barackenähnlichen Flachbau in der Mitte. »Büro« stand in schwarzen aufgeklebten Lettern auf einer Metalltür, zu der ich keine Klingel fand. Ich klopfte. Im gleichen Moment wurde die Tür geöffnet, und ich stand einer verdutzt wirkenden älteren Dame gegenüber.

»Guten Tag?« Sie sah mich fragend an.

»Eh, hallo, guten Tag.«

»Suchen Sie jemanden?«

»Nein, ich äh ... ich wollte mich nur mal umschauen.«

»Bitte.« Sie machte eine für die Größe der Anlage ziemlich übertriebene Bewegung mit dem Arm. »Wir haben junge Katzen, ein paar Wochen alt ...«

»Nein! Keine Katze.«

»Einen Hund?«

»Ich, also wie gesagt, ich wollte mich nur mal umsehen.«

Sie hielt mir ihre Hand hin. »Loni.«

»Nadja.«

»Kommen Sie. Ich führe Sie herum.«

Die Hunde machten keinen sehr unglücklichen Eindruck auf mich. Allerdings auch keinen glücklichen. Sie saßen oder lagen zu zweit, dritt, viert in ihren Zwingern und warteten auf was auch immer. Manche saßen dort auch allein. Ein schwarzer großer Schnauzer trottete an das Gitter und gähnte.

»Was ist mit ihm?«

»Das ist Luchs. Er ist erst vier und nicht ganz einfach. Er reagiert ziemlich aggressiv auf andere Hunde. Leider auch auf Kinder. Der braucht eine feste Hand und jemanden mit Erfahrung.«

»So sieht er gar nicht aus.«

»Tja, es ist wie bei den Menschen.« Sie öffnete die Zwingertür und strich ihm über die Stirn. »Man blickt nicht dahinter.«

Ich wanderte langsam weiter. Eine junge Frau kam mit drei Hunden an der Leine um die Ecke.

Loni winkte ihr zu. »Hi, Anne. Wie war der Spaziergang?«

»Gut. Aber Ronny ist noch ein bisschen unausgelastet. Ich habe heute leider nicht so viel Zeit. Ich muss noch Bewerbungen schreiben.«

Einer der Hunde war mir sofort aufgefallen. Ich wusste nicht warum, er war nichts Besonderes. Nicht besonders schön, nicht besonders hässlich, nicht besonders groß und nicht besonders klein. Ein mittelgroßer Mischling mit schwarzbraunem Fell und buschigem Schwanz.

»Schon gut. Vielleicht schafft Henry es nachher noch mal«, sagte Loni.

»Ich komme morgen wieder, jetzt muss ich ...« Anne unterbrach sich, als der Hund, der mir aufgefallen war, sich mit der Leine um ihre Beine gewickelt hatte. »Mensch, Ronny, du altes Rindvieh. Ich sag's ja: Noch nicht ausgelastet.«

Loni wandte sich mir zu. »Das ist Anne. Sie geht mit den Hunden spazieren. Wir sind alles Ehrenamtliche und machen das hier in unserer Freizeit. Aber manchmal ist die halt begrenzt, und dann leiden die Tiere.«

Anne lächelte freundlich. Ich auch. Ronny setzte sich und sah mich an. Seine dunklen Augen glänzten.

»Ich habe noch etwas Zeit. Ich könnte noch eine Runde mit ihm gehen«, bot ich an.

»Kennen Sie sich mit Hunden aus?«

»Ich hatte früher welche, aber jetzt schon lange nicht mehr. Ist er denn problematisch?«

»Nein. Ronny nicht. Also, wenn Sie möchten.« Sie streckte mir die Hand mit dem Ende der Leine hin. Am anderen Ende wedelte der Hund erwartungsvoll mit dem Schwanz.

Mit Ronny kam eine neue Art von Leben in unser Haus. Lena wollte zuerst vorsichtigen Abstand halten, aber Ronny pfiff auf Lenas Vorsicht und begrüßte sie jedes Mal so voller Überschwang, dass auch Lena bald darauf pfiff.

»Und? Merkst du was?«, fragte ich ängstlich, obwohl

nichts zu hören oder zu sehen war. »Kratzen im Hals? Hustenreiz? Ausschlag?«

»Nein. Alles gut.«

Ich war glücklich. Ronny wich kaum von meiner Seite, ganz so, als wüsste er genau, wem er dieses neue wunderbare Leben zu verdanken hatte. Er war unproblematisch und klug.

Erwartungsgemäß maulte Ralph über jedes Hundehaar, das er vorher akribisch gesucht und natürlich auch entdeckt hatte. Wenn Ronny beim Trinken schlabberte und Wassertropfen auf dem Boden verteilte, lief er demonstrativ mit einem Wischlappen hinterher. Er stellte unsinnige Forderungen, die nur dazu dienten, meine Aufmerksamkeit wieder auf sich zu lenken: »Dann leg ihm halt eine Matte unter den Napf, und bring ihm bei, seine Schnauze so lange dort zu lassen, bis sie aufhört zu tropfen«, sagte er zum Beispiel. Ich sagte nichts. Oder höchstens: »Ach, Ralph.«

Aber auch mein Mann konnte sich Ronnys besonderem Charme auf Dauer nicht entziehen. Es dauerte keine Woche, und ich beobachtete, wie Ralphs Hand verstohlen unter den Tisch zu Ronnys Kopf wanderte. Der Hund lag wie hingegossen auf seinen Füßen. Es sah aus, als himmelte er Ralph an. Er war wirklich ein sehr kluger Hund.

Pia und ich gingen jetzt, wenn wir uns besuchten, mit zwei Hunden spazieren. Oskar und Ronny verstanden sich blendend, und eine Zeit lang wurde unser Zusammensein von diesem neuen Umstand dominiert.

Bis mir bei einem dieser Spaziergänge durch den Niersbacher Wald die Zettel mit den Google-Ergebnissen wieder einfielen, die ich vor ein paar Tagen in meiner Hosentasche gefunden hatte.

Ich zeigte sie Pia. »Sind das alle?«

»Nicht ganz. Da fehlen noch ungefähr fünfhundert.«

»Bist du alphabetisch vorgegangen.«

»Nein. Intuitiv.«

Wir nannten es unser *Vater-Projekt* und teilten uns die Arbeit schwesterlich, aber es war ein hoffnungsloses Unterfangen, von Anfang an. Die meisten der Kanzleien waren zu neu oder hatten längst andere Besitzer oder Nachfolger. Zwei Kanzleiinhaber versprachen immerhin, bei ihren Vätern nachzufragen, zwei weitere schickten ihre Sekretärinnen in die Archive, um verstaubte Akten zu sichten, aber außer ein paar dünnen Wünschen und gut gemeinten Ratschlägen kam am Ende nichts dabei heraus. Kein einziger brauchbarer Hinweis.

»So kommen wir nicht weiter«, sagte ich am Telefon. Am anderen Ende hörte ich das Klackern der PC-Tastatur. »Pia?«

»Ich habe hier die Adresse vom Jugendamt. Vielleicht gibt es das Heim noch, in dem wir waren. Ich ruf da mal an. Wenn wir Glück haben, ergeben sich neue Anhaltspunkte.«

Schon am nächsten Tag meldete Pia sich wieder bei mir.

»Ich habe mit dem Jugendamt telefoniert«, sagte sie.

»Die Akten werden hundert Jahre aufgehoben. Sie sind allerdings in einem externen Archiv und müssen erst angefordert werden.«

»Das heißt?«

»Das heißt, wir müssen warten, bis sie da sind.«

»Wie lange?«

»Keine Ahnung. Ein paar Tage. Vielleicht auch ein paar Wochen.«

»Und dann?«

»Dann müssen wir hinfahren. Man bekommt nichts zugeschickt, man kann nur Einsicht nehmen.«

»Dann fahren wir jetzt also nach Münster?«, fragte ich.

»Ja. Wie geplant.«

Sibille

Juni 2017

Sibille trat vor die Tür. Sie blinzelte gegen die aufgehende Sonne, setzte sich auf eine Stufe und sah die Straße hinunter. Es war noch sehr ruhig, nur ein paar Frühaufsteher waren jetzt schon unterwegs. Sie hob die Hand und grüßte Friedhelm, ihren Nachbarn. Frühschicht wahrscheinlich.

Wie lange wohnte sie schon hier? Sie rechnete nach. Seit mehr als einem Vierteljahrhundert, Pia musste ungefähr vierzehn oder fünfzehn gewesen sein. Ihre Tochter war nicht nur ein kränkliches, sie war auch ein schwieriges Kind gewesen. Und sie wurde noch schwieriger, als sie in die Pubertät kam. Sie waren oft umgezogen, Sibille hielt es nirgendwo lange aus. *Das Kind braucht mehr Beständigkeit*, hatte Rainer irgendwann gesagt. Und dann hatte er dieses Haus gekauft. Aber eigentlich etwas ganz anderes gemeint.

Sibille stellte den Becher Kaffee neben sich und stützte ihre Ellbogen auf die Knie. Das aufgehende Sonnenlicht brach durch die Zweige des Flieders und malte Schattenbilder auf den Boden. Es erinnerte sie an einen lange zurückliegenden Tag, sie war noch klein, vielleicht sechs oder sieben Jahre alt. Es war ungefähr die Zeit, in der sie lernte, dass es kein Privileg war, ein Kind zu sein.

Ihre Mutter riss sie aus dem Schlaf. »Sie kommen, wir müssen uns beei-

len!«, flüsterte sie. Sibille rieb sich den Schlaf aus den Augen. Wie immer fügte sie sich ohne Widerworte. Es war nicht das erste Mal, dass sie auf diese Weise geweckt wurde, und es würde auch nicht das letzte Mal sein. Sie stand auf und schlüpfte in ihre Kleider. Corinna zeterte nebenan. Sibille hörte sie noch schimpfen, als sie selbst sich schon die Schuhe band.

Der erste Weg war der zum Schuppen. Die Tür stand auf. Sibille wusste, was das bedeutete. »Sie sind hier«, flüsterte Frau Räbiger und packte die Hände ihrer Töchter.

Sibille stolperte, sie schlug sich das Knie auf. »Auuaah!«, schrie sie. Es blutete.

Die Mutter schüttelte sie grob. »Pst!! Sei still!«

»Aber es tut weeeh«, heulte sie.

Sie sah den Schlag, bevor sie ihn spürte, mit der flachen Hand ins Gesicht. Vor Schreck hörte sie auf zu weinen.

Am Ende des Dorfes versteckten sie sich hinter einem großen Holzstapel im feuchten Gras. Sibille zitterte vor Kälte. Auf ihrem Schienbein waren Bahnen aus Blut, ihr Gesicht brannte. Corinna breitete ihre Jacke aus und zog sie mit sich auf den Boden. Sie legte den Arm um ihre Schulter und flüsterte: »Ist schon gut, Papa kommt gleich.«

Die Mutter hatte die Augen geschlossen, die Arme verschränkt und wiegte sich wie ein Kind. Sie murmelte vor sich hin, Sätze ohne Sinn. Mit Worten wie Krieg, Russen, Flucht und Hunger. Manchmal kamen auch Städte oder Namen darin vor, die Sibille nicht kannte.

Durch eine Lücke im Holz sah sie, wie die Sonne am Horizont langsam nach oben stieg, glutrot und leuchtend, und sie fragte sich, was werden würde, wenn ihr Vater sie dieses Mal nicht fand.

Natürlich hatte ihr Vater sie damals gefunden. Er fand sie

immer, egal, wo die Mutter sich mit ihnen versteckte. Aber irgendwann wurde ihm dieses Versteckspiel wohl doch zu viel. Er sprach mit einem Arzt, und bald darauf kam sie in eine Klinik, viele Wochen lang. Dort würde man ihr helfen, erklärte Herr Räbiger seinen Kindern. Aber er erklärte nicht, wobei.

Als die Mutter wieder zurückkam, hatte das Verstecken ein Ende. Sie nahm jetzt Tabletten. Als Sibille endlich begriff, was mit ihr los war, war ihr Vater tot und die Mutter im Pflegeheim.

Es war, wie es war. Der Krieg hatte Wunden geschlagen, nicht nur in ihrer Familie. Und Probleme gab es überall, das war heute nicht anders als früher. Sie wurden nicht kleiner, wenn man ständig haderte oder darüber redete. Aber sie wurden auch nicht kleiner, wenn man sie ignorierte. Das hatte ihr die Vergangenheit gezeigt.

Sibille nippte an ihrem längst kalt gewordenen Kaffee. Als junges Mädchen hatte sie geglaubt, ihre Mutter würde sie nicht lieben, und sich gekränkt von ihr abgewandt. Als sie ihren Irrtum endlich erkannte, war es zu spät gewesen. Und trotzdem hatte sie bei Corinna den gleichen Fehler wieder gemacht.

Sie schüttete den Kaffee in die Blumen und dachte an Nadja. *Blut ist dicker als Wasser.* Das hatte ihr Vater immer gesagt.

Nadja

Juli 2017

»Das Jugendamt hat mich angeschrieben«, sagte Pia am Telefon. »Die Akte ist da?«

»Und?«

»Mehr weiß ich auch noch nicht. Aber sie ist da, und wir dürfen sie uns ansehen. Allerdings nicht alles.«

»Was heißt das?«

»Es geht um ›Personenschutz‹. Hier steht, wir hätten nur Anspruch auf *Einsicht in die rechtlichen Informationen zu unserer Herkunft.*«

»Und jetzt?«

»Fahren wir nach Münster. Ich hab schon was ausgemacht. In knapp drei Wochen. 14. August, das ist ein Montag. Vorher schaff ich's leider nicht. Aber wir könnten schon Freitag losfahren und das Wochenende dranhängen, was meinst du?«

»Der 14. August?« Ich blätterte hektisch in meinem Kalender. Der 14. August gehörte zu *unserem Wochenende,* und *unser Wochenende,* das war eine Kurzreise mit Angelika und Jochen. Eine Fahrt, die jedes Jahr im Sommer stattfand und gewissermaßen Tradition hatte. Ich schüttelte den Kopf, obwohl klar war, dass Pia mich nicht sehen konnte. »Tut mir leid, aber da kann ich nicht.«

»Warum denn nicht?«

»Wir machen einen Wochenendausflug. Mit Freunden«, erklärte ich.

»Ach so. Schade. Na ja. Dann fahren wir eben erst am Montag. Wir müssen nur sehen, dass wir dann schon sehr früh ...«

»Nein, nein, das geht auch nicht. Es ist ein verlängertes Wochenende, verstehst du?«

»Kann man denn euren Ausflug nicht verschieben?«

»Nein. Er ist schon ewig lange geplant. Und das Hotel ist auch schon gebucht.«

»Und wenn du am Sonntagabend schon mit dem Zug nach Hause ...«

»Ich glaube wirklich nicht, dass Ralph damit einverstanden wäre.«

»Nadja, erst machst du Land und Leute verrückt, dann überlässt du mir die ganze Planung, und jetzt passt dir der Termin nicht. Weißt du was: Wenn dir alles andere wichtiger ist, dann sagen wir halt wieder ab.«

»Warum muss es denn unbedingt der 14. August sein?«

»Das habe ich doch gesagt: Weil ich auch Termine habe.« Die Art, wie sie das Wort Termine aussprach, machte mir klar, dass ihre wichtiger waren als meine.

»Na gut«, meinte ich kleinlaut. »Dann spreche ich mit Ralph.«

»Tu das«, sagte sie und legte auf.

Ich starrte auf das Telefon. Wir stritten uns jetzt schon wie ein altes Ehepaar. Überhaupt kam es mir vor, als würden wir uns schon ein ganzes Leben kennen, dabei waren es, wenn man alles zusammenzählte, noch nicht einmal zwei Jahre.

Am Samstagmorgen kam ich unausgeschlafen in die Küche. Ralph saß am gedeckten Frühstückstisch und köpfte sein Ei.

»Guten Morgen. Gut geschlafen?«, fragte er, ohne den Blick zu heben.

»Hm, geht so. Nicht so besonders.« Ich streckte mich. Dabei fiel mein Blick auf den Kalender an der Wand. Ich hatte noch keine Gelegenheit gehabt, mit ihm über meine Pläne zu sprechen, und irgendetwas hinderte mich auch jetzt daran, es zu tun. Aber lange konnte ich es nicht mehr aufschieben, die Zeit lief mir davon.

Ronny tappte gähnend auf mich zu und forderte seine Streicheleinheiten. Ich schenkte mir mit einer Hand Kaffee ein, legte die andere auf Ronnys Kopf und sah zu Ralph. Er war sehr vertieft in die Zeitung oder in das, was darin stand. Wenn er etwas tat, dann immer mit vollem geistigen oder körperlichen Einsatz. Aber irgendwann hob er dann doch den Kopf und bemerkte meinen Blick. Sorgfältig faltete er den Regionalteil zusammen und sah mich über den Rand seiner Brille an.

»Was ist?«

»Nix«, sagte ich leise und nippte an meinem Kaffee. »Nur ... wegen unserer Fahrt nach Freiburg.«

»Ach ja, genau. Jochen hat mir gestern den Link zu unserem Hotel geschickt«, sagte er. »Sieht ganz gut aus, finde ich.« Ich sah seine gefurchte Stirn, die kleinen Fältchen um die Augen, den leichten Bogen seiner Nase. »Kannst du dir nachher ja mal anschauen.«

»Äh … wann fahren wir noch mal?«

»Übernächste Woche.«

»Ja. Aber wann genau?«

Unsere Blicke trafen sich in der Mitte des Tisches, ungefähr auf Höhe der Marmelade. Über seiner Nase hatte sich die gefürchtete steile Falte gebildet.

»Vom 11. bis 14. August. Wie besprochen.«

»Eh … der 14., das ist ein Montag, oder?«

Er beobachtete mich. »Was ist los?«

»Wegen Ronny. Ich meine, was machen wir mit ihm?«

»Herbert hat sich doch schon angeboten.«

»Aber Ronny ist gerade erst dabei, sich an uns zu gewöhnen.«

»Nadja, hör auf. Das wusstest du vorher. Und außerdem, Stichwort ›gewöhnen‹: Je eher dein Hund sich daran gewöhnt, auch mal bei deinen Eltern …«

»Jaja, schon gut.«

»Ich habe jedenfalls keine Lust, bei jedem Urlaub auf den Hund Rücksicht nehmen zu müssen.« Er schenkte sich Kaffee nach und hob die Kanne. »Du auch?«

Ich schüttelte den Kopf. »Es ist nur … also, ich kann da vielleicht nicht. Jedenfalls nicht am Montag.«

»Aha?«

»Ich müsste eventuell nach Münster. Mit Pia.« Konzentriert beschmierte ich eine Brötchenhälfte mit Butter und legte eine Scheibe Käse darauf.

»Du kannst da *vielleicht* nicht, weil du *eventuell* nach Münster müsstest?«

»Hm.« Das Brötchen schmeckte nach Stroh. Ralph sagte jetzt nichts mehr, aber ich spürte seinen Blick. Auch Ronnys. Der Hund lag unter dem Tisch, den Kopf auf den Pfoten, und schielte ergeben in meine Richtung.

»Es ist nämlich so.« Ich legte mein Brötchen auf den Teller und versuchte, ihm die Sache mit dem Amt und dem Termin so gut es ging zu erklären. »Das verstehst du doch, oder?«, schloss ich meinen konfusen Bericht.

»Nein. Ehrlich gesagt verstehe ich das nicht«. antwortete er erwartungsgemäß. Sein Gesicht hatte jetzt diesen schwer zu beschreibenden Ausdruck, den ich gut kannte. Wie bei einem Vater, der seinem ungezogenen Kind noch eine letzte Chance geben will.

»Ralph«, sagte ich flehend. »Es ist wirklich sehr wichtig für mich.« Ich legte meine Hand auf seine. »Könnten wir die Fahrt nicht verschieben?«

Er zog seine Hand weg. »Nadja, es ist alles längst besprochen und geklärt. Die Vertretung für meine Patienten, das Hotel, der Termin. Und du weißt doch auch ganz genau, wie schwierig es ist, einen gemeinsamen Termin zu finden. Es ist ja nicht mein Fehler, wenn du plötzlich andere Pläne hast.« Seine Stimme war mürrischer jetzt, aber ich hörte noch immer einen versöhnlichen Klang. Wenn ich jetzt nachgäbe, wäre alles wieder gut.

»Ich könnte vielleicht am Sonntagabend alleine … mit dem Zug …«

Mit ärgerlichen Bewegungen faltete er den Rest der Zeitung zusammen und stand auf.

»Bitte«, machte ich noch einen Versuch. »Wir ... es ist mir wichtig, verstehst du das nicht. Diese Sache ist mir wichtig. Und Pia ...«

Ralph war schon auf dem Weg zur Tür. Er drehte sich um, kam zurück und neigte mir seinen Oberkörper entgegen. Erleichtert hob ich mein Gesicht, um mich küssen zu lassen, aber er verscheuchte nur eine Fliege, die sich auf den Käse gesetzt hatte.

»Pia ist dir wichtig, die Sache ist dir wichtig, alles Mögliche ist dir wichtig«, sagte er kein bisschen versöhnt. »Und ich? Was ist mit mir?«

»Das ist unfair«, murmelte ich. »Du bist mir doch auch wichtig. Aber ich ... ich kann das doch nicht einfach absagen. Nach alldem. Verstehst du das denn nicht?«

»Nein. Außerdem musst du es gar nicht absagen. Es reicht, wenn ihr den Termin verschiebt. Wo ist das Problem?«

Mir fiel nichts ein. Kein weltbewegender Grund. Außer meiner eigenen unflexiblen Haltung. Oder war es Pias? »Pia hat sich so sehr um diesen Termin bemüht. Was ... was soll ich ihr denn sagen?«

Er sah mich an, als hätte ich eine seltsame Krankheit.

»Dass du an diesem Tag nicht kannst und ihr einen neuen Termin ausmachen müsst.«

Ich hatte gerade den Staubsauger aus der Abstellkammer gezerrt, als es klingelte. Zweimal kurz.

»Was ist los?«, fragte meine Mutter und folgte mir in die Küche.

»Wieso? Nichts.«

»Du hast doch was?«

»Nein.«

»Ist etwas mit Lena?«

»Nein.«

»Oder hast du Streit mit Ralph?«

»Na ja …«, sagte ich zögernd. »Also … keinen Streit.«

»Sondern?«

»Eine kleine Meinungsverschiedenheit.«

»Um was geht's denn?«

Ich erklärte ihr mein Dilemma, und obwohl ich kein Verständnis erwartete, nicht in diesem Fall, überraschte mich ihre heftige Reaktion.

»Ihr wollt nach Münster?«

»Ja«, sagte ich knapp und schenkte mir ein Glas Wasser ein. Ich hielt die Flasche hoch. »Du auch?«

Sie schüttelte den Kopf. »Nadja! Was soll der Unsinn? Was versprichst du dir davon?«

»Antworten?«

»Welche denn noch? Du hast deine Schwester gefunden, du kennst den Namen der Frau, die dich …«

»Jaja, schon gut. Aber wir hatten auch einen Vater. Und überhaupt. Ich meine, die Umstände von unserer Adoption sind doch nicht wirklich geklärt«, sagte ich. »Also, wann genau kamen wir ins Heim, was genau ist davor passiert, wer genau hat sich dabei um was gekümmert? Und was genau war mit Pia los? Sie war noch so lange im Krankenhaus und ...«

»Ach, Nadja, jetzt sei doch mal realistisch. Das ist vierzig Jahre her. Welche Spuren glaubst du denn jetzt noch zu finden?«

»Das weiß ich noch nicht«, antwortete ich bockig. »Das werden wir dann sehen.«

Sie ließ sich auf einen Stuhl fallen, und alles an ihr fiel mit: die Schultern, der Kopf, das Rückgrat. Sie zerfiel vor meinen Augen. Dann sah sie zu mir hoch und schüttelte den Kopf, gleichzeitig nickte sie. Schließlich stand sie wieder auf, nahm meine Hände und sah mir in die Augen. Ein Blick voller Liebe. Sie strich mir über die Wange und ging. Abschiedslos. Ich hörte, wie die Tür ins Schloss fiel.

Ich schluckte schwer und konzentrierte mich auf die Fugenlinien zwischen den Fliesen, bis sie zu einer unkenntlichen Masse verschwammen. In meinen Ohren dröhnte es dumpf. Ich schüttelte den Kopf, um das Dröhnen loszuwerden.

Im Wohnzimmer saugte ich sehr lange und sehr gründlich. Ich fuhr mit der Düse unter den Schrank, schob den Alten Fritz zur Seite und trug am Ende noch den kleinen alten Teppich, der in einer Ecke lag, nach draußen, um ihn dort auszuschütteln. Er war nicht besonders schön, er passte auch nicht so richtig an die Stelle, an der er lag, aber dort hatte früher einmal ein schwerer, alter Ledersessel gestanden und unschöne Dellen und Kratzer ins Parkett gedrückt, die noch hässlicher waren als der alte Teppich. Es hatte also einen Sinn, dass er dort lag. Er bedeckte den Schaden.

Als ich fertig gesaugt hatte, rückte ich den Alten Fritz wieder zurecht und dachte über meine komplizierte Familie nach. Über meinen Mann, der immer eifersüchtig war und an erster Stelle stehen wollte. Und über meine Mutter, für die alles, was mit meiner biologischen Herkunft zu tun hatte, ein rotes Tuch war, weshalb sie ein anderes, nämlich das des Schweigens, darüber ausgebreitet hatte. Ich legte den Teppich auf seinen Platz zurück, und in diesem Moment wurde mir etwas klar: Unter etwas Zugedecktem ist immer irgendwas. Und nie nichts.

Am Nachmittag rief ich Pia an und erzählte ihr von meinem Dilemma. Sie konnte nichts damit anfangen.

»Mein Gott, Sibille und Thomas fanden es auch nicht so toll, aber …«

»Sibille?«, fragte ich überrascht. »Was hat Sibille denn für ein Problem?«

»Was weiß ich! Sie meint, es würde mir nicht guttun.«

»Ach?«

»Ist doch egal. Wir sind beide erwachsen, am Ende müssen sie unsere Entscheidung akzeptieren.« Ich hörte ihre verständnislose Ungeduld.

»Ja, schon«, sagte ich und dachte an Marlies. Und auch an Ralph und an unseren Haussegen, für den ich die Verantwortung hatte. »Aber der Termin mit Ralph, ich meine, der stand ja schon viel länger fest.«

»Na gut.« Sie seufzte hörbar. »Dann mach halt was anderes aus. Muss ich eben *meine* Termine verschieben. Du, ich muss jetzt Schluss machen. Sag mir Bescheid, wenn es was Neues gibt.«

Ralph stand in der Tür und lächelte. Zwischen uns war alles wieder gut. Aber ich befürchtete, dass jetzt ein anderer Haussegen schief hing.

Am Sonntag kam Lena. Sie hatte eine Schüssel Himbeeren und ihren Freund mitgebracht. Die Himbeeren waren süß und saftig und Alexander sehr nett, das musste ich zugeben. Gebildet, sympathisch, gut aussehend. Ralph nahm ihn mit in den Garten, und ich folgte Lena, die in der Küche hantierte. Ich legte meine Arme von hinten um ihre Taille und sog ihren vertrauten Duft ein. Ronny setzte sich neben uns und sah mich beleidigt an. *Du sollst keine Götter haben neben mir.*

»Er ist sehr nett«, sagte ich.

»Ich weiß.« Lena drehte sich zu mir um. »Hey, Mama. Was ist los?«

Ich beugte mich hilflos zu Ronny. Ich wollte sie nicht mit meinen Problemen belasten, aber wahrscheinlich ließ es sich ohnehin nicht vermeiden. In dieser Familie konnte man nichts verstecken. Am allerwenigsten seine Gefühle.

»Also?«, fragte Lena.

Ich schüttelte den Kopf.

»Ach, komm schon.«

»Na ja«, sagte ich und setzte mich auf einen Stuhl. Denselben, auf dem Marlies zwei Tage vorher auch schon gesessen hatte. Ich stützte meine Ellbogen auf den Tisch und legte die Fingerspitzen aneinander. »Pia und ich wollen nach Münster fahren.«

»Schöne Idee. Ein Schwestern-Ausflug.« Sie lächelte.

»Im Prinzip schon. Es wäre in diesem Fall allerdings auch mit einem Zweck verbunden. Und es gibt noch ein paar ... ähm, widrige Umstände.« Ich erklärte ihr die ganze verzwickte Sachlage.

»Tja. Allen kannst du es sowieso nicht recht machen«, meinte Lena.

»Nein, das weiß ich.«

»Was willst du denn selbst?«

»Ich?«, fragte ich verwundert. Darüber hatte ich noch gar nicht nachgedacht. »Ich will vor allem nicht, dass jemand sauer ist. Oder traurig.«

»Ach, komm, Mama. Pia hat doch schon gesagt, dass es ihr am Ende egal ist. Muss sie halt ihre Termine umlegen. So was kommt vor. Und mit Oma rede ich.« Sie reichte mir die Schale mit den Früchten. »Hier. Probier mal. Die sind ganz süß.«

Schon immer hatte meine Tochter die Fähigkeit, Dinge in die Hand zu nehmen, vor denen ich kapitulierte.

»Wenn dir wirklich so viel daran liegt«, sagte Marlies, als ich mich am Abend bei ihr meldete.

»Ja, Mama. Wirklich sehr, sehr viel«, erwiderte ich.

Sie schnalzte mit der Zunge. »Was soll ich da noch sagen?«

»Du könntest mir zum Beispiel eine gute Reise wünschen.«

»Gute Reise.«

»Danke.«

Ich wartete. Wir warteten beide, ohne zu wissen, worauf.

»Gut. Dann bis bald«, sagte ich schließlich, als klar war, dass wir umsonst warteten. »Ich melde mich wieder.«

»Mach das.«

Ich drückte den roten Hörer und seufzte. Sie hatte gefasst reagiert, mir sogar eine gute Reise gewünscht, aber ihre Vorbehalte nicht abgelegt. Höchstens unterdrückt.

Am Montag früh wählte ich die nächste Nummer, die auf meiner Liste stand.

»Fröhlich, Jugendamt Münster.«

»Guten Tag, Frau Fröhlich. Hier ist Nadja Kleman.«

»Guten Tag?«

»Sie hatten schon mit meiner Schwester gesprochen. Es ging um einen Termin zur Sichtung alter Unterlagen.«

»Ah! Ja. Frau Albrecht, oder?«

»Genau. Es ist nur so, also, wir können den ausgemachten Termin jetzt leider doch nicht wahrnehmen«, sagte ich freundlich. »Aus persönlichen Gründen.« Ich hatte mir die *persönlichen Gründe* gut überlegt und war auf eine ausführliche Erklärung eingestellt.

»Das ist kein Problem. Die Unterlagen liegen hier bereits vor, Sie können jederzeit kommen, wann immer Sie möchten«, sagte Frau Fröhlich und erstickte damit meine ganzen *persönlichen Gründe* im Keim. »Also natürlich während der Öffnungszeiten. Das hatte ich Ihrer Schwester aber auch bereits gesagt.«

»Ach?« Ich war überrascht.

»Am besten donnerstags, da sind wir bis achtzehn Uhr im Haus. Melden Sie sich dann einfach bei mir im Büro. Sollte ich einen Außentermin haben, dann kann Ihnen auch meine Kollegin weiterhelfen.«

Sibille

Oktober 1975

Die Ärzte versuchten zu erklären, was nicht erklärbar war. Ein neuer leichter Schlaganfall in der Nacht, nichts Dramatisches. Aber jetzt hatte die Mutter aufgehört zu atmen, einfach so. Hatte sie es so gewollt?

Der Pastor kam und brachte den Bestatter mit. Billiger Sarg, billige Erdbestattung, das Geld war knapp. Dann ließ man sie allein. Damit sie sich verabschieden konnte.

Die Mutter lag auf dem Bett, gerade und glatt, ihre Hand war kalt. Sibille setzte sich auf den Bettrand und schob das Nachthemd hoch. Die Brüste waren klein und schlaff. Es war das erste Mal, dass Sibille ihre Mutter nackt sah. Sie wussten nichts voneinander.

Danach ging sie nach Hause und schrieb ihrer Schwester einen Brief. Eilzustellung.

5. Kapitel

Nadja

August 2017

Schon am darauffolgenden Donnerstag holte Pia mich sehr früh ab. Ihre vielen wichtigen Termine waren auf einmal kein Thema mehr. Oder nicht mehr so wichtig.

»Guten Morgen.« Sie klang gut gelaunt und ausgeschlafen. »Können wir gleich starten?«

»Ja. Klar.«

Sie trug ein dunkelgrünes Etuikleid, einschließlich farblich passender, sehr hochhackiger Sandalen und sah – wie so oft – auf eine Weise gut aus, um die ich sie beneidete. Ich selbst hatte flache Schuhe an, eine Jeans und meine hellgraue Lieblingsbluse.

»Das Kleid steht dir«, sagte ich trotzdem neidlos. »Du siehst toll aus.«

»Danke.« Sie lächelte.

Ich verstaute meine Reisetasche im Kofferraum und ließ mich neben sie in den Sitz fallen. »Hast du schon gefrühstückt?«

»Nein.«

»Ich hab was dabei« Ich hielt ihr meine bunt bedruckte Leinentasche entgegen.

»Proviant?«, fragte sie.

»Nein. Nur eine Thermoskanne Kaffee mit Milch.«

Sie rückte ihre Sonnenbrille zurecht und gab Gas. »Kaffee ist super. Und zum Nachtisch gibt's Gummibärchen.«

Wir hatten Niersbach kaum hinter uns gelassen, da fing ich schon an zu gähnen. Autofahren machte mich grundsätzlich müde, längere Strecken fuhr ich deshalb auch nicht gerne allein. »Ich habe schlecht geschlafen«, erklärte ich. »Wenn Ralph vor mir einschläft, habe ich immer ein Problem, weil er so schrecklich schnarcht.«

»Und da habt ihr noch keine getrennten Schlafzimmer?«

»Nein. Wenn er nicht da ist, schlafe ich noch schlechter.«

»Dann hast du also die Wahl zwischen schlecht und noch schlechter?«

»Genau.« Ich sah aus dem Fenster. Die typische Taunus-Berg-und-Tal-Landschaft zog draußen an uns vorbei. Dunkle Wälder, abgemähte Wiesen und Felder. Dazwischen kleine Orte, deren Kirchturmspitzen wie Richtungsgeber aus den Dächern ragten.

»Dann freu dich auf Münster. Ich schnarche nicht.«

Ich freute mich darauf, wenn auch aus anderen Gründen. Aber gleichzeitig war mir auch etwas mulmig zumute. Ich war immer nur mit Ralph verreist. Und früher mit meinen Eltern. Einmal auch mit Lena. Ein Geschenk zum bestandenen Abitur.

Pia setzte den Blinker und fuhr auf die Autobahn. »Heute

Abend gehen wir schön essen. Und morgen machen wir vielleicht mal was in Richtung Kultur.«

Im Radio kam Nena. 99 *Luftballons*. Sie sah mich an. »Oder wir gehen tanzen.« Sie begann, sich im Takt zu bewegen, und drehte dabei einen Finger in der Luft. Ich machte mit, den Refrain sangen wir im Duett. Für einen Moment vergaß ich alles andere. Alle Bedenken und Zweifel, auch die von Marlies. Ich liebte die Sonne, die Landschaft, mein Leben. Und meine Schwester. *Lebe den Augenblick*. Es war ganz leicht.

Der Moment erinnerte mich an meine Jugend. An meine ersten Partys, meinen ersten Freund und die ersten Küsse, die nicht von meinen Eltern waren. Damals hatte ich mich so ähnlich gefühlt. Ich versuchte, mich zu erinnern, wie es war, als Ralph mich zum ersten Mal geküsst hat, aber sosehr ich mich auch bemühte, ich wusste es nicht mehr. Andere Gesichter als das von Ralph schoben sich dazwischen.

»Jetzt mach doch mal Platz«, schimpfte Pia mitten hinein in meine Gedanken. Ihr Ton und die Lautstärke katapultierten mich wieder zurück. Der Audi-Fahrer vor uns machte einen hektischen Schlenker nach rechts und scherte sehr knapp vor einem alten Volvo ein.

»Fahr doch nicht so schnell«, sagte ich. »Was soll die Hektik?«

Pia riss mit den Zähnen die Gummibärchentüte auf und legte sie auf meinen Schoß. Für eine Weile tat ich nichts, als die Landschaft an mir vorbeirauschen zu sehen, Gummibärchen zu kauen, am liebsten mochte ich die weißen, und zu hoffen, dass wir beide überlebten. Pia jagte währenddessen den Wagen weiter in einem Affentempo über die Autobahn und koordinierte dabei zwischendurch telefonisch Termine. Ein paarmal fuhr sie so dicht auf, dass ich automatisch mitbremste.

»Pia! Könnten wir vielleicht ein kleines bisschen langsamer fahren?«, startete ich einen neuen Versuch.

Sie sah mich an, als wäre ich eine debile Mitfahrgelegenheit. »Warum?«, fragte sie und verstellte den Sender. Mir verschlug es die Sprache. Und gleichzeitig suchte ich, noch während ich sprachlos war, nach Entschuldigungen: Stress. Hormone. Gedankenlosigkeit. Ich unterstellte ihr alles, nur keine böse Absicht.

»Da vorne ist ein Parkplatz. Halt an!«, forderte ich sie auf, als ich meine Sprache wiederhatte.

»Was ist los? Geht's dir nicht gut?«

»Doch. Aber ich möchte, dass es auch so bleibt.«

»Dann entspann dich.«

»Kannst du bitte anhalten?«

»Musst du aufs Klo?«

»Nein.«

»Dann muss ich auch nicht anhalten«, sagte Pia und rauschte ungebremst an der Ausfahrt vorbei.

Ich gab auf. Pia war mein Zwilling, ohne sie war ich nur halb. Aber mit ihr, das wurde mir langsam klar, war ich noch lange nicht eins. Zusammen waren wir höchstens so eine Art ungerader Bruch.

Für die nächsten eineinhalb Stunden hörten wir deutsche Schlager, und ich war hellwach. Erst als wir die Autobahn verließen, konnte ich mich wieder leicht entspannen. Pia drückte mir einen Zettel in die Hand.

»Hier. Gib mal die Hoteladresse ein.«

Wortlos griff ich nach meinem Handy. Es dauerte eine Weile, bis Google Maps begriff, was ich von ihm wollte. Zweimal versuchte es uns durch eine Einbahnstraße zu schicken. Pia hielt am Straßenrand und nahm mir das Gerät aus der Hand.

»Oh Mann! Du bist im Zu-Fuß-Modus.«

»Dann lass das Auto hier stehen, und wir laufen. Sind nur fünf Minuten, dafür würde sich die Wahrscheinlichkeit, dass wir heil ankommen, verdoppeln.«

Sie fischte mit ihren langen Spinnenfingern eine Zigarette aus der Handtasche und zündete sie an.

»Muss das sein?«, murmelte ich.

Sie öffnete das Fenster. »Am besten checken wir erst mal im Hotel ein. Dann gehen wir zum Amt und suchen uns anschließend ein nettes Lokal«, sagte sie und blies den Rauch nach draußen. »Vielleicht auch umgekehrt. Mal sehen.« Sie fädelte sich geschickt wieder in den Verkehr ein.

Ich sparte mir die Antwort. Es war ja auch keine Frage.

»Sag mal, was ist eigentlich auf einmal los mit dir?«

»Nix.«

»Jetzt komm schon. Du hast doch was?«

An der nächsten Ampel links abbiegen, schepperte es aus dem kleinen Lautsprecher.

Ich überlegte, alles auszusprechen, was mir gerade auf der Zunge lag, aber dann schüttelte ich den Kopf. »Ach. Schon gut.«

Wenn ich etwas von Marlies und Ralph gelernt hatte, dann war es die Sinnlosigkeit eines Streits, bei dem das Gegenüber nicht verstand, worüber man sich aufregte.

Die Ampel wechselte von Grün auf Gelb, der Wagen vor uns bremste.

»Typisch«, sagte Pia.

Das Hotel war sehr schön und sehr teuer. Es lag zentral, direkt neben der Promenade, von hier waren es nur ein paar Meter in die Altstadt. Drei Nächte kosteten mehr als vierhundert Euro, pro Person, dafür mit Frühstück. Es überstieg meine persönlichen finanziellen Möglichkeiten, aber Pia meinte, ich solle mir darüber keine Gedanken machen, sie würde mich einladen.

»Widerspruch ist zwecklos«, setzte sie überflüssigerweise noch nach und lächelte.

Das Zimmer war eine Suite im vierten Stock. Sie erinnerte mich an eine Filmkulisse. Zwei Räume, die durch eine große Wandöffnung miteinander verbunden waren und den Eindruck vermittelten, es ginge hier um *Schöner Wohnen* und nicht ums Übernachten. Ein riesiger Flachbildschirm, teuer aussehende Designermöbel, eine bodengleiche Dusche mit Massageduschköpfen, zwei getrennte Toiletten. Es gab sogar einen Kamin, den wir natürlich nicht nutzen würden, draußen herrschten sehr sommerliche Temperaturen, aber allein die Vorstellung war berauschend. Dazu duftete es herrlich nach was auch immer, und auf den Kopfkissen lag je eine in Zellophan eingewickelte Praline aus der Stadt-Konfiserie.

Das Schönste aber war der Blick auf die Altstadt. Dieser Blick war schlicht umwerfend. Wir wohnten in einer Art Glaskasten, der über den Menschen, den Häusern und in den Bäumen zu schweben schien und mir ein sehr erhabenes Gefühl vermittelte. So etwas hatte ich noch nie gesehen. So hatte ich noch nie gewohnt.

Ergriffen setzte ich mich aufs Bett und packte die Praline aus. »Das ist Wahnsinn.«

Pia öffnete ihren Trolley. »Ich gehe schnell duschen.«

Ich nickte versonnen und konzentrierte mich darauf, die Praline zu lutschen. Die Kunst war, sie so lange wie möglich im Mund zu behalten. Hier zu sitzen, unter mir die Stadt, vor mir der blaue Himmel und in meinem Mund den Geschmack von Nougat mit einem Hauch Pfeffer, das war für den Moment alles, was ich wollte.

Als Pia wiederkam, vermischte sich der Duft ihres Parfüms mit den Düften des Zimmers und dem Aroma der Praline, die ich immer noch auf der Zunge spürte.

»Würde es dir etwas ausmachen zu tauschen? Ich liege lieber rechts«, fragte sie.

»Nein. Mir ist es egal.«

»Gut. Ich geh dann schon mal runter. Wir treffen uns in der Bar.« Pia griff nach ihrer Handtasche. »Bis gleich.«

Ich stand auf und sah ihr nach. Strich die Decke und das Kopfkissen wieder glatt und legte die noch eingewickelte Praline auf die andere Seite. Dann ging ich ins Bad und machte mich frisch. Jetzt roch ich nur noch Pia. Nichts sonst.

Meine Schwester hatte irgendetwas an sich, das ich nicht

fassen und auch nicht konkret benennen konnte. Etwas, das mir fehlte. Sie war an Stellen stark, an denen ich schwach war. Und von allem, so schien es, war sie eine Spur mehr. Eine Spur schöner, weltgewandter, mutiger, entschlossener, unabhängiger, lustiger. Vielleicht auch eine Spur kompromissloser. Auf jeden Fall eine Spur schneller.

Als ich in die Bar kam, saß Pia am Tresen und unterhielt sich mit dem Barkeeper. Er hatte pechschwarze Haare, braune Augen, einen Dreitagebart und sah sehr gut aus. Wahrscheinlich war er ein Italiener, alle Italiener waren schön, jedenfalls alle, die ich kannte. An einem der Tische am Fenster saßen ein paar Männer.

»Was magst du trinken?«, fragte sie, als ich mich neben sie setzte. »Einen Aperitif?«

Ich zögerte. Mir war nicht nach Alkohol. Ich hatte Durst. Und Hunger. Seit dem Frühstück hatte ich außer ein paar Gummibärchen und einer Praline nichts mehr gegessen.

»Nur ein Wasser«, sagte ich und langte in ein Schälchen mit Erdnüssen, das auf der Theke stand.

»Komm schon. Ich lade dich ein.«

»Das musst du nicht«, sagte ich beschämt.

»Also?«

Vor ihr stand ein kelchartiges Glas mit einer gelblichen Flüssigkeit, die aussah wie Urin. Ich wollte immer noch keinen Alkohol, aber ich wollte auch nicht langweilig sein. »Na gut.« Ich sah zum Barkeeper. »Ein Glas Weißwein, bitte.«

Pia legte die Beine übereinander, dabei rutschte ihr

Kleid sehr hoch. Ich sah betreten zur Seite. Die Männer nicht.

Der Barkeeper stellte ein Glas Wein vor mir ab. »Zwillinge, eh?«, stellte er scharfsinnig fest.

»Wir sind in Münster geboren«, erklärte ich.

»Ah, Familie besuchen?«

»So in etwa«, lachte Pia und erzählte ihm unsere Geschichte. Zumindest Teile davon. Ich sagte nichts dazu, mich fragte auch keiner, ich beobachtete sie nur. Die Art, wie sie dem Mann ihren Kopf zuneigte und über das Glas Blicke zuwarf. Die Art, wie sie lachte und redete. Sie flirtete. Auch darin war sie gut. Es überraschte mich nicht.

Bis zum Jugendamt waren es vom Hotel aus nur ein paar Hundert Meter, wie uns die nette Dame an der Rezeption erklärte. Sie gab uns einen Stadtplan und zeichnete den Weg ein.

»Wie war Marlies eigentlich so?«, fragte Pia, als wir aus dem Hotel in die Sonne traten.

»Hm?«, meinte ich abgelenkt. Das Wetter war schön, meine Stimmung dank Weißwein gut, aber ich hatte Hunger. »Sollen wir zuerst etwas essen gehen?«

»Von mir aus. Hier geht's zur Altstadt.« Sie zeigte nach rechts. »Und?«

»Was?« Meine Gedanken waren gerade bei der Auswahl zwischen Italiener oder Grieche.

»Na, Marlies. Wie war sie?«

Ich dachte einen Moment nach. »Na ja. Sie war sehr fürsorglich. Manchmal vielleicht zu viel. Aber ich konnte mich immer auf sie verlassen.« Das konnte ich bis heute.

Wir kamen an einer Pizzeria vorbei, und ich blieb stehen. »Also, ich tendiere zum Italiener.«

Sie sah sich um. »Aber man kann nicht draußen sitzen.«

»Ach so, stimmt.«

»Andererseits ist es eigentlich sowieso zu warm.«

Mein Blick fiel auf ein Schaufenster neben dem Lokal. »Schau mal.« Ich zeigte auf eine kleine Eule aus buntem Glas. »Ist die nicht niedlich?«

»Hm.« Sie hielt mir die Tür auf. »Komm. Lass uns lieber nicht so viel Zeit vertrödeln. Wer weiß, wie lange das nachher dauert.«

Von den gut zwanzig eingedeckten Tischen war nur ein einziger besetzt. Ein gut aussehender Kellner näherte sich. Schon wieder ein Italiener? »Zwei Personen?«, fragte er und zeigte auf einen Tisch in der Mitte.

»Geht's auch hier?«, fragte Pia mit Blick auf einen der Tische vor dem Fenster. Er blätterte hektisch in seinem kleinen Büchlein, als hätte er ein besonderes logistisches Problem zu bewältigen, nickte schließlich gnädig und legte zwei in Plastik eingeschweißte Speisekarten vor uns auf den Tisch. Wir griffen gleichzeitig danach. Unsere Hände berührten sich. Hände, die sich glichen wie ein Ei dem anderen.

»Und Sibille?«, fragte ich, als wir unsere Menüwahl getroffen hatten. »Wie war die so?«

»Sibille war, na ja, ich würde mal sagen mittelmäßig. Sie war immer sehr emanzipiert, darauf hat sie großen Wert gelegt. Sie hat auch viel ausprobiert. Eine Zeit lang hatte sie einen Laden mit Modeschmuck, und einmal arbeitete sie sogar bei einem kleinen Radiosender. Allerdings hat sie es nie lange irgendwo ausgehalten. Meistens hat sie einfach irgendwas gejobbt.«

Das klang sehr unstet. »Und Rainer?«

»Rainer war okay. Er hat sich aus allem rausgehalten.« Sie griff nach einer dieser eingepackten trockenen Brotstangen und schälte sie aus dem Papier. »Ich glaube, er liebt sie sehr. Sonst wären die beiden wahrscheinlich längst kein Paar mehr«, meinte sie. »Er hat ihr alles verziehen. Sämtliche Affären. Sie konnte immer zu ihm zurückkommen.«

»Sie hatte Affären?«, fragte ich dumpf. Und offenbar gleich mehrere.

»Ja. Sie war ziemlich offen, was das anging. Manchmal hat sie mich mitgenommen, wenn sie sich mit einem Typen traf.« Meine Schwester lachte. »Natürlich nur ins Café. Nicht ins Hotel. Und immer erst dann, wenn die Hotelphase sowieso schon wieder abgeschlossen war und sie die Sache beenden wollte. Da war ich dann ganz praktisch.«

»Und das hat Rainer alles mitgemacht?«

»Na ja, er fand es sicher auch nicht so toll. Aber im Nachhinein hat sich sein langer Atem gelohnt. Sie hat sich ausgetobt, und jetzt sind sie ein ganz harmonisches Paar.«

Der Kellner kam zurück, wir bestellten Lasagne für mich und einen italienischen Salat für Pia. Außerdem eine große Flasche Wasser und ein Glas Wein.

»Eigentlich war es bei mir ganz ähnlich«, nahm ich das

Gespräch wieder auf. »Mein Adoptivvater hatte auch immer Affären.«

»Herbert?«, fragte sie ungläubig.

»Nein. Herbert ist mein Stiefvater. Mein Adoptivvater war Benno.«

»Ach. Stimmt. Deine Mutter war ja schon mal verheiratet.«

»Ja. Es war ein einziges Fiasko.«

»Komisch. Deine Mutter wirkt auf mich eigentlich ziemlich ... bodenständig.«

Ich wusste, dass sie *bieder* gemeint hatte. *Bodenständig* ging in die gleiche Richtung, klang aber netter. »Ist sie auch, denke ich. Genau wie Herbert. Die beiden passen gut zusammen. Auch wenn er jetzt langsam alt und tüdelig wird.« Ich zögerte. »Meine Mutter ... sie hatte vor mir schon eine Tochter. Ein eigenes Kind. Es ist gestorben.«

»Ach du heilige Scheiße! Woran?«

»An irgendeiner seltenen Krankheit. Etwas erblich Bedingtes. Danach war jedenfalls klar, dass sie keine eigenen Kinder mehr haben würde.« Mein Handy vibrierte. »Vielleicht will sie mich deshalb auch immer noch vor allem behüten.« Es war Ralph. Ich drückte ihn weg.

Der Kellner kam mit den Getränken. Pia wühlte in ihrer Handtasche und zog eine Packung mit Tabletten hervor. Sie waren hellblau.

»Geht's dir nicht gut?«, fragte ich besorgt.

»Doch, doch. Nur ein bisschen Kopfweh.« Sie stand auf. »Ich geh eine rauchen. Kommst du mit?«

Ich dachte an Ralph und schüttelte den Kopf. Ich würde die Pause nutzen, um ihn zurückzurufen.

Pia stand vor der Tür und rauchte. Ich stellte mich neben sie und schirmte mit einer Hand meine Augen gegen die Sonne ab.

»Und? Alles klar zu Hause?«, fragte sie.

»Hm. Ralph wollte nur wissen, ob wir gut angekommen sind.«

Den Rest erzählte ich ihr nicht. Der Rest war, dass ich wissen wollte, ob Ronny und er mich vermissten und ob er daran gedacht habe, dem Hund beim Spazierengehen das Zeckenhalsband anzulegen.

»Ronny vermisst dich wie verrückt, und ich denke ans Zeckenhalsband.«

»Und du? Vermisst du mich nicht?«

»Klar, ich vermisse dich auch«, war seine Antwort, aber es klang mir zu rhetorisch.

Eine Gruppe Jugendlicher lief an uns vorbei. Die meisten stierten in ihr Smartphone oder sprachen etwas hinein. Miteinander redeten sie nicht. Ralph und ich redeten miteinander. Nicht mehr so viel wie früher, als Lena noch im Haus war, aber mehr als andere Uraltpaare, soweit ich es beurteilen konnte. Wir kannten uns schon lange, fast das ganze Leben, und wir waren zwanzig Jahre verheiratet, da war die erste Liebesluft natürlich raus. Manchmal nervte er mich mit seinen erhabenen Weltanschauungen, dann wünschte ich ihn nach Madagaskar, dem Land mit dem Pfeffer, aber sobald wir dann getrennt waren, vermisste ich ihn wieder und fühlte mich wie amputiert. So wie jetzt.

»Sibille hat mich aufgezogen, sie war immer da, aber behütet hat sie mich eigentlich nie«, sagte Pia in meine Gedanken und blies Rauch in die Luft. »Kann ich mich jedenfalls nicht dran erinnern.« Sie hatte ihr Weinglas mitgenommen und hielt es mir hin.

Ich schüttelte den Kopf.

»Vielleicht bin ich deshalb in jede verdammte Falle getappt.« Sie lehnte sich gegen die Hauswand und nahm einen Schluck Wein. »Ich glaube, ich wollte ihr damit etwas heimzahlen.«

»Wie meinst du das?«, fragte ich überrascht. Für mich waren Pia und Sibille das moderne Beispiel einer Mutter-Tochter-Beziehung auf Augenhöhe. Irgendetwas hatte ich offensichtlich übersehen.

»Ich konnte alles ausprobieren, da gab es keine Grenzen. *Du kannst machen, was du willst*, hat sie immer gesagt. Also musste ich gefälligst auch was wollen.« Ihr Mund verzog sich spöttisch. »Ich hätte Buddhismus studieren können. Oder Schauspielkunst. Ich hätte mit dem Rucksack durch Brasilien wandern können oder ins Kloster gehen. Aber ich wollte nichts. Oder vielleicht wollte ich auch nur nichts wollen. Ich glaube, ich hatte einfach keine Lust, ihre Erwartungen zu erfüllen.« Sie schnaubte. »Stattdessen habe ich eine Ausbildung zur Steuerfachfrau gemacht und gleich den erstbesten Mann geheiratet.«

»Was ist falsch an deinem Beruf? Und an deinem Mann? Ich meine, du und Thomas, ihr ergänzt euch doch super. Ihr seid so etwas wie Koryphäen auf eurem Gebiet, ihr verdient jede Menge Kohle, ihr habt ein wunderbares Haus ...«

Sie atmete tief und unterbrach mich. »Ja. Schon.«

»Aber?«

»Nix. Du hast recht. Alles super.«

»Pia?«

»Hm?«

»Bist du eigentlich glücklich? Also, du wirkst jetzt nicht unglücklich auf mich, aber ...«

Pia blies eine Ladung Rauch in die Luft und sah ihm nach. »Was ist das Schlimmste, das du je gemacht hast?«

»Als ich fünfzehn war, hab ich mal versucht, mich umzubringen«, sagte ich spontan. »Also nicht wirklich. Ich glaube, ich wollte damals nur so etwas wie unbegrenzte Aufmerksamkeit. Na ja. Hat ja auch irgendwie geklappt.« Ich lächelte schief. »Und bei dir?«

»Ähnlich.« Sie drückte ihre Zigarette aus. »Nur schlimmer.«

Das Büro von Frau Fröhlich war vollgestopft. Völlig überladen mit Bergen von Papieren und Ordnern. Das Regal quoll über, auf dem Tisch türmten sich Akten, selbst die Stühle blieben nicht verschont. Jede Fläche war höchstmöglich belegt. Dazwischen gab es Spielzeug, Tüten mit nicht erkennbarem Inhalt und Blumentöpfe mit mitleiderregenden pflanzlichen Überresten.

»Ja, dann wollen wir mal«, sagte Frau Fröhlich. Sie stand auf. Das Telefon klingelte. »Entschuldigung.« Sie schnalzte ärgerlich mit der Zunge und schnappte sich den Hörer, während sie uns gleichzeitig zunickte. Eine Geste, die uns zeigen sollte, dass sie sofort wieder für uns da sein würde.

Ich betrachtete sie verstohlen. Eine hager wirkende Frau um die sechzig, mit halblangen mausgrauen Haaren und einer Brille, über deren Rand sie uns ansah.

»Jaja«, sagte sie ungeduldig. »Das klären wir gleich. Ich rufe dich in zehn Minuten zurück. Ich habe gerade jemanden hier.« Sie legte auf. »Gut. Also. Die Akte.« Sie griff nach einem der Ordner und legte ihn vor uns auf den Tisch. »Was haben Ihnen Ihre Eltern denn gesagt?«, fragte sie und gab sich die Antwort im nächsten Augenblick auch schon selbst. »Na ja, früher wurde eine Adoption ja oft verschwiegen. Weil man dachte ...«

»Doch, doch. Dass wir adoptiert sind, wussten wir schon. Es gibt da nur noch ein paar Punkte, die uns nicht so ganz klar sind«, sagte ich. »Meine Schwester wurde zum Beispiel lange nach mir adoptiert, weil sie sehr krank war, und ich ...«

»Ach? Ihre Eltern haben Sie nicht gleichzeitig adoptiert?«

»Es waren auch nicht dieselben Eltern«, erklärte Pia.

Frau Fröhlich sah uns überrascht an. »Ach? Entschuldigen Sie, das wusste ich nicht. Meine Kollegin hat Ihre Akte durchgesehen, weil ich ...«

Pia griff zum Ordner. »Ist das alles?«

Sie nickte. »Ja. Sie hat ein paar Unterlagen herausgenommen. Aber nichts, was für Sie von wesentlicher Bedeutung wäre«, erklärte sie. Allerdings sagte sie nicht, woher die Kollegin wissen konnte, was für uns von wesentlicher

Bedeutung war. Sie zeigte auf zwei mit Tüten und Zeitschriften belegte Stühle an der Seite. »Sie können sich gerne setzen. Legen Sie die Sachen einfach so lange auf den Boden.«

Ich wollte ihrer Aufforderung gerade nachkommen, da sah ich, dass ein Blatt aus der Akte gerutscht und auf den Boden gesegelt war. Niemand außer mir schien etwas bemerkt zu haben. Ich nahm ein Päckchen mit Papiertaschentüchern aus meiner Jackentasche, ließ es fallen und bückte mich, um es wieder aufzuheben. Dabei schob ich das Blatt schnell in meine Handtasche.

»Dürfen wir Kopien machen?«, fragte Pia.

»Im Prinzip schon«, meinte Frau Fröhlich. »Zeigen Sie mir, was Sie haben möchten, und ich kopiere es für Sie.«

Pia nickte und öffnete den Ordner. Das Erste, was wir lasen, war das Sterbedatum unserer Mutter. Sie starb am 13. Februar 1977. Das Zweite war die Sterbeursache. *Suizid.*

Wir liefen durch die Stadt. Planlos und stumm. Erst als wir auf einem kleinen Platz vor einer Kirche ankamen, blieb Pia stehen.

»Das bringt doch so nix«, sagte sie und holte einen Stadtplan aus ihrer Tasche. »Irgendeinen Sinn muss das Ganze hier doch haben.«

Sie begann, mit monotoner Stimme vorzulesen, was Münster alles zu bieten hatte: Prinzipalmarkt, historisches Rathaus, Stadthausturm, jede Menge Kirchen, auch einen Dom, außerdem ein Schloss, sogar einen See, den Aasee, und die Promenade. Die Promenade war eine Art Allee nur für Fußgänger und Radfahrer. Sie führte rund um die Altstadt, so viel hatte ich behalten. Von unserem Zimmer hatte man einen wunderbaren Blick darauf.

»Ich muss Ralph anrufen«, fiel mir ein.

Pia klappte die Broschüre zu und zeigte auf ein paar Tische, die im Schatten von zwei großen Platanen standen. »Dann lass uns eine Pause machen und etwas trinken. Die Hitze macht mich fertig.«

Wir setzten uns, und Pia bestellte zwei Weißwein. Ich hätte gerne einen Aperol Spritz gehabt, aber als es mir einfiel, war die Kellnerin schon wieder weg.

»Krebs wäre mir lieber gewesen«, sagte Pia und seufzte.

»Oder ein Unfall«, entgegnete ich.

Am Ende des langen Tages landeten wir in einer heruntergekommenen Bar. Die letzte noch geöffnete Station und besonders beliebt bei Rauchern und Alkoholikern. Wer hierherkam, stellte keinen Anspruch, außer den an ein kaltes Bier und einen Aschenbecher.

Die Frau hinter der Theke nahm unsere Bestellung entgegen und stellte kurz darauf zwei verschmierte Gläser mit warmem Weißwein vor uns ab. »Wir schließen gleich.«

»Danke.« Pia lächelte sie verschwommen an und hob ihr Glas. »Dann nehmen wir noch zwei.«

Am Nebentisch saß eine Gruppe junger Männer. Einer von ihnen lachte in unsere Richtung. Er hatte dunkelbraune halblange Haare und sah sehr groß aus, sogar im Sitzen. Aber vielleicht täuschte ich mich. Vielleicht war nur der Oberkörper groß und die Beine ganz kurz, das würde die Sache wieder relativieren.

»Also, wenn ich mich umbringen würde, dann nicht so.« Pia zündete sich die circa einhundertste Zigarette an.

»Ist doch egal. Am Ende ist man tot.«

»Ja. Aber ich würde was machen, was schnell geht. Ein Sprung aus der Höhe, oder so. Oder mit Drogen. Da hat man vorher noch was davon.« Sie lächelte schief.

Ich zuckte mit den Schultern und dachte an das alte Haus aus Backstein. Unser erster Weg, nachdem wir das Amt verlassen hatten. Zweigeschossig, wir wohnten damals oben. Ich dachte, es müsste irgendetwas auslösen, eine Erinnerung oder ein vertrautes Gefühl. Aber da war nichts. Einfach nur ein altes Haus. Nicht hoch genug.

In einer Ecke befand sich eine alte Jukebox. Pia stand auf. »Geht die noch?«, rief sie zur Theke.

»Ja, aber man braucht Markstücke. Ich kann wechseln.«

Für zwei Euro bekam man drei Markstücke. Den Anfang machte Daliah Lavi. *Willst du mit mir geh'n.*

Pia ging zum Nachbartisch und reichte dem Braunhaarigen die Hand. »Komm«, nuschelte sie. »Tanzen.«

Er war groß, auch mit Beinen. Sein Nachbar kam an meinen Tisch und forderte mich auf. Pia sang mit, sie kannte sämtliche Schlagertexte.

Bald tanzten wir alle. Auf den Tischen und daneben. Auch die Wirtin.

Später, ich hatte längst jegliches Zeitgefühl verloren, wankten wir zusammen auf die Straße. Ein Sammeltaxi hatte die Männer kurz vorher abgeholt. Sie waren Touristen und hatten Ehefrauen, die im Hotel warteten. Auf uns wartete niemand.

Unsere Wirtin hieß Bianca und winkte zum Abschied. Sie war sehr nett, auch wenn sie uns ihre Telefonnummer nicht geben wollte. Wo unser Hotel war, konnte sie uns auch nicht genau sagen, aber sie vermutete es in der Nähe vom Bahnhof. Es hieß »Imperial«, das wussten wir noch, nur der Straßenname lag irgendwo unter einem See aus Alkohol und weigerte sich aufzutauchen.

Pia lief sofort los, die Richtung war ihr egal. Ich lief hinterher und versuchte, mich zu orientieren. An einen Bahnhof konnte ich mich nicht erinnern. Es gab überhaupt nur sehr wenig, woran ich mich erinnerte.

»Bist du sicher, dass das der richtige Weg ist?«, fragte ich, als ich Pia wieder eingeholt hatte.

»Immer geradeaus.«

»Ich glaube aber, das Hotel ist da.« Ich zeigte nach rechts. Ein Bauchgefühl. Vor uns schimmerte etwas dunkel. Ein See, mitten in der Stadt.

»Warte.« Ich nahm mein Handy aus der Tasche und hatte Mühe, *Hotel Imperial* und *Münster* ins Suchfeld zu tippen.

Pia ging ans Ufer. Sie bückte sich und ließ ihre Hand durch das braune Wasser gleiten. Dabei verlor sie fast das Gleichgewicht. »Ganz warm.« Sie zog Kleid und Schuhe aus.

»Pia? Was machst du da?«

Sie war schon auf dem Weg ins Wasser. »Herrlich.«

»Pia!« Ich rannte ihr nach. »Bist du verrückt? Hör auf mit dem Quatsch, und komm da raus.«

Ich verlor sie an die Dunkelheit. Kleine, übel riechende Wellen schwappten an meine Füße.

»Pia«, schrie ich panisch und fühlte mich schlagartig wieder nüchtern.

Ein weißer Arm erhob sich schimmernd. »Herrlich. Ganz wunderbar.«

»Komm zurück! Bitte!«, flehte ich.

Es dauerte nicht lange, bis sich der Arm wieder in meine Richtung bewegte, aber es kam mir vor wie eine Ewigkeit. Pia kletterte ans Ufer, kotzte neben meine Füße und murmelte: »Ogottogott!«

»Hier.« Ich gab ihr das Kleid und ein Papiertaschentuch. Wir zitterten beide.

»Ruf ma' 'n Taxi«, sagte sie.

Am nächsten Morgen wurde ich schlagartig wach. Irgendetwas hatte mich erschreckt, vielleicht im Traum. Ich öffnete die Augen und orientierte mich. Es musste noch ziemlich früh sein. Schummriges Dämmerlicht tauchte das Zimmer in einen grauen Nebel, der mich die Umrisse meiner Umgebung erkennen ließ. Wir hatten die Vorhänge nicht geschlossen, weil ich den Blick auf die Lichter der Altstadt so beruhigend fand und weil es leichter gewesen war, in diesen Lichtern zu liegen als im Dunkeln. Ich weiß nicht, wie lange ich noch dort lag und darauf wartete, dass der Schlaf endlich das übernahm, was der Alkohol nicht geschafft hatte: mich aus der Wirklichkeit zu träumen.

Ich griff zum Handy. Es war erst Viertel vor sechs. Ich

war noch keine drei Stunden im Bett. Pia lag auf dem Rücken und starrte an die weiße Decke.

»Guten Morgen«, sagte ich leise. »Bist du schon lange wach?«

»Hm.«

»Wie hast du geschlafen?«

Sie zog sich die Decke bis unters Kinn. »Mir ist schlecht.«

Ich seufzte leise und stand auf. In meiner Handtasche waren Kopfschmerztabletten.

»Was machst du?«

Ich zeigte ihr die Schachtel. »Du auch?«

Sie nickte.

Der gestrige Tag war irgendwie nebulös. Ich erinnerte mich an Frau Fröhlichs Stimme, an ihre sachlichen Erklärungen über den Ablauf eines Adoptionsverfahrens, an unser Blättern und unsere Fragen.

Was war mit unserem Vater? Hier steht nichts.

Wenn auf Ihrer Geburtsurkunde kein Name steht, dann werden Sie bei uns auch nichts finden.

Ich erinnerte mich auch an ein paar Kneipen, in denen wir waren, und an Pias Schwimmabenteuer. Aber dazwischen gab es Lücken. Ich nahm eine Tablette, trank direkt aus dem Hahn und brachte Pia Wasser im Zahnputzglas. Sie hatte die Augen geschlossen und atmete ungleichmäßig. Ihre Lider flatterten. Ich stellte das Glas auf den Nachttisch, die Tablette daneben, und legte mich wieder ins Bett.

Pia stöhnte neben mir. Ich drehte mich auf die Seite. »Alles in Ordnung?«

Sie nickte stumm. Es gab nichts mehr zu sagen. Das, wofür uns am Ende die Worte gefehlt hatten, hatten wir schließlich in Alkohol ertränkt.

Während ich darauf wartete, dass die Tablette endlich wirkte, betrachtete ich ihr Profil. Die gerade Nase, die Linie der Stirn, das fein geschwungene Kinn. Ihr Atem war ruhiger jetzt. Vielleicht war sie doch eingeschlafen. Langsam schob ich meine Hand in ihre Richtung. Ein paar Zentimeter vor ihrem Gesicht blieb sie liegen.

Als man uns fand, damals, vor etwa vierzig Jahren, hatten wir auch in einem Bett gelegen. Nicht mehr als einen halben Meter voneinander entfernt. Kleine Kinder, die noch nicht reden, den Schrecken nicht benennen konnten. Nur fühlen. Ich war ungefähr zwölf Jahre alt, als wir in der Schule das Thema Genetik behandelten. Die Lehre der Vererbung. Ich lernte, dass sich anhand eines DNA-Strangs aufzeigen ließ, welche Gene und Merkmale vererbt wurden. Und auch, dass sich aus der Vermischung von Genen immer und immer wieder neue Merkmale herausbildeten. Jeder Mensch war einmalig. Daran erinnerte ich mich jetzt. Aber nicht, ob das auch für Zwillinge galt.

Mir fiel eine Familie ein, die im Nachbardorf lebte. Diese Familie war berüchtigt und das schlechte Beispiel für andere, besonders für uns Kinder, die wir aus *guten* Familien kamen. Die Männer dieser Familie waren alle auffallend blond und hellhäutig, und sie schienen aus ihren Fehlern einfach nichts zu lernen. Alkohol, Schulden, später kamen noch kleine kriminelle Machenschaften dazu. Über Generationen hinweg und unabhängig voneinander hatten sie immer wieder die gleichen Fehler gemacht, obwohl die fatalen Folgen doch schon Dutzende Male vorgelebt worden waren.

Ich gab auf und stellte mich unter die Dusche. Seifte mich ein und ließ heißes Wasser über meinen müden Körper laufen, so lange, bis der Raum genauso vernebelt war wie mein Gehirn.

Als ich zurückkam, atmete Pia tief und gleichmäßig. Die Tablette war verschwunden, das Wasserglas leer. Neben ihrem Bett lag das Kleid. Immer noch grün und mit Spuren von Entenkacke. Ich öffnete ein Fenster, hob das Kleid auf, weichte es im Waschbecken ein und legte mich wieder ins Bett. Ich schrieb mehrere kurze Nachrichten an Ralph. *Ich vermisse dich. Du fehlst mir. Ronny fehlt mir auch.*

Um kurz nach zehn meldete sich mein Magen. Ich hatte seit über zwanzig Stunden nichts gegessen.

Der Frühstücksraum war hell, luftig und leer. Die meisten Gäste frühstückten auf der Terrasse, hier drinnen saßen nur eine kleine Gruppe junger Männer, lauter Anzugträger, und weiter hinten ein älteres Ehepaar. Die Männer unterhielten sich gedämpft über ihre wichtigen Geschäfte. Das Ehepaar schwieg. Er las in der Zeitung, sie sah gelangweilt aus dem Fenster. Die beiden hatten sich längst alles gesagt.

Mit Ralph hatte ich gestern sehr lange telefoniert. Ich hatte zu diesem Zeitpunkt schon ein paar Gläser Weißwein getrunken, aber die Botschaft war klar: *Mir geht's gut, mach dir bloß keine Sorgen.* Auf meine Nachrichten heute Morgen hatte er mir eine Reihe Kuss-Smileys geschickt. Jetzt war er in der Praxis. Das Leben ging weiter.

Ich sah mich um. Am Fenster waren mehrere unbesetzte Tische. Ich suchte mir einen aus und setzte mich. Eine junge Frau mit sehr kurzen Haaren und in Hotelkleidung kam an meinen Tisch. Sie hatte ein geübtes Lächeln im Gesicht. »Guten Morgen. Möchten Sie Tee? Oder Kaffee?«

»Kaffee, bitte.« Ein bisschen kam ich mir vor wie ein Kind, das ohne seine Eltern reist.

»Dürfte ich noch Ihre Zimmernummer wissen?«

Unsere Zimmernummer war 409, aber für einen kurzen Moment war ich in Versuchung, irgendeine andere Zahl zu nennen. 317 zum Beispiel. Ich hätte gerne gewusst, ob sie mich dann sofort als Betrügerin enttarnen würde. Oder ob die Gäste, die in diesem Zimmer wohnten, dann kein Frühstück mehr bekommen und sich unter Protest an den Hotelmanager wenden würden. Gleichzeitig war ich fassungslos über mich und meine Gedanken. Ich hatte gerade meine Mutter ein drittes Mal auf sehr tragische Weise verloren. Ein Trauerfall in der Familie. Sollte man da nicht andere Gedanken denken?

»Ihre Zimmernummer?«, wiederholte die junge Frau geduldig. Sie hörte nicht auf zu lächeln.

»Äh, Entschuldigung. 409.«

»Danke.«

Ich marschierte ans Büfett. Die Auswahl war beeindruckend. Hier gab es nicht nur das übliche Wurst-Käse-Marmelade-Angebot, das gab es natürlich auch, aber außerdem standen kleine Salate bereit, Eier in jeder erdenklichen Form, Fisch, frisches Obst, frisch gepresste Säfte, Joghurt, Müsli. Sogar eine Flasche Sekt stand geöffnet im Kühler.

Ich lud drei Brötchen, Lachs, Käse, Eiersalat, Marmelade, Obst und Joghurt auf den Teller und hörte erst auf, als es trotz Stapeltechnik kein bisschen Platz mehr gab und zwei Männer, die neben mir standen, mich ungläubig anstarrten. Ich lächelte verlegen und wendete mich ab.

Zwei der Brötchen aß ich sofort, das dritte belegte ich mit Käse, wickelte es in eine Serviette und ließ es in meine Handtasche gleiten.

»Pia? Bist du wach?«

Sie hatte die Augen geschlossen und antwortete nicht, aber ich glaubte ein leichtes Blinzeln zu erkennen.

»Hier. Schau mal, ich habe dir was zum Frühstücken mitgebracht.« Ich stellte einen Becher Kaffee auf ihren Nachttisch.

»Danke.« Sie setzte sich umständlich auf und verzog das Gesicht. »Iih! Der ist ja kalt.«

»Unten ist ein Automat, da kannst du dir gleich selbst noch welchen holen. Hier. Ich habe dir auch ein Käsebrötchen geschmiert. Frühstück gibt's nur bis halb elf.«

»Danke. Ich habe keinen Hunger.« Pia strampelte die Decke nach unten. »Puh! Es ist schrecklich stickig hier.« Sie setzte sich auf den Bettrand, stützte sich mit den Armen ab und ließ den Kopf hängen. »Hast du noch Tabletten?«

»Lass uns rausgehen. Draußen ist das schönste Wetter. Frische Luft ist auch gut gegen Kopfweh.« Tatsächlich schien die Sonne von einem so strahlend blauen Himmel, dass der Blick aus dem Fenster ohne Weiteres aus einem Werbefilm von TUI hätte stammen können.

Sie schloss die Augen und stöhnte leise.

»Jetzt komm schon. Wir können uns die Stadt ansehen.« Ich setzte mich neben sie. »Die Kneipen kennen wir ja schon.«

Pia stemmte sich mühsam hoch. »Okay. Gib mir zehn Minuten.«

Sie verschwand im Bad, und ich nahm mir die Stadtbroschüre vor, die auf ihrem Nachttisch lag. Da stand etwas von einem Bus, dem Münsterbus, der alle Sehenswürdigkeiten abfuhr und den man an jeder x-beliebigen Haltestelle wieder verlassen konnte.

Nebenan rauschte die Dusche. Ich hörte ein leises Klicken. Und dann einen Schrei.

Im Wartezimmer saß ich neben einer alten Frau mit fettigen grauen Haaren. Jedes Mal, wenn sich unsere Blicke kreuzten, senkte ich den Kopf und starrte auf meine Hände. Das Letzte, was ich jetzt wollte, war ein Gespräch über nichts.

»Glatter Wadenbeinbruch«, sagte die Schwester. »Sie können jetzt reingehen.« Sie sah etwas müde aus und sehr blass, aber lange nicht so müde und blass wie Pia. Die lag auf dem Bett, das gegipste Bein ausgestreckt, und lächelte mir schief entgegen.

»Mensch«, sagte ich.

»Ja. Mensch.«

»Durch den Aasee schwimmen, aber nicht allein duschen können.«

»Ich muss noch hierbleiben.«

»Wie lange?«

»Keine Ahnung. Bis morgen vielleicht. Ich ruf dich an, wenn ich mehr weiß.«

Schon wieder lief ich ziel- und planlos durch die Stadt. In den letzten Stunden hatte die Aufregung um Pia mich kaum an irgendetwas anderes denken lassen als eben an Pia, aber jetzt kamen auch die Gedanken an das tragische Ausmaß unserer Vergangenheit wieder zurück.

Das Wort *Suizid* schwebte über mir wie ein abstraktes Bild. Ein Unfall oder auch Krebs, damit kam man klar. Nicht schön, aber akzeptabel. Suizid war anders. Suizid war Verrat. Als man uns fand, war die Frau, die uns geboren hatte, schon seit mindestens zwanzig Stunden tot.

Ich wählte den Weg in die Altstadt und zwang mich zur Selbstanalyse. Was änderte sich denn groß für mich? Ich hatte bis dahin ein weitgehend beschwerdefreies und zufriedenes Leben gelebt, mit wunderbaren Eltern, einem wunderbaren Mann, einer wunderbaren Tochter und seit Kurzem auch noch einer wunderbaren Schwester. Das würde so bleiben. Warum also fühlte ich mich jetzt so? Und was genau fühlte ich eigentlich? War es Wut? Oder Angst? Verzweiflung? Alles zusammen? Ich wusste es nicht. Ich wusste nur, dass mir irgendwie hundeelend zumute war. Aber vielleicht lag das auch nur am Restalkohol.

Das Handy klingelte. Ich zog es aus der Tasche und sah eine mir fremde Nummer.

»Kleman?«

»Guten Morgen. Hier spricht Anna-Maria Fröhlich vom Jugendamt Münster.«

»Guten Morgen?« Es war eine meiner Stärken, etwas so zu sagen, dass man ein Frage- oder Ausrufezeichen dahinter deutlich hören konnte.

»Ich habe schon versucht, Ihre Schwester zu erreichen, aber …«

»Meine Schwester ist im Krankenhaus. Sie hat sich ein Bein gebrochen.«

»Ach, du lieber Gott, das tut mir leid. Wie ist denn das passiert?«

»Beim Duschen. Sie ist ausgerutscht.«

»Soll ich mich vielleicht später noch einmal …«

»Nein, nein, schon gut. Wir können reden.«

»Ich rufe auch nur an, weil mir heute Morgen noch etwas eingefallen ist, was Sie vielleicht interessiert. Die ehemalige Heimleiterin, Frau Probst, ist zwar mittlerweile dreiundneunzig, aber sie lebt noch und ist bei klarem Verstand. Ich habe vorhin mit ihrer Tochter gesprochen. Wenn Sie möchten, gebe ich Ihnen die Telefonnummer.«

»Sehr gerne. Danke«, sagte ich überrascht und blieb stehen, um Zettel und Stift aus meiner Tasche zu kramen. Dabei kam mir auch das Blatt wieder zwischen die Finger, das ich gestern hatte verschwinden lassen. Ich hatte es in all der Aufregung ganz vergessen. Ich klemmte das Telefon zwischen Kopf und Schulter und schrieb die Telefonnummer auf. Dann bedankte ich mich ein zweites Mal und wählte die Nummer.

»Heute klappt es nicht mehr, meine Mutter ist schon zu erschöpft«, erfuhr ich. »Passt es Ihnen morgen früh um acht, oder ist das zu früh?«

»Nein, das passt, vielen Dank«, sagte ich und legte schnell wieder auf. Ich wollte das Telefon nicht unnötig blockieren. Falls Pia sich melden würde. Aber Pia meldete sich nicht.

Das Blatt hatte ich schon wieder vergessen.

Bei einem Discounter kaufte ich mir eine Flasche Wasser und suchte mir eine Bank. Ich zog den Saum meines Kleides möglichst weit nach oben, damit meine schon leicht gebräunten Oberschenkel noch brauner wurden, und packte das Käsebrötchen aus. Es war durchweicht und matschig, ich aß es trotzdem. *Lebe den Augenblick*. Die Kunst war, bei allem, was man tat, positiv zu denken. Ich dachte: Die Sonne scheint. Ich dachte: Du hast etwas zu essen und zu trinken und außerdem eine Kreditkarte in der Tasche. Ich dachte: Du kannst gehen, wohin, und tun, was du willst. Aber ich wusste weder wohin noch was.

Den Rest vom Brötchen packte ich wieder ein und seufzte frustriert. Dabei hatte ich mich so sehr auf Münster gefreut. Auf die Zeit mit Pia, auf unser gemeinsames Vater-Projekt. Aber nichts lief so, wie ich es mir vorgestellt hatte.

Mir fiel etwas ein, das schon sehr lange zurücklag. Damals hatte ich mich ganz ähnlich gefühlt. Ich war noch klein, vielleicht neun oder zehn Jahre, und Benno hatte mich über ein Wochenende zu sich geholt. Er hatte mir versprochen, mit mir am nächsten Tag die Vorstellung eines kleinen Wanderzirkus zu besuchen, dessen Plakate wir gesehen hatten. Den ganzen Samstag und Sonntagmorgen war ich voller

Vorfreude und Ungeduld, aber als es dann so weit war, wollte Benno nichts mehr davon wissen.

»Ich habe nur gesagt, vielleicht.«

»Das stimmt nicht! Du hast es mir versprochen!«, heulte ich.

»Nein.«

»Doch. Hast du wohl!«

»Ich hab gesagt: vielleicht.«

Um mich zu trösten, bot er mir an, eine Runde ›Mensch ärgere Dich nicht‹ mit mir zu spielen.

»Ich will kein doofes Spiel! Ich will in den Zirkus!«, schrie ich.

Er stand auf und nahm seinen Mantel. Und dann ließ er mich allein.

Erst Stunden später war er wieder aufgetaucht. Vielleicht war es auch nur eine Stunde gewesen, ich hatte noch kein Gefühl für Zeit gehabt, es war mir auf jeden Fall sehr, sehr lange vorgekommen.

Benno kam und stellte zwei Schalen mit Pommes auf den Tisch. Ich saß weinend auf einem Sessel und zitterte am ganzen Körper. Er hob mich hoch, wickelte mich in eine Wolldecke und nahm mich auf seinen Schoß. Dann begann er, mich zu füttern. Wie ein kleines Tier. Er roch nach Schweiß und Alkohol, aber das war mir egal. Ich lechzte nach seiner Berührung. Nach der Wärme seines Körpers. Für jede Pommes sperrte ich den Schnabel auf wie ein kleiner Vogel. Immer wieder. Auch noch, als ich schon lange satt war.

Natürlich ließen sich die Situationen kaum miteinander vergleichen. Pia hatte mich schließlich nicht absichtlich im Stich gelassen. Anders als Benno. »Auf den kann man sich doch nicht verlassen«, hatte Marlies damals gesagt, als ich ihr von meiner Enttäuschung berichtete. Und dann war sie mit mir zum Trost in den kleinen Tierpark gefahren, ganz in unserer Nähe.

Es war nie ganz einfach gewesen mit Benno und mir, und nach der Trennung wurde es noch schwieriger. Bis es schließlich richtig schlimm wurde mit uns beiden. Da hatte er gerade seine zweite Scheidung hinter sich, und ich war auf dem Höhepunkt der Pubertät. Ich war bockig, er hilflos. Also beschlossen wir irgendwann, den Kontakt für einige Zeit abzubrechen. Heute weiß ich, dass unsere Probleme auch etwas mit meinen Halbgeschwistern zu tun hatten. Seinen *richtigen* Kindern. Er hatte sich wirklich um mich bemüht, das musste ich zugeben, aber sein Bemühen hatte sich immer irgendwie verkrampft und nicht nach echter Liebe angefühlt. Ich konnte es nicht mit Worten erklären, aber ich spürte es. Also ließ ich es ihn auch spüren.

Es gab allerdings auch ein paar andere Erinnerungen. Und seltsamerweise tat es mir noch weher, *daran* zu denken.

Ich weiß noch, wie er mich einmal von einer Party abholte und mich dort mit einem halben Joint und einem Jungen in einer Ecke fand. Der Junge tat alles, um seine Zunge in meinen Mund zu stecken, dabei war mir schon speiübel, und ich hatte Angst, mich in seinen Mund zu übergeben. Als Benno auftauchte und mich wortreich aus meiner misslichen Lage befreite, war ich zutiefst erleichtert. Aber anstatt ihm meine Dankbarkeit zu zeigen, schrie ich ihn an. Ich schleuderte ihm meine ganze Wut ins Gesicht, eine Wut, die gar nichts mit der Situation zu tun hatte, die aber plötzlich da war und sich ihren rücksichtslosen Weg bahnte. Statt mir eine zu kleben, nahm er mich in den Arm und hielt mich fest. Am Ende weinten wir beide.

Jetzt, mit dem Abstand der Jahre und meiner Situation heute, wurde mir etwas klar: Benno war zwar in den ersten acht Jahren der zweitwichtigste Mensch in meinem Leben gewesen, aber dann hatten wir, da die Gene wegfielen, außer unseren immer sporadischer werdenden Wochenenden keine Berührungspunkte mehr gehabt.

Mit Pia war es genau umgekehrt. Die Gene passten, aber wir hatten nur wenig gemeinsame Vergangenheit. Nur wenig gemeinsame Erinnerungen. Unsere Leben hatten bis auf ungefähr ein Jahr am Anfang und ein paar Monate am Ende in komplett verschiedenen Welten stattgefunden.

Ich folgte den Hinweisschildern zur Touristeninformation und landete im alten Rathaus. Hier befand sich auch der berühmte Friedenssaal, in dem 1648 nach langen Verhandlungen die Westfälischen Friedensverträge unterzeichnet worden waren. Das Ende des Dreißigjährigen Krieges. Das hatte ich gerade in einem Faltblatt gelesen.

Von Pia hatte ich immer noch nichts gehört. Sämtliche Versuche, sie zu erreichen, verliefen im Nichts. Ich verstand es nicht.

Ein bärtiger Mann mit randloser Brille stand neben mir und machte Fotos. »Ist der Friedenssaal da oben?«, fragte ich und zeigte auf die großzügige Treppe vor mir.

»Nein. Der ist da rechts.«

Ich bedankte mich und kaufte mir ein Ticket für einen Euro dreißig. Der Preis war so überschaubar wie der Andrang.

Heute kann ich mich nur noch sehr vage an den Saal erinnern. An die patinierten Holzvertäfelungen, die Porträts an den Wänden und den sehr alten, sehr langen Tisch. Der Tisch übrigens, an dem damals der berühmte Vertrag unterzeichnet worden war. Das Einzige, an das ich mich bis heute sehr deutlich erinnere, war eine mumifizierte, in einer Glasvitrine ausgestellte Hand. Die Hand eines Straftäters. Man hatte sie ihm vor Hunderten von Jahren abgehackt, nachdem man ihn zuvor zum Tode verurteilt hatte. Und dann hatte man die Hand zur Abschreckung ausgestellt, und irgendwie hatte sie, im Gegensatz zum ganzen Rest, die Sache bis heute überstanden. Jetzt lag sie in Münster im Friedenssaal, im 21. Jahrhundert, in einer Glasvitrine, für alle sichtbar. Was hatte sie nicht alles erlebt? Wonach hatte sie gegriffen, wen gestreichelt? Wen getötet?

Das Bild dieser Hand verfolgt mich jedenfalls bis heute, ab und zu träume ich sogar von ihr. Ich träume auch von meiner toten Mutter. Und manchmal vermische ich im Traum etwas, dann ist es plötzlich ihre Hand, die nach mir greift, und ich wache auf und schreie. Dabei will sie mich nur streicheln.

Der Münsterbus war halb voll. Ich suchte mir einen Platz auf dem oberen Deck und setzte meine Sonnenbrille auf. Eine scheppernde Lautsprecherstimme erklärte, welche Bewandtnis es mit den Gebäuden und Plätzen auf sich hatte, an denen wir vorbeifuhren, aber ich hörte nur mit halbem Ohr zu. Ich sah auf Häuser, die ich nicht kannte, fuhr durch Straßen, die mir so fremd waren wie die Menschen, die darin wohnten, und fühlte mich sehr dünnhäutig. Am Ende stieg ich wieder dort aus, wo ich am Anfang eingestiegen war. Neben mir war ein kleines Hinweisschild, das den Weg zur Promenade zeigte. An der Promenade lag unser Hotel.

Das Telefon klingelte. Pia. »Na endlich! Wie geht's dir?«

»Der Oberarzt ist nett. Er sieht auch ziemlich gut aus.«

»Und dein Bein?«

»Er meint, es dauert ungefähr sechs Wochen, bis es wieder zusammengewachsen ist. Und zwölf, bis ich es wieder richtig belasten darf.«

Die Sonne suchte sich einen Weg durch die Kronen der Bäume und warf seltsame, surreale Muster auf den Boden. Ich versuchte, nur auf die schattigen Stellen zu treten. »Kannst du Auto fahren?«

»Natürlich. Nur nicht selbst.«

»Wann kannst du denn raus?«

»Morgen Vormittag. Nicht vor halb elf.«

»Brauchst du noch was?«

»Ich habe eine Zahnbürste und ein Nachthemd vom Krankenhaus. Für eine Nacht reicht's. Holst du mich ab?«

»Ja. Klar.«

»Okay. Dann bis morgen.«

Frau Probst fiel mir ein.

»Warte. Ich habe morgen früh um acht einen Termin mit ...«

»Nadja, ich bin jetzt wirklich hundemüde. Wir sehen uns morgen.« Sie legte auf.

Wie ein zu kurz geratener Obelisk ragte ein Kriegerdenkmal vor mir auf. Ein steinernes Gebilde mit einem Kreuz auf der Spitze.

Ich setzte mich auf eine Bank und las die Inschrift. *Ehre den Toten beider Weltkriege, Treue um Treue.* Von einer Sekunde auf die andere stieg eine üble, dunkle Wutblase in mir auf. Was sollte dieser Schwachsinn? Da waren Männer umsonst gestorben, Eltern kinderlos geworden und Kinder vaterlos, und dann blieb am Ende nichts übrig als ein Haufen Stein und ein paar dünne, pathetische Worthülsen?

Eine Gruppe von Leuten blieb neben mir stehen. Ich hörte ihre leisen Stimmen in einer Sprache, die ich nicht verstand, irgendetwas Slawisches vielleicht, und schob das Telefon zurück in die Tasche. Dabei berührten meine Finger ein Stück zerknittertes Papier. Ich nahm es heraus und versuchte, es zu glätten. Die Buchstaben waren verwischt, aber noch lesbar.

»Protokoll vom 02.07.1976 zum Verfahren zur Wahrnehmung des Schutzauftrages des Jugendamtes für die Zwillinge Nadja und Pia Räbiger, geboren am 23.11.1975.

Die Kinder leben bei ihrer Mutter, Corinna Räbiger, der Vater ist nicht bekannt. Es gibt Anhaltspunkte für eine Gefährdung des Wohls der Kinder. Es ist zu klären, ob Art, Dauer und Ausmaß der schädigenden Situation hinreichend sind und die Gefahr einer dauerhaften Kindeswohlgefährdung besteht.«

Der untere Teil fehlte ganz, die Rückseite war leer. Plötzlich hatte ich das beunruhigende Gefühl, dass mich jemand beobachtete, und hob den Kopf. Mein Blick traf auf den eines Mannes, der offenbar zu der kleinen Gruppe gehörte. Meine Augen blieben einen Moment zu lange hängen. Er lächelte und kam auf mich zu. Ich faltete das Papier zusammen und steckte es wieder weg.

»Sind Sie aus Münster?«, fragte er in nicht ganz akzentfreiem Deutsch.

Ich schüttelte den Kopf.

»Ich mag diese Stadt sehr«, erklärte er.

Ich schaute auf die Dächer der Altstadt, vorbei an einer Kirchturmspitze, die aussah, als würde sie zwischen den Kronen der Bäume feststecken.

»Ich war schon oft hier«, machte er noch einen Versuch. »Es gibt immer wieder etwas zu entdecken.« Er zückte seine Kamera und machte ein paar Bilder von der Gruppe. »Und Sie?«

»Ich bin zum ersten Mal hier.«

»Ich könnte Ihnen meine Lieblingsplätze zeigen.« Wieder suchte er meinen Blick. »Wenn Sie möchten.«

Ich sah seine schiefen Zähne, seine zu langen Locken und zögerte. Er gefiel mir. *Lebe den Augenblick.*

»Nein, danke«, sagte ich. »Ich muss jetzt gehen, meine Schwester hat sich das Bein gebrochen.«

»Das tut mir leid.«

Zum Abschied hob ich die Hand. Ich ging sehr aufrecht, ich wusste, dass er mir nachsah. Ein leises *Pling* aus meiner Tasche ließ mich zusammenzucken.

Bin ab halb fünf zu Hause, ich melde mich dann.
Ich vermisse dich mindestens so sehr wie Ronny!
Ild

Ralph. Ich atmete beruhigt auf. Mein Mann war der Teil meiner Welt, der dort für Ordnung sorgte, wo ohne ihn Chaos wäre. Ich konnte Korinthen kacken, wenn es um Steuererklärungen und penible Ordnung im Haus ging, aber für das große Ganze fehlte mir der Blick. Dafür brauchte ich seinen.

Ida, schrieb ich zurück und fühlte mich getröstet.

Im Hotel erklärte ich der netten Dame an der Rezeption, dass wir unter den gegebenen Umständen schon am nächsten Morgen abreisen würden. Sie stornierte die dritte gebuchte Übernachtung ohne Berechnung. Den Rest bezahlte ich bar.

Im Zimmer war alles unverändert. Ich nahm Pias Kleid aus dem Waschbecken, wrang es aus, hängte es über den Rand der Badewanne und schaltete den Fernseher ein.

Stille war das eine, Ruhe das andere. Der Stille wollte ich entgehen, aber nach Ruhe sehnte ich mich. Nach der Ruhe meines gewohnten Lebens. Nach Ralph und Lena. Nach Marlies und Herbert.

Plötzlich war mir alles zu viel. Der Tag, der hinter mir, und die Nacht, die vor mir lag. Ich öffnete die Koffer, lief zum Schrank und zerrte unsere Kleider heraus. Stopfte alles wahllos übereinander. Ganz unten, unter Pias Unterwäsche, fand ich ein kleines Geschenk mit einer Aufklappkarte. Für

Nadja, meine Schwester. Ich war so perplex, dass ich mir den Kopf an der Schranktür stieß.

Mit dem Päckchen in der Hand legte ich mich aufs Bett. Ich fürchtete mich vor der Nacht. Allein in einem fremden Bett, ohne Ralph. Und jetzt auch ohne Pia. Aber dann schlief ich auf der Stelle ein.

Die Frau war alt, sehr alt, aber sie hatte ihre Sinne noch beisammen. Sie und ihre Tochter saßen mir gegenüber, auf einem Sofa aus Samt. Der Samt versteckte sich zum größten Teil unter einer beigen Decke, nur an einigen Stellen kam er zum Vorschein, und dort, wo man ihn sehen konnte, war er so verschlissen und verblasst, dass man die Farbe nur noch erahnen konnte. Grün schätzte ich. Moosgrün.

Die Frau hatte mehr und tiefere Falten, als ich es je bei einem Mensch gesehen hatte, dazu sehr weiße kurze Haare, die ihren Kopf umgaben wie einen Helm. Aber ihre in tiefen Höhlen versunkenen grauen Augen musterten mich mit klarem Blick.

»Ich erinnere mich gut daran«, sagte sie mit fester Stimme. »Welches von den Mädchen sind Sie denn?«

»Mein Name ist Nadja.«

»Die Namen weiß ich nicht mehr. Waren Sie das kranke Kind?«

»Nein. Das war meine Schwester.«

»Ach. Dann sind Sie die, die von diesem netten Ehepaar adoptiert wurde?« Sie hatte die Hände gefaltet und nickte zu allem, was sie selbst sagte.

»Ja. Genau.«

»Und Ihre Schwester ...« Sie unterbrach sich. Als müsste sie überlegen.

»Von ... unserer Tante.«

»Ja, stimmt. Schön, dass Sie Kontakt zueinander haben.« Sie sah mich mit ihren grauen Augen unverwandt an. »Es war eine schwierige Entscheidung, Sie beide zu trennen.«

Ich sagte nichts dazu.

»Aber Ihre Schwester war damals sehr krank«, fügte sie hinzu. Eine andere Erklärung gab es wohl nicht.

»Wir haben noch nicht so lange Kontakt«, sagte ich. »Erst seit ein paar Monaten. Bis dahin wussten wir nichts voneinander.« Ich machte eine leichte Bewegung mit der Hand. »Es war ein Zufall.«

Sie lächelte. Ihr Gesicht sah dabei aus wie achtlos zusammengeknäultes Pergamentpapier. »Ich glaube nicht an Zufälle.«

»Möchten Sie etwas trinken? Vielleicht ein Glas Wasser?«, fragte die Tochter.

»Nein, danke«, sagte ich.

»Was führt Sie denn nun eigentlich zu mir?«, wollte die alte Frau wissen.

»Ich möchte mehr über die Umstände unserer Adoption erfahren. Und natürlich möchte ich wissen, weshalb sich unsere Mutter, also sie hat sich ja damals ...«

»Suizid. Ich erinnere mich.« Sie schien einen Moment zu überlegen. »Sind Sie allein gekommen?«

»Meine Schwester ist auch da. Also in Münster. Aber

sie hat sich gestern Morgen beim Duschen das Bein gebrochen.«

»Ach, herrjemine. Die meisten Unfälle passieren zu Hause, wussten Sie das?«

Ich nickte unschlüssig.

»Tja, also. Ihre Adoption. Ich kann mich nicht mehr an alle Einzelheiten erinnern. Aber ich glaube, es war, bis auf die Tatsache, dass Sie Zwillinge waren, ein ganz normaler Vorgang.«

Ich kramte umständlich das halbe Protokoll aus meiner Tasche und hielt es ihr hin. »Was bedeutet das?«

Sie las es und reichte es an mich zurück.

»Da steht etwas von Kindeswohlgefährdung. Was bedeutet das?«, fragte ich wieder.

Frau Probst ließ sich viel Zeit mit der Antwort. Sie schien zu überlegen und saß dabei vollkommen reglos auf dem Sofa. »Ihre Mutter hat sich um Sie beide gekümmert«, sagte sie endlich. »So lange und so gut, wie sie es konnte.«

Und dann, in einem Bruchteil von Sekunden, wurden die bis dahin so klaren Augen plötzlich von einer Art Schleier überzogen. Die altersfleckigen gefalteten Hände lösten sich, die blauen Lider begannen zu flattern. »Es tut mir leid. Ich werde immer so schnell müde«, sagte sie leise. »So schnell ...«

»Ich glaube, das reicht«, schaltete sich die Tochter ein.

Ich war mir plötzlich sicher, dass sie mir noch etwas verschwieg. »Bitte. Woran erinnern Sie sich noch?«

Die alte Frau hatte die Augen jetzt geschlossen. Ihr kleiner Körper neigte sich leicht zur Seite und schien noch kleiner zu werden. Es war seltsam: Je älter ein Körper wurde, desto mehr verschwand er. Schon lange, bevor das Leben daraus verschwunden war. Das beobachtete ich in letzter Zeit auch bei meinem Stiefvater.

»Sie sehen ja selbst«, sagte die Tochter und stellte sich schützend neben ihre Mutter. »Es ist besser, wenn Sie jetzt gehen.«

Die alte Frau richtete sich mühsam wieder auf. Sie stützte sich schwer auf einen Stock und sah ihre Tochter an. »Bringst du mich bitte nach oben?«

Ich sah meine Felle davonschwimmen. »Und ... unser Vater? Ich meine, gibt es da vielleicht irgendeinen Anhaltspunkt?«

Sie schüttelte beinah unmerklich den Kopf. »Ich fürchte, ich kann Ihnen da nicht helfen.« Sie reichte mir die Hand. »Es tut mir sehr leid.«

Ich spürte ihren erstaunlich festen Druck.

»Auf Wiedersehen«, sagte sie und ließ sich von ihrer Tochter zur Tür führen. »Sie finden sicher alleine raus. Und grüßen Sie Ihre Schwester von mir.«

Auf der Fahrt zum Krankenhaus sortierte ich meine Gedanken und stellte eine Art Ergebnisliste auf. Was hatten wir bis jetzt erfahren? Und was hatte es uns gebracht? Außer einem gebrochenen Bein für meine Schwester und der Gewissheit, dass unsere Mutter wirklich tot war. Unser Vater war jedenfalls noch genauso unbekannt wie vorher. Das halbe Protokoll von 1976 und die paar nebulösen Äußerungen von Frau Probst gaben auch nicht viel her. Aber die Prinzessin aus der

Vorstellung meiner Kindheit war endgültig aus dem Rennen. Die politisch ambitionierte Kommunistin auch. Das passte einfach nicht mit *Kindeswohlgefährdung* und *Suizid* zusammen. Mir fiel ein, dass ich einmal von Menschen gelesen hatte, die eine unerklärliche Todessehnsucht in sich tragen. Es war wie eine Krankheit. Vielleicht hatte unsere Mutter das auch gehabt. Oder sie war drogenabhängig gewesen, was in etwa auf das Gleiche rauslief.

In Niersbach hatte es auch schon einmal jemanden mit einem Drogenproblem gegeben, es war der Sohn von Frau Reichenbach, einer Witwe, und tagelanges Dorfgespräch, als bekannt wurde, dass er einen Entzug machte. Für die meisten Niersbacher war nichts weiter dabei, wenn man sich auf dem Feuerwehrfest oder der Kirmes heillos besoff. Aber *richtige* Drogen? Das war ein No-Go.

Was spielte das alles denn auch überhaupt noch für eine Rolle? Was machte es für einen Sinn, sich immerzu mit der Vergangenheit zu beschäftigen? War es mir vorher nicht sogar besser gegangen, fragte ich mich, ohne genau sagen zu können, welches *Vorher* ich meinte. Vor Münster? Oder bevor Pia wieder in mein Leben trat? Noch vor wenigen Monaten hatte ich nicht einmal mehr gewusst, dass es sie gab. Dabei wären wir unter anderen Umständen zusammen aufgewachsen und vielleicht unzertrennlich geworden.

Ich setzte Pias Wagen in eine Parklücke und seufzte ergeben. Was geschehen war, war geschehen, es gab kein Korrektiv für die Fehler der Vergangenheit. Jetzt war jetzt, und vor uns lag noch ein halbes Leben. Genug Zeit, um Versäumtes nachzuholen und es in Zukunft besser zu machen.

»Lebe den Augenblick!«, sagte ich laut zu mir selbst. Zu laut. Es klang wie ein Befehl. »Egal. Tu's einfach!«

Von einer Reise, und sei sie noch so kurz, nach Hause zu kommen zog immer ein fremdes, unvertrautes Gefühl mit sich. Alles fühlte sich anders an, irgendwie distanzierter: Die Landschaft um mich herum, unsere Straße, unsere Nachbarn, unser Haus. Sogar meine Familie.

Nachdem ich Pia bei Sibille abgesetzt hatte, war ich mit dem Zug weitergefahren, und Ralph hatte mich am Bahnhof abgeholt. Jetzt setzte er den Wagen in unsere Garage und kümmerte sich um mein Gepäck.

Lena öffnete die Tür. Sie musste das Auto gehört haben.

»Hallo, Mama. Schön, dass du wieder da bist.«

»Hallo, mein Schatz.«

»Wie war die Fahrt?«

»Gut.«

»Wie geht's dir?«

»Okay.«

»Und Pia?«

»Auch. Sie darf das Bein halt die nächsten Wochen nicht belasten, aber sie kommt ganz gut mit den Krücken zurecht. Vor zwei Jahren hatte sie schon einmal einen Kreuzbandriss, sie hat Übung.«

Ein paar beiläufige Fragen, die ich genauso beiläufig beantwortete. Die Einleitung.

»Magst du darüber reden?« Sie sah mich an, und ich duckte mich weg vor so viel Verständnis im Blick.

»Da fragst du Pia wohl am besten selbst«, wich ich aus und tauschte meine Straßenschuhe gegen Flipflops.

»Manchmal ist es …«

»Lena, bitte!« Ihr Übereifer und das Bedürfnis, sämtliche Zweitsemesterkenntnisse an die Frau zu bringen, nagten an meinen Nerven. Sie drehte sich verletzt zur Seite.

Ich legte meine Hand auf ihre Schulter. »Es tut mir leid.«

Sie nickte. »Schon gut.«

In der Hitliste der meistgesagten Sätze standen *Es tut mir leid* und *Schon gut* bei mir zurzeit ganz oben.

»Jetzt habt ihr wenigstens ein reales Bild. Das macht es leichter zu trauern.«

Ralph kam mit meinem Koffer. »Soll der hoch?«

»Ja. Aber lass nur, ich mach das.« Dankbar schnappte ich nach dem Griff.

»Das ist wie bei einem Flugzeugabsturz über dem Meer«, sagte Lena. »Wenn das Grab fehlt …«

Ich drehte mich um und strich ihr über die Wange. »Du hast sicher recht. Aber gib mir ein paar Minuten, ja? Kümmerst du dich um den Kaffee?«

»Der Kaffee ist schon in Arbeit«, hörte ich die Stimme meiner Mutter. Sie kam aus der Küche.

Ich flüchtete nach oben und setzte mich erschöpft aufs Bett. Am liebsten hätte ich mich auch noch unter der Decke verkrochen und mich krankgemeldet. Wenn ich mich als Kind einer Situation entziehen wollte, dann konnte ich auf Anhieb sehr krank aussehen und mich dabei auch wirklich krank fühlen. Wenn das nichts half, steckte ich mir heimlich den Finger in den Hals. Kurz spielte ich mit dem Gedanken.

Ralph erschien im Türrahmen. »Hey.« Er setzte sich neben mich. »Ist alles in Ordnung?«

Ich nickte. »Ralph?«

»Ja?«

»Tu mir bitte einen Gefallen, und häng die Sache nicht an die große Glocke?«

Er schickte mir einen fragenden Blick über den Rand seiner Brille.

»Es ist nur wegen Marlies«, versuchte ich zu erklären. »Du kennst sie doch.«

Meine Mutter saß in der Küche und ordnete Herberts Tabletten. Wie immer sorgte sie dafür, dass er sie in der richtigen Reihenfolge nahm. »Du siehst blass aus«, begrüßte sie mich.

Ich öffnete die Kühlschranktür und inspizierte den Inhalt. »Ich habe nur Hunger. Sieht ja nicht nach Großeinkauf aus. Soll ich uns ein paar Spaghetti machen?«

»Wir haben schon gegessen. Hier.« Sie reichte Herbert ein Wasserglas.

»Gute Idee«, sagte Ralph.

Ich füllte einen Topf mit Wasser, stellte ihn auf den Herd und drehte mich langsam um. Meine Knie waren ganz weich.

Marlies sagte nichts, sie sah mich nur an. Ihr Blick sagte mehr als tausend Worte. Wenn jemand diese Art von Blicken beherrschte, dann war es meine Mutter. Und wenn jemand gelernt hatte, diese Art von Blicken zu decodieren, dann war ich es.

Ich hätte es dir gerne erspart.

Sie wollte mich immer schützen. Vor allen Gefahren dieser Welt. Auch vor meiner Vergangenheit. Jedenfalls vor dem Teil, der ohne sie stattgefunden hatte.

Ich weiß, antwortete ich stumm.

6. Kapitel

Nadja

Immer noch August 2017

Erst über eine Woche später fand ich Pias Kreditkarte in meiner Handtasche. Sie musste aus ihrem Portemonnaie gefallen sein, als sie es mir auf der Heimfahrt gab, um Kaffee zu holen. Es schien mir seltsam, dass sie die Karte nicht vermisste. Auch, dass sie sich seit Münster nicht gemeldet hatte. Sie hatte zwar ein gebrochenes Bein, aber dadurch doch auch jede Menge Zeit. Ich selbst dagegen war ziemlich beschäftigt. Da war die Arbeit, das Haus, der Garten, die Familie. Und am letzten Wochenende dann der Ausflug nach Freiburg. Zu beschäftigt, um mir ernsthaft Gedanken zu machen.

Ich schrieb Pia eine kurze Nachricht und fuhr zur Arbeit. Sie antwortete nicht. Nach zwei Tagen hatte ich immer noch nichts gehört. Ich sprach auf die Mailbox und fing an, mir Sorgen zu machen. Im Büro fragte ich nach Thomas.

»Tut mir leid, Herr Albrecht ist heute den ganzen Tag außer Haus.«

»Wie kann ich ihn erreichen?«

»Heute gar nicht. Aber wenn Sie Ihren Namen und den Grund Ihres Anrufs nennen, ruft er Sie morgen gerne zurück.«

»Wissen Sie, wie ich Pia, also Frau Albrecht …«

»Frau Albrecht ist auch nicht im Haus.«

»Das weiß ich. Ich bin ihre Schwester. Ich wollte nur wissen, ob sie zu Hause ist.«

»Das kann ich Ihnen nicht sagen.«

»Danke«, sagte ich und legte auf.

»Mach dich nicht verrückt«, sagte Ralph, als ich mit ihm darüber sprach. »Bestimmt gibt es eine völlig undramatische Erklärung.«

Was war eine undramatische Erklärung? Ein Versagen der Telefongesellschaft? Oder so eine Magen-und-Darm-Geschichte? Vielleicht wollte meine Schwester aber auch einfach nur ihre Ruhe haben und mit niemandem reden, auch nicht mit mir. Gerade nicht mit mir? War das schon der Anfang vom Ende? Eine Trennung? Kann man sich von seinem eigenen Zwilling trennen? Unter normalen Umständen wahrscheinlich nicht, aber wenn wir beide etwas *nicht* hatten, dann waren es normale Umstände.

Es war doch dramatisch.

Am späten Abend schenkte ich mir ein Glas Wein ein und setzte mich damit auf die Terrasse. Ein milder, lauer Sommerabend, kein Lüftchen wehte, kein Wölkchen verdeckte den sternenklaren Nachthimmel, der ganze Garten war voller kleiner Geräusche. Es roch nach reifen Früchten und gemähtem Gras, irgendwo wurde gegrillt. Alles war genauso, wie ich es liebte.

Die Tage in Münster hatten Spuren hinterlassen, ganz sicher nicht nur bei mir. Ich ließ sie noch einmal Revue passieren. Hatte ich etwas Schlimmes gesagt oder getan? War ich Pia in irgendeiner Form zu nahe getreten? Ich war mir keiner Schuld bewusst. Wir hatten dort etwas Schreckliches erfahren, aber dafür konnten wir beide nichts. Und selbst so ein Beinbruch war schließlich kein Beinbruch.

Ralph setzte sich neben mich. Auch er hatte ein Glas Wein in der Hand, das er jetzt anhob, um mir wortlos zuzuprosten.

»Ich mache mir echt Sorgen«, sagte ich.

Er legte seinen Arm um mich, aber er versuchte nicht, mir meine Sorgen auszureden oder sie zu bagatellisieren.

»Du siehst ziemlich müde aus.« Er küsste meine Haare.

Ich fühlte mich augenblicklich getröstet und lehnte meinen Kopf an seine Schulter. Er hatte etwas so Stabiles und Verlässliches an sich. Es war genau das, was mir fehlte. Und es waren genau diese Momente, die mich daran erinnerten.

Ich hob den Kopf. »War Münster ein Fehler?«, fragte ich leise.

»Sie hatte einen Unfall. So etwas kann passieren.«

»Das meine ich nicht.«

»Nein. Es war kein Fehler«, sagte er. »Jeder hat ein Recht darauf, die Koordinaten seines Lebens zu kennen.«

Ich stellte mein Glas ab und lehnte mich wieder zurück. Meine Glieder wurden schwer, mein Kopf leicht. Der Alkohol begann zu wirken. »Lena meint, dass es uns helfen würde zu trauern. Weil wir jetzt ein reales Bild hätten. Aber solange ich nicht weiß, was eigentlich passiert ist und warum sie sich das Leben genommen hat, habe ich auch kein reales Bild.«

Er nahm meine Hand. »Komm«, sagte er. »Lass uns schlafen gehen. Es ist spät.«

Im Schlafzimmer zog ich mich sofort aus, putzte mir die Zähne und legte mich ins Bett. Ralph duschte. Das Auf- und Zuschieben der Kabinentür, das leise Rauschen des Wassers, das Klackern, wenn er den Duschkopf einhängte, all diese Geräusche beruhigten mich. Ich war nicht allein.

Als Ralph aus dem Bad kam und sich leise neben mich legte, war ich im leichten Dämmermodus. »Schläfst du schon?«, flüsterte er.

»Hm.«

Er strich mir mit zwei Fingern die Haare aus der Stirn und begann, mich zart zu streicheln. Über die Wange, das Ohr, den Hals. Ich schlug die Augen auf und sah ihn an. Die Ader an seiner Schläfe pulsierte leicht. Ich legte einen Finger darauf. Er nahm meine Hand und küsste sie, strich mit den Lippen über die Innenseite.

Wir schliefen nicht mehr so häufig miteinander, was meistens an mir lag, ich hatte seltener Lust dazu. Nur die ersten Jahre, als Lena noch sehr klein war, vor allem, als wir uns endlich um ein zweites Kind bemühten, war es umgekehrt.

Ich drehte mich auf die Seite, stützte mich ab und legte meinen Kopf auf die Hand. Wir sahen uns lange an, ohne ein Wort zu sagen. Ich genoss die vertraute Nähe, das Spielerische und Leichte, das *vielleicht wollen, aber nicht müssen*. Irgendwann beugte ich mich vor und begann, ihn zu küssen. Kleine Kinderküsse auf die Stirn. Auch auf die Augen, auf die Nase, auf die Wangen. Und schließlich auf den Mund. Seine Haut war glatt, der Mund weich.

»Ich liebe dich«, sagte Ralph, so nah an meinem Mund, dass meine Lippen von seinen mitbewegt wurden. »Ild.«

Wir küssten uns wieder. Jetzt waren es keine Kinderküsse mehr.

Später löschte er das Licht, und wir drehten uns gleichzeitig auf die Seite. Mein Rücken an seiner Brust, mein Hintern in der Beuge seiner Leiste. Löffelchenstellung nannten wir das.

Es gibt Erinnerungen, die sind ganz nah und beinah lückenlos, egal, wie lange sie zurückliegen. Die ganze chronologische Abfolge lässt sich immer wieder abspulen, wie bei einem Film. Der Morgen, als ich Pia im Radio hörte, mein Anruf, unser erstes Zusammentreffen in Darmstadt. Dann meine erste Begegnung mit Sibille, all das war noch nicht so lange her und jederzeit abrufbar. Jederzeit abrufbar war auch der Abend meiner Verlobung, die über zwanzig Jahre zurücklag. Ich erinnere mich noch gut an die gefühlte Unsicherheit. An die trunkene Fröhlichkeit, die bei allen echt zu sein schien, nur nicht bei mir. Daran, wie ich kurz davor festgestellt hatte, schwanger zu sein, und völlig panisch reagierte, unfähig, irgendeine Entscheidung zu treffen. Also ließ ich alle anderen für mich entscheiden. Die Umstände, die Familie, Ralph. Jetzt, beinah ein Vierteljahrhundert später, war ich froh darüber.

Bei Pia war es etwas anderes. Da hatte *ich* die Entscheidung getroffen, ich allein. Ich suchte und fand sie, ich ließ sie in mein Leben. Ohne Vorbehalt und ohne Zweifel. Sie war mein Pendant, die Lücke in meinem Leben, mit ihr, so dachte ich, würde ich endlich so glücklich sein wie alle glaubten, dass ich es wäre.

»Hast du's denn schon bei Sibille versucht?«, fragte Ralph in meine verschwommenen Gedanken.

»Nein«, murmelte ich überrascht. An Sibille hatte ich seltsamerweise überhaupt nicht gedacht. »Gleich morgen früh.«

Sie nahm sofort ab.

»Sibille? Hier ist Nadja.«

»Hallo, Nadja.«

»Ist Pia bei dir?«

Kurzes Zögern. »Nein.«

»Weißt du, wo sie ist? Ich kann sie seit Tagen nicht erreichen.«

»Ich sage ihr Bescheid, dass du angerufen hast. Sie wird sich bei dir melden, wenn es ihr wieder besser geht.«

»Wenn es ihr wieder besser geht? Was hat sie denn? Probleme mit dem Bein?«

»Sie ist krank.«

»Was fehlt ihr?«

»Ich richte ihr aus, dass du angerufen hast.«

»Ist sie so krank, dass sie nicht telefonieren kann?«

Ich hörte Sibille leise seufzen.

»Sibille? Was ist los? Was heißt krank?« Mir fiel ihre

schwache Lunge ein. »Hat sie wieder Probleme mit der Lunge?«

»Nein. Nein. Mach dir keine Sorgen. Sie braucht nur etwas Ruhe.«

So langsam reichte es mir. »Ich mache mir aber Sorgen«, sagte ich. »Kannst du mir nicht einfach sagen, was ihr fehlt?«

»Ach, Nadja.« Wieder seufzte Sibille hörbar. »Sie hat ihre Tabletten abgesetzt, verstehst du?«

»Tabletten? Welche Tabletten?« Mir fielen die hellblauen Pillen wieder ein. Hatte Pia etwa ein Drogenproblem? So wie der Sohn von Frau Reichenbach. Und wie unsere Mutter vielleicht eins gehabt hatte?

»Gegen den ärztlichen Rat«, erklärte Sibille.

»Was denn für ein ärztlicher Rat?«

»Jetzt hat sie eine Art Schub.«

»Eine Art Schub?«, echote ich verständnislos.

»Sie hat eine ... depressive Phase.«

»Ja und?« So etwas kannte ich auch. Und nicht zu knapp.

»Ich rede hier nicht von einer kleinen Verstimmung.«

»Was heißt das?«

»Sie kann nicht schlafen, sich nicht konzentrieren, infolgedessen auch nicht arbeiten. Sie isst nicht, sie trinkt nicht, sie wäscht sich nicht ...«

»Sie wäscht sich nicht?« Das war allerdings bedenklich. Und bei Pia auch kaum vorstellbar.

»Ihr hättet nicht nach Münster fahren sollen. Es hat ihr nicht gutgetan. Irgendetwas ist da bei ihr wieder aufgebrochen. Wenn sie nur auf mich gehört hätte.«

»Jeder hat ein Recht darauf, die Koordinaten seines eigenen Lebens zu kennen«, wiederholte ich Ralphs Worte.

»Nicht alles, worauf man ein Recht hat, ist auch das Richtige.«

Darauf fehlte mir ein Gegenargument.

»Na ja. Jetzt mach dir mal keine Sorgen«, sagte Sibille und gab ihrer Stimme einen tröstenden Klang. »Sie nimmt ihre Tabletten wieder, und du wirst sehen, in ein paar Tagen ist sie wieder in Form.«

Dieser Satz erinnerte mich an früher, als mir Marlies bei jedem Anzeichen einer Erkältung diesen teuren, scheußlich schmeckenden Saft aus der Apotheke kaufte. *Wenn du den trinkst, bist du in ein paar Tagen wieder in Form.*

»In ein paar Tagen?«, fragte ich.

»Ja. Hab einfach ein bisschen Geduld.«

»Und wenn sie die Tabletten irgendwann wieder absetzt?«

»Irgendwann geht das sicher, aber im Augenblick wäre es nicht so gut. Vor allem darf man sie nicht so abrupt und von einem Tag auf den anderen absetzen.«

»Ich möchte sie sehen.«

»Ja, sicher. In ein, zwei Wochen vielleicht.«

»Ich fahre morgen zu ihr.«

»Nein«, sagte Sibille sofort.

»Aber ich bin ihre Schwester, und ich will …«

»Nimm es bitte nicht persönlich, aber ich glaube, im Augenblick wäre etwas Abstand tatsächlich besser.«

Ich nahm es sehr persönlich. »Und *ich* glaube, dass das nicht *deine* Entscheidung ist.«

»Gib ihr einfach ein oder zwei Wochen, okay? Du, ich muss jetzt Schluss machen. Mach dir nicht so viele Sorgen. Ich melde mich wieder bei dir, wenn es etwas Neues gibt, das verspreche ich dir. Ich halte dich auf dem Laufenden.«

Ronny und ich schnappten beinah gleichzeitig nach der Hundeleine, jeder auf seine Art. Während er aufgeregt um mich herumwuselte und sich hoffnungslos darin verwickelte, schimpfte ich leise vor mich hin.

»Was heißt da, *du* meldest dich *wieder* bei *mir*?«, moserte ich. »Wenn *ich* mich heute nicht bei *dir* gemeldet hätte, hätte ich warten können bis zum Nimmerleinstag.«

Ich wickelte Ronny aus der Leine. »Und was soll dieses Gerede von wegen *irgendetwas ist da bei ihr wieder aufgebrochen?*«

Der Hund winselte leise und sprang an mir hoch. Ich tätschelte seinen Kopf, und er leckte mir die Hand. Ich lächelte. So ein Hund war eine klare, ehrliche Sache.

»Komm«, sagte ich und öffnete die Tür.

Wir gingen Richtung Wald. Es war hochsommerlich warm, ich schwitzte bereits nach wenigen Minuten. Außerdem machten sich jetzt leichte Kopfschmerzen bemerkbar, die leise an meinem Hinterkopf nagten. Und noch etwas anderes nagte. Es war nicht nur die Sorge um Pia. Es war der Ärger über das, was Sibille mir *nicht* gesagt hatte. Irgendetwas stimmte nicht an der ganzen Geschichte.

Je mehr ich grübelte, desto sicherer wurde ich. Und plötzlich wusste ich, was ich tun würde. Jedenfalls nicht hier in Niersbach sitzen und warten, bis Sibille mich *auf dem Laufenden* hielt.

Sibille

August 2017

Nachdenklich legte Sibille das Telefon zur Seite. Nadjas gradlinige Hartnäckigkeit war anstrengend und irritierend, aber irgendwie auch rührend. Corinnas andere Tochter. Pias Zwillingsschwester. Als sie vor ein paar Monaten so plötzlich aufgetaucht war, nach all den Jahren, war es ein Schock gewesen, aber auch ein großes Glück. Hatte sie nicht selbst immer wieder daran gedacht, Nachforschungen anzustellen? Vielleicht hätte sie es einfach tun sollen. Gleich am Anfang. Vielleicht hätte Nadja Pia damals noch das geben können, was ihr fehlte, und vielleicht wäre dann alles ganz anders gekommen. Sie seufzte müde. Vielleicht, vielleicht, vielleicht. Dieses ewige Grübeln über verpasste Chancen. Diese ewigen Sorgen. Sie hatte einfach keine Lust mehr. Auch keine Kraft.

Sibille trat auf die Terrasse und versuchte, sich zu erinnern. Mit Pia hatte es eigentlich immer schon Probleme gegeben. Da waren die langen Monate des Bangens, als sie im Krankenhaus lag, ihre dauernden Infekte als Kind, ihre verzögerte Entwicklung, die Probleme in der Schule, ihre anstrengende Anhänglichkeit. Aber das war nur der Einstieg. Die eigentlichen Schwierigkeiten hatten erst viel später begonnen. Wann genau? Während der Pubertät? Oder erst danach? Sie war sich nicht sicher. Auf jeden Fall vor Thomas.

Der Gedanke an ihren Schwiegersohn versetzte ihr einen neuen Stich. Vorgestern hatte sie ihn mit einer anderen Frau gesehen. Keine große Überraschung. *Ich kann nicht ewig so weitermachen,* hatte er vor ein paar Monaten gesagt. *Ich will endlich mein eigenes Leben leben.* Sie verstand ihn sogar. Das wollte sie ja auch.

Die Sache in München damals hatte jedenfalls endgültig gezeigt, dass mit Pia etwas ganz und gar nicht stimmte, und plötzlich hatten Begriffe wie *bipolare Störung* und *manische Depression* im Raum gestanden. Seither hatte Sibille jede Menge Bücher und Berichte über manisch-depressive Menschen gelesen, ohne zu einem schlüssigen Ergebnis zu kommen. Pia erschien ihr im Vergleich dazu einfach nicht manisch genug. Depressiv genug allerdings schon. Und dazwischen gab es lange Phasen, in denen sie weder das eine noch das andere war. Phasen, in denen sie einfach nur versuchte, so zu sein, wie sie glaubte, dass andere sie haben wollten.

Wie Pia wirklich war, was sich unter dieser glatten, gepflegten Oberfläche abspielte, wusste wahrscheinlich niemand. Sibille wusste es jedenfalls nicht, genauso wenig wie Thomas. Der Einzige, der vielleicht eine Ahnung hatte, war Rainer. Er war es auch, der ihr damals das Klavier besorgt hatte, nachdem Pia als Vierjährige im Fernsehen ein Konzert mit einer Pianistin gesehen hatte und unbedingt eines haben wollte. Es hatte Streit gegeben deswegen, sie war dagegen. Das Instrument war teuer, dazu kam der Unterricht, und Pia erschien ihr viel zu instabil. Aber Rainer und Pia hatten sich natürlich durchgesetzt. Und es hatte sich ja auch schon bald gezeigt, dass Pia tatsächlich Talent hatte. Nur leider nicht genug. Auf jeden Fall war etwas zwischen den beiden, eine Art von Vertrautheit, die Pia bei keinem anderen in dieser Form zeigte. Vielleicht weil Rainer die Fähigkeit hatte, Menschen ganz und gar so zu nehmen, wie sie waren. Ohne irgendetwas infrage zu stellen. Er war ein Mensch, der keine Besitzansprüche stellte, sich umgekehrt aber auch von niemandem besitzen ließ. Und trotzdem, bei aller Untreue, hatte er immer treu zu ihnen gestanden. Oder verwechselte sie gerade Treue mit Loyalität? So etwas passierte ihr manchmal.

Und Nadja? Was war mit Nadja? Die leise Hoffnung, dass sich mit ihrem Auftauchen etwas ändern und sich die Probleme endlich in Luft auflösen würden, hatte sich jedenfalls nicht bestätigt. Vielleicht war es auch einfach zu spät. Vielleicht.

Nadja

Immer noch August 2017

Die Sonne hatte ihren Zenit erreicht, der Asphalt flimmerte unruhig, als ich das Auto direkt vor Pias Haus in eine großzügige Parklücke setzte. Ich stieg aus und hob den Kofferraumdeckel. In meinem Kombi war genug Platz für Ronnys neue Transportbox. Sie war groß und nicht besonders schön, aber sie hatte die besten Ergebnisse bei Stiftung Warentest. Ronny sah mich durch die Gitterstäbe erwartungsvoll an. Ich öffnete die Klappe, er sprang aus dem Wagen und leckte mir dankbar die Hand.

Pias Haus sah verlassen aus. Jedenfalls, soweit man es von außen erkennen konnte. Es hörte sich auch verlassen an. Während nebenan Rasenmäher und Radios um die Wette dröhnten, war, so schien es mir, hinter dieser Mauer nur himmlische Ruhe. Ich klingelte und wartete. Klingelte wieder und wartete wieder. Zweimal. Nichts. Dreimal. Immer noch nichts. Autos fuhren an mir vorbei, ein Fahrer hupte, ich hatte keine Ahnung, warum. Das Leben hier draußen ging seinen unbeirrbaren Gang, aber drinnen hatte es anscheinend aufgehört.

»Sitz!«, sagte ich zu Ronny, der um meine Beine wuselte, und begann gleich darauf selbst, unruhig auf dem Bürgersteig auf und ab zu gehen. Ich versuchte, eine Lücke zu finden, irgendeine. Es gab keine. Ich stellte mich auf die Zehenspitzen, aber alles, was ich erkennen konnte, waren ein paar Zweige von den Sträuchern, die unmittelbar hinter der Mauer standen.

Ronnys Zunge hing knapp über dem Boden. Er hechelte und sah mich mitleiderregend an. Ich hatte in der Aufregung vergessen, ihm nach unserem Spaziergang Wasser zu geben. Ich öffnete die Heckklappe meines Wagens, und Ronny sprang augenblicklich zurück auf seine Decke. Er hatte sicher andere Erwartungen an diesen Ausflug gehabt.

Ich überlegte. Wasser gab es an jeder Tankstelle, doch das löste nicht mein eigentliches Problem. Entweder hatte Sibille recht, und Pia lag im Bett und tat nichts, weil sie eine Depression hatte. Oder sie war so krank, dass sie nichts tun *konnte*. Aber war das nicht das Gleiche? Und müsste in beiden Fällen nicht jemand bei ihr sein?

»Gut«, sagte ich, obwohl natürlich nichts gut war. »Dann Plan B.«

Im Gegensatz zu Sibille freute Oskar sich ganz unverhohlen, uns zu sehen. Er und Ronny begrüßten sich voller schwanzwedelnder Freude und mit viel Gebell.

»Ich war bei Pia, aber es hat niemand aufgemacht«, sagte ich etwas hilflos. »Und Ronny hat Durst.«

Sibille nickte und füllte Oskars Napf mit dem Wasserschlauch.

»Wenn es ihr so schlecht geht, ich meine, dann kann man sie doch nicht alleine lassen?«

Die Hunde standen Wasser saufend einträchtig nebeneinander.

»Pia ist nicht allein«, meinte Sibille.

»Ist sie nicht?«

»Sie ist nicht zu Hause.«

»Ach?« Hatte ich hier irgendetwas falsch verstanden?

»Nadja, es tut mir schrecklich leid, dass ihr das mit eurer Mutter so erfahren habt. Vielleicht hätten wir es Pia sagen sollen, aber wir dachten …« Sie brach ab. »Komm erst einmal rein.« Sie führte mich in die Küche und zeigte auf einen Stuhl. »Setz dich. Kaffee?«

Ich nickte und sah Sibille dabei zu, wie sie die Kaffeemaschine in Gang setzte. Sie trug eine weite blumige Bluse, dazu eine lange Kette, die aus großen silbernen Ringen bestand, und viel Kajal. Ich starrte auf die Kette. Vielleicht gab es ja eine ganz andere und einfache Erklärung für Pias Abtauchen. Doch der Typ aus der Bar? Aber mit einem gebrochenen Bein? Das stellte ich mir schwierig vor.

»In Münster, also da war so ein Mann in einer Bar. Sie haben zusammen getanzt, ziemlich eng, und er hat ihr seine Adresse gegeben. Kann es vielleicht sein …«

Sibille lachte unfroh und schüttelte den Kopf. Sie nahm zwei Tassen vom Regal. »Das ist es nicht.«

Das ist es nicht klang wie *Das könnte es aber sein.*

»Hat sie einen Freund?«

»Nein. Jedenfalls nicht, soviel ich weiß.«

»Soviel du weißt?«

»Pia braucht Anerkennung, auch die von Männern. Aber es hat normalerweise nichts zu bedeuten. Sie flirtet nur gerne.«

»Normalerweise?« Ich schaffte es nicht, eigene Fragen

zu formulieren, weil ich den ganzen Kontext nicht verstand. Also griff ich einfach einzelne Bruchstücke von Sibilles unklaren Erklärungen auf und machte Fragen daraus.

»Mein Gott, ich stehe nicht permanent daneben. Vielleicht gab oder gibt es da auch einmal jemanden.« Sie schüttelte den Kopf. »Aber eigentlich glaube ich das nicht. So ist sie nicht.«

»Und wie ist sie dann? Und vor allem wo?«

Sibille sah mich an, und endlich hatte ihr Blick etwas Festes. »Pia ist in der Klinik. Thomas und ich haben sie vor drei Tagen zum Arzt gebracht. Der hat sie gleich eingewiesen.« Gleichzeitig klang sie, als müsste sie sich rechtfertigen. »Es ist übrigens nicht das erste Mal.«

Der Kaffeeautomat ratterte laut, während er Kaffee ausspuckte, und gab am Ende noch ein letztes zischendes Geräusch von sich.

»Und warum wolltest du mir das nicht sagen?«

»Weil ich glaube, dass Pia im Moment Abstand braucht.«

»Wie Abstand? Von mir?«

Sibille nickte. »Auch.«

»Okay.« Diese Einschätzung musste ich erst einmal sacken lassen. »Und wie lange muss sie da bleiben?«

»Das weiß ich nicht. Sie wird medikamentös neu eingestellt, und dann soll sie in eine Reha. Wir warten auf einen Platz. Mehr kann ich dir im Moment nicht sagen, Thomas kümmert sich …«

»Was ist das eigentlich mit Thomas? Was stimmt da nicht mit den beiden?«

Sie nahm die beiden Tassen und drehte sich unschlüssig zu mir um. »Was hat sie dir denn erzählt?«

»Nicht viel. Sie findet, dass sich alles um ihn dreht.«

»Das ist typisch. Thomas ist ... er wollte sich vor drei Jahren von ihr trennen.«

»Aber?«

»Nichts aber. Pia kommt alleine nicht zurecht.«

Ich schüttelte unmerklich den Kopf. Meine Schwester hatte eine Depression. So etwas kam vor. Das hatte ich schon öfter gehört. Aber sie war schön und klug und erfolgreich. Warum sollte sie nicht alleine zurechtkommen?

»Und sie hat ein gutes Druckmittel.«

»Was meinst du?«

»Pia ist gesundheitlich nicht sehr stabil, das war sie noch nie. Und Thomas ist kein schlechter Mensch. Er hängt auch irgendwie an ihr. Aber die beiden tun sich nicht gut.«

Sibille zog die Zuckerdose zu sich und beschäftigte sich mit dem Deckel. »Dabei war sie so ein fröhliches Kind. Sie war oft krank, das schon, und in der Schule gab es Probleme, aber es schien ihr nie etwas auszumachen. Bis zur Pubertät. Da bekam sie plötzlich ziemliche Stimmungsschwankungen. Mal war sie ganz oben, mal ganz unten. Aber alles noch irgendwie im Rahmen. Bis ...«

»Bis?«

»Bis zur Abtreibung.«

»Sie hat abgetrieben?«

»Ja. Vor zwölf Jahren. Ich denke, es war eine Art Kurzschlusshandlung. Sie und Thomas kannten sich damals erst ein paar Monate, und er hat auf die Schwangerschaft vielleicht nicht ganz so euphorisch reagiert, wie er es ihrer Meinung nach hätte tun sollen. Also hat sie beschlossen, das Kind nicht zu bekommen.« Sibille hob den Kopf. »Siehst du? So ist sie. Sie entscheidet etwas, ohne mit jemandem darüber zu reden. Und dann kommt sie mit den Folgen nicht zurecht, verstehst du?«

Ich nickte, aber ich verstand es nicht. Ein Kind ohne Not abzutreiben war keine Entscheidung, die ich nachvollziehen konnte.

»Sie wohnte damals in München, deshalb haben wir es zuerst gar nicht mitbekommen. Am Telefon wirkte sie oft müde und gereizt, aber sie arbeitete auch viel. Sie meldete sich kaum noch bei uns und irgendwann gar nicht mehr. Wir erreichten sie nur selten. Und wenn wir sie erreichten, dann hatte sie gerade keine Zeit, war müde, gestresst, in Eile, keine Ahnung. Aber auch solche Phasen hatte es schon vorher gegeben. Ich machte mir Sorgen, aber ich dachte, das wird schon wieder. Es geht vorbei. Und dann rief Thomas bei uns an. Es war ungefähr vier Monate nach der Abtreibung. Pia war seit über einer Woche nicht bei der Arbeit erschienen, und er konnte sie auch nicht erreichen.«

Ich erinnerte mich an meine Frage zu Pias Kinderlosigkeit, und ein Gedanke schoss mir durch den Kopf. »Wurde bei der Abtreibung etwas ... ähm, ich meine, gab es da irgendwelche Komplikationen?«

Sibille schüttelte den Kopf. »Nein. Diese Probleme waren psychisch, nicht physisch.«

Ich fand, das eine schloss das andere in diesem Fall nicht aus. »Aha. Und dann?«

»Dann bin ich nach München gefahren. Natürlich hat sie mir nicht aufgemacht. Zuerst dachte ich noch, sie ist vielleicht unterwegs, einkaufen oder beim Arzt. Irgendwann habe ich Thomas angerufen. Er kam, und wir haben den Hausmeister geholt. Wir mussten ihm alles sehr genau erklären, ich hatte meinen Ausweis in der Aufregung vergessen, und er war so verdammt pflichtbewusst, und die ganze Zeit …« Sie unterbrach ihre immer konfuser werdenden Ausführungen. »Mittlerweile hatte ich wirklich Angst.«

Wir näherten uns dem Epizentrum.

»Die Wohnung war dunkel, und es stank ganz fürchterlich.«

Ihre Worte erinnerten mich an einen Fernsehkrimi. Polizisten stürmen eine Wohnung, entdecken eine halb verweste Leiche und halten sich Taschentücher vor das Gesicht. Ein kurzer Schwenk auf die Leiche, gut präpariert und unansehnlich. Alles musste heute immer möglichst echt aussehen. Früher bekam man höchstens eine Ahnung, aber kein Bild.

»Was war mit Pia?«

»Die Katze hatte alles vollgepinkelt, weil das blöde Katzenklo im Bad war und die Tür zu. Das arme Tier war außer sich vor Angst und Hunger«, fuhr Sibille fort.

»Was war mit Pia?«, fragte ich wieder.

»Sie lag im Bett.«

Sibille sah an mir vorbei. »Nein. Kein Suizidversuch. Sie war einfach neben der Spur.« Sie nippte an ihrer Tasse und starrte verloren aus dem Fenster. »Sie hat etwas von einem Konzert gesagt. Dass sie üben müsse und ihre Noten nicht finden könne. Ich weiß nicht, ob sie dir das je erzählt hat, aber sie wollte eigentlich auf das Konservatorium. Sie war achtzehn, als sie sich bewarb. Leider hat es nicht geklappt, ich weiß bis heute nicht, warum. Danach hat sie sich geweigert, es noch einmal zu versuchen, und jahrelang keine Klaviertaste mehr angerührt.«

»Nein. Das wusste ich nicht.«

Sie wandte sich mir wieder zu. »Na ja, ist ja jetzt auch egal. Auf jeden Fall ging es ihr damals ziemlich schlecht. Sie hatte seit Tagen nichts gegessen und offenbar auch kaum getrunken. Ich weiß nicht, was es war, aber diese Abtreibung schien irgendetwas bei ihr ausgelöst zu haben. Obwohl ich heute glaube, dass es auch jeder andere Auslöser hätte sein können. Es war irgendwie schon angelegt, verstehst du?« Sibille begann, sich wieder mit der Zuckerdose zu beschäftigen. »Das war auch mit ein Grund, warum ich ihr nie gesagt habe, was mit Corinna … Und deshalb wollte ich auch nicht, dass ihr nach Münster fahrt.«

»Wie ging es dann weiter?«

»Ich habe sie und die Katze eingepackt und mit nach Hause genommen.«

»Und?«

»Zuerst dachte ich noch, es reicht, wenn sie hier ist, bei uns, in der vertrauten Umgebung …«

»Aber es hat nicht gereicht.«

»Nein. Wir haben uns schließlich an einen Arzt gewandt, und der hat sie ins Krankenhaus eingewiesen. In dasselbe Krankenhaus übrigens, in dem sie auch jetzt ist.«

»Sie hat so etwas also öfter?«

»Eigentlich nicht. Sie hatte seitdem ab und zu schlechte Phasen, aber nicht mehr so dramatisch. Manchmal denke ich ... also, vielleicht ist es ja etwas Genetisches, verstehst du?«

Dass Leute immer dieses rhetorische *verstehst du?* hinterherschieben mussten, wenn klar war, dass man nichts verstand. Dass man nichts verstehen konnte. »Keine Ahnung. Was sagen denn die Ärzte?«

»Sie verschreiben Tabletten.«

»Warum hat Pia später keine Kinder mehr bekommen? Wollte sie keine?«

»Doch. Eine Zeit lang wollte sie sogar unbedingt welche. Aber es hat einfach nicht mehr geklappt. Obwohl es keinen erkennbaren Grund gab.«

»Wie bei mir«, sprach ich laut aus, was ich dachte.

Sibille legte ihre Hand auf meine. Das hatte sie schon einmal getan. Eine Geste mütterlicher Zuneigung vielleicht. Mit ihr hatte ich dann drei Mütter, das war sogar mir zu viel. Ich zog die Hand zurück und überlegte, welche der vielen Fragen, die durch meinen Kopf waberten, ich zuerst stellen sollte. Es gab einzelne Erkenntnisse, aber dazwischen waren zu viele Löcher, und mir fehlten die Brücken. Wenn es bei Pia etwas Genetisches war, hatte sie es dann von unserer Mutter geerbt? Und was war mit mir? Hatte ich es dann nicht auch? Dieses *Genetische?*

»Sind wir unserer Mutter eigentlich sehr ähnlich?«, versuchte ich in Worte zu fassen, was ich fühlte.

»Also, bei dir kann ich es nicht so gut beurteilen, aber Pia in manchen Dingen schon. Corinna war immer sehr sprunghaft und impulsiv, genauso wie Pia. Aber sie war irgendwie zarter. Zerbrechlicher, auch nach außen. Trotzdem hatte sie einen ziemlich eisernen Willen.«

»Na ja. Sie hat sich umgebracht. Das ist ja wohl eher ein Zeichen von Schwäche.«

Sibille seufzte zum gefühlt hundertsten Mal. »Ja. Aber ich weiß nicht, ob das nicht vielleicht nur ...«

»Du meinst, ob das nur eine Inszenierung war? Eine, die leider schiefging?«

»Oder eine Kurzschlusshandlung.«

Mit Kurzschlusshandlungen ließ sich einiges erklären. Sogar ein ausgelöschtes Leben.

Sibille suchte nach Worten. »Corinna war ... sie hat mich sehr oft vor vollendete Tatsachen gestellt. Oder mir ihren Willen aufgezwungen.«

»Zum Beispiel?«

»Sie ist gegangen, aber ich war es, die mit den Folgen leben musste.«

»Du mochtest sie nicht besonders, oder?«, stellte ich überrascht fest.

»Quatsch. Sie war meine große Schwester. Ich habe sie immer bewundert und ...«

»Geliebt?«, half ich nach.

»Natürlich. Aber sie war eben ... ziemlich egoistisch. Sie ging nach Münster, obwohl unsere Mutter ein Pflegefall war. Scheiße, ich war damals siebzehn. Wenn sie doch nur ein halbes Jahr gewartet hätte, nur ein halbes Jahr.«

Ich schluckte. Die *Mutter*, von der Sibille sprach, war meine und Pias Großmutter. War die Frau auf dem Foto. Ich erinnerte mich. Und die *große Schwester* war unsere Mutter, Pias und meine. Was sollte ich, ausgerechnet ich, die ich mich mein Leben lang nach einer Schwester, nach meiner Mutter, nach meiner *richtigen* Familie gesehnt hatte, zu alldem sagen?

»Sie muss sehr unglücklich gewesen sein«, sagte ich schließlich in dem angestrengten Bemühen, allen gerecht zu werden.

»Jeder ist doch manchmal sehr unglücklich. Ich auch. Aber ich habe mich nie vor meiner Verantwortung gedrückt.«

»Da habe ich aber einen anderen Eindruck«, sagte ich spontan. Kaum ausgesprochen, verfluchte ich mich schon wieder für diese vorschnelle Aussage.

Sibille sah mich überrascht an. »Warum sagst du das?«

»Ach, schon gut. Vergiss es.«

»Nein. Das will ich jetzt wissen.«

»Na ja.« Ich sah auf meine Tasse und schob sie leicht vor und zurück. »Nach dem, was Pia mir so erzählt hat …«

»Was hat sie dir denn erzählt?«

»Sie hat mir von deinen Liebhabern erzählt«, sagte ich, bemüht, meiner Stimme einen festen Klang zu geben.

Sibille machte eine wegwerfende Bewegung mit der Hand. »Ach das.« Sie sprach völlig gleichgültig und ohne die geringste Spur von Verlegenheit. »Das kann man doch gar nicht vergleichen.«

»Also, ich finde es auch ziemlich egoistisch, seinen Mann zu betrügen und sein Kind als Mittel zum Zweck einzusetzen.«

»Ich habe keine Ahnung, was du meinst. Ich habe Rainer betrogen, ja. Zweimal. Aber erst, nachdem er mich betrogen hatte. Wir hatten eine schlechte Phase und hätten uns damals sicher getrennt, wenn Pia nicht gewesen wäre.« Die Hunde standen vor der Terrassentür und bellten laut. Sibille stand auf. »Ich wäre gerne gegangen damals, glaub mir. Aber ich bin geblieben«, sagte sie auf dem Weg zur Tür. »Ich habe Pia nicht im Stich gelassen.«

Ronny kam augenblicklich zu mir und leckte meine Hand. Ich zog sie weg und rechnete.

»Aber war sie damals nicht schon schwanger? Wie hätte sie da noch ein halbes Jahr warten können?«

»Dieser Mann wollte doch überhaupt nichts von ihr wissen. Und von euch übrigens auch nicht.«

Es gab eine Menge Dinge, die ich nicht verstand, aber eins verstand ich: *Dieser Mann*, das war unser Vater.

»Hast du jemals mit ihm gesprochen?«

»Nein. Also, nicht so direkt.«

»Das heißt, du kanntest ihn.« Es war jetzt keine Frage mehr.

Sibille legte den Deckel auf die Zuckerdose. Die Geste hatte etwas Entschiedenes. Sie stand auf und räumte unsere leeren Tassen in den Geschirrspüler.

»Sibille!«

»Es tut mir leid. Ich muss gleich los. Ich habe noch einen Termin.«

»Sag mir seinen Namen.«

Sie schlug die Klappe des Geschirrspülers zu und drehte sich zu mir um. »Was soll das bringen?«

»Ich will nur seinen Namen.« Ich schlug mit der flachen Hand auf den Tisch. »Nur seinen verdammten Scheißnamen, das kostet dich eine verdammte Scheißsekunde.«

Sie schob einen Stuhl zur Seite, so heftig, dass er kippte. »Sein verdammter Scheißname war Christian Altmeyer.«

Ich atmete aus und wiederholte den Namen im Kopf. *Christian Altmeyer.* Mein Vater hatte einen Namen. Er hieß nicht länger *unbekannt*, er war real, es hatte ihn tatsächlich gegeben. Natürlich hatte ich das immer gewusst, ich war nicht Jesus' Schwester, aber jetzt, mit diesem Namen, war es auch fühlbar.

»Chris-ti-an Alt-mey-er«, flüsterte ich und nahm die Silben so vorsichtig zwischen meine Lippen, als hätte ich Angst, sie zu verschlucken.

»Ich kannte ihn nicht persönlich, ich habe ihn nur ein- oder zweimal kurz gesehen«, sagte Sibille. »Das musst du mir glauben.« Sie klang plötzlich erschöpft.

»Wie sah er aus?«

»Gut. Er sah gut aus. Aber was nutzt euch das? Ein gut aussehendes Arschloch. Nadja, glaub mir, der Mann hatte kein Interesse an euch. Noch nicht einmal, als Corinna tot war.«

Ich hatte plötzlich das Gefühl, diesen imaginären Vater verteidigen zu müssen. Das Bild, das ich mir von ihm gemacht hatte. Und das immer noch ein gutes Bild war.

»Woher weißt du das so genau? Wenn du nie mit ihm gesprochen hast?«

»Ich weiß es eben.«

Ich stand auf. »Es tut mir leid. Aber das reicht mir nicht.«

Sie lachte. Ein verzweifeltes Lachen. »Das habe ich befürchtet. Glaub mir, du verrennst dich da. Genau …« Sie unterbrach sich.

»Genau wie unsere Mutter? Meinst du das?«

»Corinna war blind vor Liebe. Sie hat bis zum Schluss geglaubt, er würde sie heiraten.«

»War das denn so ausgeschlossen?«

»Sehr ausgeschlossen.«

Sie strich sich die Haare aus der Stirn und wich einmal mehr meinem Blick aus. Da stand noch etwas im Raum, ich spürte es deutlich. Irgendetwas, das sie mir verschwieg. Noch ein Epizentrum.

»Warum bist du dir so sicher?«

»Meine Güte! Kannst du nicht endlich aufhören mit deiner dämlichen Fragerei?«

Ich hob die Schultern. »Nein.«

Jetzt sah Sibille mich an. »Doch«, sagte sie. »Du bist ihr doch ähnlich.«

»Ist das jetzt gut oder schlecht?«

Endlich lächelte sie. »Corinna war ein sehr ambivalenter Mensch. Einerseits schwach und hilfsbedürftig. Aber andererseits …«

»Andererseits?«

»Ziemlich willensstark. So wie du.«

»So wie ich?«, fragte ich erstaunt. Willensstark war ein sogar für mich noch unbekannter Wesenszug an mir.

»Sagt dir der Name Maria noch etwas?«

Ich überlegte fieberhaft. Maria, Maria? *Who the fuck is Maria?* Dieser Name war noch nie vorher gefallen. Aber ich erkannte, dass sie mir einen wichtigen Ball zuspielte, und beugte mich vor. »Nein. Ich glaube nicht.«

»Natürlich nicht.« Sie legte die Hände aneinander und atmete dagegen. »Ihr wart noch zu klein.«

»Wer ist das?«

»Maria war eure Vermieterin. Nach Corinnas Tod habe ich lange mit ihr geredet. Sie wusste vieles, das ich nicht wusste.«

»Vielleicht kann ich auch mit ihr reden?«

»Kaum. Du kannst sie höchstens besuchen. Auf dem Zentralfriedhof in Münster.«

Sibille sah mich wieder an, und ich erwiderte entschlossen ihren Blick. Wir waren endlich auf der Zielgeraden.

»Ich glaube, sie würde sich sogar darüber freuen«, sagte sie.

7. Kapitel

Maria

Juni 1975

»Guten Tag. Mein Name ist Corinna Räbiger. Ich komme wegen der Wohnung«, sagte das Mädchen höflich und streckte ihr die Hand entgegen. Es hatte dunkelblonde lange Haare und einen Blick wie Bambi.

»Ach, Sie sind das.« Maria nahm die zierliche Hand und musterte sie von oben bis unten. Eine junge Frau, fast noch ein Kind. Sehr hübsch. Sie hatte etwas an sich, was sie an die Maria erinnerte, die sie selbst einmal gewesen war, jedenfalls äußerlich. Auch wenn das jetzt nur noch schwer vorstellbar war. Maria seufzte. Das war vielleicht das Schlimmste am Altwerden: Das Fleisch wanderte an Stellen, wo es nicht hingehörte, die Haut knitterte, und plötzlich stand man vor dem Spiegel und sah die eigene Mutter oder die eigene Großmutter, aber nicht mehr sich selbst.

»Mein Name ist Schaller. Maria Schaller.« Sie öffnete die Tür ganz weit und trat zur Seite. »Kommen Sie rein.«

Im Treppenhaus duftete es nach Schmierseife, sie hatte das ganze Haus geputzt von oben bis unten. Jeden Freitag putzte sie. Es war wichtig, sich an gewisse Strukturen und Regelmäßigkeiten zu halten, sonst konnte es leicht passieren, dass man die Kontrolle verlor und anfing, seltsame Dinge zu tun. Mit sich selbst zu reden, zum Beispiel.

Der Treppenflur war eng. Mitten durch den Terrazzoboden ging ein großer Riss. Die Folge eines Bombenabwurfs, nicht weit von hier. Die Holzstufen waren ausgetreten und die weiße Farbe am Geländer schon lange nicht mehr weiß. Das Haus hatte schon bessere Zeiten gesehen, aber Maria war das egal. Sie war darin aufgewachsen, hatte sich hier von ihren Eltern verabschiedet, als diese aufgebahrt im Wohnzimmer lagen, und sie hatte mit Wilhelm einige immerhin recht glückliche Jahre darin verbracht. Bis der Krieg ihnen einen Strich durch die Rechnung machte. Auch Anita war hier geboren.

»Hier unten wohne ich«, sagte sie mit Blick auf ihre Wohnungstür und wies gleichzeitig mit der Hand nach oben. »Die andere Wohnung ist im Obergeschoss. Sechzig Quadratmeter. Zwei kleine Zimmer, Küche, Bad und ein Balkon. Gehen Sie nur vor.«

Das Mädchen bewegte sich vorsichtig, beinah schleppend. Ihre Beine waren lang, aber viel zu dünn, der Rock ganz hübsch, aber viel zu kurz. Mit einer Hand hielt sie sich am Geländer fest, mit der anderen umklammerte sie eine kleine Tasche aus Stoff. Bei jedem Tritt gaben die Stufen knarzende Geräusche von sich, selbst bei einem Leichtgewicht wie ihr.

»Bis letzten Monat hat ein junger Student bei mir gewohnt, ein netter Junge, aber jetzt hat er ausstudiert und ist wieder nach Hause gezogen. Irgendwas im Bayrischen, ich hab vergessen, wie's heißt«, plauderte Maria munter drauflos.

Die junge Frau blieb stehen und drehte sich um. Sie lächelte mühsam. Maria fiel erst jetzt auf, wie blass sie war. Und wie elend sie aussah. »Mein Gott! Ist alles in Ordnung mit Ihnen?«

Sie nickte und schwankte leicht. »Ja. Mir geht's gut. Es ist nur … könnte ich vielleicht ein Glas Wasser haben?«

»Um Gottes willen, Kind, warum sagen Sie das denn nicht gleich?« Maria drehte sich auf dem Absatz um. »Kommen Sie mit, die Wohnung können Sie sich auch später noch anschauen.« Vor ihrer eigenen Tür blieb sie stehen. »Sie nehmen doch keine Drogen?«, fragte sie.

»Was? Nein.«

Maria warf ihr noch einen prüfenden Blick zu, dann nickte sie. »Gut.« Sie konnte nicht sagen, warum, aber sie glaubte ihr. »Ich will mir nur keine Probleme ins Haus holen.«

Das Mädchen sagte jetzt nichts mehr, es sah aus, als hätte es keine Kraft mehr. Auch nicht zum Reden. Maria führte es in die gute Stube und zeigte auf den großen runden Tisch mit den sechs schweren gedrechselten Holzstühlen.

»Setzen Sie sich«, befahl sie. »Ich bin gleich wieder da.« Sie wandte sich ab. »Nichts auf den Rippen, die jungen Dinger«, brummelte sie auf dem Weg in die Küche. »Und dann wundern sie sich.«

Als sie zurückkam, hatte das Mädchen die Augen zwar geschlossen, aber sein Gesicht hatte wieder etwas Farbe. Maria stellte das Glas auf den Tisch.

»Hier. Trinken Sie.«

»Danke.« Es trank durstig, danach sah es sich verlegen um. Maria folgte dem Blick. Versuchte, die Wohnung mit anderen Augen zu sehen. Die Möbel waren schwer, dunkel und alt. Echte deutsche Wertarbeit. So etwas bekam man heute gar nicht mehr. Dazu viele Porzellanfiguren. Engel, Blumenmädchen, Balletttänzerinnen, Hunde, Pferde. Sogar ein Delfin war dabei. Großzügig verteilt saßen, standen oder lagen sie auf selbst gehäkelten Deckchen und fristeten ein beschauliches Dasein. Ihr einziger Höhepunkt war das wöchentliche Staubtuch. Auch sie waren alt. Sie waren sogar noch älter als die Möbel, die Maria damals mit Wilhelm gekauft hatte, kurz vor dem Krieg. Nur sah man es ihnen nicht an. Sie schauten immer gleich aus.

Die Figuren waren ein Erbe ihrer Mutter und immer da gewesen, seit Maria denken konnte. Und das waren immerhin gut sechzig Jahre. Es verband sie eine Art Hassliebe mit ihnen. Jetzt gehörten sie ihr, aber als Kind hatte sie sie kaum berühren dürfen, geschweige denn mit ihnen spielen. Und als dann im Krieg die ersten Bomben auf Münster fielen, schien ihre Mutter mehr um das Porzellan besorgt als um ihr eigenes Leben oder das ihrer Tochter. Sie war immer schon eine eigensinnige und herrische Frau gewesen, und der Altersstarrsinn hatte dann ein Übriges getan.

Maria betrachtete die schmalen gebräunten Arme, die vor ihr auf dem Tisch lagen. Ganz glatt waren sie. Alles war glatt an diesem Mädchen. »Hinter eine glatte Stirn kann man nicht schauen«, hatte Wilhelm immer gesagt.

Ihre Blicke trafen sich. Das Mädchen wurde rot, und Maria schnaubte leise. Wahrscheinlich dachte es, sie sei eine verschrobene alte Frau. Und wahrscheinlich hatte es auch recht damit. Sie lebte schon zu lange allein. Man wurde sonderbar, wenn man zu viel allein war. Man hängte sein Herz an Dinge, weil man keine Menschen mehr hatte, an die man es hängen konnte. Diese ganze Wohnung war überladen mit Krempel und altmodisch dazu. Aber es war ihr egal. Dieses Haus war alles, was sie noch hatte, und die Wohnung vermittelte ihr immer noch und trotz allem ein Gefühl von Geborgenheit. Es war die Geborgenheit einer beinah heilen Welt, so wie sie einmal gewesen war. Vor dem Krieg. Aber was wussten diese jungen Dinger schon von all dem Elend?

»Sie haben es sehr schön hier«, sagte das Mädchen in diesem Augenblick. Sein Blick wurde ganz gerade. »Sehr schön«, wiederholte es.

Maria richtete sich auf. »Wie war noch mal Ihr Name?«

»Corinna. Corinna Räbiger.«

»Ah, Corinna. Ein interessanter Name.« Sie zögerte, ganz kurz nur, dann hielt sie ihr die Hand entgegen. »Du kannst die Wohnung haben, wenn du möchtest. Ich bin Maria.«

Das Mädchen unterschrieb den Vertrag, noch bevor es die Wohnung gesehen hatte.

Später schritt es durch die beiden Zimmer wie eine Königin durch ihr kleines Reich. Aufrecht und mit durchgedrückten Knien. Von ihrem Schwächeanfall war nichts mehr zu erkennen. Vielleicht war es ja ein taktischer Schachzug gewesen. Armes, schwaches junges Ding braucht dringend Wohnung. Aber eigentlich glaubte Maria das nicht. Das Mädchen sah nicht so aus wie jemand, der taktische Schachzüge im Hinterkopf hatte. Und noch weniger wie jemand, der danach handelte.

In der Küche gab es eine Spüle, einen alten Herd, einen Kühlschrank und einen von einem der Vormieter zurückgelassenen Tisch mit zwei Stühlen.

»Bleibt das?«, fragte Corinna.

»Ja. Das kannst du so übernehmen. Kostet nichts extra.«

Ansonsten war die Wohnung kahl und leer, es fehlte an praktisch allem.

»Wirst sehen«, sagte Maria zuversichtlich. »Wenn du erst einmal deine Möbel hier hast, dann sieht das gleich ganz anders aus.«

»Ich habe nicht so viele Möbel«, murmelte Corinna. »Eigentlich … gar keine.«

»Grundgütiger Gott«, seufzte Maria. »Dann haben wir jetzt wohl eine Menge nichts. Wie hast du denn bis jetzt gewohnt?«

»Möbliert.«

»Was? Kind, rede doch mal laut und deutlich, und hör auf mit diesem Gemurmel.«

»Möbliert. Ich habe möbliert gewohnt.«

»Ah. Na ja, gut. Dann schauen wir mal, was sich machen lässt.« Maria zupfte sich die kurzen grauen Haare. »Im Keller habe ich noch ein altes Regal, das kannst du haben. Ich muss dann halt einen anderen Platz für meine Marmeladengläser finden. Und das Bett von meiner Tochter ist auch noch da.«

Corinnas Blick blieb an dem Telefon hängen, das grau und einsam auf dem Boden stand. »Kann man damit telefonieren?«

»Wonach sieht es denn deiner Meinung nach aus?«, fragte Maria.

»Ich meine, ist es … angeschlossen?«

Maria zuckte mit den Schultern. »Der Student hat's wohl erst zum Ende des Monats gekündigt. So lange dürfte es noch funktionieren.«

Corinna hob den Hörer. Der dumpfe Ton des Freizeichens tönte ihr entgegen.

»Ich frag mal meinen Nachbarn, der ist bei der Post«, bot Maria an. »Vielleicht kannst du den Vertrag ja übernehmen.«

»Darf ich es denn schon benutzen?«

»Von mir aus. Aber nicht zu lange«, sagte Maria knapp. »Nicht, dass es Ärger gibt.« Sie legte den Schlüssel auf den Tisch. »Hier. Den kannst du auch schon haben. Die Wohnung steht ja sowieso leer. Dann kannst du dich in Ruhe einrichten. Die Monatsmiete hätte ich allerdings immer gern im Voraus.« Sie drehte sich um und schloss die gekippten Fenster.

»Danke.«

Maria bewegte sich zur Tür. »Ich geh jetzt runter. Du kannst dich hier noch etwas umschauen.«

Das Mädchen nickte. Den Finger hatte es bereits in der Wählscheibe des Telefons.

»In einer halben Stunde gibt's Essen. Ich habe es gern, wenn man pünktlich ist.«

Wieder nickte es und lächelte abgelenkt.

»Hallo, Sibille«, hörte Maria beim Hinausgehen ihre Stimme. Und: »Ja. Ich bin gut angekommen, und ich hab auch schon eine Wohnung. Du musst mich unbedingt bald besuchen kommen.« Ihre Stimme klang plötzlich sehr kraftvoll und sicher. »Was? Nein. Ich habe genug Geld. Von Christian. Ja, genau. Natürlich.«

Maria schloss die Wohnungstür hinter sich und bereute ihre Entscheidung beinah wieder. Sibille. Christian. Na, das kann ja heiter werden, dachte sie. Zu viele fremde Leute. Aber wenigstens war offenbar Geld da. Maria hatte ganz vergessen, das Mädchen nach seiner Arbeit zu fragen. Immer nur aus dem Bauch, nie mit dem Kopf, hatte Wilhelm immer zu ihr gesagt.

Corinna fotografierte alles, was ihr vor die Linse kam, und bald hing die Wohnung voller Bilder. Sie hatte sich im Bad eine Dunkelkammer eingerichtet, in der sie die Filme entwickelte, die sie vorher verschossen hatte. Sie sei Fotografin, hatte sie gesagt. Maria glaubte ihr. Dazu musste sie sich nur die Bilder ansehen.

Schon in diesen beiden Wochen bis zum offiziellen Einzug hatte Corinna nicht nur sämtliche Böden und Fenster geschrubbt, bis sie glänzten, sie hatte auch die Wände und die wenigen Möbel gestrichen und Hunderte von Kerzen in der Wohnung verteilt. Sie hatte es sich gemütlich gemacht. Und da sie außerdem gerne nähte, Maria hatte ihr die alte Nähmaschine und auch eine Menge übrig gebliebener Stoffreste überlassen, hingen an den Fenstern bereits selbst genähte Vorhänge. Jetzt nähte sie Kissen, die sie überall verteilte, sogar auf dem Boden.

Wenn Corinna einmal nicht fotografierte oder nähte, dann schrieb sie Briefe. Unzählige Briefe, kaum ein Tag, an dem sie nicht mit mindestens einem Umschlag in der Hand das Haus verließ. Und kaum ein Tag, an dem sie nicht den Briefkasten öffnete und enttäuscht wieder schloss, wenn ihre Briefe wieder einmal unbeantwortet geblieben waren. Manchmal stand sie auch einfach am Fenster im Treppenflur und sah den vorbeifahrenden Autos nach. Es war, als würde sie auf etwas warten. Oder auf jemanden.

Maria hatte keine Ahnung, was das alles zu bedeuten hatte, aber sie beobachtete es sehr genau.

Juli 1975

»Hier. Hühnerfrikassee und Reis. Iss, solange es noch heiß ist.« Maria stellte einen kleinen Topf auf den Tisch, direkt neben Corinna, die dort saß und wieder einen ihrer zahllosen Briefe schrieb. Die langen Haare fielen ihr dabei wie ein Schleier vor das schmale Gesicht.

Sie hob den Kopf und lächelte. »Danke.«

Maria sah die winzige Lücke zwischen den beiden oberen Schneidezähnen. Sehr hübsch sah das aus.

»Jaja, schon gut, gern geschehen«, brummelte sie. Anfangs hatte sie das Mädchen noch zu sich eingeladen, in ihre Wohnung. Aber es war immer seltener gekommen. Zwölf Uhr sei ihm zu früh, hatte es gesagt. Natürlich. Wenn man erst um zehn Uhr aufstand, hatte man um zwölf noch keinen Appetit. Ein paar Tage hatte Maria dann wieder nur für sich gekocht und alleine in ihrer Wohnung gesessen. Aber dann hatte sie doch wieder angefangen, für sie beide zu kochen und das Essen nach oben zu bringen. Das Mädchen war viel zu mager, und es war ohnehin egal, ob man für eine Person kochte oder für zwei, der Aufwand war beinah der gleiche.

»Die Monatsmiete ist übrigens fällig. Ich hatte dir ja gesagt, dass ich das Geld im Voraus haben möchte.«

»Ja, natürlich. Warte einen Moment.« Corinna stand auf und ging in das Zimmer nebenan.

Maria hörte etwas knacken. Es klang wie das Öffnen einer Dose. Während sie wartete und lauschte, schielte sie wie unabsichtlich auf den angefangenen Brief. Er lag ganz offen auf dem Tisch, sie musste sich nicht anstrengen.

»Lieber Christian, warum meldest du dich nicht endlich. Ich habe …«

Mehr konnte sie in der Eile nicht erkennen. Aber es reichte. Es bestätigte, was sie bereits vermutet hatte.

Corinna kam zurück und gab ihr ein Bündel Geldscheine. Sorgfältig abgezählt. »Hier«, sagte sie. »Das sind zweihundertdreißig Mark. Du kannst es nachzählen.«

Maria steckte das Geld in ihre Kitteltasche. »Sag mal, gehst du eigentlich nicht arbeiten?«

»Doch. Also bald. Ich … ich muss mir nur noch eine Arbeit suchen.«

»Ach«, sagte Maria und deutete auf den Tisch. »Dann sind das wohl Bewerbungen, die du da schreibst.«

Corinna zögerte, ganz kurz nur, den Bruchteil einer Sekunde. »Ja. Genau«, sagte sie.

August 1975

Heute gab es Kartoffelsalat. Mit Mayonnaise, klein geschnittenen Eiern und kleinen Gürkchen, so wie ihn schon die Mutter zubereitet hatte und davor die Großmutter. Dazu Würstchen. Maria füllte das, was übrig war, in eine kleine Schüssel und legte ein Würstchen obendrauf. Dann schnappte sie sich die Stellenanzeigen, sie hatte sie schon am Morgen ausgeschnitten, und klopfte oben an die Tür. Normalerweise ertönte nach sehr kurzer Zeit Corinnas obligatorisches: »Komm rein, es ist auf«, aber heute blieb es still. Enttäuscht und unschlüssig blieb Maria stehen.

Sie hatte nichts gehört, keine knarzenden Stufen, auch nicht das Schließen der Haustür, die das Mädchen immer so gerne mit einem Schwung zuwarf. Nichts. War es vielleicht gegangen, als sie die Wäsche im Garten aufgehängt hatte? Oder als sie im Keller war, um den Quittengelee, den sie gestern gekocht hatte, zu verstauen? Sie klopfte noch einmal, laut und energisch dieses Mal, und legte sogar das Ohr an die Tür, aber es blieb still.

Die Brust wurde ihr ganz eng. Unten wartete niemand auf sie. Noch nicht einmal ihre Porzellanfiguren würden sie vermissen. Sie drückte die Klinke.

Der kleine Topf mit dem Frikassee, den sie vorgestern gebracht hatte, war leer und stand gespült auf dem Tisch, aber das Gulasch von gestern, das war noch im Kühlschrank. Maria schüttelte den Kopf. »Für wen mach ich mir eigentlich die Arbeit?«, sagte sie, gerade laut genug, um ihr schlechtes Gewissen zu übertönen.

Sie nahm den leeren Topf und legte die Stellenanzeigen auf den frei gewordenen Platz. Fotografen wurden nicht gesucht, aber es gab andere leichte Arbeiten, die man auch ohne besondere Ausbildung bewerkstelligen konnte. Leute im Café bedienen zum Beispiel, das hatte sie selbst auch schon gemacht.

Auf dem Tisch lag ein Brief. »Liebe Corinna«, stand oben. Endlich hatte ihr also jemand geantwortet. »Wie geht es dir inzwischen?«, las sie weiter. »Hast du alles geregelt wie besprochen? Bitte sag mir Bescheid, ich mache mir Sorgen. Christian.«

Sie las die Worte noch einmal und versuchte zu verstehen, was sie bedeuteten, aber sie verstand es nicht. »Hast du alles geregelt wie besprochen«. Vielleicht war damit die Suche nach einer Arbeit gemeint. Oder lag hinter alldem, hinter Corinnas Anwesenheit hier in Münster, ihrer Unruhe und dem Warten, noch ein ganz anderer, ein tieferer Sinn?

Unschlüssig wandte Maria sich ab und ließ ihren Blick wieder schweifen. Die Spüle glänzte, in der Ecke daneben stand eine Art Etagere mit nierenförmigen Ablageflächen und pastellfarbenem Kunststofffurnier. Helmut, ihr Nachbar, hatte das Stück vor ein paar Tagen vorbeigebracht, sie hatte es zufällig beobachtet. Genauso wie den uralten Ledersessel im Zimmer nebenan. Dieses Mädchen weckte Beschützerinstinkte. Nicht nur bei ihr.

Auch die beiden anderen Räume waren aufgeräumt. Sie strahlten im Sonnenlicht. Trotz der spärlichen Möblierung sahen sie sehr gemütlich aus. Vielleicht lag es an den unzähligen Fotos an den Wänden. Oder an den bunten Vorhängen. Vielleicht auch an den vielen blumigen Kissen. Oder an den Unmengen von Kerzen, die überall standen. Auf den Fensterbänken, auf dem Boden, auf dem Tisch und neben dem

Bett. Auf den ersten Blick gab es keinen Zusammenhang zwischen all diesen Dingen hier, und trotzdem fügten sie sich gut ineinander.

Ich könnte Corinna eigentlich meine alte Anrichte überlassen, dachte Maria. Darin waren die Tischdecken, teilweise noch von ihrer Mutter, die hatten einen umhäkelten Rand. Außerdem das Silberbesteck und die guten Kristallgläser. Sie hatte die Sachen seit Jahren nicht mehr benutzt.

Nachdem sie jeden Raum inspiziert hatte und ihr nichts mehr einfiel, zog Maria die Wohnungstür von außen wieder ins Schloss und ging zurück in ihre Wohnung. Dort setzte sie sich in den Sessel am Fenster und wartete. Sie hatte in ihrem Leben schon viel gewartet, daran war sie gewöhnt. Erst auf Wilhelm. Später auf Anita.

Irgendetwas schreckte Maria aus ihrem leichten Dämmerschlaf. Sie lauschte. Da. Jemand klopfte an ihre Tür.

»Vielen Dank für den Kartoffelsalat«, sagte Corinna und hielt ihr die gesäuberte Schüssel entgegen. »Aber du musst mir nicht jeden Tag etwas zu essen bringen.«

»Ach«, Maria winkte ab, »das macht mir nichts aus. Du musst mehr essen, du bist viel zu dünn. Das Gulasch von gestern ist auch noch da.«

Corinna wandte sich schon wieder zum Gehen. »Das esse ich später. Aber du musst das wirklich nicht.«

Maria sah ihr nach. »Corinna? Warte. Ich … ich habe mir überlegt, also, du kannst meine Anrichte haben, wenn du möchtest. Ich brauche sie nicht mehr. Willst du sie dir anschauen?«

»Danke, Maria. Ich kenne die Anrichte. Sie ist sehr schön. Aber ich brauche sie nicht.« Corinna lächelte und drehte sich um. Dabei strich sie sich mit einer kleinen Bewegung über den Leib. Und plötzlich erkannte Maria, was sie unterbewusst vielleicht schon geahnt hatte: Alles an diesem Mädchen war flach und klein, nur der Bauch nicht. Der wölbte sich sehr eindeutig nach vorn.

»Ach Gott, Kind«, sagte sie erschrocken. »Warum hast du das denn nicht gleich gesagt?«

»Was?«

»Na das.« Maria zeigte auf ihren Bauch und trat einen Schritt zurück. »Jetzt komm erst einmal rein.«

Das Mädchen machte einen unsicheren Schritt zur Seite.

»Komm schon.« Die Frau lotste Corinna in ihre gute Stube und nahm zwei Schnapsgläser und den Kräuterlikör aus dem Schrank.

»Dieser Christian«, sagte sie, während sie den Likör ausschenkte, »du hast einmal von ihm geredet, ist er der Vater?«

Corinna nickte. »Er kommt bald.«

»Soso. Und dann?«

»Dann heiraten wir.«

»Dein Wort in Gottes Ohr«, murmelte Maria und hob das Glas. »Prost!« Sie nahm auch das andere und schüttelte sich, nachdem sie es geleert hatte. »Tut mir leid. Aber Alkohol ist sowieso nicht gut fürs Kind.«

Von da an warteten sie beide. Aber natürlich kam niemand. Es war auch weiterhin weit und breit nichts zu sehen von einem Mann, der Christian hieß und Corinna heiraten wollte. Da halfen auch die Briefe nichts. Nicht die, die sie schrieb, und nicht die, auf die sie wartete.

Immer noch August 1975

Es war ein heißer Tag. Sie kamen gerade vom Einkaufen und saßen im Bus. Plötzlich fuhr Corinna aus dem Sitz und trommelte aufgeregt gegen die Scheibe.

»Christian«, rief sie. »CHRISTIAN!« Sie quetschte sich an Maria vorbei, rannte nach vorne und beschwor den Fahrer, sie sofort aussteigen zu lassen. Der weigerte sich. Corinna packte ihn am Arm und schrie: »Sie müssen sofort anhalten!«

»He!« Der Mann wurde böse. Er schüttelte sie ab. »Setz dich sofort auf deinen Platz, sonst kannst du was erleben.« Corinna tobte weiter. »ANHALTEN! SOFORT ANHALTEN!«

Maria kämpfte sich schwerfällig nach vorn. Sie versuchte zu beschwichtigen. »Komm, Kind«, sagte sie. »Das nutzt doch so nichts.« Und tatsächlich beruhigte Corinna sich wieder. Sie hörte auf zu toben und sackte in sich zusammen.

Der Fahrer schüttelte verärgert den Kopf. Aber als er dann vor einer roten Ampel stand und nacheinander einen Blick erst in das zarte Kindergesicht und dann auf den runden Bauch warf, öffnete er die Tür schließlich doch. »Los. Mach schon, Mädchen. Aber beeil dich!«

Corinna stürzte los, Maria stolperte hinterher. Um ein Haar wären sie beide gefallen. Draußen sah Maria Corinna in der Menschenmenge verschwinden. Sie gab auf und setzte sich auf einen großen Blumenkübel, der auf dem Gehweg stand. Die schweren Einkaufstaschen stellte sie daneben. Es dauerte ein paar Minuten, und Corinna kam zurück.

»Also wirklich!«, schimpfte Maria. »Mich hier einfach stehen zu lassen! Mit den schweren Taschen und überhaupt.«

Corinna setzte sich wortlos neben sie. Sie sah sehr blass aus, aber daran war Maria gewöhnt.

»Und? Was hat er gesagt?«, fragte sie.

Das Mädchen schüttelte den Kopf. »Er war es nicht«, weinte sie.

September 1975

Corinna ging es von Woche zu Woche und bald schon von Tag zu Tag schlechter. Es war immer noch heiß, aber das war nicht das Problem. Das Problem war, dass sie zu dick und gleichzeitig zu dünn für diese Schwangerschaft war. Sie aß zu wenig und bewegte sich zu viel. Ihre ewige Rennerei und das unermüdliche Hoffen und Warten ließen sie einfach nicht zur Ruhe kommen. Alles an ihr wurde weniger. Nur der Bauch nicht. Der wuchs ganz unbeirrt. Und jetzt hatte sie auch noch damit begonnen, Zeitungen auszutragen. Jeden Morgen um Viertel nach vier hörte Maria erst das Schlurfen der Schritte, danach die Klospülung und um halb fünf dann das Knarzen der Treppenstufen.

»Du schadest deinem Kind«, kommentierte sie einmal diese ewige Unruhe.

»Ich brauche das Geld.«

»Was ist denn mit dem Vater?«

»Er hat mir schon Geld gegeben.«

»Das nutzt doch so nichts. Du brauchst Sicherheit. Ein regelmäßiges Einkommen. Wie heißt er denn?«

»Du musst mir heute nichts kochen. Ich habe noch Reste«, sagte Corinna. Sobald die Sprache auf diesen Mann kam, wich sie aus.

Maria sah sie nachdenklich an. Corinna war nicht nur zu dünn. Sie war auch zu blass. Die Haare hingen ihr wirr vor dem Gesicht. »Hast du eigentlich keine Eltern mehr?«

»Nein.«

»Und deine Schwester?«

Corinna hob einen ihrer dünnen Arme und strich sich die Haare aus der Stirn. »Die ist erst siebzehn.«

Irgendwann konnte Maria es nicht mehr länger mit ansehen. Sie schleppte das Mädchen zum Arzt.

»Es kann doch nicht sein, dass dieses Kind immer dicker wird und du immer dünner. Da stimmt doch etwas nicht.«

»Die Herzschläge sind kräftig«, sagte der Arzt und zwinkerte Corinna zu. Er war jung und sehr motiviert. Außerdem hatte er keine Ahnung. Nicht von den Umständen und auch sonst.

»Machen Sie sich keine Sorgen, den Kindern geht's gut.« Als wäre damit alles gesagt.

Aber immerhin war jetzt klar, dass der Bauch allen Grund hatte, so schnell zu wachsen. Auch wenn das Corinnas Problem nicht schmälerte. Im Gegenteil. Es verdoppelte sich. Zwei Kinder brauchten mehr Platz als eins. Nicht nur im Bauch. Sie brauchten alles mehr. Mehr Windeln, mehr Milchpulver, mehr Zeit. Und sie würden auch mehr Geld kosten.

Corinna lächelte Marias Bedenken weg. Aber das Mädchen hatte ja auch keine Ahnung, was es bedeutete, zwei Kinder zu haben. Und keinen Mann.

Oktober 1975

Seit Tagen schon regnete es, und wenn es gerade mal nicht regnete, dann trieb der Wind die großen, dunklen Wolkenfelder vor sich her wie ein Hirte seine ungehorsamen Schafe.

Maria stemmte sich gegen den Wind, der an ihren Haaren riss, und beeilte sich, nach Hause zu kommen. Vor der Tür stellte sie die Taschen ab und suchte nach dem Schlüssel. Ganz oben in der Platane vor ihrem Haus saß eine große Schar Krähen, die laut krächzten und zeterten und dabei einen höllischen Lärm machten. Schwarze unheilbringende Vögel mit ölig glänzenden Federn und kleinen, listigen Knopfaugen. Maria mochte sie nicht. Sie hatte diese Vögel nie gemocht. Die hatten etwas an sich, was sie irritierte. Etwas, das ihr irgendwie unheilvoll erschien. Das Jahr 1939 war ein Krähenjahr gewesen, das Jahr 1944 auch. In dem einen war der Krieg ausgebrochen, das andere hatte ihr den Mann genommen. Vielleicht deshalb.

Oben lag Corinna in der Küche auf dem Fußboden. Ihr Bauch wölbte sich wie eine Kugel nach oben. Sie hatte die Hände darauf gelegt und starrte gedankenverloren an die Decke.

»Was ist los mit dir?«, fragte Maria. »Was liegst du hier auf dem Boden? Geht's dir nicht gut?«

»Doch.«

»Warum liegst du dann hier?«

»Siehst du die Fliege da oben?«

»Was kümmert mich die dumme Fliege? Ich pack dir ein paar Sachen in den Kühlschrank. Das Geld kannst du mir später geben.«

»Für die Fliege ist dieses Zimmer die ganze Welt.«

Jetzt sah Maria das Mädchen an. Es hatte einen seltsam entrückten Blick.

»Was redest du da für einen Unsinn?«

»Sie ist hier geboren, und sie wird hier sterben.«

»Die ist wahrscheinlich auf irgendeinem Komposthaufen geboren.« Maria nahm ihren Pantoffel und stieg auf einen Stuhl. »Aber sie wird hier sterben, da hast du recht.«

Mit einem alten Stück Bonbonpapier aus der Schürzentasche sammelte sie die Reste der Fliege auf und warf sie in den Müll. »So. Jetzt steh mal auf, das ist doch keine Liegewiese hier.« Sie zog ihre Pantoffeln wieder an.

»Er war da«, murmelte Corinna.

»Wer?«, fragte Maria, obwohl sie natürlich schon ahnte, wer mit »er« gemeint war. Sie ließ den Blick durch den Raum wandern. Auf der Spüle standen zwei Gläser.

»Christian.«

»Und?«

»Jetzt wird alles gut.«

»Hat er das gesagt?«

»Wir werden heiraten.«

Maria schnaubte. »Jaja. Natürlich.« Sie packte die Lebensmittel weg und schloss die Kühlschranktür. »Aber da reicht es nicht, wenn er sich alle Jubeljahre mal hier blicken lässt. Und außerdem müsstest du wenigstens ab und zu auch mal was essen.«

Sie nahm einen Apfel, schnitt ihn in kleine Stücke und legte sie auf einen Teller. Corinna verzog das Gesicht. »Ich habe keinen Hunger.«

»Deinen Kindern ist egal, ob du Hunger hast. Sie brauchen Nahrung. Damit sie wachsen können.« Sie spülte rasch das Messer und die beiden Gläser. »So. Und wie geht's jetzt weiter?«

Corinna stützte sich auf ihre Ellbogen. »Wie spät ist es eigentlich?«

»Viertel vor elf.«

»Ich muss uns etwas kochen.«

»Was? Du hast doch noch nie etwas gekocht.«

»Was habe ich denn im Kühlschrank?«

»Das, was ich gerade für dich eingekauft habe: Butter, Milch und Käse. Und dann noch die drei oder vier Becher Fruchtjoghurt von letzter Woche. Ich glaube nicht, dass sich daraus etwas Brauchbares zaubern lässt. Die Klöße mit dem Rotkraut habe ich jedenfalls weggeschmissen, die waren mindestens eine Woche alt. Aber im Regal liegt noch ein Päckchen Miracoli. Vielleicht ist er ja nicht so anspruchsvoll.«

Corinna stand auf. Ihre matte Schwerfälligkeit war wie weggeblasen. »Ich geh rasch einkaufen. Kotelett mit Bratkartoffeln, was meinst du? Und dazu eine Flasche Wein. Zur Feier!«

Maria schüttelte irritiert den Kopf. »Denk lieber an deinen Termin morgen. Beim Arzt.«

»Ich will nicht schon wieder zum Arzt.«

»Ich will nicht essen, ich will nicht zum Arzt«, schimpfte Maria. »Das Leben ist doch kein Wunschkonzert. Morgen um halb vier.« Sie hängte das feuchte Geschirrtuch über die Heizung. »Sag mal, dein Christian, was macht der eigentlich beruflich?«

»Er ist Jurist.«

»Aha. Und wie war noch mal sein Nachname?«

»Altmeyer. Christian Altmeyer.«

Die Sekretärin versuchte, Maria abzuwimmeln.

»Herr Altmeyer ist in einer Besprechung.«

»Wann kann ich ihn erreichen?«

»Geben Sie mir Ihre Nummer, Herr Altmeyer ruft Sie, sobald er kann, zurück.«

»Ich möchte nicht zurückgerufen werden, ich möchte wissen, wann ich Herrn Altmeyer erreiche«, sagte Maria mit fester Stimme.

»Dann müssten Sie mir aber schon sagen, worum es geht«, meinte die Sekretärin pikiert.

»Das erkläre ich Herrn Altmeyer lieber persönlich.«

»Na gut. Ich frage nach. Vielleicht kann er seine Besprechung kurz unterbrechen, wenn es so wichtig ist. Aber versprechen kann ich es nicht. Wie ist noch mal Ihr Name?«

»Schaller. Maria Schaller.«

»Bleiben Sie am Apparat.«

Es knackte in der Leitung.

»Christian Altmeyer«, meldete sich eine dunkle, sehr männlich klingende Stimme.

»Guten Tag, Herr Altmeyer. Hier ist Maria Schaller.«

»Guten Tag. Was kann ich für Sie tun?« Er wirkte arglos.

»Für mich leider gar nichts. Aber Sie könnten eine Menge für jemanden tun, den wir beide kennen. Sie wissen, wen ich meine?«

Einen Moment war es totenstill. Dann hörte sie ein leises Räuspern. »Was wollen Sie?«

»Ich will gar nichts. Aber bei mir im Haus wohnt eine sehr junge Frau, die Zwillinge erwartet.«

»Hören Sie, ich kläre das. Mischen Sie sich bitte nicht ein.«

»Ach? So wie Sie es in den letzten Monaten schon geklärt haben?«

»Ich weiß nicht, ob Corinna Ihnen die ganze Wahrheit gesagt hat. Es war ... sie hat sich nicht an unsere Abmachung gehalten.«

»Aha. Was war denn abgemacht?«

»Es war abgemacht, dass sie … ich habe ihr Geld gegeben, eine Menge Geld, verstehen Sie? Damit sie das Kind nicht bekommt. Sie hat das Geld von mir genommen, also musste ich davon ausgehen, dass …«

Die Stimme am anderen Ende der Leitung wurde lauter. Und je lauter sie wurde, desto ruhiger wurde Maria. »Ja?«, fragte sie.

»Vor ein paar Tagen habe ich ihr wieder Geld überwiesen. Insgesamt sind wir jetzt bei viertausend D-Mark!« Er schleuderte ihr den Betrag um die Ohren, als wäre es ihre persönliche Schuld. Er war wütend. »Also erzählen Sie mir hier nicht, wie ich mich …«

»Ich erzähle Ihnen gar nichts«, fiel sie ihm ins Wort. »Ich frage nur höflich nach.«

»Es war ihre Entscheidung, das Kind zu bekommen, nicht meine.« Er war wütend, aber er hatte auch Angst. Und ein Gewissen. Sonst hätte er längst aufgelegt.

»Die Kinder«, sagte Maria. »Es sind zwei. Zwillinge.«

»Was wollen Sie eigentlich?«

»Was ich will, tut eigentlich nichts zur Sache. Aber da Sie mich fragen: Ich will, dass Sie sich darum kümmern. Um Corinna und um die Kinder. Sie schafft das nicht allein. Sie braucht Unterstützung.«

»Ich finde, viertausend Mark sind keine unerhebliche Unterstützung.«

»Glauben Sie denn wirklich, es lässt sich alles mit Geld regeln?«, fragte sie mit einer Spur Hoffnung in der Stimme.

»Was erwarten Sie von mir? Ich habe … ich bin verlobt. Ich habe ein Leben, das mit Corinna nichts zu tun hat. Ich habe ihr auch nie etwas versprochen oder …«

Maria seufzte tief. So etwas Ähnliches hatte sie erwartet. »Schon gut, schon gut. Ersparen Sie uns das. Man kann niemanden zur Liebe zwingen.« Sie sagte das eher lakonisch, aber jetzt schwang in ihrem Ton deutliche Verachtung mit. Sie gab sich auch keine Mühe, etwas daran zu ändern. »Dann kommen Sie wenigstens Ihren finanziellen Verpflichtungen nach. Sie sind Anwalt, ich muss Ihnen sicher nicht erklären, was das bedeutet.«

»Mit dem Geld, das ich ihr gegeben habe, kann sie sich in Darmstadt erst einmal wieder einrichten. Und nach der Geburt …«

»Ich glaube nicht, dass Corinna Münster verlassen möchte. Und ich glaube auch nicht, dass das, was Sie ihr gegeben haben, reichen wird.«

»Ich verstehe«, erwiderte Christian gepresst. »Sie wollen also mehr Geld?«

»Sie verstehen überhaupt nichts. Ich selbst will gar kein Geld. Ich will lediglich, dass diese arme junge Frau, die bald zwei Kinder versorgen muss, das Geld bekommt, das ihr tatsächlich zusteht.«

»Wer sagt denn überhaupt, dass ich der Vater bin?« Damit fuhr er sein letztes verzweifeltes Geschütz auf.

»Das haben Sie mir gesagt. Mit jedem Wort.« In ihren Ohren rauschte es. Sonst war es für einen Moment ganz still.

»Ich habe verstanden«, hörte sie ihn schließlich sagen. »Ich kümmere mich darum.«

»Danke. Genau das ist meine Bitte.«

23. November 1975

Maria bereitete sich ihr Frühstück, so wie sie es an jedem Morgen tat, etwas anderes wäre ihr nicht eingefallen. Kaffee, Brot, Butter, Marmelade. Sie hatte eine schlechte Nacht hinter sich, die rechte Hüfte machte ihr zu schaffen, seit Wochen schon. Sogar im Liegen. Zu allem Überfluss war auch noch die Marmelade alle, Aprikosenmarmelade, die mochte sie am liebsten, und jetzt musste sie in den Keller. Vierzehn Stufen runter, vierzehn Stufen wieder hoch.

Im Treppenhaus hörte sie den Wind, der durch die Ritzen pfiff, und den Regen, der gegen die Scheiben prasselte. Nur von oben, da hörte sie nichts. Keine Schritte, kein Scharren, auch nicht das Rattern der Nähmaschine. Das Mädchen trug keine Zeitungen mehr aus, es verließ das Haus kaum noch, und Besuch bekam es auch nicht. Aber Geld war da, die Miete wurde jedes Mal pünktlich bezahlt. Zumindest in dieser Hinsicht schienen sich Marias Bemühungen also auszuzahlen. Es war richtig gewesen, diesem Mann auf den Zahn zu fühlen.

»Aua!« Ein scharfer Schmerz fuhr ihr in die Hüfte, als sie den ersten Tritt um ein Haar verfehlte. Sie biss die Zähne zusammen.

In ihrer Familie waren es schon immer die Frauen gewesen, die für Ordnung und Recht gesorgt hatten, nicht die Männer. Ihr Großvater, ihr Vater, ihr Bruder und auch Wilhelm, sie waren alle gute und fleißige Menschen gewesen, aber nicht sehr stark. Nicht stark genug.

Sie tastete nach dem Lichtschalter und verzog das Gesicht. Der Keller verströmte einen muffigen Geruch, den sie nicht mochte. Nach alten Möbeln, Schuhen und Kleidern. Vielleicht auch noch nach dem Geist ihrer Vorfahren, denen ein Teil davon gehört hatte. Der wuchtige Holzschrank zum Beispiel, auf dem sich jetzt die Marmelade befand. Darin bewahrte sie alles Mögliche auf. Lauter Dinge, die sie nicht mehr brauchte, aber auch nicht wegwerfen konnte. Wer den Krieg erlebt hatte, warf nichts so einfach weg.

Dass der Vater dieser Kinder sich hier kaum blicken ließ, wunderte Maria nicht. Aber dass das Mädchen auch sonst keinen Besuch bekam, noch nicht einmal von der Schwester, das kam ihr seltsam vor. So ein junges Ding. Ob sie sich zerstritten hatten? So wie sie selbst sich im letzten Jahr mit Anita zerstritten hatte? So etwas kam vor. Anita wohnte jetzt in Karlsruhe, das war alles, was sie wusste. Es ging natürlich um einen Mann, bei Anita ging es immer um Männer. Maria rümpfte die Nase und rückte ihre Brille zurecht, während sie zu entziffern versuchte, was auf den Etiketten stand. Es gab kaum Tageslicht hier unten, schon gar nicht im November, und die nackte Glühbirne war zu schwach. Kirschmarmelade, Kirschmarmelade, Quittengelee, Quittengelee. Und noch einmal Quittengelee. Aprikosenmarmelade war alle.

Der Mann war schon über vierzig. Was sollte daraus nur werden? Das mit den eigenen Enkeln konnte sie sich jetzt wohl endgültig abschminken. Dabei waren Enkelkinder das Einzige, worauf sie sich noch gefreut hatte. Sie dachte an Corinna. Zwei Kinder und keinen Mann an der Seite, das war unterm Strich wahrscheinlich noch schlimmer. Warum fiel es den jungen Frauen heutzutage nur so schwer, sich einen vernünftigen Mann zu suchen? Es gab doch weiß Gott wieder genug davon.

Sie und Wilhelm wollten damals unbedingt Kinder haben, es war ihr größter Wunsch gewesen. Und möglichst viele. Wilhelm hatte sich

Töchter gewünscht, sie selbst wollte lieber Söhne. Aber, obwohl Wilhelm sich bei jedem Fronturlaub ordentlich auf ihr ausgetobt hatte, nach Anita kam nichts mehr dabei heraus. Noch nicht einmal der Ansatz einer Frucht.

Maria seufzte tief, griff nach einem Glas Kirschmarmelade und tastete sich wieder nach oben.

Wilhelm hatte seine Tochter nicht oft gesehen, aber er hatte sie vergöttert. Er war ja auch nicht da gewesen. An ihr war die Arbeit hängen geblieben, nur an ihr. Das ganze Erziehen und Strafen. Stur war das Mädchen gewesen und eigensinnig, schon immer, schon als ganz kleines Kind. Man hatte wenig Freude mit ihr. Vielleicht hätte sie besser gar keine Kinder bekommen sollen. Und nicht heiraten. Einfach ihr eigenes Leben leben und fertig.

Sie stellte die Marmelade neben die aufgeschlagene Tageszeitung und schlug sich fröstelnd die Arme um den Oberkörper. Diese feuchte Kälte fraß sich in die Glieder und machte sie ganz steif. Über einem der Küchenstühle hing ihre dicke alte Strickjacke. Sie griff danach. Die Jacke war zwar ausgebeult und hässlich, aber sie erfüllte noch immer ihren Zweck.

November war ein schrecklicher Monat. Vielleicht der schrecklichste von allen. Es war November, als sie sich mit Anita zerstritten hatte. Und es war ebenfalls November, als Wilhelm sie verließ. Maria goss sich eine Tasse Kaffee ein und tauchte den Löffel ins Marmeladenglas. Natürlich hatte Wilhelm das nicht mit Absicht getan, er war höchst unfreiwillig gefallen, aber das Ergebnis war das gleiche. Auch November war es, als Anita damals an Paratyphus erkrankt war, weil sie im Garten Eiszapfen gelutscht hatte. Das war noch im Krieg, und es war ein sehr kalter Winter gewesen. Die Ärzte hatten nicht viel Hoffnung. Es fehlte an Medikamenten. Maria hatte ihrem Kind dreimal

Blut gespendet, dazu war sie zu Fuß durch die ganze Stadt gelaufen und hatte sich unterwegs immer wieder vor Tieffliegern in Sicherheit bringen müssen. Das Dröhnen der Flugzeuge und der Lärm der Detonationen. Bis heute jagten Flugzeuge, die zu tief flogen, ihr eine Heidenangst ein. Aber es hatte sich gelohnt. Sie hatten beide überlebt.

Über ihrem Kopf rumpelte es laut. Maria zuckte ordentlich zusammen, die Hand mit dem Löffel blieb auf halbem Weg in der Luft stehen. Sie war in Gedanken noch bei den Tieffliegern und hielt die Luft an. Ihr Herz pochte. Es war wieder ruhig. Mit unsicheren Bewegungen strich sie sich Marmelade aufs Brot und schimpfte in Gedanken mit sich selbst. Der Krieg war schon so lange vorbei, da musste man doch nicht mehr bei jedem Gerumpel erschrecken. Aber dann rumpelte es wieder, und sie erschrak genauso wie beim ersten Mal. Es hatte geklungen, als wäre etwas Schweres auf den Boden gefallen. So schnell sie konnte, war sie auf den Füßen und stieß dabei ihre Tasse um. Heißer Kaffee breitete sich in rasender Geschwindigkeit aus, machte kurz am Tischrand halt und lief dann mit einem leisen Platschen auf den Boden.

»So was Dummes«, schimpfte Maria, als ihr die dunkle Brühe auf die Füße spritzte. »So was Dummes!«

Sie schnappte sich ein Küchentuch, warf es über die Lache und humpelte leise fluchend nach oben.

Corinna lag im Flur auf dem Boden. Sie stöhnte und hielt sich den dicken Bauch. Um sie herum war eine Lache aus Flüssigkeit. Überall Lachen, dachte Maria und rief den Notarzt. »Gleich kommt Hilfe«, sagte sie, um ihnen beiden Mut zuzusprechen.

Corinna sagte nichts. Ihre Augen waren weit aufgerissen. Sie klammerte sich an Marias Fuß, bis der Notarzt kam.

Im Krankenhaus sagte man Maria, sie solle im Flur warten, man würde ihr Bescheid sagen, wenn die Enkel da seien. Sie wollte eigentlich erklären, dass es gar nicht ihre Enkel seien und dass sie auch gar nicht so viel Zeit habe, aber dann sagte sie nichts. Sie hatte ja Zeit.

Als die Hebamme drei Stunden später auf sie zukam, rechnete sie mit dem Schlimmsten. Die Frau war groß und breit und wirkte durchaus kompetent, wie jemand, der zupacken konnte, aber ihre Stimme klang unfreundlich. »Es sind zwei Mädchen«, sagte sie. »Wollen Sie sie sehen?«

Maria nickte überrascht. Die Geburt ihrer eigenen Tochter hatte länger gedauert, viel länger. Eine ganze Nacht und einen ganzen Tag. Und dabei war es nur ein Kind gewesen.

»Ihre Tochter ist nicht verheiratet?«

»Sie ist nicht …« Maria unterbrach sich. »Sie ist nicht meine Tochter«, hatte sie sagen wollen. Aber sie sagte es nicht. In ihr regte sich ein trotziges Gefühl. Sie schüttelte den Kopf.

»Ist der Vater bekannt?«

Sie tat, als hätte sie die Frage nicht gehört. »Zwei Mädchen. Sie hat sich Mädchen gewünscht.«

Die Schwester schnaubte verächtlich und öffnete eine Tür. »Hier geht's lang.«

Die Zwillinge lagen in einem Wärmebett. Eines wog knapp 2200, das andere nur 2050 Gramm, sie waren beide krebsrot und haarlos, und ihre kleinen Köpfe sahen aus wie verschrumpelte Pfirsiche, aber sie waren kerngesund. Sie schrien Maria mit ihren zahnlosen Mündern an. Maria erschrak vor so viel Hässlichkeit. Ihre eigene Tochter war mit einem kräftigen dunklen Schopf zur Welt gekommen, und ihre Haut war ganz glatt gewesen, mit einem zartrosa Schimmer. Sie hatte ihr einziges Kind allerdings auch zu Hause bekommen, nicht in einem sterilen Krankenhaus, das nichts ausstrahlte außer Kälte, vielleicht hatte es daran gelegen. Nur Hedi, ihre älteste Freundin und Nachbarin, war damals bei ihr gewesen. So war das in dieser Zeit, es ging nicht anders. Wilhelm war an der Front, und die Krankenhäuser waren damit beschäftigt zu reparieren, was die Schlachtfelder übrig gelassen hatten.

Vier Mütter, fünf Babys, ein Zimmer. Alle paar Stunden kam eine der Krankenschwestern und brachte die Kinder. Freundlich lächelnd legten sie den Müttern das passende Baby an die Brust, halfen hier und da beim Anlegen und gaben bereitwillig Auskunft auf alle möglichen Fragen. Nur bei Corinna blieb ihnen das Lächeln im Hals stecken. Eine wies mit dem Kopf in Marias Richtung und sagte: »Sie können Ihrer Tochter helfen.« Eine andere murmelte: »Asoziales Pack.« Leise. Aber nicht leise genug.

Wütend tätschelte Maria Corinnas Hand. »Reg dich nicht auf«, sagte sie. »Reg dich nicht auf!« Dabei war sie selbst die Einzige, die sich aufregte. Corinna jedenfalls regte sich nicht auf. Sie schwelgte im hormonellen Mutterglück. Nur von ihrer Sturheit hatte sie noch immer nichts verloren. Maria zeigte auf das leere Feld in dem Formular auf dem Nachttisch. »Hier. Das musst du noch ausfüllen.«

Das Mädchen schüttelte den Kopf.

»Jetzt sei doch nicht so dumm.«

»Ich habe es ihm versprochen. Sonst wird alles noch viel komplizierter.«

»So ein Quatsch! Es wird kompliziert, wenn da steht: ›Vater unbekannt‹.«

»Das ist ja nur für den Anfang. Wenn wir erst richtig zusammen sind …«

»Lass dir doch nichts vormachen.«

Corinna strich selig über die beiden runzligen Pfirsichköpfe ihrer Babys. »Sind sie nicht unglaublich hübsch?«, fragte sie.

Maria sagte nichts mehr. Etwas schnürte ihr die Kehle zu. Sie wusste, was es bedeutete, ein Kind alleine großzuziehen, sie hatte es am eigenen Leib erfahren. Nur war sie zum Zeitpunkt der Zeugung verheiratet gewesen und ihr Mann für das Vaterland gestorben. So wie tausend andere Väter auch. Sie hatte ihr Kind zwar alleine großgezogen, aber ihr Schicksal mit Tausenden anderen Müttern geteilt.

Mit wem sollte Corinna irgendetwas teilen? Es war ja niemand da.

Nadja

Immer noch August 2017

Es klingelte an der Tür, und die Hunde bellten. Das brachte uns beide zurück in die Gegenwart. Sibille stand auf und verließ den Raum, ich hörte Stimmen. Nach sehr kurzer Zeit war sie wieder da.

»Die Zeugen Jehovas«, erklärte sie und setzte sich an ihren alten Platz. »Die haben mir jetzt gerade noch gefehlt.«

Ich wartete darauf, dass sie dort weitermachte, wo sie vor wenigen Minuten aufgehört hatte, aber ihre Gedanken gingen in eine andere Richtung.

»Glaubst du eigentlich an Gott?«

Ich sah an ihr vorbei. Die Frage war mir unangenehm. Ich wollte das, was mich mit Gott verband, nicht teilen, jedenfalls nicht mit ihr, und genauso wenig wollte ich jetzt eine Grundsatzdiskussion über Wissenschaft oder über Religion führen, es war nicht der richtige Zeitpunkt.

Aus den Augenwinkeln nahm ich ein leichtes verstehendes Nicken wahr.

»Wo waren wir stehen geblieben? Ach so, ja. Im Krankenhaus. Eure Geburt. Von da an wurde es richtig schlimm.«

Maria

September 1976

Corinna strich sich die wirren Haare hinter die Ohren und starrte auf das Stück Papier. Hilflos hielt sie es Maria entgegen.

»Ich muss nach Darmstadt«, sagte sie. »Meine Mutter ist gestorben.«

»Grundgütiger Gott!« Maria nahm ihr den Brief aus der Hand. »Mama ist tot. Du musst sofort kommen!«, stand dort. Und ganz oben: »28. Oktober 1975.«

»Der Brief ist vom letzten Jahr. Deine Mutter ist längst beerdigt«, meinte sie. »Wann hast du ihn denn bekommen?«

Nadja hob die Schultern. »Ich weiß es nicht mehr.«

Maria schob ihr einen Teller zu. »Jetzt iss was von der Suppe.« Sie hatte Nadja auf dem Arm. Das Baby greinte. »Ich mache in der Zwischenzeit die Kleine frisch.«

Corinna griff nach dem Löffel. Er rutschte ihr aus der Hand und fiel scheppernd auf den Boden. Maria schüttelte still den Kopf. Das Mädchen konnte nichts mehr festhalten. Nicht ihre Gedanken, nicht sich selbst, nicht den Löffel. Noch nicht einmal ihre Kinder. Gestern hatte sie Pia fallen lassen, und jetzt hatte das Kind eine Beule am Hinterkopf.

Maria beobachtete, wie Corinna den Löffel wieder aufhob, ihn bedächtig in die Suppe tauchte und dann ansah, als wüsste sie nicht mehr, was sie damit tun sollte.

»Das ist Hühnerbrühe, die magst du doch so gerne.«

Corinna sah sie stumm an und lächelte. Es war, als wäre bei der Geburt etwas kaputtgegangen. Vielleicht war es auch schon vorher kaputt gewesen, und Maria hatte es nur nicht bemerkt. Wie sonst ließe es sich erklären, dass Corinna nie von ihrer Mutter gesprochen und diesen Brief ignoriert oder vergessen hatte, fast ein Jahr. Dass sie weggegangen war, vielleicht im Streit, und sich nicht mehr darum gekümmert hatte. Da stimmte doch etwas nicht.

»Mein Vater ist tot, und meine Mutter lebt woanders. Wir haben schon lange keinen Kontakt mehr«, hatte Corinna einmal gesagt, als Maria sich nach ihrer Familie erkundigt hatte. Jetzt war die Mutter auch tot. Beinah ein Jahr schon, und es schien, als hätte Corinna es gar nicht begriffen.

Die letzten Monate waren die Hölle gewesen. Mittlerweile hatte sich endgültig abgezeichnet, was nicht mehr zu übersehen war: Etwas stimmte nicht mit dieser jungen Frau. Sie war nicht in der Lage, sich selbst, und noch weniger, ihre Kinder zu versorgen. Und niemand weit und breit, den das kümmerte. Corinna schrieb zwar endlose Briefe an ihre Schwester, aber die ließ sich hier nicht blicken. Als wäre es nicht ohnehin schon schwer genug. Eine junge Frau mit zwei Kindern und ohne Mann. Bei ihren Nachbarn hatte Maria sie als Tochter ihrer Cousine und junge Witwe ausgegeben. Das arme Mädchen. Hatte den Mann verloren. Sehr tragisch.

Dabei lebte der Vater der Kinder natürlich. Und gar nicht weit weg. Ein gut situierter Anwalt, der sich vor seiner Verantwortung drückte. Jedenfalls vor einem großen Teil davon. Aber wenigstens gab er Corinna Geld. Ab und zu kam er auch vorbei und brachte Spielsachen. Manchmal auch Windeln und Babykleider. Wenn sie sich im Treppenhaus begegneten, duckte er sich unter ihren Blicken weg.

Mit wenigen Handgriffen windelte Maria das Baby und legte es neben seine Schwester. Natürlich war es gut, dass der Mann für die Kinder aufkam, es gab weiß Gott andere ledige Mütter, die nicht so viel Glück hatten. Trotzdem genügte es nicht. Corinna driftete immer mehr ab in eine Art Scheinwelt. Sie fotografierte den lieben, langen Tag und sang den Kindern Lieder vor, aber davon wurden die Babys nicht satt und auch nicht trocken.

Zweimal hatte Maria schon auf dem Amt angerufen und um Hilfe gebeten. Einmal war auch jemand gekommen, eine Frau. Sie hatte sich alles angesehen und Corinna einige Fragen gestellt. Dann hatte sie ein paar Notizen gemacht, das Heft wieder weggesteckt, und danach hatten sie nichts mehr von ihr gehört oder gesehen. Corinna hatte an diesem Tag leider einen guten Tag gehabt, da konnte man nichts machen. Es war Pech.

»Möchte mal wissen, für was die eigentlich da sind«, brummelte Maria die Mädchen an. »Steuern bezahlen, das darf man, das muss man sogar. Aber wehe, wenn man mal jemanden braucht.« Pias große Augen waren auf sie gerichtet. »Schon gut, mein Mädchen. Du kannst ja nichts dafür.« Das Baby gluckste zufrieden.

»Ich geh jetzt. Ich schau nachher noch mal nach euch«, sagte sie in Corinnas Richtung. Es kam keine Antwort, aber das hatte sie auch nicht erwartet. Wie so oft wusste sie nicht, ob die junge Frau sie verstanden hatte. Ob sie überhaupt irgendetwas von dem erfasste, was um sie herum vor sich ging. »Sie braucht Hilfe, aber nicht die, die ich ihr geben kann«, hatte der Hausarzt gesagt, zu dem sie Corinna vor ein paar Monaten geschleppt hatte. »Hier ist die Adresse von Dr. Wegener. Er ist Psychiater. Melden Sie sich dort.«

Dr. Wegener hatte Corinna ein paar Fragen gestellt, die sie nur mit Mühe beantwortete, und ihr schließlich Tabletten verschrieben.

»So, ihr Mäuse. Ich sehe nachher noch mal nach euch.« Maria

drückte den beiden einen Kuss auf die Babystirn. Die armen Würmchen. Sie konnten ja am allerwenigsten dafür.

Auf dem Weg zur Tür hörte Maria das leise Klicken der Kamera, klick, klick, klick, dreimal, klick, viermal. Sie schüttelte den Kopf. So viele Fotos. Was wollte sie damit? Aber vielleicht sollte der Apparat einfach das tun, was das Mädchen selbst nicht mehr konnte: festhalten.

Januar 1977

Maria ließ sich schwerfällig in ihren Sessel fallen und starrte auf das alte schwarze Telefon, das auf dem kleinen Sekretär stand. Es klingelte nur selten. Höchstens Hedi, ihre alte Freundin, die jetzt bei ihrem Sohn am anderen Ende der Stadt wohnte, rief hin und wieder an. Und manchmal kam ein Anruf vom Amt. Nur Anita meldete sich nicht. Seit beinah zwei Jahren hatte Maria nichts mehr von ihr gehört.

Vor ein paar Wochen hatte sie deshalb zum ersten Mal selbst bei ihrer Tochter angerufen. Und seither immer wieder, beinah jeden Tag. Sie hatte allerdings jedes Mal gleich wieder aufgelegt, wenn sich jemand gemeldet hatte. Schließlich wollte sie nicht die Erste sein. Sie wollte dem Kind nur auf die Sprünge helfen.

Anita verliebte sich immer in die falschen Männer, das war das Problem. Maria hatte sie gewarnt, jedes Mal, aber gegen gut gemeinte Argumente war Anita schon immer resistent gewesen. Vor allem, wenn es dabei um Männer ging. Blind vor Liebe. Da blieb die Vernunft auf der Strecke.

Der Letzte hatte sich Geld von ihr geliehen und natürlich nie zurückgezahlt. Und der hier war schon zweimal verheiratet gewesen. Außerdem war er Vater von vier Kindern, während Anita zwar schon fünfunddreißig, aber immer noch kinderlos war. »Denk doch mal nach«, hatte Maria gesagt. »Allein die Unterhaltszahlungen und der ganze Ärger.« Aber Anita hatte nicht nachgedacht. Sie hatte ihre Sachen gepackt und war gegangen.

»Die wird schon kommen«, hatte Maria am Anfang noch gedacht. »Ich kann warten«. Aber das mit dem Warten war so eine Sache, wenn das Alter an den Knochen nagte. Wenn das Mädchen nicht bald zur Vernunft kam, würde es am Ende zu spät sein. Dann würde es ihnen genauso ergehen, wie es Corinna und ihrer Mutter ergangen war.

Sie seufzte tief und griff zum Hörer. Zehn Ziffern, die Folge kannte sie längst auswendig. Natürlich würde es Anita leidtun, wenn ihr etwas zustoßen sollte, aber wem würde das dann noch helfen? Ihr selbst jedenfalls nicht mehr.

»Anita Schaller?«

Ihre Tochter meldete sich gleich nach dem ersten Läuten, es ging so schnell, dass Maria ganz aus dem Konzept kam.

»Hallo? Wer ist denn da?«, hörte sie ihre Tochter fragen.

Ihr Herz klopfte wild. »Jetzt mach schon, leg auf«, sagte eine innere Stimme. Aber eine andere hinderte sie daran.

»Mama? Bist du das?«

»Mama.« Das Wort bohrte sich wie ein kleiner Pflock in ihre Seele. »Ja«, sagte sie mit brüchiger Stimme. Sie räusperte sich. »Ich bin's. Ich … ich wollte nur mal hören, wie's dir geht.«

»Du rufst mich nach zwei Jahren an, um zu hören, wie es mir geht?«

»Ja.«

Sie hörte ein leises Schnauben am anderen Ende.

»Und? Wie geht es dir?«

»Gut.«

»Das … das freut mich.«

»Und dir?«

»Auch gut. Nur die Hüfte macht mir Probleme, aber sonst …«

»Mama? Warum rufst du an?«

Maria musste einen Moment überlegen. »Wegen Corinnas Mutter. Sie ist gestorben, vor mehr als einem Jahr schon, das Mädchen war noch nicht einmal auf der Beerdigung.«

»Corinna? Welche Corinna?«

»Corinna wohnt oben in unserer Wohnung. Mit ihren Zwillingen.«

»Mit ihren Zwillingen? Du wolltest doch keine Kinder mehr im Haus haben?«

»Als sie kam, hatte sie ja auch noch keine. Und jetzt kann ich es nicht mehr ändern.«

»Ach, Mama.« Anita lachte, und auf einmal war es ganz leicht. Sie hatten dann noch lange geredet. Über alte Bekannte und über das Wetter, über Mietpreise und den Kaschmirmantel, den Anita sich im Schlussverkauf geleistet hatte. Auch über Corinna und die Zwillinge und darüber, dass es Anita gut gehe in Karlsruhe. »Ich bin glücklich, Mama.« Sie hatten über alles geredet, was ihnen in den Sinn kam, nur nicht über »ihn«, den Grund von Anitas Glücklichsein. Aber das mussten sie auch gar nicht. Nicht mehr.

Februar 1977

Im Sommer lebte es sich leichter. Wenn die Sonne schien, wenn man nicht frieren musste und die Tage hell und freundlich waren. Aber die Sommer waren kurz, viel kürzer als die Winter, und dieser war noch lange nicht vorbei.

Trotzdem brauchten die Kinder auch im Winter frische Luft. Was sie noch brauchten, waren Schuhe. Auch deshalb schob Maria jetzt unter Ächzen und Stöhnen den Zwillingswagen ins Treppenhaus. Der Wagen mochte schwer sein und unhandlich, aber er machte vieles leichter. Der Vater der Kinder hatte ihn vor ein paar Monaten gebracht. Jedes Mal, wenn sie ihm im Treppenhaus begegnete, senkte er den Kopf, aber das hinderte Maria keineswegs daran, ihn an Dinge zu erinnern, die gebraucht wurden.

Der Altmeyer, so nannte sie ihn. Manchmal, wenn sie mit Corinna sprach, sagte sie »dein Altmeyer«. Obwohl er gar nicht ihr Altmeyer war. Er kam zwar in unregelmäßigen Abständen vorbei, um nach ihnen zu sehen, aber sein Leben lebte er mit einer anderen.

»Was macht eure Mutter nur noch so lange?«, fragte sie. »Gleich ist das bisschen Sonne wieder weg, und wir haben nichts davon gehabt.«

Draußen blies ihr ein kalter Wind ins Gesicht. Sie steckte kleine Hände in Handschuhe, band Mützenbänder und sah in große, auf sie gerichtete Augen. Kaum zu glauben, dass sie diese Kinder einmal hässlich gefunden hatte.

Vorsichtig ließ sie den Wagen über die ersten beiden Stufen in den Garten rollen, blieb aber selbst an der letzten Stufe mit dem Absatz hängen. Der Wagen kippte fast vornüber, und ein stechender Schmerz fuhr ihr in die Hüfte.

»Au! Verdammt!«

Die Kinder jauchzten. Ihnen hatte das Holpern gefallen.

»Jaja, lacht ihr nur«, brummte Maria. Sie knöpfte den schweren Lodenmantel zu, rückte ihren Hut zurecht und überprüfte die Bodenbeschaffenheit. In der Nacht hatte es Frost gegeben, die Erde war nicht mehr so feucht und matschig wie in den letzten eher milden Tagen, sondern hart und damit auch glatt. Auf den Pfützen hatten sich dicke Eisschichten gebildet. Aber der Frühling stand trotzdem vor der Tür, daran konnte auch dieser neue Kälteeinbruch nichts mehr ändern. Im Garten lugten schon die Krokusse hervor, und die Äste der Sträucher hingen voller schwellender Knospen, es war nur noch ein letztes winterliches Aufbäumen, mehr nicht.

Sie atmete die kalte Luft, wickelte sich den Schal fester um die Schultern und hob ihr Gesicht in die Sonne. So war es immer. Jeder Winter ging vorbei. Alles ging vorbei. Auch das Warten.

Morgen war es so weit. Morgen würde sie nach Karlsruhe fahren. »Wir würden uns sehr freuen, wenn du kommst, Mama«, hatte Anita gesagt. Natürlich hatte Maria das »wir« gehört und das »uns« und sich erst noch gesträubt. Auch wegen Corinna. Aber es nutzte ja nichts. Sie war alt, die Zeit lief ihr davon. Jetzt freute sie sich darauf, ihre Tochter wiederzusehen. Trotz allem.

Sie schaukelte den Wagen und schob ihn vor und zurück. Das Schaukeln und Schieben beruhigte nicht nur die Zwillinge. Vorsichtshalber hatte sie Corinnas Schwester einen Brief geschrieben. Aber die hatte sich nicht gemeldet. Gott sei Dank war das Mädchen gerade in einer guten Phase. Die letzten Wochen waren ruhig gewesen, die Tabletten, die der Arzt ihr verschrieben hatte, schienen zu helfen. Es würde schon gut gehen. Sie konnte ja schließlich nicht für den Rest ihres Lebens eine Verantwortung übernehmen, die gar nicht ihre war.

Pia griff nach Nadjas Stofftier, Nadja begann zu weinen. »Na, na«, sagte Maria und hielt Pia ihr eigenes Spielzeug vor die Nase. »Das ist deins.« Sie begann, leise zu singen: »Maikäfer, flieg! Der Vater ist im Krieg. Die Mutter ist im Pommerland. Und Pommerland ist abgebrannt. Maikäfer, flieg!«

Dieses Lied hatte sie früher auch ihrer eigenen Tochter vorgesungen. Damals, als Wilhelm tatsächlich im Krieg war und Pommerland wirklich abbrannte. Bis klar war, dass Wilhelm nicht zurückkommen würde. Danach hatte sie aufgehört mit dem Singen. Auch mit dem Beten. Aber jetzt hatte sie mit beidem wieder angefangen. Das Singen beruhigte die Kinder, das Beten beruhigte Maria.

Pia zeigte mit einem ihrer kleinen Finger auf einen Vogel, der auf dem Gehweg hüpfte und sagte »Dada« und »Hmmmda«. Nadja lachte.

Wilhelm sei den Heldentod gestorben, im aufrechten Kampf gegen den Feind, sie könne stolz auf ihn sein, hatte damals in dem Brief gestanden. Sie seufzte. Natürlich war sie stolz auf ihn gewesen, wenn auch aus anderen Gründen. Vor allem aber war sie wütend gewesen. So ein sinnloser Tod. Trotzdem musste es damals irgendwie weitergehen. Also hatte sie die Tränen geschluckt, auf die Zähne gebissen und weitergemacht, schon wegen Anita. Ganz anders ihre Mutter. Die hatte sehr laut und für alle hörbar um ihren Schwiegersohn getrauert. Dabei hatte sie Wilhelm noch nicht einmal gemocht.

Die Kinder brabbelten weiter. Ein Kauderwelsch aus unverständlichen Silben, das nur sie selbst verstanden. Die beiden klebten aneinander wie zwei Pattex-Figuren, sie ließen sich kaum voneinander trennen. Nicht beim Baden, nicht beim Essen und auch nicht beim Schlafen.

Zwischen Zwillingen waren immer ganz besondere Verbindungen, das hatte sie einmal gelesen. Sie selbst hatte nur einen Bruder gehabt, Ludwig, und der war neun Jahre älter gewesen. Sie hatten sich nur wenig zu sagen gehabt, ein so großer Altersunterschied zwischen Geschwistern ließ sich kaum überbrücken. Aber wenigstens hatte er den Krieg überlebt. Jedenfalls den einen. Einen anderen hatte er dafür verloren. Krebs. Es war hoffnungslos gewesen, von Anfang an.

Corinna trat aus der Tür. Sie hatte einen alten Pullover an, ihren viel zu großen Mantel und den langen, von Maria gestrickten Schal. »Wo gehen wir hin?«, wollte sie wissen.

»Mach den Mantel zu, es ist kalt«, sagte Maria und zeigte nach vorn. »Wir gehen in die Stadt. Die Kinder brauchen Schuhe.«

Ihre Mutter hatte Wilhelm nie gemocht, das war ein offenes Geheimnis. Schon als Maria ihn das allererste Mal mit nach Hause brachte, hatte sie die Nase gerümpft und sich geweigert, neben ihm zu sitzen. Wilhelm war ein guter Arbeiter gewesen, aber ohne akademischen Titel und ohne Ehrgeiz. Er hatte nach Motoröl gerochen, nicht nach Eau de Cologne. Seine Hände waren zwar zärtlich, aber immer schwarz, da hatte keine Seife geholfen und auch kein Schrubben. Sie selbst hatte es nie gestört, es waren gute Hände gewesen. Aber ihre Mutter hatte sich damals etwas anderes für ihre einzige Tochter vorgestellt, keine Ahnung, weshalb. Sie hatte kein einziges gutes Haar an ihm gelassen. Von Anfang an hatte sie ihnen das Leben zur Hölle gemacht. Bis dann der Krieg diese Aufgabe übernahm.

Maria sah zur Seite. Corinna hatte wieder dieses entrückte Lächeln im Gesicht. Zusammen mit der Blässe gab es ihr ein ätherisches, beinah engelhaftes Aussehen. Maria drückte ihr den Griff des Kinderwagens in die Hand und schüttelte ihr eigenes Unbehagen ab. Es nutzte nichts, in alten Geschichten zu wühlen, sie wurden nicht besser davon. Jetzt war jetzt, die Sonne schien, es ging ihnen gut, und der Frühling stand vor der Tür. Wenn der Krieg sie eines gelehrt hatte, dann, dass man die Hoffnung nie aufgeben durfte.

»Denkst du noch daran, dass ich übers Wochenende weg bin?«, fragte sie wie beiläufig und fing Corinnas überraschten Blick auf.

»Wieso? Wo bist du denn?«

»Ich fahre zu meiner Tochter, das habe ich dir doch gesagt.«

»Du hast eine Tochter?«

»Ja. Anita.«

»Aber du hast noch nie von ihr gesprochen.«

»Doch. Du hast es nur vergessen.«

»Wo wohnt deine Tochter denn?«

»In Karlsruhe.«

»Das ist weit.«

»Ich fahre mit dem Zug. Meinst du, du kommst ohne mich zurecht?«

»Natürlich. Warum denn nicht?«, fragte Corinna verwundert und blieb vor einem Schaufenster stehen. Sie schien friedlicher in letzter Zeit. Nicht mehr so gequält. Sie zeigte auf ein Kinderkleid mit Blümchen. »Das ist sehr hübsch. Aber das kann ich auch selbst nähen.«

Nadjas Stoffeule fiel aus dem Wagen. Maria bückte sich. Aus dem Augenwinkel sah sie einen Mann, der gerade etwas auf der Rückbank seines Wagens verstaute. »Ja. Sehr hübsch«, meinte sie abgelenkt.

Er schloss die Autotür, holte eine Schachtel aus der Jackentasche und zündete sich eine Zigarette an. Eine schlanke, große Gestalt mit jungenhaftem Gesicht und dunkelblonden Haaren. Neben ihm war eine

Frau, ebenfalls schlank, groß und blond. Die beiden passten perfekt zusammen.

Maria hatte diese Frau noch nie gesehen, aber den Mann erkannte sie sofort. Und noch etwas anderes erkannte sie: Die Frau an seiner Seite war schwanger.

Sie packte Corinnas Arm. »Komm! Schuhe gibt's dahinten.«

»Ja, gleich.« Das Mädchen schüttelte ihre Hand ab und drehte sich um. »Warum hast du es denn plötzlich so …« Ihr Blick fiel auf das Paar. Der angefangene Satz blieb in der Luft hängen.

Nadja

Immer noch August 2017

Ich saß noch immer an genau der Stelle, an der ich mich niedergelassen hatte. Wann war das? Vor einer Stunde? Vor zwei? Gestern? Ich fühlte mich ganz lose.

»Und dann? Was ist dann passiert?«, fragte ich, als mir das Atmen wieder einfiel.

»Nichts. Es war genauso, wie er es gesagt hatte: Er hatte ein anderes Leben.« Sibille stand auf, goss sich ein Glas Wasser ein. Sie trank es in kleinen Schlucken und sah mich dabei über den Rand des Glases an.

In mir war ein Gedanke, irgendwo an der Peripherie meines Bewusstseins, aber ich konnte ihn nicht fassen. Es gab zu viele andere Gedanken, die sich davorschoben.

»Was hat er denn gesagt?«, fragte ich schließlich, weil mir nichts anderes einfiel.

»Nichts.«

»Und ... sie?«

»Sie hat ihm eine gescheuert.«

»Sehr gut.«

»Es hat ihr wohl endgültig die Augen geöffnet.« Sibille drehte sich zur Seite.

»Diese Frau, die bei ihm war ...«

»Seine Frau. Also, die offizielle Frau an seiner Seite«,

sagte Sibille. »Ich glaube, er war schon mit ihr liiert, als er eure Mutter kennenlernte.«

»Wie haben sie sich eigentlich kennengelernt?«

»So genau weiß ich das nicht. Ich weiß nur, dass er damals für ein paar Wochen in Darmstadt war. Ich glaube, er hatte dort so eine Art Seminar.«

Ich drehte mein Glas und schaute in die transparente Flüssigkeit. Sibille hatte mir eine ganze Menge erzählt. Ich hatte endlich eine Ahnung davon, wer die Frau war, die uns geboren hatte. Aber ein Teil von der Geschichte fehlte immer noch, das spürte ich.

»Was war mit ihm? Hat sie dir nicht mehr erzählt?«

Sibille schüttelte den Kopf. »Nein.«

»Ob er noch in Münster lebt?«

»Es ist ja noch nicht einmal klar, ob er überhaupt noch lebt.«

»Aber möglich wäre es schon.« Bei näherer Betrachtung war es sogar ziemlich wahrscheinlich. Unsere Mutter wäre jetzt vierundsechzig. Dann dürfte er vielleicht so um die siebzig sein, vielleicht zwei oder drei Jahre drüber oder drunter. Das war doch noch kein Alter.

»Selbst wenn«, warnte Sibille. »Der Mann hat seine Entscheidung längst getroffen. Und in all den Jahren hat er niemals versucht, etwas daran zu ändern.«

»Jaja.« An dieser Stelle waren wir schon einmal. »Aber das kann viele Gründe gehabt haben.«

Sie gab ein verächtliches Geräusch von sich. »Mach dir doch nichts vor. Kannst du nicht einfach mal den Tatsachen ins Gesicht sehen?« Sie beugte sich vor. »Nadja. Begrab ihn! Ein für alle Mal.«

Ich würde ihn natürlich nicht begraben. Ihn endgültig zu begraben war das Letzte, was ich jetzt tun konnte, aber das behielt ich für mich. Ralph fiel mir ein. Ich musste ihn anrufen, ihm sagen, wo ich war. Und warum. Und dann fiel mir noch etwas ein. Es war genau der Gedanke, den ich vorher nicht hatte fassen können.

»Der Brief«, sagte ich.

»Was?«

»Hat Maria dir nicht geschrieben?«

Sie schüttelte den Kopf.

»Aber du hast vorhin so etwas gesagt. Du hast gesagt, dass sie zu ihrer Tochter wollte und dass sie sich überlegt hat, dir zu schreiben und dass …«

»Nein. Da musst du etwas falsch verstanden haben.«

Ich glaubte ihr nicht. »Unsere Mutter ist am 13. Februar gestorben. Das war genau in der Zeit, als Maria weg war.« Es war eine Feststellung, keine Frage.

Sibille sah auf die Uhr. »Nadja, es tut mir leid, aber ich muss jetzt wirklich los.«

»Bitte. Ich will das wissen. Hast du damals einen Brief von ihr bekommen?«

»Nein«, sagte sie. »Hab ich nicht.«

»Und Pia?«

Sie hob den Kopf. »Was meinst du?«

»Hast du Pia das auch alles erzählt?«

»Nein.«

»Warum nicht?«

»Vielleicht, weil sie weniger hartnäckig gefragt hat.«

Ich tätschelte Ronnys Rücken. Er hatte sich an meine Beine geschmiegt und sah mich aus runden, glänzenden Hundeaugen an. Ein Blick voller bedingungsloser Hingabe.

»Schon komisch. Du musst doch damals gespürt haben, dass da etwas nicht stimmt.«

Sibille knallte ihr Glas so plötzlich und unerwartet auf den Tisch, dass ich erschrocken zusammenzuckte.

»Hey«, sagte ich.

»Weißt du was: Mir ging es selbst ziemlich beschissen damals.«

»Das tut mir leid. Ich wollte dich nicht angreifen, oder so, ich wollte nur …«

»Unsere Mutter war gestorben, und es hat sie nicht die Bohne gekümmert.«

»Aber sie hat es doch gar nicht begriffen. Sie war …«

»Ich habe versucht, sie anzurufen, bestimmt tausendmal. Einen Tag vor der Beerdigung kam dann ein Brief. Und weißt du, was sie geschrieben hat?«

Ich schüttelte den Kopf.

»*Christian ist ganz wunderbar. Die Babys sind so süß. Ich bin so glücklich.* Verstehst du? *Sie* war glücklich.«

»Das tut mir echt leid, aber es ist vierzig Jahre her, und sie war krank.«

Wir waren beide laut geworden.

Sibille nahm die Hände vor ihr Gesicht und drehte sich um. Ihr Rücken war schmal und gebeugt, die Schultern zuckten hilflos. Weinte sie? Auf einmal tat sie mir unendlich leid. Es war damals wirklich schwer für sie, sie war fast noch ein Kind gewesen. Außerdem wurden Probleme durch Schreien nicht kleiner, das wusste ich von Herbert. Ich ging zu ihr und legte meine Hand auf ihren Rücken.

»Sibille. Es ... es tut mir leid. Ich wollte dich nicht verletzen, wirklich nicht. Ich will doch nur verstehen, was damals los war. Ich meine, es war bestimmt für euch beide nicht leicht. Du warst noch so schrecklich jung und hättest wahrscheinlich selbst Hilfe gebraucht, und sie war krank und hätte ebenfalls Hilfe gebraucht, und wir waren da, und ... am Ende konnte wahrscheinlich niemand etwas dafür«, beendete ich meine konfusen Ausführungen.

Sie sagte nichts.

»Es tut mir wirklich leid«, wiederholte ich und meinte es auch so.

Sie drehte sich um. Ihre Augen waren rot, ihr Blick verschwommen. Immer noch stumm umarmte sie mich. Ihr Griff war fest. Es war, als wollte sie alle schlechten Erinnerungen aus mir herausdrücken, auch wenn ich sie sowieso schon längst vergessen hatte. Ein leichter, seltsam vertrauter Zitrusduft stieg mir in die Nase. Die Wärme unserer Haut und die salzige Feuchtigkeit unserer Tränen vermischten sich.

»Eine Frage habe ich noch«, murmelte ich an ihrem Ohr.

Sie ließ mich los.

»Wo finde ich Pia?«

Sibille

August 2017

Sie warf einen Blick aus dem Fenster und sah ihrer Nichte nach, die gerade die Autotür öffnete, das Handy dicht am Ohr, und sich mit der freien Hand die Haare aus dem Gesicht strich. Dieses Gesicht, das so vertraut und gleichzeitig doch fremd war. Sibille schluckte. Sie war froh, von ganzem Herzen froh und dem Schicksal dankbar, das ihr diese Nichte vor die Füße gespült hatte. Corinnas anderes Kind. Bodenständig und lebenstüchtig. Nicht so wie Pia, die ihr manchmal vorkam wie ein Rohr im Wind. Aber sie war auch hartnäckig. Zu hartnäckig.

Sie waren immer noch da, all diese Fotos und Briefe. Seit mindestens zwanzig Jahren hatte Sibille sie sich nicht mehr angesehen. Weil sie sie an die Zeit erinnerten, als Corinna sich immer mehr entfernte. Aber auch an die Zeit, als sie einfach nur die große Schwester war. Der einzige Halt in ihrem unsicheren Leben. Keine Ahnung, was schlimmer war.

Nadja hatte alles wieder aufgerührt, den ganzen morastigen Sumpf. All das, was sie hinter sich lassen wollte. Und sofort pochte das schlechte Gewissen wieder an die Tür. Es hatte nie ganz aufgehört zu pochen, aber mit den Jahren war es schwächer geworden, ein leises Hintergrundgeräusch, kaum mehr wahrnehmbar, weniger als ein Tinnitus. Jetzt war es wieder hörbar. Unüberhörbar.

Sie putzte sich mit einem Papiertaschentuch die Nase, band sich die Haare zusammen und stellte sich. Ließ diese eine Erinnerung herein, die sich nie wirklich hatte aussperren lassen, keine Sekunde. Und die immer mit ganz viel Wenn und Wäre endete.

13. Februar 1977

Unruhig rutschte Sibille auf ihrem Platz hin und her und sah auf die Uhr. Noch zweiundvierzig Minuten. Es war schon nach fünf, bald würde es dunkel sein. In Köln hatte sie den Anschlusszug verpasst, weil sie dringend auf die Toilette musste, die Aufregung war ihr auf den Magen geschlagen. Jetzt saß sie in einem lahmen Bummelzug, der an jedem kleinen Bahnhof hielt und außerdem so alt und schmutzig war, dass sie sich eigentlich nicht setzen mochte. Zum hundertsten Mal nahm sie den Brief aus der Tasche, strich über die zerknitterte Seite und überflog die Zeilen.

> *Sehr geehrtes Fräulein Räbiger,*
> *mein Name ist Maria Schaller. Ich weiß nicht, ob Ihre Schwester mich in einem ihrer Briefe einmal erwähnt hat, ich bin ihre Vermieterin.*
> *Corinna ist in keiner sehr guten Verfassung, vielleicht haben Sie das aufgrund ihrer Briefe schon selbst bemerkt. Sie flüchtet sich immer mehr in eine Art Traumwelt und kommt alleine nicht mehr gut zurecht. Ich kümmere mich um sie und Ihre beiden entzückenden Nichten, so gut ich es kann, und ich tue es auch gerne, aber das kann trotzdem keine dauerhafte Lösung sein.*
> *Am übernächsten Wochenende werde ich meine Tochter in Karlsruhe besuchen. Es sind nur drei Tage, und Ihre Schwester ist natürlich erwachsen, aber ich wäre sehr beruhigt, wenn ich sie in*

dieser Zeit nicht alleine wüsste. Sie braucht Hilfe, und wie ich es sehe, sind Sie der einzige Mensch, den sie noch hat.
Bitte sehen Sie diesen Brief nicht als Einmischung, ich habe ihn aus tiefster Sorge um Corinna und die Kinder verfasst.
Mit hochachtungsvollen Grüßen
Maria Schaller

PS: Ich fahre samstags, das ist der 11. Februar, und ich komme am Montag gegen siebzehn Uhr zurück.

Das Erste, was sie empfunden hatte, als der Brief sie erreichte, war Ärger. Was fiel dieser Frau ein? Und was fiel Corinna ein? Nach allem, was passiert war? Aber je näher das Datum rückte, je kleiner wurde die Wut und umso größer die Zweifel.

Als es dann so weit war, versuchte sie, ihre Schwester telefonisch zu erreichen. Immer und immer wieder. Sie wählte auch die Nummer der Vermieterin. Alles umsonst. Den Nachnamen des Mannes kannte sie nicht, sie wusste nur, dass er Christian hieß, das brachte sie nicht weiter. Nach zwei unruhigen Nächten packte sie ein paar Sachen und lief am frühen Sonntagmorgen zum Bahnhof. Eine Fahrkarte war für diesen Tag nicht mehr zu bekommen. »Frühestens am Montag«, sagte der Mann am Schalter.

Münster empfing sie mit stürmischem Regen und wolkenverhangenem Himmel. Sibille hatte keinen Schirm dabei. Vor dem Bahnhof standen ein paar Taxis. Einer der Fahrer sprach sie an. Sie nannte ihm die Adresse und fragte nach den Kosten. »Ich mach dir einen guten Preis«, sagte der Mann und öffnete die Beifahrertür. Er sah bedrohlich aus. Sie wusste nicht, ob sie ihm trauen konnte, aber sie hatte keine Wahl.

»Ist nicht weit«, sagte er, und tatsächlich bog der Wagen schon nach wenigen Minuten in die genannte Straße ab. Das Erste, was Sibille sah, waren zwei Rettungswagen und viele Menschen, die vor einem Haus standen. Auch die Polizei.

Sie kratzte ihre Münzen zusammen, bezahlte den Fahrpreis und stieg aus. Eine ältere Frau stolperte aus dem Haus und fiel hin, der Sanitäter führte sie zu einem der Rettungswagen.

Sibille bahnte sich einen Weg. Die Straße war voller Menschen, aber der Vorgarten war leer und auch das Haus. Die Haustür stand offen, eine alte Holztreppe führte nach oben.

Ein Polizist hielt sie auf. »Kannten Sie die Tote?«, fragte er und musterte sie streng. Sie nickte. Ihre Knie zitterten. Ihre Hände auch. Sie faltete sie wie im Gebet.

»Meine Schwester.« Ihre Stimme klang seltsam dumpf und fremd.

Ein gut aussehender, groß gewachsener Mann kam aus der Wohnung. Sie hatte ihn davor nur einmal kurz gesehen, trotzdem erkannte sie ihn sofort. Im Vorbeigehen streiften sich ihre Blicke.

Der Polizist fragte nach ihrem Namen und brachte sie nach oben. Dort schloss er die Tür, sperrte alles aus, was laut war. Hier galten andere Regeln. Sie sah Corinna, die auf einem Bett lag und schrecklich aussah. Und das leere Kinderbett.

»Wann haben Sie Ihre Schwester zum letzten Mal gesehen?«, fragte der Polizist.

Die Lampe an der Decke begann, unruhig zu flimmern. Sibille sah nach oben.

»Oder mit ihr gesprochen?«

Das Licht ging aus und wieder an. Aus und wieder an. Es war das Letzte, woran sie sich erinnerte.

Nadja

Immer noch August 2017

Ich fand Pia im Elisabethenstift, genauer in der Cafeteria. Sie saß in einer Ecke und las in einem Buch, einem Ratgeber, so etwas in der Art von: Hör auf dich zu sorgen, fang an zu leben!

»Hallo«, sagte ich.

Sie hob den Kopf und wirkte nicht sehr überrascht.

»Hallo.«

Man hatte mir gesagt, sie würde hier stationär psychotherapeutisch behandelt, aber ich hatte keine Ahnung, was genau das bedeutete. Ob sie damit in einer geschlossenen Abteilung war oder ob sie kommen und gehen konnte, wie sie es wollte.

»Schön hier«, sagte ich unsicher. »Wie geht's dir?«

Pia verzog das Gesicht. Es sah aus, als wollte sie lächeln, hätte aber vergessen, wie es geht. »Gut. Danke.«

Ich zeigte auf den Gips. »Was macht das Bein?«

»Okay.«

»Und du? Was machst du? Ich meine hier, den ganzen Tag.«

Sie hob die Schultern. »Alles Mögliche.«

Ich setzte mich ihr gegenüber. Die anderen Patienten und Besucher beobachteten uns. Manche starrten uns ganz unverhohlen an. Wir waren immer noch Zwillinge, eineiig und unübersehbar.

»Ich habe einen Platz in einer Rehaklinik. Ab nächsten Montag«, sagte Pia. Sie sah mitgenommen aus. Ihr fehlte das, womit sie sich vorher von mir abgesetzt hatte. Dieser besondere Glanz. Sie setzte sich immer noch von mir ab, aber jetzt in die andere Richtung.

»Sehr gut. Was liest du da?«

Sie hob die Schultern. »Vielleicht erklärt das Buch mir, warum ich mich so fühle, wie ich mich fühle.«

»Wie fühlst du dich denn?«

»Keine Ahnung. Eigentlich fühle ich gar nichts.«

»Was soll das Buch dir dann erklären?«

»Ich bin erst auf Seite vier.«

Damit konnte ich nicht viel anfangen. Ich fühlte immer irgendetwas. Wut, Angst, Freude. Jetzt gerade Unsicherheit. Aber nie nichts.

»Ich lese auch gerne«, sagte ich. »Am liebsten historische Romane oder ...«

Sie stand auf und griff nach den Krücken.

»Wo willst du hin?«, fragte ich alarmiert.

»Aufs Klo.« Sie lächelte unfroh und klopfte gegen den Gips. »Keine Angst. Ich laufe nicht weg.«

Ich sah, wie sie zur Tür humpelte. Ein gefaltetes Stück Papier rutschte aus ihrer Hosentasche und flatterte auf den Boden. Ich wusste, ich hätte der Versuchung widerstehen und den Zettel einfach auf den Tisch legen sollen, aber mein Vorrat an Widerstand war aufgebraucht.

Die Schrift war gerade und klar, die Buchstaben waren

klein. Es war meine Schrift. Unsere Schrift. Es sah aus wie ein Brief, ein Brief ohne Anrede.

Das Wasser ist kalt, aber ich tauche sofort unter und schwimme los, der Boden unter mir ist voller Moder, ich möchte ihn nicht berühren.

Vor mir ist eine rote Boje, nur etwa fünfzig Meter entfernt. Ich schwimme darauf zu, gleite schwerelos durchs Wasser, fühle mich gleichzeitig leicht und stark, in mir ist plötzlich eine Kraft, wie ich sie lange nicht mehr gespürt habe. Ich schwimme, bin im Einklang mit dem Wasser, im Einklang auch mit mir, mein Körper ist ganz leicht. Mein Kopf ist auch ganz leicht. Ich denke nicht, während das Wasser in kleinen Wirbeln an meinem Körper entlangströmt.

Plötzlich sehe ich die Boje nicht mehr. Ich schaue nach rechts und nach links, ich drehe mich in alle Richtungen. Mein Bewusstsein meldet sich zurück und beginnt, die Lage zu beurteilen. Das Ufer schimmert irgendwo in weiter Ferne, um mich herum ist nichts, nur Wasser. Ich atme ganz flach, das Wasser drückt auf meinen Brustkorb. Ich bin eine gute Schwimmerin, ich kann zurückschwimmen, aber etwas hindert mich daran. Ich paddle mit den Füßen, rudere mit den Armen und bleibe auf der Stelle. Mein Körper wird schwer.

Ich sehne mich nach der Leichtigkeit von eben, nach dem Einklang, nach der Bewegung. Ich schwimme wieder los und lasse das Ufer endgültig hinter mir. Vor mir ist nichts.

Ich spüre keine Angst.

Pia kam zurück. Trotz Gipsbein war sie erstaunlich schnell unterwegs. Ich sah ihr entgegen. Vielleicht hatte Sibille recht. Vielleicht taten wir uns nicht gut. Jedenfalls im Moment.

»Der ist dir aus der Tasche gefallen«, sagte ich und gab ihr den Zettel.

Sie steckte ihn ungerührt wieder ein.

»Pia?« Mein Herz klopfte unangenehm. »Was bedeutet das?«

»Schreibtherapie.«

»Was?«

»Wir sollten einen Traum aufschreiben, an den wir uns erinnern.«

»Und an den hast du dich erinnert?«

»Sonst hätte ich ihn nicht aufschreiben können.«

»Und was ... ich meine, hast du mit deinem Therapeuten darüber gesprochen?«

»Es ist eine Therapeutin.«

»Ja und?«

»Meine Güte! Es war ein Traum, und er ist mir eingefallen.«

»Was hat sie denn gesagt?«

»Dass ich übermorgen zur nächsten Sitzung kommen soll.«

»Aber hast du ... ich meine, hat sie das gelesen?«

»Nein. Die Stunde war vorbei. Und wir waren zu acht.«

Ich starrte Pia ungläubig an. Auch wenn sie mir verändert schien, nicht so wie sonst, wirkte sie keineswegs selbstmordgefährdet. Sie wirkte noch nicht einmal depressiv. Sie lächelte und war die Ruhe selbst. Etwas emotionslos, aber gefasst. Sie sah auf die Uhr, öffnete ihre Handtasche und nahm eine gelbe Tablette. Alles ganz normal. Vielleicht war sie jetzt zum ersten Mal auch einfach nur so, wie sie wirklich war. Woher sollte ich das wissen, wir kannten uns doch kaum.

Ich dachte an unsere erste Begegnung, das erste Aufeinandertreffen. An ihre Spinnenfinger auf dem Klavier. Daran, wie wir in einer Spelunke mit fremden Männern auf Tischen getanzt hatten. An unsere zahllosen Gespräche und Spaziergänge mit Oskar und Ronny. Ronny! Mein Gott, der arme Hund saß seit mehr als einer halben Stunde alleine im Auto. Wenigstens hatte ich daran gedacht, die Fenster einen Spalt zu öffnen, und der Wagen stand im Schatten.

»Pia?«

»Hm?«

»Ich muss dir etwas ...«

»Möchtest du einen Kaffee?«

Ich schüttelte den Kopf. »Du solltest mit Sibille reden. Es gibt da ein paar Dinge ...«

Wieder sah Pia auf die Uhr. »Oh! Es gibt gleich Abendessen.«

Ich starrte sie an. Wie fremd sie mir in diesem Moment war. Dabei hatte es einmal eine Zeit gegeben, in der wir *aneinanderklebten wie zwei Pattex-Figuren.* In der man uns kaum trennen konnte und wir uns austauschten in einer Art Baby-Geheimsprache, die niemand verstand, nur wir. Eine Zeit, in der wir Eltern hatten aus unserem Fleisch und unserem Blut.

Sie war immer noch meine Schwester. Meine Zwillingsschwester. Uns verband etwas, irgendwo tief in uns drin, es war da, es war nur irgendwie verschüttet. Zugeschüttet mit Zeit und getrennt gemachten Erfahrungen. Ich legte ihr die Bankkarte hin. »Hier. Die war noch in meiner Tasche.«

»Danke.«

»Hast du die nicht vermisst?«

»Nein.«

Ich beugte mich ihr entgegen. »Pia?«

»Ja?«

»Rede mit Sibille. Sie hat mir ein paar Sachen erzählt. Auch über unseren Vater. Er heißt Christian. Christian Altmeyer.«

Die Heimfahrt verlief stürmisch. Ein böiger Wind fegte mich über die Autobahn, es hatte angefangen zu regnen. Schwere, breite Tropfen klatschten auf die Frontscheibe und nahmen mir die Sicht.

Ronny schlief, ich hörte ihn im Traum leise winseln. Was träumte er? Jagte er einem Hasen nach?

»Träume haben meistens ganz andere Bedeutungen, als man auf den ersten Blick vermutet«, hatte Lena mich vorhin beruhigt, als ich sie nach meinem Gespräch mit Pia, das eigentlich gar kein richtiges Gespräch gewesen war, zum zweiten Mal anrief. »Wasser gilt als der Ursprung allen Lebens, es könnte also auch schlicht auf eine Wende in ihrem Leben hinweisen. Ein neues Leben sozusagen.«

»Meinst du? Aber sie war so … anders.«

»Ach, Mama, sie hat eine Depression. Das ist doof, aber keine unheilbare Krankheit. Am Ende ist es einfach ein chemischer Prozess im Kopf. Ganz einfach ausgedrückt: eine Unterproduktion von Serotonin. Nichts, was sich nicht beheben lässt. Und sie ist da wirklich in guten Händen.«

Das war mir natürlich klar, es war nur die Sorge, die aus

mir sprach. Pia so zu sehen, in ihrer Teilnahmslosigkeit, so ohne Emotionen, das hatte mich irritiert. Die Pia dort hatte so gar nichts mit der Pia zu tun, die ich kannte.

Trotzdem hatte mir Lenas Fähigkeit, sehr analytisch auf die Situation zu schauen, geholfen. Auch, als ich ihr ein paar Tage vorher von dem Suizid unserer Mutter erzählte, war das so gewesen. Plötzlich konnte ich darüber reden.

Vor mir blitzte eine Reihe roter Bremslichter auf. Der Verkehr wurde immer zähflüssiger. Zwei Kilometer vor dem Wiesbadener Kreuz kam er endgültig zum Stehen. Ich griff zum Handy. Ralph war sofort am Apparat.

»Wo bist du?«

»Auf der A3, im Stau. Hier schüttet's wie aus Kübeln.«

»Hier auch.«

»Hat Lena dir Bescheid gesagt?«

»Ja.«

»Dann weißt du's schon?«

»Kommt drauf an, wovon du sprichst.«

»Dass ich bei Sibille war und dass Pia ...«

»Ja.«

»Auch, was Sibille mir gesagt hat?«

»Nur in Teilen.« Ralph konnte in den richtigen Momenten mit sehr weicher Stimme reden. Und gleichzeitig brauchte er dafür nur wenige Worte. »Mach dir keine Sorgen. Wir reden in Ruhe, wenn du zu Hause bist.«

»Ist gut.«

»Und, Nadja?«

»Ja?«

»Fahr vorsichtig.«

Ich nickte und legte auf. Reden konnte ich ohnehin nicht mehr. Ein dicker Kloß im Hals hinderte mich daran.

Ich putzte mir die Nase und wischte mit dem Handrücken über meine Wangen. Ralph hatte kein Aufheben um die ganze Sache gemacht, das war nicht seine Art. Und es war gut so.

Pia hatte auch kein Aufheben gemacht. Keine Fragen, keine Neugier, nichts. Aber bei ihr war es etwas anderes. Von meiner Schwester hätte ich sehr gerne Aufheben gehabt.

Der Verkehr kam wieder vorsichtig ins Rollen. Das Display zeigte mir, dass ich in der letzten Dreiviertelstunde mit einer durchschnittlichen Geschwindigkeit von 36 km/h über die Autobahn geschlichen war. Ich setzte den Blinker, fuhr auf einen Rastplatz und griff wieder zum Handy. Im digitalen Google-Reich fand ich einen Christian Altmeyer in Münster, genau einen. Ungläubig starrte ich auf die Adresse.

Es half nichts. Ich musste noch einmal nach Münster. Auch wenn Pia mich nicht begleiten, Marlies wieder gekränkt sein und mein biologischer Vater nichts von mir wissen wollen würde. Ich musste.

Nadja

September 2017

Das Haus war alt, mindestens hundert Jahre, schätzte ich, und von morbidem Charme. Es hatte Mauern aus rotem Ziegelstein und einen kleinen Erker auf der rechten Seite, der mit wildem Wein bewachsen war. An den Holzfenstern blätterte die Farbe.

Fünf Wochen nach meinem ersten Besuch stand ich also wieder hier, doch auch jetzt löste der Anblick nichts in mir aus. Kein Erkennen, auf beiden Seiten nicht. Aber etwas kam mir seltsam vor. Das Haus sah unbewohnt aus. Ich meinte, mich zu erinnern, dass es schon vor fünf Wochen unbewohnt ausgesehen hatte. Vielleicht auch nur vernachlässigt. Ein ungemähter Rasen konnte viele Gründe haben.

An der Pforte entdeckte ich ein kleines, unscheinbares Messingschild. *Christian Altmeyer. Rechtsanwalt und Notar.*

Mein Finger fuhr über die eingravierten Schriftzeichen. Warum war uns das vorher nicht aufgefallen? *Christian Altmeyer.* Der Name hatte auch auf meiner Liste mit Anwaltsadressen gestanden. Ich hatte mir damals einige Notizen auf der Liste gemacht, hinter Christian Altmeyer stand: *Telefonisch nicht erreichbar, vier Versuche, kein AB.*

Es hatte wieder leicht zu regnen begonnen. Ich öffnete meinen Schirm und sah mich um. Viele geparkte Autos, aber keine Menschen. Die ganze Straße lag wie ausgestorben hinter mir.

Ich drückte gegen das eiserne Gartentor. Es öffnete sich mit einem leisen Quietschen. Bisher war alles genau so verlaufen, wie von mir erwartet: Meine Mutter war gekränkt, und meine Schwester hatte mich nicht begleitet. Nur davon, was jetzt passieren würde, davon hatte ich keine Vorstellung. Vielleicht würde er mich einfach sang- und klanglos wieder wegschicken. *Ich habe keine Ahnung, was Sie von mir wollen.* Oder sogar mit der Polizei drohen. Konnte ich ihn unter diesen Umständen um eine Speichelprobe bitten?

Aber trotz aller Zweifel und einem großen Unbehagen, da war eben auch noch dieses andere, kleinere Gefühl. Diese leise Hoffnung auf was auch immer. Vielleicht auf irgendeine Art von Versöhnung. War es das, was ich wollte? Versöhnung mit einem Mann, der uns nur gezeugt hatte und sonst nichts?

Das war auch Pias Einwand gewesen, die allmählich wieder anfing, am Leben teilzunehmen. Sie war jetzt in dieser Rehaklinik, weit weg von zu Hause. Sibille hatte ihr das erzählt, was sie auch mir erzählt hatte, und ihr geraten, sich von unserem *bescheuerten Vater-Projekt* zu verabschieden. Und natürlich sprang Marlies auf den gleichen Zug auf. »Er war dir kein Vater. Noch weniger, als Benno es war.«

Nur Ralph hatte mich bei meinem Vorhaben unterstützt und mir sogar Rückenwind gegeben. »Du musst mit ihm reden, sonst findest du keine Ruhe«, hatte er ausgesprochen, was ich selbst fühlte. »Denk an Pia.«

Ich verstand sofort, was er damit meinte. Meine Schwester gefunden zu haben hatte zwar viele Fragen aufgeworfen und mein Leben durcheinandergewirbelt, aber es hatte mir auch geholfen, eine wichtige Lücke zu schließen.

Entschlossen drückte ich auf den Klingelknopf. Ein schriller Ton bohrte sich in meinen Kopf. Sonst blieb es still.

Eine Nachbarin trat aus ihrem Haus und beäugte mich misstrauisch über den Gartenzaun.

»Zu wem wollen Sie denn?«, fragte sie, als wäre es nicht offensichtlich. Es stand schließlich kein anderer Name auf dem Schild als der meines mutmaßlichen Vaters.

»Zu Herrn Altmeyer.«

»Der ist nicht da.«

»Wissen Sie, wann er zurückkommt?«

»In vier Wochen, schätze ich.«

»In vier Wochen?«

»Der ist doch auf Kreta.«

»Im Urlaub?«

»Er ist dort in seinem Ferienhaus, immer, in jedem Sommer, von Mai bis Oktober.«

»Kann ich ihn denn irgendwie erreichen? Haben Sie eine Nummer?«

»Ich habe die Nummer von einer Nachbarin dort. Aber nur für den Notfall.«

Ich überlegte. War das hier ein Notfall? Ich war mir nicht sicher. Und wie sollte ich einer wildfremden Frau in Griechenland erklären, dass ich eventuell die Tochter ihres Nachbarn war und dass er sich doch bitte bei Gelegenheit einmal bei mir melden solle. Zumal sie vermutlich kein Wort Deutsch sprach. Das Ganze war absurd.

»Die Adresse hab ich auch«, meinte die Frau. »Was wollen Sie denn von ihm?«

»Ich will …«, fing ich an zu erklären, unterbrach mich aber gleich wieder. Das würde alles viel zu weit führen, und es ging sie auch gar nichts an. »Es geht um einen alten Rechtsstreit«, sagte ich. »Wissen Sie, ob er noch praktiziert?«

»Schon lange nicht mehr.«

»Ist er … also, lebt er allein?«

Sie sah mich misstrauisch an.

»Ich frage das nur, weil … es könnte sein, dass wir verwandt sind. Also weitläufig«, beeilte ich mich zu sagen.

Jetzt beugte sie sich mir vertraulich entgegen. »Die Frau ist ihm weggelaufen. Das war, kurz nachdem der Sohn verunglückt ist. Schlimm so was.«

»Er hat einen Sohn?«, fragte ich entgeistert. Obwohl es mich ja nicht hätte überraschen dürfen, laut Sibille war seine Frau damals schwanger gewesen.

»Er hatte. Verkehrsunfall. Ist aber schon über zwanzig Jahre her. Da hat er auch noch gar nicht hier gewohnt.«

8. Kapitel

Nadja

September 2017

Zwei knappe Wochen später saßen wir im Flugzeug nach Kreta, Ralph und ich. Obwohl ich das Fliegen eigentlich hasste.

»Hast du die Unterlagen für den Mietwagen?«, fragte ich, um mich von meinem Unwohlsein abzulenken.

»Ja.«

»Und die vom Hotel?«

»Auch.«

»Hast du noch mal wegen ...«

»Es ist alles klar. Entspann dich.«

Entspann dich. Ja klar. Was sollte man auch sonst tun, wenn man auf dem Weg zu einem Vater war, den man noch nie gesehen hatte und der einen vermutlich auch gar nicht sehen wollte. Und wenn man außerdem trotz ausgeprägter Flugangst in einem Flugzeug saß. Gerade erst hatten wir das durchflogen, was man gemeinhin »Turbulenzen« nannte. Ein schweres Ruckeln, verbunden mit einem plötzlichen Absacken. Ein bisschen wie Achterbahnfahren. »Das sind vertikale Verwirbelungen in der Luft«, klärte mein Mann mich auf, als wäre damit alles gesagt. Wir waren kurz vor der Landung, und mir war hundeelend. Ich schloss die Augen, atmete gegen Übelkeit und Zweifel an und versuchte, mich abzulenken, indem ich mich auf das konzentrierte, was unter mir war. Viel Wasser, ein lang gezogener Strand und jede Menge Hotelanlagen. Das Bild erinnerte mich an unseren ersten und einzigen Mallorcaurlaub. Wir hatten ihn vor einigen Jahren Lena zuliebe gebucht, das Kind wollte auch endlich mal ans Meer, so wie seine Klassenkameraden, außer dem Bodensee und den Bergen in Österreich hatte es bis dahin noch nicht viel kennengelernt. Aber schon da hatte ich gewusst, dass es genug gute Gründe gab, mit dem Auto an den Bodensee zu reisen und nicht mit dem Flugzeug nach Mallorca zu fliegen. Nicht nur, weil mir beim Fliegen jedes Mal schlecht wurde. Da waren die vielen klimaschädlichen Gase, die in die Luft geschleudert wurden, die Verschwendung von Ressourcen und die riesigen Mengen an Plastikmüll. Die nervten mich am meisten. Alles war in Plastik eingepackt, und manchmal war sogar der eingepackte Inhalt noch aus Plastik.

»Warum machen die Menschen das?«, hatte ich Herbert gefragt, als wir nach dem Urlaub über den Urlaub sprachen.

»Weil sie es können«, war seine Antwort. Das stimmte. Es stimmt bis heute. Wir haben Zeit, und wir haben Geld. Das Flugzeug fliegt sowieso, das Tausend-Betten-Hotel steht ohnehin schon da, und die Marmelade wird auch ohne uns in kleinen mundgerechten Plastikschälchen serviert.

Die Landung war, wie Ralph sagte, butterweich. Meine

Knie waren es auch. Wir gingen durch das Flughafengebäude, ich klammerte mich an seine Hand, und er zog mich mit schnellen Schritten zum Autoschalter. »Komm«, sagte er. »Wenn wir uns beeilen, sind wir vielleicht die Ersten.«

Christian Altmeyer wohnte in Maroulas, einem kleinen Dorf oberhalb von Rethymno. *Ein kleines malerisches Bergdorf,* so stand es im Reiseführer.

Wir fuhren auf schmalen Straßen bergauf, immer bergauf, und ließen das türkisgrüne Meer unter uns liegen. Ich konzentrierte mich auf die engen, steilen Kurven und öffnete mein Fenster. Der Wind blies mir warm ins Gesicht, die Temperaturanzeige im Auto stand auf erträglichen 25 Grad.

Das Dorf sah, abgesehen von ein paar Autos und Reklametafeln, aus, als wäre es aus der Zeit gefallen. Bucklige, enge Gassen und kleine, schiefe Steinhäuser. Idyllisch, wenn man wie ich diese Art von Idylle mochte. Ralph parkte den Wagen unter einer großen Pinie und stieg aus.

Er zeigte auf ein verwittertes Holzschild mit der Aufschrift *Taverna.* »Lass uns erst einmal etwas essen.«

Wir folgten dem Geruch von gegrilltem Fleisch und landeten auf einer Terrasse mit blau gestrichenen Tischen. Das Ganze erinnerte mich an ein Foto aus dem Reiseführer. Ich klappte die betreffende Seite auf und las die Bildunterschrift. Es *war* die Terrasse aus dem Reiseführer. Wir ließen uns an einem der Tische nieder, und Ralph winkte dem Kellner.

Es war ruhig hier oben. Außer uns war noch ein Pärchen da und fünf oder sechs Griechen in schmutziger Arbeitskleidung. Ich schnappte ein paar griechische Wörter auf, die ich alle nicht verstand.

Der Kellner brachte uns ungefragt einen Ouzo und ein Schälchen Oliven. Das Schälchen war aus Porzellan. Ergriffen atmete ich den Duft von Rosmarin ein und steckte mir eine Olive in den Mund. So viel plastiklose Schönheit hatte ich hier nicht erwartet.

Wir aßen gegrillten Tintenfisch, dazu Schafskäse, Peperoni, noch mehr Oliven und natürlich Tsatsiki. Außerdem weiches helles Brot. Der Weißwein war frisch, kalt und harzig, aber ich trank nur ein halbes Glas, ich wollte einen klaren Kopf bewahren.

Als es nichts mehr zu essen gab und auch nichts mehr zu trinken, lehnte ich mich zurück und schloss die Augen. Ich hätte für immer hier sitzen bleiben können, in diesem Moment war hier zu sitzen alles, was ich wollte. Mein Vater rückte in weite Ferne, meine Gedanken liefen auseinander. Bis ich Ralphs Stimme hörte, die die Rechnung verlangte. Sein leises »Nadja?«.

Ich reagierte nicht.

Er schüttelte meinen Arm. »Hey. Nadja!«

»Hm?«

»Komm, lass uns gehen. Es wird spät.«

Plötzlich waren sie wieder da, all diese lästigen Zweifel.

»Von mir aus können wir auch einfach hier sitzen bleiben, bis die Sonne weg ist«, sagte ich. »Und dann fahren wir ins Hotel und machen uns ein paar schöne Tage und …«

Ralph legte seine große warme Hand auf meine. »Das

nutzt doch nichts. Du würdest es dir nie verzeihen, wenn du es jetzt nicht zu Ende bringst«, sagte er.

Mein Vater wohnte in einem netten kleinen Natursteinhaus, etwa dreihundert Meter vom Dorf entfernt. Es war schwer zu finden. Wir verfuhren uns dreimal, obwohl ich die Adresse exakt so, wie sie auf meinem Zettel stand, bei Google Maps eingegeben hatte. Als wir endlich davorstanden, hatte die Sonne ihren Zenit endgültig überschritten. Ihr Licht war jetzt nicht mehr gleißend und hell, sondern matt und träge.

Ich richtete meinen Blick auf das Haus und schöpfte wieder Hoffnung. Wer so wohnte, konnte kein ganz schlechter Mensch sein. Noch ehe unser Wagen zum Stehen kam, stieg ich aus und lief los.

Ich entdeckte ihn sofort. Er sah alt aus, auf jeden Fall älter, als ich ihn mir vorgestellt hatte, und auch sonst hatte er nur wenig Ähnlichkeit mit dem Prinzen, der immer noch in meinem Kopf wohnte. Ein alter, mittelgroßer Mann mit grauem Bart und Strohhut, der damit beschäftigt war, einen Kiesweg zu harken. Er hätte auch der Gärtner sein können.

Ich nahm allen Mut zusammen und rief ihm ein lautes »Hallo« entgegen.

Er hob den Kopf. »Hallo«, grüßte er verwundert zurück.

»Sie haben ein sehr schönes Haus«, sagte ich.

»Danke.« Er musterte mich mit grauen Augen. »Sehe ich so deutsch aus?«, fragte er.

»Nein. Aber Sie harken den Weg.«

Er gab einen kurzen Ton von sich. Der Versuch eines Lachens. »Ja, stimmt. Das ist sehr deutsch.«

Ich wartete. Er wartete auch. »Suchen Sie jemanden?«, fragte er schließlich.

»Ja«, sagte ich, und plötzlich war ich mir sehr sicher. »Dich. Ich suche dich.«

Es dauerte eine Weile, bis er begriff, aber dann begriff er sehr schnell. »Wer sind Sie?«, fragte er heiser.

»Was glaubst du? Pia? Oder Nadja?«

Die Harke fiel ihm scheppernd aus der Hand. »Nadja«, sagte er spontan und fiel hinterher.

»Mein Gott«, sagte Ralph, der mich eingeholt hatte. »Musst du auch immer so mit der Tür ins Haus fallen?«

Wir saßen uns gegenüber. An einem kleinen Tisch auf seiner Terrasse. Unter uns die Bucht von Rethymno, über uns der griechische Himmel. Die Sonne war im Begriff unterzugehen und bestäubte die Welt mit ihrem Feuer. Es hätte alles so schön sein können.

Er starrte mich mit trüben Augen an. So Hilfe suchend, als wäre ich ein Überbrückungskabel. Aber ich war ganz und gar nicht bereit, ihm Starthilfe zu geben.

»Wie hast du mich gefunden?«, fragte er schließlich nervös und klopfte eine Zigarette aus der Packung. Er zündete sie an und hielt die Packung in unsere Richtung. Seine Hände zitterten.

»Das ist eine lange Geschichte«, sagte ich, den Kopf schüttelnd. »Außerdem ist es die falsche Frage.«

»Was ist denn die richtige?«

»Die richtige Frage wäre: Warum hast du mich gesucht?«

»Warum hast du mich gesucht?«

»Das ist eine lange Geschichte«, sagte ich wieder.

»Ich habe sehr viel Zeit.«

»Ich erzähle sie dir. Aber nur, wenn du mir auch deine erzählst«, sagte ich. Und: »Du zuerst.«

Christian

Mai 1974

Das erste Mal begegneten sie sich an einem dieser Wühltische in einem großen Kaufhaus. Er, der Anwalt, auf dem Weg zum Erfolg. Sie, das Mädchen, auf der Suche nach einem sicheren Platz im Leben.

Es gab keinen Anlass, sie anzusprechen. Sie war nicht hübscher als andere Mädchen, denen er schon begegnet war, und ganz sicher nicht hübscher als Larissa, mit der er seit zwei Jahren zusammen war, aber aus irgendeinem Grund fiel sie ihm auf. Vielleicht lag es an ihrer besonders schlanken, fast fragilen Gestalt. Oder an ihrer Jugendlichkeit, die sie so unschuldig aussehen ließ. Oder auch einfach an ihren hellbraunen langen Haaren. Er liebte Frauen mit langen Haaren. Vielleicht lag es auch daran, dass er weit weg war von zu Hause, weit weg von Larissa, und dass das Seminar, der Grund für seinen Aufenthalt in dieser Stadt, genauso langweilig war wie seine Teilnehmer. Er hatte niemanden zum Reden, niemanden, der ihn ablenkte, er hatte noch nicht einmal ein Klavier. Und das Seminar sollte noch ganze drei Wochen dauern.

Christian Altmeyer kam aus Münster. Er war ein junger, ehrgeiziger, zielstrebiger Anwalt, der wusste, was er wollte. Er wollte Juniorpartner in der Kanzlei werden, in der er arbeitete. Auch deshalb war er hier.

Seine Eltern hatten ihm, dem einzigen Sohn, dieses Studium ermöglicht, unter Entbehrungen, das ließ sein Vater ihn nie vergessen. Und so beugte er sich, während andere gegen Vietnam, den US-Impe-

rialismus, die Regierung der Altnazis und verstaubte Ideologien marschierten, seinem strengen Vater, seiner gläubigen Mutter und über seine Bücher. Das alles bedeutete aber nicht, dass er kein politischer Mensch war. Er stand nur auf der anderen Seite. So wie jetzt an diesem Wühltisch.

Mit spitzen Fingern prüfte das Mädchen Stoffe und Knöpfe, während ihre Stirn sich in angespannter Konzentration zusammenzog. Wenn ein Kleidungsstück dieser Prüfung standhielt, drehte sie sich zum Spiegel, hielt es vor ihren Körper und legte den Kopf schief. Irgendwann begegneten ihre Augen sich im Spiegel. Das war der Anfang.

Er wusste nichts von ihr, sie war auch gar nicht sein Typ, sein Typ waren selbstbewusste Frauen. Frauen, die wussten, was sie wollten, und es auch zeigten. So war sie nicht, das sah er sofort. Außerdem schien alles an ihr zu viel oder zu wenig. Das Gesicht zu schmal, die Augen zu groß, die Lippen zu üppig, die Nase zu gerade, die Gestalt zu schmächtig.

Trotzdem lächelte er. Und als sie zurücklächelte, lud er sie zu einem Eis ein.

»Wie heißt du?«, fragte er, als sie aus dem Kaufhaus traten.

»Corinna.«

»Ich bin Christian. Kommst du von hier?«

Sie nickte wieder. Sehr gesprächig schien sie nicht zu sein.

»Wie alt bist du denn?«

»Einundzwanzig.«

Er war beruhigt. Das war deutlich älter, als er befürchtet hatte.

»Kennst du ein schönes Eiscafé hier in der Nähe?«

»Vielleicht das am Marktplatz«, murmelte sie.

»Ist das weit?«

»Nein.« Sie zeigte mit der Hand nach vorn. »Nur ein paar Meter.«

Sie bestellte ein Spaghettieis, er ein Bananensplit, dann wurde es still zwischen ihnen. Sie kokettierte nicht, sie schien noch nicht einmal sonderlich an ihm interessiert.

»Was machst du?«, fragte er in die befangene Stille.

»Ach. Nichts Besonderes«, sagte sie leise, ohne ihn dabei anzusehen.

»Ich meine beruflich. Oder gehst du noch zur Schule?«

»Nein. Ich bin Fotografin.« Das Eis begann, auf ihrem Löffel zu schmelzen, und ein Tropfen fiel auf ihr Bein. Er hätte ihn gern abgewischt. Oder auf andere Art entfernt. Ihm war heiß.

»Ein schöner Beruf«, sagte er.

Sie zuckte mit den Schultern. »Und du?«

»Ich bin Jurist. Ich mache hier eine Art Fortbildung. Ein Seminar. Eigentlich wohne ich in Münster.«

Wieder nickte sie. Ihr ewiges Nicken und die wortkarge Art begannen, ihn zu nerven. Aber immer, wenn ihre Blicke sich trafen, sie scheu lächelte und ihre Wangen sich rosa verfärbten, dann rührte sie ihn. Dabei wusste er nicht einmal, ob er das niedlich oder lächerlich finden sollte. Er war achtundzwanzig Jahre alt und Anwalt. Er konnte auf ein bewegtes und abwechslungsreiches Liebesleben zurückblicken, seit zwei Jahren war er mit der schönen, begehrenswerten Larissa zusammen. Seit einem Jahr verlobt. Larissa studierte ebenfalls Jura, sie war im achten Semester und die Tochter seines Chefs. Sein Weg mit ihr war vorgezeichnet, und es war ein guter Weg.

Das Mädchen pickte mit ihrem Löffel im Eis herum.

»Schmeckt's dir nicht?«

»Doch.«

Ihre Bewegungen wurden unsicher, fast linkisch. »Ich … ich hab nur keinen Hunger.« Sie legte den Löffel auf die Seite.

»Braucht man den, wenn man Eis isst?« Er lachte und winkte der Kellnerin. »Zahlen, bitte.«

Sie verließen das Café. Sein Hotel war ganz in der Nähe »Ich muss da lang«, sagte er.

»Danke für das Eis.« Ihre Stimme war rau und kehlig. Dunkel und trotzdem zart. Eine interessante Mischung.

»Wo wohnst du?«

»Ich? Ähm … dort.« Sie zeigte mit der Hand in die Richtung.

»Ist es weit?«

»Nein. Nur ein oder zwei Kilometer.«

»Soll ich dich hinbringen?«

»Nein! Nein, es ist kein Problem. Ich fahr mit der Straßenbahn.«

»Gut. Dann … tja, dann mach's gut.«

»Du auch.«

Sie drehte sich um und entfernte sich. Ihr schmaler Rücken war ganz gerade. Zuerst war er erleichtert, aber je weiter sie sich entfernte, desto größer wurde sein Bedürfnis, sie aufzuhalten. Er lief ihr nach.

»Corinna?«

Sie drehte sich um.

»Ich habe morgen um vier Uhr Schluss. Ich warte hier auf dich.«

»Ich kann erst ab halb sechs«, sagte sie. Und dann verschwand sie für die nächsten Stunden aus seinem Leben. In dieser Zeit konnte er an nichts und niemand anderen denken. Nur an sie.

Am nächsten Tag wartete Christian zuerst ungeduldig auf das Ende seines Seminartages und dann genauso ungeduldig darauf, dass es halb sechs wurde. Seine Kollegen luden ihn ein auf ein Bier, aber ihm war nicht nach Gesellschaft. Jedenfalls nicht nach dieser. Ihm war allerdings auch nicht nach Alleinsein, also schlenderte er eine Stunde ziellos durch die Stadt. Dann wartete er an der verabredeten Stelle. Es war nicht das erste Mal, dass ihm so etwas passierte, es würde auch nicht das letzte Mal sein. Er war noch die nächsten Wochen hier. Er würde ein paarmal mit ihr ins Bett gehen und sich dann wieder beruhigen. Danach würde der Zauber wahrscheinlich schon wieder vorbei sein.

»Hey.« Sie war pünktlich. Und sah unglaublich sexy aus in ihrem extrakurzen Minirock. Er hatte einen Anzug an, sogar einen Schlips. Plötzlich kam er sich lächerlich vor.

»Zu mir oder zu dir?«, fragte er, um der Situation die Spannung zu nehmen. Es sollte ein Scherz sein, aber sie lachte nicht.

»Zu dir«, sagte sie mit ernstem Gesicht.

Er war selten wirklich überrascht oder um Worte verlegen. Jetzt schon. Aber schon sein Vater hatte immer gesagt: Wenn sich eine gute Gelegenheit bietet, dann muss man sie ergreifen. Er war sich nur nicht sicher, ob es eine gute Gelegenheit war.

Die Rezeption war nicht besetzt. Christian griff über den Tresen nach seinem Schlüssel, nahm sie an der Hand und stieg mit ihr die Treppe hinauf. Das Hotel war höchstens Durchschnitt, er schämte sich ein bisschen, aber wenigstens hatte er ein Einzelzimmer. Eine glückliche Fügung, weil er bei der Einteilung der Zimmer zu spät gekommen war.

Das Zimmer lag im ersten Stock. Es war so klein und muffig wie auch der Rest, aber das schien sie nicht zu stören.

Sie hockte sich aufs Bett und sah ihn an. Er setzte sich neben sie, schob ihre langen Haare zurück und begann, sie zu küssen. Erst zart auf den Hals, dann weniger zart auf den Mund. Ungeduldig zog er ihr den kurzen Rock aus, dann den Slip und die Bluse. Sie hatte keinen BH an und sehr schöne kleine, feste Brüste. Ihre Passivität irritierte ihn. Und ihre Nacktheit betörte ihn. Er legte sie auf sein Bett und zog sich aus. Sie hatte die Augen geschlossen. Als er sich neben sie legte, merkte er, dass sie zitterte. Er deckte sie beide zu und streichelte ihre kalte Haut. Sie ermutigte ihn nicht, sie wies ihn auch nicht ab. Er schob sich auf sie, ihre Haare hatten einen leichten Zitronenduft. Er verlor die Kontrolle, und dann ging alles ganz schnell. Zu schnell. Da war es auch schon zu spät. Für sie beide.

Aber das ahnte er zu diesem Zeitpunkt noch nicht.

Juli 1974

»Larissa? Bist du da?« Christian schob seine Reisetasche in den Flur, schloss die Tür und lauschte in die Stille. Der Vogel war ausgeflogen, das Nest leer. Es war ihm recht. Er war wie im Fieber. Außerdem bekam er dieses Bild nicht aus dem Kopf. Das Bild von Corinna, nackt auf dem Hotelbett. Dieses seltsame zarte Mädchen, das einerseits so unsicher, beinah kindlich gewirkt, sich ihm aber andererseits mit großer Selbstverständlichkeit immer wieder nackt präsentiert hatte. Hitze stieg ihm in den Kopf. Er schüttelte ihn irritiert. Er mochte Frauen, die selbstbewusst waren und sich nicht hinter Scheinheiligkeit und falscher Scham versteckten, aber so war sie auch nicht. Sie passte einfach in keine Schublade. Jedenfalls in keine, die er kannte.

Er räumte die saubere Wäsche in den Schrank, stopfte die schmutzige in die Waschmaschine, die Unterwäsche zuerst. Er hatte nie ein Problem damit gehabt, seine Wäsche selbst zu waschen. Seit er vor sieben Jahren von zu Hause ausgezogen war, hatte er sich selbst darum gekümmert. Er suchte nach Waschpulver.

Im Bad war es nicht unordentlich, trotzdem störten ihn die Dinge, die nichts mit ihm zu tun hatten. Die Tampons im Regal, der Lippenstift auf der Ablage, das kurze Nachthemd auf dem Hocker, die zweite Zahnbürste in seinem Becher. Überall in der Wohnung, die nicht mehr nur seine Wohnung war, waren Larissas Spuren. Es befremdete ihn, er hatte noch nie mit einer Frau zusammengelebt außer mit seiner Mutter, und das war nicht dasselbe. Seine Mutter hatte kein kurzes Nachthemd gehabt, und mit Sicherheit hatte sie auch keine Tampons benutzt, höchstens Binden. Und selbst das war schwer vorstellbar. Sie schien ihm irgendwie geschlechtsneutral. Seine Mutter eben.

Nach einigem Suchen fand er das Waschpulver in einem kleinen Schrank unter dem Becken. Auch das störte ihn. In seiner alten Wohnung hatte alles seinen Platz gehabt, und es waren andere Plätze gewesen. Er schluckte seinen Ärger hinunter. Larissa und er hatten so viele Gemeinsamkeiten, es war Unsinn, sich wegen solcher Lappalien aufzuregen.

Die alte Wohnung hatte Christian erst zum Ende des Quartals gekündigt. Das waren noch mehr als zwei Monate. Sie war etwa zehn Gehminuten von hier entfernt und eine gute Adresse. Nicht so gut wie diese hier, aber gut. Es war die Adresse, die er Corinna gegeben hatte.

Er musste sich überlegen, was mit den überflüssigen Möbeln und Utensilien geschehen sollte. Verkaufen? Oder verschenken? Vielleicht auch irgendwo lagern? Man konnte schließlich nie wissen.

Ob sie ihm schreiben würde? Er dachte an das Leuchten in ihren Augen, als sie den Zettel einsteckte, ihr verhaltenes Lächeln mit Lippen, die so weich waren und immer einem Versprechen gleichkamen. Ja. Sie würde ihm schreiben. Er war sich ganz sicher. Nicht sicher war er allerdings, wie er darauf reagieren sollte. Am besten gar nicht. Das wäre am vernünftigsten. Grundsätzlich war Christian ein vernunftgeleiteter Mensch, aber bei Corinna hatte sein Verstand zuweilen ausgesetzt, wie er sich selbst eingestand.

Er verriegelte die Tür der Waschmaschine und füllte das vorher dosierte Waschpulver ins Fach. Der leichte Zitrusduft erinnerte ihn an Corinnas Haare. Noch vor wenigen Stunden hatte er sie im Arm gehalten und sein Gesicht in ihren Haaren vergraben. Es hatte ihn selbst überrascht, wie schwer ihm der Abschied gefallen war.

»Ich muss wieder zurück. Ich habe ein Leben in Münster, das … das mit uns nichts zu tun hat. Aber wenn du mir deine Telefonnummer gibst, dann rufe ich dich an.«

»Ich habe keine. Ich meine, ich habe kein Telefon.«

»Ach so?« Er überlegte. »Na ja, dann deine Adresse. Ich schreibe dir.«

»Nur, wenn du mir auch deine gibst.«

Und so hatten sie ihre Adressen auf kleine Zettel geschrieben, die er aus seinem Notizblock riss, sie mit leuchtenden Augen, er mit sehr gemischten Gefühlen.

»Okay. Ich melde mich«, wiederholte er, und dann hatte er sie ein letztes Mal geküsst. »Bis bald.« Er hatte ihr noch lange nachgesehen. Und wieder das Gefühl gehabt, sie aufhalten zu müssen. Es war der Verstand, der ihn daran hinderte. Nichts sonst.

Der Wohnraum war groß und hell. Er wurde von einem schwarzen Flügel dominiert, der in der Mitte stand. Das einzige Möbelstück, das nur ihm gehörte, ganz und gar.

Larissa und er hatten in vielen Dingen einen erstaunlich ähnlichen Geschmack: kantige Möbel in skandinavischem Stil, Schallplatten von den Les Humphries Singers und den Beatles. Auch Klassik. Sie mochten beide Fisch, und sie liebten es, schön essen zu gehen. Ein gutes Glas Wein. Außerdem war Larissa sehr pragmatisch, auch das gefiel ihm an ihr.

Christian öffnete den Deckel. Liebevoll, beinah zärtlich strich er über die Tasten. Das war seine wahre Leidenschaft. Damit grenzte er sich ab. Von Larissa, aber mehr noch von seinen Eltern. Keiner sonst in seiner Familie hatte je ein Instrument gespielt. Auch Larissa nicht.

Sie mochte zwar Musik, aber sie war völlig unmusikalisch. Ob Corinna musikalisch war? Er hatte sie nie danach gefragt.

Christian schlug ein Notenheft auf. Debussy. Arabesque 1, Arabesque 2. Brahms. Danach Grieg. Eine Stunde Edvard Grieg. Danach fühlte er sich besser. Die Wäsche fiel ihm wieder ein. Er klappte den Deckel zu und stand auf.

Ein Schlüssel wurde ins Schloss gesteckt. Er hörte Larissas Stimme.

»Christian?«

»Ich bin hier. Im Bad.«

Sie erschien in der Tür. »Hallo. Na, wie war's?«

Sie kam und küsste ihn auf die Wange, während er die saubere Wäsche aus der Trommel holte.

»Sehr brav«, lachte sie. »Aber die Wäsche kann warten. Ich nicht.« Sie öffnete die Knöpfe ihrer Bluse.

Das erste Sonnenlicht sickerte bereits ins Zimmer. Es brach durch die Blätter einer großen Kastanie und schickte gefiederte freundliche Lichtstrahlen in den Raum, die seltsame Muster an die Wand malten. Christian lag auf dem Bett und sah sich die Muster an, die sich leise bewegten. Er konnte nicht schlafen. Seit Stunden lag er wach neben Larissa und hörte ihren gleichmäßigen Atem, manchmal schnarchte sie leise.

Sie war nicht böse gewesen, sie schien noch nicht einmal enttäuscht. »Na, du musst dich ja mächtig verausgabt haben. Muss ich mir Sorgen machen?«

»Quatsch. Wir haben nur gestern Abend ein bisschen lange zusammengesessen und Abschied gefeiert. Ich bin einfach hundemüde. Tut mir leid.« Damit hatte er versucht, etwas zu erklären, was er selbst nicht verstand. Bevor er Larissa kannte, hatte er keine festen Beziehungen gehabt und problemlos mit drei Frauen an einem Tag geschlafen. Und jetzt das. So etwas war ihm noch nie passiert.

Als er noch sehr jung war, hatte er nicht an die Liebe geglaubt. Er hatte sie für schwärmerische Gefühle gehalten, für eine sinnlose Vergeudung von Energien, eine Fiktion, die im wahren Leben keinen Bestand hatte. Aber dann hatte er Larissa getroffen, die von allen bewunderte Larissa, und sich entgegen seinen bis dahin so klar umrissenen Vorstellungen Hals über Kopf in sie verliebt. Sie hatte alles, was er sich von einer Frau erträumte. Sie war schön, hatte Humor, Verstand und auch Ehrgeiz.

Corinna dagegen passte so gar nicht in sein Schema. Ihr verhuschtes, nervöses Wesen hatte ihn am Anfang sogar ziemlich irritiert. Aber die Gefühle waren trotzdem ähnlich. Wann immer er an sie dachte, an ihren schlafwarmen Körper, die Zartheit ihrer blassen Haut, ihre kleinen, festen Brüste, wurde er von einer jähen Sehnsucht gepackt, die ihn selbst immer wieder überraschte.

Er stöhnte unwillig. Beinah die ganze Nacht hatte er damit verbracht nachzudenken. Nicht nur über Larissa und Corinna, auch über die Erwartungen, die er an sein Leben hatte. Er hatte Jura studiert, obwohl er so gerne Pianist geworden wäre. Aber sein Vater war dagegen gewesen. Mach was Vernünftiges, Junge, hatte er gesagt. Und Christian hatte sich in der dunklen Wohnung umgesehen und etwas Vernünftiges gemacht.

Er stand auf und öffnete das Fenster. Draußen leuchteten die Farben des Sommers. Er schlüpfte in seine Jeans und zog einen Zettel aus der Hosentasche. Ob sie auch wach war und an ihn dachte? Er konnte zwar ihr Gesicht sehen, ihre zierliche Gestalt, aber nicht das Umfeld, in dem sie sich bewegte. Sie hatte ihn nie mit nach Hause genommen, auch nicht viel erzählt. Nur, dass sie eine jüngere Schwester hatte und eine kranke Mutter. Aber keinen Vater mehr. Er hatte nicht weitergefragt.

Larissa gab einen kleinen Ton von sich. Vielleicht träumte sie. Er betrachtete ihr schlafendes Gesicht. Ebenmäßig und umrahmt vom goldenen Schleier langer, glatter Haare. Sanft strich er ihr eine Strähne zurück und küsste sie auf die Stirn.

Dann zerriss er den Zettel in viele kleine Teile und warf alles in den Papierkorb. Es war besser so.

Immer noch Juli 1974

Das kleine Haus war ein Reihenendhaus aus den Fünfzigerjahren. Schlicht, aber gepflegt. Weiße Gardinen hingen in den Fenstern, Töpfe mit Geranien standen auf den Bänken davor. Der Besuch bei seinen Eltern war Pflicht, keine Kür. Ihre Fragen, ihr Bedürfnis, teilzuhaben an allem, was sein Leben ausmachte, ihre ewigen Erwartungen, das alles war ihm lästig.

»Wie war der Lehrgang?«, fragte sein Vater.

»Gut.«

»Ich hoffe, du hast dich angestrengt und etwas gelernt, er hat viel Geld gekostet.«

»Ja«, sagte Christian gedehnt und dachte: Aber nicht deins.

Seine Mutter stellte ihm einen Teller hin. Rinderbrühe mit Markklößen. »Die magst du doch so gern.«

»Danke.«

»Bring doch Larissa wieder einmal mit.« Sie strich ihm über den Kopf.

»Das nächste Mal.«

Er war nicht hungrig, aber er wusste, dass sie enttäuscht sein würde, wenn er nicht aß. Nach wenigen Minuten schob er den leeren Teller zurück und stand auf. »Ich muss wieder los. Ich hab gleich noch einen Termin.«

»Heute? Am Samstag?«, fragte seine Mutter, während sein Vater herablassend nickte. Christian beobachtete das selbstgefällige Gebaren des Mannes und wandte sich angeekelt ab. Ihre Beziehung unterteilte er selbst in drei Phasen: In der ersten war er ein Kind, das seinen Vater bewunderte und sich nach Anerkennung sehnte. In der zweiten hatte er erkannt, dass sein Vater keineswegs unfehlbar war. Ein kleiner Büroangestellter, der von seinem Vorgesetzten immer wieder übersehen wurde, wenn es um die Besetzung einer höher dotierten Stelle ging. Jetzt, in der dritten, fühlte er nur noch Verachtung.

»Der Klient hat schwierige Arbeitszeiten. Er ist viel unterwegs«, erklärte er seiner Mutter. »Ich melde mich im Laufe der Woche wieder.«

Er gab ihr einen Kuss auf die Stirn, trat aus dem Haus und versuchte, das Unbehagen abzuschütteln, das nach jedem Elternbesuch an ihm haftete wie zäher, klebriger Schleim. Bei der Suche nach dem Autoschlüssel fühlte er wieder das Papier in der Seitentasche seines Jacketts. Drei Briefe. Briefe, die alle mit »Liebster Christian« anfingen. Sie brannten ihm unter den Nägeln und entfachten eine Sehnsucht in ihm, die ihn selbst überraschte.

»Liebster Christian, ich vermisse dich so.« Er ließ sich auf den Autositz fallen und nahm eine Zigarette aus der Packung, die geöffnet auf der Mittelkonsole lag. Den ersten Brief hatte er schon nach drei Tagen bekommen, den zweiten eine Woche später. Der dritte hatte dann vorgestern in seinem Briefkasten gelegen, er hatte schon gar nicht mehr damit gerechnet.

Seit seinem Abschied vor mehr als drei Wochen hatten sie sich nicht mehr gesehen, und er hatte sich auch nicht bei ihr gemeldet. Sie würden einander vergessen. Ihr Gesicht würde blasser werden, und irgendwann würde es nur noch eine Ahnung sein. Die Zeit heilt alle Wunden, hieß es. Sie würde auch diese Wunde heilen. Aber sie hatte es nicht eilig damit.

August 1974

Wieder zwei Wochen später, er saß gerade an der Akte eines besonders maniffligen Falls, klingelte das Telefon. Seine Sekretärin war schon weg, er nahm den Anruf entgegen.

»Christian Altmeyer.«

»Hallo, Christian. Hier ist Bernd. Aus Darmstadt. Erinnerst du dich?«

»Natürlich. Hallo, Bernd. Wie geht's?«

»Gut. Sehr gut sogar. Ich habe die Stelle bei der Spedition bekommen.«

»Als Justiziar? Na, gratuliere.«

»Danke! Aber deswegen rufe ich nicht an. Wir treffen uns am übernächsten Wochenende. Also Lars, Jochen und noch ein paar von den Jungs. Bist du dabei?«

»Übernächstes Wochenende? In Darmstadt?« Sein Kopf schlug Purzelbäume.

»Genau. Für dich ist das natürlich eine ziemliche Anreise, also wenn du ...«

»Nein, kein Problem, das geht.«

»Prima. Dann reservier ich uns am Samstag einen Tisch in der ›Bockshaut‹. Neunzehn Uhr. Lass uns nicht wieder hängen.« Bernd lachte anzüglich. »Bis dann.«

»Gut. Bis dann.«

Er dachte nach. Ein Treffen mit diesen Männern, alles Juristen wie er, die er in Darmstadt kennengelernt hatte. Unter normalen Umständen wäre das keine Option. Sie hatten nicht sein Format, keiner von ihnen. Aber die Sehnsucht war noch da, und dieses Treffen würde ihm das perfekte Alibi liefern. Er nahm ein Blatt Papier und einen Stift und schrieb: Liebe Corinna …

Immer noch August 1974

Corinna sah noch schmaler und zerbrechlicher aus, als er sie in Erinnerung hatte. Sie saßen wieder in dem Eiscafé ihrer ersten Begegnung, und er hatte Mühe, den Blick abzuwenden. Das luftige, kurze Sommerkleid verdeckte ihre schlanken, leicht gebräunten Beine kaum.

»Wie geht es dir?«, fragte er.

Sie schlug die Augen nieder. »Gut.«

Sie waren beide verlegen, eine seltsame Befangenheit hatte sich zwischen sie gesetzt.

»Und was macht deine Mutter?«

»Auch gut.«

»Geht's ihr wieder besser?«

»Ja.« Corinna hatte nur einen Kaffee bestellt und rührte jetzt umständlich in ihrer Tasse. Dass mit ihrer Mutter etwas nicht stimmte, war ihr irgendwann einmal herausgerutscht. Jedenfalls interpretierte er es so. Auf seine Nachfrage hatte sie sofort wieder abgewiegelt. Es gehe ihr nur gerade nicht so gut. Nichts Ernstes. Er hatte das Thema nicht wieder angesprochen. Es war ihre Sache. So wie seine Eltern seine Sache waren.

»Ich habe ein Zimmer in der ›Bockshaut‹. Ich treffe mich dort im Restaurant heute Abend mit den Jungs vom Lehrgang«, sagte er und blinzelte in die warme Sonne, die dennoch nicht darüber hinwegtäuschen konnte, dass der Sommer sich dem Ende zuneigte. Er sah sie abwartend an. »Ich ... ich habe ein Doppelzimmer reserviert. Also ... nur wenn du möchtest ...«

Sie kaute auf ihrer Unterlippe und nickte. Eine kaum wahrnehmbare und doch entschlossene Bewegung. Ihre unverstellte Hingabe rührte ihn. Er legte seine Hand auf ihre und lächelte zuversichtlich. So als wollte er sagen: Hab keine Angst. Er kam sich vor wie ein väterlicher Beschützer. Jedenfalls beinah.

»Sollen wir gehen?«

Sie nickte wieder, deutlicher jetzt.

Im Hotel schloss Christian die Vorhänge, um das grelle Sonnenlicht auszusperren, das nicht so recht zu seiner Stimmung passen wollte. Dann zog er zuerst Corinna und anschließend sich selbst aus, hob sie hoch und legte sie aufs Bett. Ihr Brustkorb hob und senkte sich mit jedem Atemzug. Sie kreuzte die Arme und schien scheuer, als er sie in Erinnerung hatte. Er legte sich neben sie und strich mit dem Finger zart über ihren Bauch. Sie waren beide befangen, es war, als müssten sich ihre Körper erst wieder erkennen. Erst als er sich auf sie legte, ihr die Haare aus dem Gesicht strich und ihre zarten Lippen küsste, stellte sich die alte Vertrautheit wieder ein. Der Duft ihrer Haare, die Glätte der Haut, er erkannte sie wieder. Corinna sah ihn an. In ihren Augen verfing sich das schummrige Licht des Zimmers. Sie nahm sein Gesicht in ihre Hände. »Komm zu mir«, murmelte sie. »Ich bin da.«

Und er kam. Löste sich in ihr auf, ganz und gar. Bis alles andere verschwand und nichts mehr übrig war von ihm.

Dezember 1974

Die Treffen mit Corinna wurden zum festen Bestandteil seines Lebens. Einmal im Monat, immer am ersten Wochenende, packte er seine kleine Tasche und fuhr nach Darmstadt. Die kleine Gruppe von Seminarkollegen hatte sich aufgrund der spärlichen Resonanz bald wieder aufgelöst, aber sie boten ihm noch immer den benötigten Vorwand.

»Ich fahr dann«, rief er, beseelt von ungeduldiger Vorfreude, in die Richtung, in der er Larissa vermutete.

»Ja. Tschüss!«, rief sie. »Viel Spaß!«

Er schloss die Tür hinter sich und schüttelte alle Gedanken ab, die sein Tun infrage stellen wollten. Immer wieder, wenn er aus Darmstadt zurückkam, den Corinna-Tank gut gefüllt, nahm er sich vor, die Sache zu beenden. Und immer wieder, wenn nach ein oder zwei Wochen der Tank leer war, war auch seine Entschlossenheit wieder dahin. Nur noch einmal, nur noch dieses eine Mal, dachte er dann, aber inzwischen glaubte er selbst nicht mehr so recht daran.

Vor ein paar Wochen, es war an einem Freitag, hatte Corinna vor seiner alten Wohnung gestanden. Sie war nach Münster gekommen, einfach so. Es war ein Zufall gewesen, dass er gerade in diesem Moment dort vorbeifuhr. Und ein Schock, als er sie da sah. Nur ein paar Hundert Meter entfernt von Larissa und seinem »richtigen« Leben.

Hin- und hergerissen zwischen Ärger und Freude, hatte er mit ihr geschimpft: »So geht das nicht. Du kannst nicht einfach kommen, wie es dir passt.« Er hatte ihr etwas von unregelmäßigen Arbeitszeiten erzählt, von seiner kranken Mutter, um die er sich kümmern müsse, von all den vielen Verpflichtungen und Terminen. Und hatte sie dann, als er ihr trauriges Gesicht sah, mit nach oben genommen.

In der Wohnung hatte Corinna so getan, als wäre eine Wohnung ohne Bilder und ohne persönliche Gegenstände völlig normal. Als wäre nichts dabei, wenn es nichts gab außer ein paar leeren Regalen und einem Bett. Ein Bett, in das sie sich ohne Worte legte. Nackt. Er sah sie vor sich und wünschte, es wären nicht nur die fünfundzwanzig Kilometer, die sie jetzt noch trennten.

Er trat aufs Gaspedal. Jetzt nur nicht nachdenken über das, was er tat. Und was sein Leben zunehmend in zwei Teile spaltete.

Mai 1975

Er erkannte sie schon von Weitem. Nicht nur an ihrer zarten Gestalt und den langen, seidig schimmernden Haaren, auch an dem unruhigen Blick, mit dem sie Ausschau hielt. Nach ihm, wie er vermutete. Christian tastete nach dem kleinen Kästchen in seiner Jackentasche und winkte ihr zu. Sie winkte zurück.

»Hallo.«

»Hallo.«

Am Anfang waren sie immer scheu, er genauso wie sie, zwischen ihnen lagen vier getrennt gelebte Wochen.

»Du bist ja schon da?«

Sie nickte.

Seine Hand verschwand in der Jackentasche. »Hier. Ich habe dir etwas mitgebracht.«

Ihre Augen blitzten vorfreudig, sie öffnete das Päckchen und strahlte. »Oh! Wie schön! Danke!« Ihr Gesicht hatte jetzt einen rosigen Schimmer.

»Weil du Eulen doch so sehr magst«, sagte er. Das hatte sie ihm irgendwann einmal verraten, und als er die Kette vor ein paar Tagen im Schaufenster eines Juweliers gesehen hatte, hatte er sie spontan gekauft.

Er stellte sich hinter sie und legte zuerst die Kette um ihren Hals und dann seine Arme um ihren Körper. Dabei vergrub er das Gesicht in ihren Haaren, die immer gleich dufteten. Nach Zitrone und noch etwas anderem, er wusste nicht, was es war. Er hatte immer noch Schuldgefühle, wenn er mit ihr zusammen war, vor allem danach, aber sie waren im Laufe der Monate kleiner geworden. Die Macht der Gewohnheit.

»Gehen wir?«, fragte er mit rauer Stimme und strich mit dem Daumen ganz zart über ihre Brust. Sie zierte sich nie, tat nie so, als ginge es ihr um irgendetwas anderes. Das gefiel ihm. Gepaart mit ihrer Mädchenhaftigkeit und ihrem fast kindlichen Aussehen, übte sie damit einen immer wieder unwiderstehlichen Reiz auf ihn aus.

Dieses Mal jedoch wand sie sich vorsichtig aus seinen Armen. »Christian?«

Er ließ sie nur widerwillig los. »Hm?«

»Danke! Für die Kette und …«

Er lächelte und nahm ihre Hand. »Komm, lass uns gehen.«

»Ich … können wir erst reden?«

»Wir reden doch schon.«

»Ja, aber ich meine …«

Er sah sie genauer an. Etwas schien sie zu bedrücken. Sie wirkte plötzlich unsicher. »Corinna, wenn du was zu sagen hast, dann sag's. Hast du jemanden kennengelernt, ist es das?« Er spürte selbst, wie böse er plötzlich klang. Als hätte er ein Recht dazu.

»Nein, natürlich nicht. Was denkst du von mir? Das ist es nicht. Es ist nur …«

»Was?«

»Können wir … uns vielleicht irgendwo hinsetzen?«

Er stöhnte unwillig. Dann riss er sich zusammen und lächelte. »Gut«, sagte er. »Komm, gehen wir ins Eiscafé. Da waren wir schon lange nicht mehr.«

Sie setzten sich gegenüber, und er sah sie abwartend an. »Also?«

»Ich bin schwanger.«

Abrupt schlug er mit der Hand auf den Tisch. »Du bist was? Scheiße! Bist du sicher?« Eine blöde Frage, aber die einzige, die ihm einfiel.

Sie nickte kleinlaut.

»Scheiße!«, fluchte er wieder. Ihm war ganz flau, kleine heiße Wellen durchströmten seinen Körper. Das durfte nicht sein. Das durfte einfach nicht sein. Er überlegte fieberhaft, wie er diesem Dilemma begegnen sollte. Einen Moment war er sogar versucht zu fragen, ob das Kind wirklich von ihm war. Aber dann besann er sich. »Wie weit?«

»Beim vorletzten Mal.«

Er rechnete nach. »Also vor ungefähr acht Wochen?«

»Ungefähr, ja.«

Es musste nach diesem verflixten Ausflug passiert sein. Er hatte im Auto mit ihr geschlafen, weil er nicht warten konnte. »Warst du schon bei einem Arzt?«

»Nein. Ich habe einen Test gemacht. So einen, den man in der Apotheke kaufen kann.«

»Dann mach einen Termin beim Frauenarzt. Solche Tests sind nicht sicher.«

»Mir ist jeden Morgen übel. Und ich hab meine Tage nicht bekommen.«

Ihm brach der Schweiß aus. »Geh zum Arzt. Frag ihn, was man machen kann.«

»Ich habe keinen Arzt. Also, ich war noch nie … Und, was soll man denn machen können? Es ist halt passiert.«

Er knetete ungeduldig seine Hände. Die Angst schnürte ihm beinah die Kehle zu. Er sah seine sämtlichen Felle davonschwimmen. »Mein Gott! Dann besorg dir einen. Du musst nur das Telefonbuch aufschlagen und dir einen aussuchen. Es ist noch früh genug, du kannst es noch wegmachen lassen.«

Sie wurde noch blasser. »Nein. Ich will das Kind doch nicht wegmachen lassen. Ich will es haben«, flüsterte sie.

»Ich will es haben«, äffte er sie nach. »Corinna! Sei doch vernünftig. Wie soll das gehen? Ich in Münster und du ...« Er unterbrach sich und stöhnte. »So ein verdammter Mist!«

»Ich könnte doch zu dir kommen. Wir könnten ...«

»Nein! Auf keinen Fall.« Er schluckte. »Bitte. Versteh das nicht falsch, aber ich bin ... ich habe in Münster ein ganz anderes Leben. Wenn ich hier bin, gibt es nur dich und mich, aber in Münster, da habe ich einen Job und ...«

»Das ist doch in Ordnung. Ich meine, dass du dort ein anderes Leben hast. Aber warum können wir nicht zusammen sein? Ich meine ... richtig zusammen?«

»Das geht nicht. Meine Eltern, also, ich bin ...« Er schnalzte ärgerlich mit der Zunge. »Du musst dieses Kind wegmachen lassen. Wirklich. Es geht nicht anders.«

Ihre Augen schimmerten feucht. Er strich mit zarten, zittrigen Fingern über ihre Lippen. »Bitte«, sagte er leise und eindringlich. »Bitte, Corinna! Tu's für mich. Ich gebe dir Geld.«

Nadja

Immer noch September 2017

Ich schluckte trocken. »Tja. Das Geld hättest du damals vermutlich besser anders angelegt.«

Er sah mich ernst an. »Findest du?«

An dieser Stelle wusste ich nicht, was ich sagen sollte, und wich seinem Blick aus.

»Ich hätte wirklich nicht gedacht, dass wir uns …«

»Bitte«, unterbrach ich ihn. »Lass es!« Und dann ärgerte ich mich. Es war nicht meine Aufgabe, ihm Absolution zu erteilen. Es war auch nicht meine Absicht. »Du warst es, der uns nicht haben wollte.«

Er zog seine Stirn in konzentrierte Falten und drehte das Wasserglas in seiner Hand. »Das war nicht der Gedanke.«

Ich verglich sein Gesicht mit meinem. Sehr viele Ähnlichkeiten fand ich nicht. Nur ein paar. Die allerdings auch nur, weil ich an Pia dachte. Er hatte den gleichen Kinnschwung wie meine Schwester. Und die gleiche Art, ironisch zu lächeln. Lächelte ich auch so? Ich wusste es nicht, ich würde es bei nächster Gelegenheit vor dem Spiegel prüfen.

»Ich wollte mein Leben nicht aufgeben, das war der Punkt. Ich war … ich hatte so klare Ziele und Vorstellungen.«

»Da haben wir wohl nicht so gut reingepasst.«

»Nein«, sagte er mit entwaffnender Ehrlichkeit. »Da habt ihr nicht gut reingepasst.«

»Okay.« Ich stand auf und reichte ihm die Hand. »Jedenfalls danke, dass du mir das alles …«

Er ließ mich nicht ausreden und hielt mich fest. »Was hast du erwartet?«

Ich wusste es nicht. Vielleicht doch den Prinzen, der durch irgendwelche Mächte, die nicht in seiner Verantwortung gestanden hatten, daran gehindert worden war, mir ein Vater zu sein. Und Pia. Ihr natürlich auch.

Er ließ mich los. »Setz dich wieder hin. Die Geschichte ist noch nicht zu Ende.«

Christian

September 1975

Als Corinna ihm von der Schwangerschaft erzählt hatte, war es ein Schock. Ein Schock, der ihn allerdings nicht ganz überraschend hätte treffen dürfen. Er hatte immer Präservative benutzt, bis auf zweimal. Das erste Mal war das erste Mal. Da hatte er keine zur Hand gehabt und sich danach kurz verflucht. Aber es war gut gegangen. Das zweite Mal war in seinem Auto. Er hatte nichts dabeigehabt, weil er dachte, er könne warten bis nach dem Ausflug. Und als er dann nicht warten konnte, dachte er: Es wird schon gut gehen, es war schon einmal gut gegangen. Dieses Mal nicht. Und plötzlich musste er sich entscheiden.

Vielleicht hätte er sich dafür entscheiden sollen, sich von seinen Träumen zu verabschieden. Weil das Aufgeben von Träumen manchmal leichter war als das Festhalten daran. Und weil der Gedanke an ein Kind, sein Kind, ihn seltsam berührte. Aber es war nur ein sehr kurzer Moment gewesen. Am Ende hatte er sich zusammengerissen, sich ihre Bankdaten geben lassen und noch am gleichen Tag Geld überwiesen. Einen nicht unerheblichen Betrag. Zum einen, damit sie »die Sache« erledigte, zum anderen, weil er das Gefühl hatte, sie irgendwie entschädigen zu müssen. Er hatte keine Ahnung, was so ein Abbruch kostete und wie man da vorging, aber er wusste, dass es in Holland Möglichkeiten gab. Bernd, ein Kollege von ihm, kannte sich aus. Ihm war es auch schon mal passiert. Montags im Büro hatte Christian sich die Adresse der Klinik geben lassen und dabei so getan, als ginge es um einen Freund. Nicht um ihn selbst, natürlich nicht.

Schon am nächsten Tag war er wieder nach Darmstadt gefahren, eine logistische Meisterleistung, allein die Fahrt hatte mehr als sieben Stunden Zeit gekostet. Er hatte Corinna in aller Kürze die notwendigen Informationen gegeben, einschließlich der ausführlichen Beschreibungen von Bernd, und sie getröstet. Sie hatte geweint, das schon, aber zu seiner großen Erleichterung hatte sie das Geld angenommen. Damit war die Angelegenheit erledigt. Es war ein Geschäft: Man bezahlte, und man bekam etwas dafür. Eine Dienstleistung. Er hatte dafür bezahlt, dass es kein Kind geben würde. Jedenfalls keines von ihm und Corinna.

Trotzdem hatte er danach noch tagelang mit sich und seinem Gewissen gehadert. Es war ihm nicht richtig erschienen, sie in dieser Situation allein zu lassen. Aber der Urlaub hatte vor der Tür gestanden. Südfrankreich. Larissa liebte dieses Land, sie sprach perfekt Französisch, und sie hatte sich so sehr darauf gefreut. Er konnte sie nicht enttäuschen.

Christian lachte unfroh auf bei diesen Gedanken. Dieser Urlaub hatte sich als ein einziges Desaster entpuppt. Er war zu abgelenkt, machte sich Sorgen wegen Corinna und seiner Zukunft, und Larissa war ihm entsetzlich auf die Nerven gegangen mit ihrer fröhlichen Unbekümmertheit. Am Ende hatten sie sich nur noch gestritten und waren drei Tage früher zurückgefahren als geplant.

Kaum wieder zu Hause, hatte er sich sofort auf den Weg zu seiner alten Wohnung gemacht. Er hatte alles Mögliche erwartet, traurige Briefe, verzweifelte Briefe, Briefe mit Anklagen und Vorwürfen. Aber da war nichts. Der Briefkasten war leer. Zuerst war er zutiefst erleichtert. Dann begann er, sich Sorgen zu machen. Er hatte sogar mit dem Gedanken gespielt, sie zu besuchen, um zu sehen, wie es ihr ging. Aber nachdem sein zukünftiger Schwiegervater ihm einen juristisch besonders schwierigen Fall übergeben hatte, einen Fall, der seine ganze Aufmerksamkeit erforderte, verwarf er seine Idee wieder. Er ließ sogar eine weitere Woche vergehen, ehe er wieder daran dachte.

Als er dann das nächste Mal in den Briefkasten schaute, war er immer noch leer. Da war nichts, gar nichts. Noch nicht einmal ein Werbefaltblatt. Er war beruhigt. Und auch wieder nicht. Was ihm fehlte, war Gewissheit. Also setzte er sich hin und schrieb selbst einen Brief. Er schrieb, dass er sich Sorgen mache und dass sie ihm unbedingt Bescheid geben solle, ob sie alles geregelt habe. So wie besprochen.

Tage vergingen, eine ganze Woche. Sie meldete sich nicht. Sie war böse auf ihn, das war verständlich. Damit konnte er leben. Damit musste er leben. Er beruhigte sich wieder. Die Zeit ließ seine Angst allmählich blasser werden. Alles wurde blasser, sogar ihr Gesicht. Die ganze Aufregung. Er war noch einmal mit einem blauen Auge davongekommen. Langsam glitt er zurück in seine gewohnten Bahnen. Vor ihm lag genau das Leben, das er sich so brennend wünschte.

Wieder ein paar Wochen später fuhr er noch einmal zur alten Wohnung. Er wollte einen letzten Blick in den Briefkasten werfen. In Kürze würde der Mietvertrag endgültig auslaufen, der Rest an Möbeln war verkauft, das Kapitel abgeschlossen. Da sah er sie. Sie saß in der für sie typischen Haltung auf einer kleinen Mauer, genau gegenüber der Wohnung. Er erkannte sie ohne Mühe, trotz der übergroßen Sonnenbrille, die sie trug, und obwohl er noch ein gutes Stück entfernt war. Und noch etwas anderes erkannte er: Der Bauch unter ihrer hellen bestickten Bluse schien ihm viel zu rund. Er passte nicht zum Rest.

In Panik drehte er um und fuhr weg. Aber schon nach ein paar Hundert Metern hielt er wieder an. Man muss sich seinen Problemen stellen, hatte sein Vater immer gesagt. Er fuhr zurück, doch sie war nicht mehr da. Nicht auf der Mauer, nicht vor dem Haus, nicht in der

Straße. Er parkte, stieg aus und öffnete zuerst den Briefkasten und dann die Wohnungstür. Nichts. Kein Brief, keine Nachricht, noch nicht einmal ein unter die Wohnungstür geschobener Zettel. Er begann, an seiner Wahrnehmung zu zweifeln, und schöpfte wieder Hoffnung. Vielleicht hatte er sie verwechselt. Die einzig vernünftige Erklärung. Erleichtert schloss er die Tür.

Frau Marquardt, die alte Mieterin der Wohnung unter ihm, kam ihm auf der Treppe entgegen.

»So geht das nicht«, schimpfte sie und drückte ihm einen Karton mit Briefen in die Hände. »Ihr Briefkasten ist ständig überfüllt. Das müssen Sie in Zukunft anders regeln, ich kann mich nicht mehr darum kümmern, ich bin achtundsiebzig, mir fällt das Treppenlaufen schwer.«

Frau Marquardt. Natürlich. Sie hatte einen Ersatzschlüssel von seinem Briefkasten. Als er noch hier wohnte, hatte sie sich immer darum gekümmert, wenn er weg war. Warum hatte er daran nicht gedacht?

»Entschuldigen Sie. Es tut mir leid«, stammelte er, während sie ungeachtet seiner Einsicht weiterklagte.

»Wie sieht das denn aus? Das ist ein ordentliches Haus. Die Werbung habe ich übrigens gleich weggeworfen.«

»Es wird nicht mehr vorkommen.«

Dann hatte er seine Post genommen, sich auch den Ersatzschlüssel geben lassen und war ins Büro gefahren. Dort hatte er Corinnas Briefe gelesen, zweiundfünfzig an der Zahl, und sie in seinem Schreibtisch versteckt.

Zwillinge. Zwei Kinder. Seine Kinder. Und Corinna hier in Münster. Das Leben war dabei, ihm zu entgleiten. Es war jetzt nur noch eine Frage der Zeit, bis die Bombe hochgehen würde. Manchmal spielte er sogar mit dem Gedanken, die Detonation selbst auszulösen und mit Larissa zu reden. Aber alles in ihm sträubte sich dagegen. Es musste eine andere Lösung geben. Aber welche?

Seine Hände zitterten. Er war ein Nervenbündel. Aber es nutzte nichts. So konnte es nicht bleiben. Entschlossen griff er nach dem Autoschlüssel. Larissa saß im Wohnzimmer in einem Sessel vor dem Fenster. Sie las. Die Haare hatte sie lässig zu einem Zopf gebunden, was ihr ein überraschend weiches Aussehen gab.

»Ich muss noch mal weg«, meinte er.

»Wo gehst du hin?«

»Ich schaue kurz bei meinen Eltern vorbei.«

Ärgerlich klappte sie das Buch zu. »Wieso jetzt? Wir wollten gleich in die Stadt und ein Geburtstagsgeschenk für meine Mutter besorgen. Das war so ausgemacht. Und jetzt überlässt du wieder alles …«

»DU musst ein Geschenk besorgen. Es ist deine Mutter«, entgegnete er nervös.

»Ach?«, sagte sie eingeschnappt. »Dann sag DEINEN Eltern schöne Grüße.« Sie stürmte an ihm vorbei und knallte die Tür hinter sich zu.

So etwas kam in letzter Zeit häufiger vor. Seine Ungeduld, seine Zerrissenheit, seine psychische wie physische Abwesenheit, all das war nicht unbemerkt geblieben. Am liebsten würde er jetzt einlenken. Ihr nachgehen und erklären, warum er so handelte. Aber natürlich ging das nicht. Also stritten sie.

Er zog Jacke und Schuhe an und verließ die Wohnung. Im Auto starrte er einen Moment zu dem Fenster, hinter dem er Larissa vermutete. Corinna hatte ihm immer hinterhergesehen. Larissa nicht. Es war nicht ihre Art. Er startete den Motor und überdachte zum tausendsten

Mal seine Lage. Sein ganzes Leben lang hatte er Ziele gehabt und sie auch verfolgt. Mit Disziplin und Fleiß, manchmal auch mit Härte gegen sich selbst. Aber jetzt lief ihm alles immer mehr aus dem Ruder. Er hatte die Kontrolle verloren. Dabei hatte er am Anfang noch geglaubt, er wäre mit einem blauen Auge davongekommen.

»So kann es nicht bleiben«, dachte er wieder und wieder. »Ich muss etwas tun.« Er wusste nur nicht, was.

Das Namensschild neben der oberen Klingel war leer, unten stand: Maria Schaller. Er klingelte oben. Es dauerte eine Weile, bis die Tür geöffnet wurde. Und dann dauerte es eine weitere Weile, bis er in der jungen, blassen, verwirrt scheinenden Frau Corinna erkannte. Seine Corinna. Sie war barfuß, das kurze himmelblaue Kleid war voller Flecken, und die langen Haare hingen ihr wirr im Gesicht. Sie warf sich an seinen Hals.

»Christian! Endlich, endlich, endlich!«, rief sie.

Er löste ihre Arme und schob sie zurück. Sah auf die Rundung ihres Bauches, sah in ihr eingefallenes Gesicht. Etwas stimmte nicht mit ihr, sie war so anders. Sie schien ihm auch schrecklich mager.

»Hallo, Corinna«, murmelte er betreten und räusperte sich. Er wollte ihr all die wichtigen Dinge sagen, die er sich zurechtgelegt hatte, diese Sätze aus Wut und Verzweiflung, aber die Wut war verflogen, nur die Verzweiflung, die war noch da.

»Wir müssen reden«, sagte er schließlich. Er hörte selbst, wie schwach das klang.

»Wo warst du nur so lange? Ich habe auf dich gewartet. Hast du denn meine Briefe …?«

»Mein Gott!« Er stöhnte. »Was hast du dir nur dabei gedacht?« Sein Blick wanderte zu ihrem Bauch.

Sie ließ die Arme hängen und trat zur Seite. Mit gesenktem Kopf zeigte sie zur Treppe. »Ich wohne oben.«

Er schob sich an ihr vorbei in einen winzigen Flur und folgte ihr in die Wohnung. Mit jeder Stufe, so schien es ihm, verlor er ein Stück seiner mühsam aufgebauten Kontrolle. Bis nichts mehr davon übrig war.

Sie führte ihn in eine großzügige, wenn auch spärlich möblierte Küche. »Möchtest du vielleicht etwas trinken? Soll ich uns Kaffee kochen?«, fragte sie. Er hörte die eifrige Hoffnung in ihrer Stimme.

»Nein. Ich bin nicht zum Kaffeetrinken hier.«

Die Wohnung hatte nicht viel zu bieten. Keine Stereoanlage, noch nicht einmal einen Fernsehapparat. Dafür hatte sie etwas anderes, etwas eigentümlich Vertrautes.

Vielleicht lag es an den Farben. Bunte Vorhänge und bunte Wände. Oder an den Fotos, die überall hingen. Fotos von Münster, auch Fotos von ihm, aus ihrer Zeit in Darmstadt.

Corinna schob das schmutzige Geschirr zur Seite, nahm ein Stück Stoff vom Stuhl und hängte es sich über den Arm. »Setz dich doch.«

Er schüttelte den Kopf und begann, sich die Nase zu reiben. Ihm fehlte der erste Satz. Das erste Wort. »Wir müssen reden«, sagte er noch einmal.

Sie nickte. Eifrig und ernst.

»Corinna! Warum um alles in der Welt hast du dich nicht an unsere Abmachung gehalten? Und was machst du überhaupt hier in Münster?«

»Ich … also … hast du denn meine Briefe nicht bekommen?«, fragte sie wieder.

Er hörte ein leichtes Zittern in ihrer Stimme und schluckte nervös. Es tat ihm weh, sie so zu sehen. Gleichzeitig konnte er seinen Blick nicht von ihr abwenden. Wie sie dort stand, in dem Sonnenlicht, das jetzt mit aller Macht durch das Fenster brach. Wie ein gefallener Engel. Sie strich mit ihren schmalen Fingern über den Stoff und versuchte zu lächeln. »Wir … wir sind doch nicht das erste Paar, das Zwillinge bekommt. Das haben andere geschafft, das können wir auch …«

Ihre penetrante Ignoranz gegenüber allem, was ihm wichtig war, erinnerte ihn an den Sinn seines Besuches. »Hast du eigentlich gar nichts begriffen?«, fragte er. »WIR schaffen hier gar nichts, es gibt gar kein WIR. Mein Gott, ich habe dir dreitausend Mark gegeben, damit du …« Er hielt inne. »Was hast du eigentlich mit dem Geld gemacht?«

Sie sah ihn hilflos an. Große Augen in einem winzigen Gesicht. Wie konnte ein so kleiner Körper Kinder bekommen? Und auch noch zwei auf einmal? Bevor er es verhindern konnte, wanderte sein Blick erneut zu ihrem Bauch. Sofort wandte er sich wieder ab. In seinem eigenen saß ein Kloß aus Verzweiflung.

»Na gut«, sagte er schließlich. »Du bekommst noch mehr Geld von mir. Damit du wieder zurück nach Darmstadt kannst und für den Anfang versorgt bist.« Er überlegte kurz und rechnete. »Ich kann kurzfristig fünftausend Mark auftreiben. Dann sehen wir weiter.«

Sie blieb stumm. Warum sagte sie nichts?

Er räusperte sich. »Hast du mich verstanden?«

Jetzt bewegte sie den Kopf. Ein leichtes Nicken. War es ein Nicken?

Er begann, auf und ab zu laufen. Das Ganze musste ein Albtraum sein. Sie hatte sich in sein Leben geschlichen, sich nicht an ihre Abmachung gehalten. »Warum machst du das? Warum machst du alles kaputt?« Er weinte beinah.

Sie gab einen Ton von sich. Wie ein kleines verletztes Tier. Er sah aus dem Fenster, um sie nicht ansehen zu müssen. Draußen schien die Sonne. Der Himmel war blau. Wie konnte der Himmel in diesem Moment so blau sein?

»Ich … ich wollte dich überraschen. Ich habe gedacht, du freust dich«, flüsterte sie. Ihre devote Unterwürfigkeit machte ihn mürbe. Mit Wucht ließ er eine Faust auf den Tisch fallen, so heftig, dass das Geschirr klirrte und der Zucker in der kleinen Dose sich zu einer glatten Fläche verteilte.

»Bist du komplett übergeschnappt? Worüber soll ich mich denn freuen? Darüber, dass du mein Leben zerstörst? Ich will diese Kinder nicht, verstehst du? Ich will mein Leben wieder zurück, sonst nichts.«

Er atmete durch und nahm ihre Hand. Sie zitterten beide. »Corinna, es tut mir leid, ich habe alles falsch gemacht. Ich weiß, ich hätte es dir sagen sollen, aber …«

»Nein«, sagte sie. »Nicht.«

»Es gibt schon eine Frau, Larissa, und wir …«

»Nicht!« Sie streckte die Hände aus, ob nach ihm oder einer Möglichkeit, sich festzuhalten, konnte er im Nachhinein nicht mehr sagen. Und dann sackte sie zusammen. Wie der Stoff, der noch immer über ihrem Arm hing.

»Corinna!« Erschrocken kniete er sich neben sie, klopfte ihre Wangen und versuchte, ihren Puls zu fühlen. Einen schrecklichen Augenblick lang dachte er, sie sei tot.

Dann fühlte er ein kaum wahrnehmbares Pochen. Er stöhnte vor Erleichterung, hob sie hoch und trug sie durch die Wohnung. Im Nachbarzimmer war ein Bett. Er legte sie hinein und strich ihr die Haare aus dem Gesicht. Ihr Atem war schwach, kaum wahrnehmbar, aber sie atmete, er sah, wie sich ihr Brustkorb leicht hob und senkte. Ihm brach der Schweiß aus. Sollte er einen Arzt rufen? Aber dann würde man seinen Namen wissen wollen und in welchem Verhältnis er zu ihr stand. Er rang mit sich, aber noch bevor er zu einer Entscheidung gekommen war, schlug sie die Augen wieder auf.

»Christian!« Sie setzte sich auf.

»Gott sei Dank! Warte.« Er holte ein Glas Wasser und hielt es ihr an die Lippen. »Hier, trink das! Geht's wieder?«

Sie klammerte sich an ihn. Die Festigkeit ihres Griffs überraschte ihn. »Christian! Christian! Ich bin so froh, dass du da bist. Ich habe so lange auf dich gewartet.« Sie weinte jetzt, er hörte ihr leises Schluchzen. Er weinte auch.

Nadja

Immer noch September 2017

Christian rang um Fassung. »Tut mir leid«, murmelte er und blinzelte, gegen das Licht und die Feuchtigkeit in seinen Augen. Dass er jetzt Gefühle zeigte, war so ziemlich das Einzige, was ihm nicht leidtun musste, fand ich.

Der Vater, von dem ich mein ganzes Leben lang geträumt hatte, stand auf und verschwand im Haus. Ich sah ihm enttäuscht nach. Nichts war so, wie ich es mir vorgestellt hatte.

Ralph drückte meine Hand. Er saß noch immer neben mir, das hatte ich für einen Moment ganz vergessen.

»Wir können jederzeit abbrechen. Oder eine Pause machen und morgen wiederkommen.«

Ich schüttelte den Kopf.

Christian kam zurück und legte ein paar Fotos auf den Tisch. Er zeigte auf das erste. Zwei Babygesichter. Da seien wir ungefähr drei Monate alt gewesen. Er zündete sich eine neue Zigarette an und machte nahtlos dort weiter, wo er wenige Minuten zuvor aufgehört hatte.

Endlich konnte er all diese verschlossenen Sätze und Bilder herausholen und ausbreiten, auch vor sich selbst. Es kam mir vor, als hätte er nur darauf gewartet.

Christian

Oktober 1975

Peter war sein Freund. Der Einzige, dem er in dieser Sache vertraute. Er saß bereits am Tresen und wartete auf ihn.

Sie kannten sich schon ewig, schon seit Kindertagen, ihre Familien hatten direkt nebeneinander gewohnt. Vor ein paar Jahren hatte Peter, nachdem sein Vater gestorben war, dann die Wohnung im Dachgeschoss seiner Eltern ausgebaut, und dort wohnte er jetzt mit seiner Frau Jutta und seinem kleinen Sohn. Für Christian dagegen war schon früh klar gewesen, dass er wegwollte. Weg von seinen Eltern. Weg vor allem aus diesem Mief der Mittelmäßigkeit. Trotzdem war der Kontakt zu Peter nie ganz abgebrochen. Hin und wieder trafen sie sich auf ein Bier oder gingen ins Stadion. Sie waren beide SC-Preußen-Münster-Fans, hatten früher zusammen in einem kleinen Verein gekickt.

Peter lächelte ihm schief entgegen. »Hallo.«

»Hallo. Schön, dass du gekommen bist.«

»Klar, Mann.«

»Danke für die Sache mit den Briefen.«

»Hat sich ja jetzt erledigt.«

Peter hatte nach der Sache mit Frau Marquardt hin und wieder für ihn in den Briefkasten geschaut. Jetzt gab es ein Postfach für Nachsendungen.

»Das ist aber auch keine Lösung«, sagte Peter.

Christian schüttelte den Kopf. »Das ist alles eine so verflixte Situation.«

»Mensch Christian. Auch noch Zwillinge.« Peter setzte das noch halb volle Bierglas an und trank es in einem Zug leer.

»Tja.« Christian zog die Schultern hoch. »Volltreffer. Und jetzt rückt mir auch noch ihre Vermieterin auf die Pelle.«

»Na ja, sie hat wahrscheinlich Angst, auf den Mietschulden sitzen zu bleiben.«

»Ich überweise jeden Monat Geld. Wenn nur Larissa nichts merkt.«

Peter sah ihm prüfend ins Gesicht. »Sag mal: Bist du ganz sicher, dass die Kinder von dir sind?«

Christian nickte.

»Kein Zweifel?«

»Nein.«

»Du könntest es trotzdem abstreiten.«

»Nein. Das kann ich nicht.«

Peter nickte. »Was sagt denn … wie heißt das Mädchen noch?«

»Corinna.«

»Was sagt sie dazu?«

»Nicht viel. Sie will halt, dass wir zusammen sind. Als Familie. Sie überschaut das alles gar nicht.«

»Das kommt für dich nicht infrage?«

Christian schüttelte den Kopf. »Nein.«

Peter musterte ihn nachdenklich. »Willst du dir das nicht noch mal überlegen? Denk doch an die Kinder. Und das Mädchen ist noch so jung. Sie wird das nicht schaffen.«

»Hör auf! Es war ihre Entscheidung, nicht meine«, sagte Christian gereizt. »Wenn du jemanden bedauern willst, dann mich. Ich bin derjenige, der auch die nächsten zwanzig Jahre noch für diesen blöden Fehler bezahlen muss.«

Peter stützte die Hände auf den Tresen. »Weißt du, woran ich gerade denke?«

»Ich kann keine Gedanken lesen.«

»An Mischa. Ich habe meinen Sohn noch nie als Fehler empfunden. Im Gegenteil.«

»Mein Gott! Erspar mir das! Du und Jutta, ihr wart verheiratet und habt euch gemeinsam für ein Kind entschieden. Das ist etwas ganz anderes. Außerdem ist Larissa ja auch noch da. Ich kann sie nicht einfach im Stich lassen.«

»Ich glaube nicht, dass Larissa das Problem ist. Sie würde dich zum Teufel wünschen und ein paar Tage jammern. Dann würde sie sich einen neuen Verehrer suchen. Dein Problem bist du selbst. Dein Problem ist dein Ehrgeiz. Juniorpartner und so weiter.«

»Ich glaube, du irrst dich.«

»Was wäre denn, wenn Larissa jetzt schwanger würde?«

»Wird sie nicht. Sie will kein Kind. Nächstes Jahr macht sie Examen.«

Peter sah auf die Uhr. »Tut mir leid, ich muss jetzt los. Jutta wartet.« Er legte einen Fünfmarkschein auf den Tresen und schlug Christian wieder auf die Schulter. »Mach's gut, alter Junge. Und …«

»Ja?«

»Vielleicht überlegst du's dir ja noch mal. Larissa braucht dich nicht. Jedenfalls nicht so. Noch kannst du dich entscheiden. Noch kannst du deinen Kindern ein Vater sein.«

Christian sagte jetzt nichts mehr. Was wusste Peter schon. Natürlich würde er Corinna und die Kinder nicht im Stich lassen, zumindest nicht in finanzieller Hinsicht, aber ihnen ein Vater zu sein, das würde ein offizielles Bekenntnis bedeuten. Das Ende seiner Ehe und das Ende seiner Karriere. Nein. Sein Name durfte da nicht auftauchen, unter keinen Umständen.

Sein Freund hob die Hand. »Mach's gut!«

Christian schnaubte leise und starrte ihm hinterher. Peter verstand das Dilemma nicht, in dem er steckte. Jedenfalls nicht das ganze Ausmaß. Larissas Vater hatte sehr viel Geld und sehr viel Einfluss. Er würde Christian nicht nur aus seiner Kanzlei werfen, er würde auch dafür sorgen, dass er in Münster keinen Fuß mehr auf den Boden bekam. Sein Leben würde vorbei sein, bevor es überhaupt begonnen hatte.

Nadja

Immer noch September 2017

So langsam wurde es stiller zwischen uns. Die Worte, die anfangs noch gesprudelt waren, versiegten jetzt allmählich. Christian unterbrach sich immer öfter, als müsste er noch einmal über das nachdenken, was er gerade gesagt hatte. Die Sätze wurden kürzer, die Pausen länger. Satz, Satz, Pause. Lebensbeichte im Dreivierteltakt. Zwischen uns die Fotos. Zwischen uns ein halbes Leben.

»Es ist seltsam. Aber auch ein völlig aus den Fugen geratenes Leben wird am Ende zum Alltag«, sagte er.

Pause.

»Da wart ihr. Und auf der anderen Seite war Larissa.«

Pause.

»Ich musste permanent planen und aufpassen. Nichts durfte mich verraten.« Er zündete sich eine neue Zigarette an, der Aschenbecher vor ihm quoll bereits über. »Corinna war ... sie hatte irgendwie den Bezug zur Realität verloren.«

Er nahm einen tiefen Zug und blies den Rauch in die Luft. Zu spät, um aufzuhören.

»Dann wurdet ihr geboren. Von da an war ich nur noch damit beschäftigt, diese beiden Welten auseinanderzuhalten.«

Pause.

»Eine Zeit lang hat es sogar ganz gut funktioniert. Ich

habe euch ab und zu besucht, Corinna schien zufrieden damit.«

Ich sah ihn abwartend an.

»Sie spielte heile Welt. Sie baute sich ihre eigene Traumwelt. Nichts von dem, was ich ihr zu erklären versuchte, kam bei ihr an.« Er atmete laut. Ich hörte jede Zigarette. »Zum Glück gab es da … diese Vermieterin. Frau Schaller. Sie hat sich um euch gekümmert. Ohne sie … wäre es nicht gegangen.«

Er fuhr sich mit der freien Hand durch die noch immer erstaunlich vollen Haare. »Ich habe mich nie bei ihr bedankt. Als es mir einfiel, war es zu spät.« Er lachte, aber es klang nicht glücklich. »Zu spät. Das Motto meines Lebens.«

Er nahm einen neuen Zug. Die Zigaretten halfen ihm irgendwie, am Ball zu bleiben, seine Sätze wurden wieder etwas flüssiger. »Das Leben ging weiter, ich hatte aufgehört, über die Zukunft nachzudenken. Ich ließ es einfach laufen. Bis …« Er unterbrach sich und drückte die Zigarette aus.

»Bis?«

»Bis Larissa schwanger wurde.« Er seufzte. »Damit hatte ich nicht gerechnet.«

Es war wohl so eine Eigenart von ihm, nicht damit zu rechnen, dass Frauen, mit denen er schlief, schwanger wurden.

»Sie wollte nie ein Kind. Das hatte sie immer wieder betont. Von Anfang an.«

»Und du?«

Er schüttelte den Kopf. »Meine Vorstellung war immer die einer Partnerschaft auf Augenhöhe. Eine gemeinsame

Kanzlei. Eine Frau, auf die ich stolz sein konnte. Keine, die mir abends das Essen aufwärmte und mir dabei erzählte, dass sie es leider nicht geschafft hatte, sich die Haare zu waschen.«

Mir war schon wieder übel. Ich stand auf und schob den Stuhl zurück.

»Wo ist das Klo?«, fragte ich.

Er zeigte nach vorn. »Erste Tür rechts.«

Ich lief ins Haus und blieb stehen. Hier drinnen war es angenehm kühl. Ich atmete Staub und den Geruch von alten Mauern. Die Übelkeit ließ nach. Durch eine halb offene Tür sah ich ein Stück hellgraues Sofa, daneben ein schwarzes glänzendes Klavier. Auf dem Klavier stand das Foto einer schönen Frau. Ich trat näher. Sie war jünger als Christian, vielleicht Ende fünfzig, schätzte ich. Schwarze, locker zusammengebundene Haare und im Gesicht ein glückliches Lachen. Ich wandte mich ab.

Das Klo war viel zu modern. Es passte nicht in dieses Haus. Ein Deckel, der sich automatisch senkte, eine Armatur mit Sensor. Ich schaufelte mir eine Ladung Wasser ins Gesicht, trocknete die Hände an meinem Kleid und schaute in den Spiegel. Unterdrückte die von Neuem aufsteigende leichte Übelkeit und versuchte, ironisch zu lächeln. Es ging. Besser, als ich dachte.

Christian

8. Februar 1977

Er saß im Auto vor dem Haus, starrte auf die Bilder und zögerte den Moment des Aussteigens heraus. Draußen tobte seit Stunden ein Sturm mit kräftigen Böen und Regen, aber während er die Fotos mit den beiden Babygesichtern betrachtete, vergaß er den Sturm. Für einen Moment vergaß er auch alles andere, sogar, dass es bald ein neues Babygesicht geben würde.

Nachdem er beinah ein Jahr in zwei Welten gelebt und schon geglaubt hatte, es könne vielleicht doch gut gehen, irgendwie, hatte Larissas Schwangerschaft alles wieder auf den Kopf gestellt. Aus der selbstbewussten und selbstständigen jungen Frau war ein weinerliches hormongeschwängertes Wesen geworden, das kaum noch an die alte Larissa erinnerte.

Er versteckte das Foto in seiner Jackentasche und stieg aus. Larissa wartete nicht gerne.

»Hallo! Ich bin da.« Er hängte die Jacke an den Haken und zog die Schuhe aus.

Es roch nach Essen. Hühnchen vielleicht, er war sich nicht sicher. Die Tür zum Wohnzimmer stand offen, der Tisch war festlich gedeckt. Kerzen, zwei Sektgläser.

Larissa kam aus der Küche. »Na endlich!« Sie fiel ihm um den Hals. »Wo warst du denn so lange?«

»Tut mir leid. Ich habe die Zeit vergessen.« Er sah die Stereoanlage, die moderne Einrichtung, sah die attraktive Frau, seine Frau, die auch jetzt nichts von ihrer Attraktivität eingebüßt hatte, und dachte: »Die perfekte Kulisse, das perfekte Leben.« Davon hatte er immer geträumt. Warum fühlte es sich jetzt so falsch an?

»Ich war heute beim Arzt. Es ist alles in bester Ordnung.« Larissa zündete die Kerzen an.

»Schön.«

»Schön?« Larissa war empört. »Wie du das sagst. Es klingt genauso wie bei deiner Mutter, wenn sie deine gebügelten Hemden bringt und dir erklärt, wie makellos glatt sie sind und wie lange sie dafür gebraucht hat.«

»Was soll ich denn sagen?«

»In knapp drei Monaten kommt unser Kind. Ich dachte, du freust dich darüber.«

»Ich freu mich doch.«

Sie senkte den Kopf. »Merkt man aber nicht viel davon.«

»Larissa. Ich hab im Moment wirklich viel um die Ohren. Aber ich freue mich.« Er breitete die Arme aus. »Komm her.«

Sie wandte sich ab. Ihre Augen schimmerten verdächtig. Sie war in letzter Zeit nah am Wasser gebaut. Es lag wahrscheinlich an den Hormonen.

»Jetzt komm. Sei nicht beleidigt.«

Sie lächelte verschwommen und verteilte duftendes Hühnerragout auf zwei Teller. »Ich habe mir etwas überlegt.« Das war das Gute an Larissa. Bei ihr ging nichts in die Tiefe. Sie war auch selten nachtragend.

»Und was?«

»Wir brauchen eine größere Wohnung.«

Er stöhnte innerlich. »Wir müssen doch nichts überstürzen. Lass uns erst einmal abwarten und …«

»Oder noch besser ein Haus. Mit einem Garten.«

Er erschrak. Seine finanzielle Situation war im Moment nicht die beste, ein guter Teil seines Gehaltes ging für Corinna und die Kinder drauf, und Larissas Lebensstil war auch nicht gerade bescheiden. Seit der Hochzeit sprach sein Schwiegervater zwar immer wieder davon, ihn zum Partner zu machen, aber bis jetzt war es bei Worten geblieben. »Das Kind ist noch nicht einmal geboren. Hat das nicht noch etwas Zeit?«

»Worauf sollen wir denn warten?«

»Wir haben doch gerade das Gästezimmer zum Kinderzimmer umfunktioniert und ...«

»Das mag für den Anfang reichen, aber es ist doch keine Dauerlösung.«

»Die Immobilienpreise sind im Moment sehr ungünstig«, argumentierte er schwach.

»So ein Quatsch! Ich habe schon mit Robert gesprochen.« Robert war Immobilienmakler und ein guter Freund ihrer Familie. »Er sagt, er hat das perfekte Objekt für uns.«

»Larissa, tu mir einen Gefallen, und warte erst einmal ab. Wenigstens das nächste Jahr noch.«

Sie tat, als hätte sie ihn nicht gehört. »Er wird uns einen guten Preis machen. Und Papa gibt bestimmt auch noch was dazu.«

Christian sagte jetzt nichts mehr. Bei diesen Diskussionen zog er fast immer den Kürzeren. Es fehlten ihm die richtigen Argumente, vor allem am Ende. Schweigend löffelte er sein Essen.

»Schmeckt's dir?«, fragte Larissa.

»Hhm.«

Sie sah ihn prüfend an. »Klingt ja nicht nach Begeisterung?«

»Es schmeckt mir. Wirklich.«

Sie schüttelte beleidigt den Kopf.

Sobald sein Teller leer war, schob er ihn zurück und stand auf. »Ich muss noch mal ins Büro.«

»Was? Du bist doch gerade erst gekommen.«

»Ich habe noch etwas vergessen. Es geht um den Fall Hilfinger. Morgen ist die Verhandlung.«

Larissa zeigte missmutig auf die noch halb vollen Schüsseln und das schmutzige Geschirr. »Na super! Und dafür habe ich mir so viel Mühe gemacht.«

Er unterdrückte sein schlechtes Gewissen. »Tut mir leid.«

Sie drehte den Kopf zur Seite, als er sie küssen wollte.

10. Februar 1977

»Lass mich fahren.« Larissa hielt ihm die geöffnete Hand hin.

»Solltest du dich nicht besser …«

»Gib mir den Schlüssel!«

Er gab nach. »Warum muss es denn ausgerechnet der Beckmann sein?«

»Der hat eine schöne Auswahl.«

»Ich habe im Katalog …«

»Im Katalog? Spinnst du? Ich kaufe keinen Kinderwagen im Katalog.«

»Warum nicht?«

»Weil man da nicht beraten wird.«

Darauf fiel ihm nichts ein, aber er hatte kein gutes Gefühl dabei. Beim Beckmann hatte er vor ein paar Monaten selbst einen Kinderwagen gekauft, den Wagen für die Zwillinge, und wenn er Pech hatte, würde der Verkäufer sich an ihn erinnern. Dann würde ihm nichts anderes übrig bleiben, als alles abzustreiten. Eine Verwechslung. So etwas kam vor.

Larissa steckte den Schlüssel ins Zündschloss, aber sie fuhr nicht los.

»Was ist?«

Sie blieb stumm.

»Larissa?«

Sie drehte den Kopf und sah ihn an. »Ich weiß es nicht. Sag du es mir.«

Seine Hände wurden von einer Sekunde auf die andere schweißnass. »Was … was soll ich dir sagen?«

»Was mit dir los ist.«

»Was soll denn mit mir sein?«, fragte er und hörte selbst den aggressiven Unterton in seiner Stimme.

»Hat es etwas mit der Arbeit zu tun? Mit meinem Vater?«

»Nein.« Sein Herz raste.

»Mit … mit uns?«

Was sollte er ihr denn sagen? Dass es noch eine andere Frau gab in seinem Leben? Und zwei Kinder? Dass er sie seit Monaten belog, jeden Tag, dass überhaupt sein ganzes Leben nur noch auf Lügen aufgebaut war? Einen Moment erschien es ihm sogar ganz verlockend. Endlich reinen Tisch machen, einen Strich unter alles ziehen und neu beginnen. Vielleicht in einer anderen Stadt. Vielleicht mit einer anderen Frau.

»Es ist nichts. Wirklich nicht. Jetzt fahr schon los. Sonst macht der Laden zu.«

Er hatte Glück. Der Verkäufer schien sich nicht mehr an ihn zu erinnern. Vielleicht war er auch nur taktvoll. Er präsentierte mit viel Tamtam die neuesten Modelle, pries Federung und Optik, machte jede Menge Aufhebens um die »Gucklöcher« und lächelte glücklich, als Larissa sich nach langem Hin und Her schließlich für ein blaues Modell entschied. Es war das teuerste. »Für unseren Sohn.«

»Du weißt doch noch gar nicht, ob es ein Junge ist?«

»Doch!«, behauptete sie.

»Wir haben das Pendant dazu auch in Rosa. Sie können es problemlos umtauschen«, sagte der Verkäufer.

Christian bezahlte, schleppte den sperrigen Wagen nach draußen und verstaute ihn auf der Rückbank.

»So«, sagte Larissa. »Und jetzt darfst du deinen Sohn und mich noch zum Essen einladen.«

Er zündete sich mit zitternden Händen eine Zigarette an. Es war gut gegangen. Wieder einmal. Aber dieser Tanz auf dem Vulkan machte allmählich ein Nervenwrack aus ihm. »Wo möchtest du hin?«

»Lass uns in die Altstadt gehen. Ich habe Lust auf etwas Herzhaftes.«

Er nickte und bemerkte erst jetzt die beiden Frauen, die vor dem Schaufenster standen. Die jüngere zeigte auf die Auslage, die ältere stand neben einem Kinderwagen und bückte sich, um etwas aufzuheben. Es war kein gewöhnlicher Kinderwagen. Es war ein Kinderwagen für Zwillinge.

Einen Moment war er unfähig, sich zu bewegen. Unfähig zu reagieren. Dann legte er hastig den Arm um Larissas Schulter und öffnete die Beifahrertür. »Komm«, drängte er. »Ich fahre.«

Aber es war zu spät. Corinna hatte ihn entdeckt. Ihre Blicke trafen sich.

Nadja

Immer noch September 2017

Bis dahin hatte ich die Geschichte schon gehört. Nun auch aus seiner Sicht. Was danach kam, würde neu sein für mich. Bis auf eins: »Sie hat dir eine gescheuert, stimmt's?«

»Ja. Larissa war so unglaublich wütend.«

»Larissa?«, fragte ich verwirrt.

»Meine Frau, also, die Frau, mit der ich …«

»Wieso? Ich dachte, unsere Mutter …«

Er sah mich irritiert an. »Corinna? Nein. Sie nicht.«

»Aber was … ich meine, was hat sie denn gesagt?« Das interessierte mich wirklich, es schien immerhin ziemlich offensichtlich gewesen zu sein, dass es noch ein Kind geben würde.

»Nicht viel. Sie hat es überraschend gut weggesteckt.« Er starrte auf seine Hände und murmelte: »Dachte ich jedenfalls.«

Christian

11. Februar 1977

Larissa war wütend. Seit Stunden tobte sie und überhäufte ihn mit Beschimpfungen. »Du bist das Allerletzte« oder »Du verlogenes Schwein« waren noch die freundlichsten. Aber das machte ihm nicht viel aus. Schlimmer waren ihre Fragen: »Wie lange geht die Sache schon? Wie oft habt ihr euch gesehen? Was bedeutet sie dir? Was bedeute ich dir?«

Unterbrochen wurden ihre Tiraden nur von krampfartigen Weinanfällen, bei denen sie natürlich hören wollte, was ihre Fragen vorher schon suggeriert hatten. »Ich liebe nur dich, Larissa, nur dich, das musst du mir glauben. Das Ganze war ein einmaliger Ausrutscher, der einzige überhaupt, und völlig ohne Bedeutung.«

»Völlig ohne Bedeutung? Spinnst du? Du hast zwei Kinder mit ihr.«

Ihm stand eine lange Nacht bevor. Das war ein Teil des Preises. Er war bereit, ihn zu zahlen. Der andere Teil war das Versprechen.

»Du wirst sie nicht mehr treffen. Keinen Kontakt, auch nicht zu den Kindern.«

Seine letzte Chance. Endgültig und unwiderruflich. Im Gegenzug würde sie mit ihrem Vater reden. Er sollte ihn endlich zum Juniorpartner machen, schon wegen des Geldes. Der Unterhalt für die Zwillinge war teuer, und es war nicht einzusehen, dass sie sich deswegen einschränken sollten.

Natürlich hatte er es versprochen. Er hätte ihr in dieser Situation alles versprochen. Und am Ende war es ja auch das Beste für alle.

Auch für Corinna. Sie hatte ganz ruhig und gefasst reagiert und die Situation überraschenderweise sofort begriffen. Und das Feld geräumt. »Möchtest du dich nicht von deinen Kindern verabschieden?«

Er hatte ihr nachgesehen, dieser immer kleiner werdenden Gestalt. Dem immer kleiner werdenden Kinderwagen.

Er litt. Aber er war auch erleichtert. Es war vorbei. Er musste nicht mehr lügen, sich nicht mehr zerreißen, keine Parallelwelten mehr bedienen. Er war endlich frei. Und Larissa würde ihn nicht verlassen. Das war die größte Überraschung. Es stand zu viel auf dem Spiel. Auch für sie.

»Liebst du mich überhaupt?«, fragte sie gerade. »Oder war alles nur gelogen?« Ihre Stimmungen schwankten zwischen kalter Wut, besitzergreifender Umklammerung und weinerlicher Kleinmütigkeit. Er drehte sich um und nahm sie in den Arm, roch ihr teures Parfüm, spürte die Weichheit ihrer Haut. »Natürlich liebe ich dich, Larissa. Ich liebe nur dich, das musst du mir glauben«, beteuerte er wieder und wieder. So lange, bis er es selbst glaubte.

12. Februar 1977

Sie hatten kein Auge zugetan in dieser Nacht. Larissa saß mit verquollenen Augen im Wohnzimmer und schaute müde aus dem Fenster. Er versuchte, ihr aus dem Weg zu gehen, so gut es in einer Siebzig-Quadratmeter-Wohnung möglich war, und wäre am liebsten ins Büro gefahren. Er arbeitete gern am Wochenende, wenn alles ruhig war, aber heute konnte er sich das nicht erlauben. Er fühlte sich schon jetzt über die Maßen erschöpft, dabei hatte der Tag gerade erst begonnen.

»Was soll nur aus uns werden?«, fragte Larissa. Sie fing wieder an zu weinen. Er hatte keine Antwort, weder auf ihre Frage noch auf die Tränen, und flüchtete in die Küche. Nahm das Kaffeepulver vom Regal und zählte. Vier Löffel, für jede Tasse einen. Deckte den Tisch und setzte Wasser für die Eier auf.

Er musste etwas tun, irgendetwas, das der unerfreulichen Realität einen Anstrich von Normalität gab. Kaffeekochen, Frühstück zubereiten, Betten aufdecken. So etwas machte ihm nichts aus, er hatte lange genug alleine gelebt, und das war nicht das Schlechteste gewesen.

»Möchtest du dich nicht von deinen Kindern verabschieden?« Die Worte gingen ihm nicht aus dem Kopf. Zuerst war er beinah erleichtert, hatte gedacht, sie würde zurückgehen nach Darmstadt. Hatte gedacht, sie würde verschwinden, und er müsse nur noch zahlen, sonst nichts. Hatte gedacht, wenn sie nicht mehr da sein würde, würden er und Larissa es leichter haben, einen Weg zu finden.

Aber was, wenn sie etwas ganz anderes damit gemeint hatte?

13. Februar 1977

»Die Sache bleibt unter uns«, sagte Larissa am Montagmorgen. »Kein Wort zu niemandem. Auch nicht zu meinem Vater.«

Nichts erschreckte sie mehr als die Vorstellung, jemand könnte ihr mit Häme und Verachtung begegnen. Oder, noch demütigender, sie bedauern.

Er versprach es ihr, so wie er ihr in dieser Situation alles versprochen hätte, und fuhr ins Büro. Seine rasenden Kopfschmerzen ignorierend, schluckte er zwei Aspirin und versuchte, Corinna zu erreichen. Sie mussten reden. Er musste endlich reinen Tisch machen. Und ihre Stimme hören. Hören, dass es den Kindern gut ging. Sie nahm nicht ab.

Er schlug die erste Akte auf, dann die zweite. Für ein paar Stunden vergaß er alles, sein ganzes Dilemma. Bis seine Sekretärin den Kopf zur Tür hereinsteckte und sich verabschiedete. Er sah auf die Uhr und legte das Diktierband auf den Schreibtisch. Einen Moment genoss er die Ruhe. Es war niemand mehr da, selbst sein pflichtbewusster Schwiegervater hatte das Feld bereits geräumt. Ihn zog nichts nach Hause, aber er wusste, dass Larissa dort wartete und dass die Sache nicht besser wurde, wenn er sie zu lange warten ließ.

Wieder wählte er Corinnas Nummer. Er ließ es läuten, bis die Verbindung beendet war. Wo war sie? Mit den Kindern in Darmstadt? Sie hatte sich immer geweigert, dorthin zurückzugehen, wo sie hergekommen war. Hatte sich stattdessen hier eingerichtet, in ihrer kleinen Welt, und heile Familie gespielt.

Er versuchte es bei Frau Schaller und rief anschließend die Auskunft an. In ganz Darmstadt gab es keinen Eintrag unter dem Namen Räbiger. Es war zum Verrücktwerden.

Er zündete sich die nächste Zigarette an und lehnte sich zurück, um nachzudenken. Was sollte er jetzt tun? Er konnte keinen klaren Gedanken mehr fassen.

Er nahm die Fotos aus dem Schreibtisch und breitete sie aus. Pia und Nadja. Nadja und Pia. Pia hatte ein kleines Mal an der Oberlippe, nur deshalb konnte er die beiden unterscheiden. Auf einigen der Bilder war auch Corinna zu sehen. Selbstauslöser vermutlich. Es zerriss ihm das Herz, sich die Fotos anzuschauen, trotzdem wandte er den Blick nicht ab. So ein Herz konnte eine ganze Menge aushalten. Wenn er etwas in den letzten Monaten gelernt hatte, dann das. Er legte die Fotos zurück und schloss ab.

Larissas Bild stand gerahmt und ganz offiziell auf dem Schreibtisch. Corinna und Larissa. Wie hätte er sich entschieden, wären die Bedingungen anders gewesen?

Er rief sich die erste Begegnung mit Larissa in Erinnerung, den ersten Blickkontakt. Es war auf dem Geburtstag eines Freundes, und bei ihm hatte es sofort gefunkt. Es war nicht nur ihre Schönheit gewesen, in die er sich verliebt hatte. Larissa war so voller Leben, so voller Pläne und Aktionismus. Viele Männer mochten Ehrgeiz und Selbstständigkeit bei Frauen abschrecken, ihn nicht. Sie war anders als alle Frauen, die er bis dahin kannte, ganz anders als seine Mutter. Auch anders als Corinna. Unterschiedlicher als diese beiden Frauen konnten zwei Menschen kaum sein. Abgesehen davon, dass beide schön und langhaarig waren, gab es keine Parallelen. Larissa war wie das pralle Leben, Corinna wie ein Traum. Mit ihr zusammen zu sein war, als würde er eine verbotene Süßigkeit naschen. Aber niemand konnte sich nur von Pralinen ernähren.

Das Telefon schrillte. Er zuckte zusammen.

»Altmeyer?«

»Wann kommst du nach Hause?« Larissa weinte.

»Ich … ich habe noch eine Akte auf dem Tisch. Danach komme ich.«

»Versprochen?«

»Versprochen.«

Er blieb sitzen und stützte die Stirn auf seine Hände. »Möchtest du dich nicht von deinen Kindern verabschieden?«

»Wo bist du?«, flüsterte er in die Stille seines Büros.

Nadja

Immer noch September 2017

»Ich bin dann schließlich hingefahren«, sagte Christian. Während er sprach, schaute er an mir vorbei. Jahre zurück.

»Ich hoffte ja immer noch, dass es eine einfache Erklärung gab. Dass sie doch noch nach Darmstadt gefahren war und sich jetzt bei ihrer Schwester ausweinte. Oder dass sie mit Frau Schaller weggefahren war. Aber da war so ein Gefühl.«

Er stand plötzlich auf und entfernte sich. Setzte sich auf die Bank aus Stein, nur ein paar Meter weiter an der Hauswand, und schlug sich die Hände vors Gesicht. Ich sah seinen leeren Stuhl, spürte die Wärme von Ralphs Hand auf meinem Bein und die Kälte an der Stelle, wo ich mein Herz vermutete. Es war der 13. Februar 1977, von dem er sprach. Der Todestag meiner Mutter.

Ralph legte seinen Arm um meine Schulter. »Du kannst die Vergangenheit nicht mehr ändern. Du kannst sie nur annehmen«, sagte er und klang wie Lena.

Ich griff nach der Ouzoflasche und einem Glas, stand auf und setzte mich neben Christian. Er zündete sich eine neue Zigarette an, die ungefähr einhundertste in Folge, nahm mir Flasche und Glas aus den Händen und trank, ohne mir zuzuprosten.

»Hast du schon einmal einen toten Menschen gesehen?«, fragte er und stellte das leere Glas zwischen uns.

Ich schüttelte den Kopf. In Niersbach wurde auch gestorben, aber den Anblick der Toten hatte ich mir immer erspart, sogar bei Benno. Vielleicht war er mir auch erspart geblieben. Ich spürte, wie mir schon wieder übel wurde.

»Kein schöner Anblick. Das kannst du mir glauben. Sie sah …«

»Bitte nicht«, sagte ich schnell.

Er schüttelte den Kopf. »Sie sah schrecklich aus.«

Ich sollte auf der Stelle gehen, dachte ich. Ich sollte meine halbwegs schlanken Beine in die Hand nehmen und gehen.

»Ganz anders, als ich es mir vorgestellt hatte.« Er legte eine Hand auf seine Augen. So, als wollte er das Bild, das er nicht loswurde, aussperren.

Ich drehte mich weg.

»Sie ist nicht friedlich eingeschlafen. Da war nichts Friedliches.«

Ich stand auf und begann zu laufen. Weit kam ich nicht. Ich übergab mich auf dem geharkten Kiesweg.

Christian

Immer noch 13. Februar 1977

Die ganze Straße war in Aufruhr, Nachbarn standen zusammen und tuschelten, das Blaulicht der Rettungswagen blinkte hektisch. Mehrere Sanitäter trugen zwei kleine Tragen aus dem Haus. Eines der Kinder hatte eine Maske vor dem Gesicht. Ein Beatmungsgerät, ein Mann klärte ihn auf. War es Nadja? Oder Pia?

Niemand beachtete ihn. Er suchte sich einen Weg ins Haus. Drinnen war es ruhiger als draußen. Nur das verhaltene Scharren von Füßen und die Stimmen der Sanitäter und Polizisten. Das leise Weinen einer Frau. Bei Frau Schaller brannte Licht. Er lief die Treppe hoch. Die Kälte war das Erste, was ihm auffiel. Dann der Geruch. Leicht säuerlich und unangenehm. Durch die geöffnete Tür sah er das leere Kinderbett, eine beinah volle Milchflasche auf dem Boden. Er sah auch Corinnas blonde Haare, mehr konnte er nicht erkennen. Ein Polizist kam und fragte nach seinem Namen. Er nannte den seines Freundes.

»In welchem Verhältnis standen Sie zu der Toten?«

»In … in keinem.« Er kämpfte mit den Tränen. »Ich bin nur … zufällig hier vorbeigekommen.«

Der Mann reagierte ärgerlich und schickte ihn weg. Christian suchte den Ausgang. Der Spalt der halb geöffneten Tür vergrößerte sich. Einer der Helfer kam heraus. Christian wollte nichts sehen, aber dann konnte er den Blick doch nicht abwenden. Ein dunkler Fleck auf dem Kissen, ein farbloses, gequältes Gesicht, hilfloses Kopfschütteln der Sanitäter. Kein friedliches Einschlafen. Kein ruhiges Wegdäm-

mern. Die Kinder im Bett daneben. Todeskampf mit Blickkontakt. Er stürzte aus der Wohnung.

Im Treppenhaus stand eine junge Frau. Sie kam ihm bekannt vor. Ein Polizeibeamter fragte nach ihrem Namen. »Sibille Räbiger.« Blond und schlank wie Corinna, erkennbare Ähnlichkeiten, aber nicht so zart. Nicht so engelhaft. Er schluckte. Die Frau sah ihn an. Ihr Blick war bitter.

Er stolperte an ihr vorbei, aus dem Haus, durch den Garten, mischte sich wieder unter die vielen Schaulustigen, die sich erschrocken zeigten, aber nicht erschüttert. Seine Gedanken rasten, sein Puls auch. Wie aus dem Nichts tauchte Frau Schaller auf. Sie wurde von einem der Sanitäter aus dem Haus geführt. Er duckte sich weg in die Menge, atmete tief. Plötzlich funktionierte er wieder. Seine Gedanken waren glasklar. Es ist spät, dachte er. Und: Larissa wartet. Sein Auto stand völlig eingekesselt zwischen Polizeiwagen und Menschen. Er begann zu laufen. Erst langsam, dann immer schneller.

»Hast du geweint?«, fragte Larissa.

»Ich bin gelaufen. Es war der Wind.«

»Wo ist dein Wagen?«

»In der Werkstatt. Die Batterie.«

Er nahm sie in die Arme und schluchzte. Sie weinten beide. Aus unterschiedlichen Gründen.

Corinna war tot. Aber seine Kinder lebten.

15. Februar 1977

Der Artikel war nicht viel mehr als eine hingeworfene Notiz:

> Eine dreiundzwanzig Jahre alte Frau aus Münster soll versucht haben, ihre beiden einjährigen Zwillingstöchter zu töten. Anschließend tötete sie sich selbst. Die Kinder überlebten den Anschlag schwer verletzt, eines der Mädchen schwebt noch in Lebensgefahr. »Wir gehen von einer furchtbaren Familientragödie aus«, sagte ein Sprecher der Polizei. Über die Hintergründe der Tat wurde zunächst nichts bekannt.

Er schnitt die Notiz aus und versteckte sie in seinem Schreibtisch.

Später ließ er seine Beziehungen spielen. Er erfuhr, dass Corinna schon längere Zeit in ärztlicher Behandlung gewesen war und Tabletten nahm. Irgendein Psychopharmakon mit dem Wirkstoff Chlorpromazin. Rückstände davon fanden sich sowohl in ihrem als auch in dem Magen einer seiner Töchter.

Nadja

Immer noch September 2017

Am nächsten Tag wälzte ich mich unruhig in heißen griechischen Laken und legte mir ein feuchtes Tuch auf die Stirn. Schon die Nacht war die Hölle gewesen, und auch der Morgen hatte keine Erleichterung gebracht. Mein Kopf fühlte sich an, als würde er demnächst detonieren, mein Magen spielte verrückt.

Ich stöhnte und konnte nichts tun. Nicht aufstehen. Nicht essen oder trinken, mich nicht waschen, nicht reden, keine noch so gut gemeinte Hilfe annehmen. Ich konnte einfach nur hier liegen.

»Brauchst du noch was?« Ralph stellte ein frisches Glas Wasser neben mir ab und sah mich fragend an.

Ich schüttelte den tuchbedeckten Kopf.

»Soll ich dir vielleicht noch …«

»Nein.«

»Ich könnte …«

»Kannst du mich nicht einfach in Ruhe lassen?«

»Gut. Dann geh ich jetzt.«

Ich glaubte, einen beleidigten Unterton zu hören. »Tut mir leid«, murmelte ich. »Mir geht's wirklich schlecht. Vielleicht ist es heute Mittag besser.«

Er verließ unser Zimmer ohne ein weiteres Wort. Ließ mich in Ruhe, so wie ich es verlangt hatte. Ließ mich allein mit meinem Gedankenkarussell und dem schlechten Gewissen. Er hatte es doch nur gut gemeint.

Solange ich denken konnte, hatte mich das Gefühl einer nicht greifbaren Schuld geplagt. Das Gefühl, irgendetwas sehr falsch gemacht zu haben. Die Ahnung, dass da etwas war, was ich nicht zu fassen bekam. Wäre es leichter gewesen, wenn ich die Wahrheit gekannt hätte? Hätte es irgendetwas geändert?

Die Puzzleteile meines Lebens fügten sich allmählich ineinander und ergaben ein Bild. Kein schönes, egal, von welcher Seite aus ich es betrachtete. Die Sache war nämlich die: Unsere Mutter hatte sich ins Nirwana geschossen, und anstatt uns wegzugeben, in ein Heim oder zu ihrer Schwester, hatte sie beschlossen, uns mitzunehmen. Vielleicht weil sie dachte, dass wir im Tod mit ihr besser aufgehoben waren als im Leben ohne sie. Oder vielleicht war es auch nur der irrationale Wunsch gewesen, Christian auf diese Weise zu bestrafen, wer konnte das schon wissen?

Das war es, was Marlies und Sibille uns verschwiegen hatten. Wovor sie uns schützen wollten all die Jahre. Auch sich selbst, dachte ich und verglich das, was ich von Sibille wusste, mit dem, was Christian erzählt hatte. Der Begriff *Mitnahmesuizid* waberte durch meinen Kopf. Sie fühlten sich abstrakt an, nicht so, als hätten sie etwas mit mir zu tun. Ich hatte Ähnliches hin und wieder in der Zeitung gelesen und nichts gespürt, außer allgemeiner Betroffenheit. Ein Drama, aber doch weit weg von mir. Jetzt war es mitten in meinem Leben. Einem Leben, mit dem wir – mit dem vor allem Pia – gerade noch so davongekommen waren.

Sie war krank. Mit diesem Satz hatte ich noch vor wenigen Tagen versucht, Corinnas Verhalten Sibille gegenüber zu rechtfertigen. Warum fiel es mir jetzt so schwer, diese Maßstäbe weiter gelten zu lassen?

Sie konnte sich nicht mehr verteidigen. Nichts mehr erklären. Nichts mehr revidieren. Sie war tot und vergangen. Nichts war mehr übrig. Oder doch? Wir, ihre Töchter, wir waren noch da. Auch wenn es anders geplant war. Ein Wunder. Für Pia mehr noch als für mich. Klein, unterkühlt, dehydriert und schwach, so fand man uns beide, nur war Pia noch um einiges schwächer gewesen als ich. Sie hatte ihren Kelch geleert, beinah bis zur Neige, während ich meinen – dem Himmel oder meiner Schusseligkeit sei Dank – aus dem Bett gestoßen hatte. Und auch wenn die in der Milch gefundene Menge an chemischen Substanzen nicht zwangsläufig lebensbedrohlich war, so hätte es doch zusammen mit den langen Stunden in der viel zu kalten Wohnung und ohne die nötigste Versorgung beinah ausgereicht.

Ich stöhnte laut und legte meine Hand auf die Stirn. Sie fühlte sich warm an. Hatte ich Fieber? Ich fühlte mich auf jeden Fall krank. Ich fühlte mich, als wäre tief in mir drin etwas aufgebrochen. Eine schwelende eitrige Wunde. Ich setzte mich auf und griff zum Glas. Das Wasser schmeckte mineralisch und stark nach Chlor. Mein Magen rebellierte schon wieder. Erschöpft ließ ich mich zurück in die Kissen sinken und atmete gegen die Übelkeit.

In den ersten Wochen nach Corinnas Tod sei er wie betäubt gewesen, hatte Christian gesagt. Er sei in ein tiefes Loch gefallen. Bis Maria ihn aufgesucht und buchstäblich am Kragen gepackt habe. *Reißen Sie sich zusammen! Das wenigstens sind Sie Ihren Kindern schuldig.* Sie gab ihm Sibilles Adresse, er fuhr nach Darmstadt. Dort habe er von meiner Adoption erfahren. Und von Pia, die im Krankenhaus lag. Er habe Pia ein paarmal besucht, aber die Adresse meiner Eltern, die habe er nicht in Erfahrung bringen können. Und Larissa sei so unversöhnlich gewesen, wollte nichts hören von einem Kind, seiner Tochter, die um ihr kleines Leben kämpfte. War beschäftigt mit dem Leben, das sie selbst in sich trug. Und mit ihrer Liebe. Dem letzten Rest davon.

Er blieb mit Sibille in Kontakt, war gleichermaßen erleichtert und doch auch zerrissen, als sie ihm schrieb, sie habe geheiratet und Pia sei jetzt bei ihr. Er schrieb ihr Briefe und besuchte sie, unangekündigt, denn wenn er sich ankündigte, war sie nicht da. Irgendwann kamen die Briefe ungeöffnet zurück.

»Und dann?«

»Nichts. Ich habe es akzeptiert. Es ging euch gut. Das war das Wichtigste.«

Das Handy auf dem Nachttisch begann zu summen. Ich drehte meinen hämmernden Kopf so weit, dass ich die Nummer erkennen konnte. Eine griechische Nummer. War er das?

Ein ganzes Leben im Schatten des eigenen Gewissens. Er hatte erst unsere Mutter und dann uns, seine Töchter, im Stich gelassen. Und dann tauchte plötzlich nach all diesen Jahren eine dieser Töchter auf und konfrontierte ihn mit der Vergangenheit, die er doch so verzweifelt zu vergessen versuchte. Eine der Töchter, die er nie wiedergesehen, nach denen er nie wieder gefragt hatte.

Hoffte er jetzt auf die große Familienzusammenführung? Auf ein versöhnliches Ende? Auf Absolution? War es nicht das, was ich selbst noch vor wenigen Stunden gehofft hatte?

Als junger Mann hatte Christian geglaubt, Glück sei messbar. Ein hoher Kontostand und gesellschaftliche Anerkennung, er dachte, mehr braucht es nicht. Und dann verliebte er sich in eine junge Frau, die so gar nicht in dieses Konzept passte. Wurde Vater, was noch weniger passte. Traf Entscheidungen, weil er nicht loslassen konnte. Vermied es, Entscheidungen zu treffen, weil er Angst hatte. Am Ende war eine junge Frau tot, und zwei kleine Kinder blieben elternlos zurück.

Auch seinem Sohn sei er kein guter Vater gewesen, er sei einfach nicht dafür gemacht. Vielleicht fehlte ihm das Vatergen. Jan sei ein schwieriges Kind gewesen, von Anfang an. Schon im Kindergarten auffällig.

An Larissa habe es nicht gelegen, sie hätte ihm alles gegeben, er sei ihr einziges Kind gewesen. »Es lag an mir. Ich konnte ihm nie wie ein Vater begegnen. Ich konnte es einfach nicht.« Es sei ihm wie ein Verrat erschienen, das habe jedenfalls sein Therapeut gemeint.

Mein Bruder. Ein Kind, das zwischen den Trümmern seiner Eltern aufwuchs. Ein Trümmerkind. Mit sechzehn die Schule geschmissen, mit siebzehn abgehauen, mit achtzehn Drogen und Polizei, mit neunzehn der erste Entzug und mit zwanzig das Ende. Auch er schon lange tot und begraben.

Ich sollte ihn auch begraben. Doch wie sollte ich das anstellen? Ich war ihm nie begegnet. Aber jetzt, da ich von ihm erfahren hatte, wusste ich, dass ich ihn nicht so einfach wieder loswerden würde. Er würde in meinem Kopf bleiben, ob es mir passte oder nicht.

Ich fragte mich, wie viel Marlies von alldem wusste. Was hatte man ihr damals erzählt und was nicht? War sie belogen worden, so wie wir belogen wurden? Waren wir denn belogen worden? Auch das Weglassen von schlechten Wahrheiten war eine Art Lüge. Also ja.

Wieder klingelte das Telefon. Ich bereute, ihm meine Nummer gegeben zu haben. Aber wir waren aus einem Holz. Er würde nicht aufgeben. Ich griff zum Apparat und nuschelte ein schwaches »Hallo?« in den Hörer.

»Hallo? Ist da Nadja?« Die Stimme war weiblich und hatte einen starken Akzent.

»Ja?«, antwortete ich überrascht.

»Hier spricht Lambrini.«

»Wer?«

»Is bin eine Freundin.«

»Eine Freundin? Von wem? Von Christian?«

»Ja. Von Ihre Vater.«

Das Bild auf dem Klavier. »Was wollen Sie?«

»Geben Sie ihn Sanse.«

»Hat er Ihnen meine Nummer gegeben? Damit Sie bei mir anrufen?« Es war erbärmlich.

»Nein. Er weise nist. Christian ist gute Mens. Geben Sie ihn Sanse«, wiederholte sie.

Ich legte auf. Auch wenn er sein Verhalten schon lange

bereute, ich konnte ihm nicht verzeihen, es war zu spät. Die *Sanse* war vertan, die Fehler waren nicht mehr revidierbar. Ihn zu finden hatte den Graben nur noch tiefer gemacht.

Ich zog mir das Laken über den Kopf und sehnte mich mit jeder Faser meines Körpers nach Niersbach. Ich wollte nach Hause. Nach Hause war alles, was ich wollte.

Und gleichzeitig fragte ich mich, was ich eigentlich erwartet hatte. Ein Wunder? Kein Wunder.

9. Kapitel

Nadja

Oktober 2017

Viertel vor zehn, eine Viertelstunde zu früh. Ich lenkte den Wagen in eine Parklücke und blieb sitzen. Im Radio lief *Ain't That A Shame*. Fats Domino war tot. Er sei aus armen Verhältnissen gekommen und habe seine größten Erfolge in den Fünfzigern und Sechzigern gehabt, hatte der Moderator erklärt. Ich stellte den Ton leiser und starrte aus dem Fenster. Draußen war alles grau, die Welt war voller Nebel, seit Tagen schon. Seit Griechenland hatte ich keine Sonne mehr gesehen.

Mit einem Finger rieb ich über die Innenseite einer Scheibe und wischte ihn angeekelt an einem Taschentuch ab. Das Auto müsste dringend geputzt werden, Ronny hatte ziemliche Spuren hinterlassen, aber ich konnte mich nicht dazu aufraffen. Ich konnte mich in letzter Zeit zu nichts so richtig aufraffen. Nach außen war alles wie immer. Ich arbeitete an vier Vormittagen, kümmerte mich um meine alten Eltern, telefonierte dreimal in der Woche mit Lena, sorgte für Ordnung und saubere Wäsche. Aber es fiel mir unsagbar schwer. Ich war ständig müde. *Das ist der Einstieg in die Wechseljahre, war bei mir genauso,* hatte Angelika mir vor ein paar Tagen erklärt, als ich mit ihr darüber sprach. *Lass dir was vom Frauenarzt verschreiben.* Aber ich ließ mir nichts verschreiben. Selbst dazu hatte ich keine Kraft. Es war nicht nur Energie, die mir fehlte. Mir fehlte auch die ruhige Gewissheit, das Richtige zu tun. Am richtigen Platz und im richtigen Leben zu sein. Irgendetwas hatte sich verschoben.

Ich sah aus dem Fenster. Die Klinik war irgendwo in Thüringen. Ein altes Gebäude mit scheußlichen Anbauten links und rechts. Die Landschaft war trotzdem schön. Sie erinnerte mich an den Taunus.

Ich wartete, bis die schmutzigen Scheiben so beschlagen waren, dass ich nichts mehr erkennen konnte, und stieg aus.

Pia saß mit gepackten Taschen im Foyer. Der Gips war ab, die Krücken noch da. Sie war zum ersten Mal seit Langem wieder dezent geschminkt und sah in dem für sie typischen Blazer-Style auch sonst wieder aus wie meine Schwester.

»Endlich«, sagte sie. »Wo bleibst du denn?«

Sie klang auch wieder so.

»Es ist gerade mal zwei Minuten nach zehn.«

»Bist du mit meinem Auto da?«

»Nein. Wieso?«

»Dein Auto ist eine lahme Kiste.«

»Aber deins steht in Darmstadt.«

»Na und? Zwanzig Minuten Umweg für vierzig Minuten schnelleres Ankommen.«

Ich lernte Pia immer besser kennen. Sie konnte weder

rechnen, noch hatte sie den geografischen Überblick. »Darfst du wieder selbst fahren?«

Sie öffnete die Hand und nickte. Ich gab ihr den Schlüssel.

Ein groß gewachsener Mann kam auf uns zu. Er schaute sich unsere Gesichter an, nickte mir dann augenzwinkernd zu und umarmte Pia. »Mach's gut, mein Mädchen! Komm gut an in der schönen alten Welt.«

»Danke, Christian.« Sie gab ihm einen Kuss auf die Seite. »Wir telefonieren.«

Christian. Ich schluckte. Von einem anderen Christian, *unserem* Christian, hatte ich ihr bei meinem einzigen Besuch erzählt. Jedenfalls in Teilen. Sie war nicht sehr interessiert, was mich irgendwie kränkte. Und das Bild, das Ralph mit dem Handy gemacht hatte, wollte sie schon gar nicht sehen. Als ich dann noch den Sekt verweigerte, den sie unter größten Anstrengungen in die Klinik geschmuggelt hatte, wurde es ziemlich still zwischen uns.

Die Autotüren öffneten sich mit einem Klick. Pia setzte sich hinters Steuer, ich setzte mich daneben.

»Du, Pia?«

»Hm?«

»Da ist noch etwas, was ich dir sagen muss. Ich hab's das letzte Mal vergessen.«

»Was?«

»Er wohnt im gleichen Haus.«

»Was?«

»In dem Haus, in dem wir damals auch gewohnt haben.

Du weißt schon, das wir uns angesehen haben, nachdem wir …«

Sie drehte am Rückspiegel, was ich nicht verstand. Schließlich hatten wir die gleiche Größe.

»Er hat es von Marias Tochter gekauft. Er sagt, es sei ein Schnäppchen gewesen.«

»Tja. Wenn es ein Schnäppchen war.«

»Aber das ist doch seltsam, findest du nicht?«

»Was weiß ich.«

»Ich meine, nach dem, was da passiert ist.«

»Wenn ich hier etwas gelernt habe, dann, dass es für alles immer irgendeine tiefenpsychologische Erklärung gibt.« Pia stieg aus, zündete sich eine Zigarette an, zog zweimal und drückte die Glut auf den Parkplatzasphalt. Dann wickelte sie den Rest in ein Papiertaschentuch und stieg wieder ein. »Das gilt wahrscheinlich auch für dich«, sagte sie und manövrierte das Auto aus der Parklücke.

»Wie? Was gilt für mich?«

»Irgendeinen tiefenpsychologischen Grund wird es auch für dich gegeben haben, nach Griechenland zu fliegen.«

»Was heißt da tiefenpsychologisch. Es war immer noch derselbe Grund, der uns auch nach Münster geführt hat.«

»Na, dann hoffe ich mal, es hat dir dieses Mal mehr gebracht.«

»Ja«, sagte ich mit fester Stimme. »Hat es.«

»Schön.« Pia sah mich an mit diesem überheblichen Lächeln, das ich ihr in diesem Moment am liebsten aus dem Gesicht geschlagen hätte.

»Es hat mir gebracht, dass ich ihn jetzt loslassen kann.«

Ich war in vielem eine Meisterin, aber Selbstverarschung war eindeutig meine Königsdisziplin.

»Glückwunsch!«

»Danke!«

»Gern geschehen.«

Sie wollte das letzte Wort haben.

»In meinem Auto wird nicht geraucht.«

Ich auch.

Unterwegs hinderte weder die getrübte Stimmung noch das lädierte Bein Pia daran, wie gewohnt aufs Gaspedal zu treten. In höllischer Geschwindigkeit bretterten wir über die A66. Ich faltete die Hände wie zum Gebet und schlief nach zwanzig Minuten trotzdem ein. Erstens, weil mein Bedürfnis nach Schlaf stärker war als mein Überlebenswille, und zweitens, weil im Radio die deutsche Schlagerparade lief. Da war Schlaf eindeutig die bessere Alternative.

Erst kurz vor Hanau wurde ich wieder wach. Marianne Rosenberg sang *Ich bin wie du,* und Pia trommelte mit den Fingern im Takt aufs Lenkrad. Ich drehte den Kopf und sah aus dem Fenster. Ihre Nähe war mir auf einmal zu nah, ihre Wortlosigkeit zu laut. Gleichzeitig hatte ich ein schlechtes Gewissen. Pia war meine Zwillingsschwester, sie war krank, das durfte ich bei alldem nicht vergessen, und sie hatte eine wirklich schwere Zeit hinter sich. Wie konnte ich da überhaupt etwas anderes fühlen als bedingungslose Liebe?

»Na? Gut geschlafen?«

»Hm.«

»Willst du?« Sie hielt mir ein Päckchen Kaugummis entgegen.

Gitte sang *Freu dich bloß nicht zu früh.*

»Nein, danke.«

»Ich wollte dir übrigens auch noch etwas sagen.«

Ich drehte meinen Kopf in ihre Richtung. »Ja?«

»Thomas will die Scheidung.«

»Was?«

»Er will sich von mir scheiden lassen.«

»Warum?«

Sie blies Luft aus der Nase. »Vielleicht ganz gut so. Dann kann ich endlich aufhören, darauf zu warten.«

»Aber ausgerechnet jetzt.«

»Jetzt oder in einem Jahr. Was macht das für einen Unterschied?«

Ich sah ihren spöttisch verzogenen Mund, den starren Blick auf das, was vor uns lag. »Das macht einen Unterschied von zwölf Monaten.«

»Aber wenn er es jetzt durchzieht, dann habe ich in zwölf Monaten das Schlimmste schon hinter mir.«

»Das Schlimmste. Was ist denn das Schlimmste?«

»Das weiß ich erst, wenn ich's hinter mir habe«, sagte sie und ließ eine Kaugummiblase platzen.

Vor ihrem Haus ließ sie den Motor laufen. »Kommst du noch mit rein?«

Ich suchte meine Schuhe. Einer war unter den Sitz gerutscht.

»Du musst nicht.«

»Doch. Natürlich komme ich mit rein.«

»Du musst wirklich nicht. Mach dir keine Gedanken.«

Ich fand den Schuh und zog ihn an. Wir blieben beide sitzen.

»Wir haben Oskar ganz vergessen«, fiel mir ein. Obwohl es eigentlich Pia war, die ihn vergessen hatte, es war schließlich ihr Hund.

»Ich rufe Sibille an. Sie kann ihn nachher bringen. Sie wollte sowieso kommen.«

Ich zeigte auf das Haus. »Was wird denn damit?«

»Das kann er behalten. Es war immer seins. Nie meins.«

»Und das Büro.«

»Keine Ahnung. Wird sich ergeben.« Sie nestelte an einem Knopf ihrer Bluse. »Ich glaube, er hat jemanden kennengelernt. Sibille hat ihn jedenfalls einmal mit einer Frau gesehen. Ziemlich jung und, na ja, blond eben. Ich zähle nur zwei und zwei zusammen.«

Eine neue Liebe ist wie ein neues Leben, nanananananana.

Ich griff über ihren Arm zum Schlüssel und ließ den Motor sterben. Wir sahen uns an und lachten Tränen.

Nadja

4. November 2017

Die Landschaft war novemberdämmrig und trist, der tagelange Regen hatte alles aufgeweicht. Ich warf meiner Tochter einen seitlichen Blick zu und zeigte nach links, Richtung Niersbach.

»Da lang?«, fragte ich. Geradeaus führte ein heckengesäumter Weg zum Wald. Ein Umweg von mindestens zwanzig Minuten.

»Ach, lass uns noch ein Stück gehen«, meinte Lena und stapfte weiter, ohne auf mein Einverständnis zu warten.

Der Wind riss an unseren Haaren. Er riss auch an dem Schirm, den ich wie einen Schutzschild vor meinen Kopf hielt. Sobald ich seine Position veränderte, stülpte er sich nach außen.

Lena zog sich die Mütze tiefer in die Stirn und hakte sich bei mir ein. »Alles okay bei dir?«

»Hm. Klar.«

»Wirklich?«

»Ja!«

»Hast du etwas von Pia gehört?«

»Was meinst du?«

»Na ja, habt ihr euch in letzter Zeit gesehen?«

»Nein.«

»Telefoniert?«

Ich schüttelte vage den Kopf. »Also, selten. Sie hat ein- oder zweimal angerufen, als ich nicht da war«, fügte ich der Vollständigkeit halber hinzu.

Meine Tochter sah mich prüfend an. »Und du hast sie nicht zurückgerufen?«

»Ich hab's vergessen.«

Ihr Blick blieb auf mir kleben. »Hast du es ihr schon gesagt?«

»Nein. Noch nicht.«

Ronny kam angelaufen und tanzte um Lenas Beine. Sie klopfte sein feuchtes Fell. »Mensch, Mama.«

»Ich rufe sie nachher an, versprochen.«

»Du musst das nicht für mich tun.«

»Natürlich nicht. Ich rufe sie nachher an«, wiederholte ich unbehaglich. Seit drei Wochen schob ich dieses Gespräch vor mir her. Aber zu warten, bis sie es selbst erkennen würde, war natürlich auch keine Lösung. Es war aber auch zu dämlich. Ständige Übelkeit, Ausbleiben der monatlichen Regel, und ich hatte die Zeichen nicht erkannt. Oder wollte ich sie nicht erkennen? Ich hatte an einen nervösen Magen gedacht, an beginnende Wechseljahresbeschwerden, was weiß ich. Nur nicht daran. Es war mir peinlich. Auch vor Lena. Obwohl sie es ziemlich gelassen nahm. Sie schien sich sogar zu freuen. Aber sie war einundzwanzig, in wenigen Jahren würde sie selbst Kinder haben.

Das Leben ist eine seltsame Aneinanderreihung von Zufällen und Missverständnissen, hatte Christian beim Abschied gesagt, und ich fragte mich, ob das, was gerade passierte, ein Zufall war oder ein Missverständnis? Jahrelang hatten Ralph und ich versucht, ein zweites Kind zu bekommen, ein Geschwisterkind für Lena, und jetzt, nachdem ich längst damit abgeschlossen hatte und der Zug abgefahren war, hat meine Gebärmutter es sich noch einmal anders überlegt. Ich versuchte, mir vorzustellen, wie aus einem Zellklumpen im Laufe von ein paar Monaten ein vollständig entwickelter Mensch werden konnte. Noch dachte ich in Es-Form und rechnete in Früchten. Erst war *es* so groß gewesen wie eine Linse, dann hatten wir eine Kirsche gehabt, jetzt waren wir bei der Aprikose. Noch schaffte ich es nicht, mich vorbehaltlos darüber zu freuen. Vielleicht, wenn es eine Pampelmuse war.

Ronny kam wieder zurück. Er bellte fröhlich und sprang an Lena hoch, die ihn lockte. Allen widrigen Umständen zum Trotz musste ich lächeln. Es war schön, die beiden miteinander zu sehen. So vertraut. So, als würden sie sich schon viele Jahre kennen.

Manchmal erschienen einem Zeiträume viel länger oder kürzer, als sie es tatsächlich waren, das hatte ich schon oft festgestellt. Bei Ronny zum Beispiel kam es mir so vor, als wäre er schon immer bei uns, dabei waren es nur ein paar Monate. Wenn ich dagegen an Lena dachte, sah ich sie noch in den Schulbus steigen, klein und mit geflochtenen Zöpfen, und diese Erinnerung war so präsent, als wäre es erst gestern gewesen.

Bald würde es ein neues Zopfmädchen geben. Ich konnte mir jedenfalls nichts anderes vorstellen. Es würde mit Ronny aufwachsen, und irgendwann würde es sich von ihm verabschieden müssen, so wie ich mich damals von Rudi und Toni verabschieden musste.

»Papa hat mir Christians Brief gezeigt«, sagte Lena und bog links ab, jetzt endlich Richtung Niersbach. Ich folgte ihr und hörte auf zu lächeln. Der Brief. Ich hatte ihn ganz vergessen.

»Er ist noch ungeöffnet.«

Oder verdrängt.

»Mama?«

»Hm?«

»Du hast ihn noch nicht gelesen.«

Ich schwenkte den Schirm zur Seite und hob mein Gesicht. »Oh! Es regnet gar nicht mehr.«

»Warum nicht?«

Ich schloss den Schirm und drehte mich leicht zur Seite in der Hoffnung, einen Hinweis in Lenas Gesicht zu finden. Irgendetwas, das mir zeigte, was sie an meiner Stelle tun würde. Etwas, das sich dann auch noch möglichst mit dem decken sollte, was ich selbst tat. Nämlich nichts.

»Er ist siebzig. Er hat niemanden.«

»Es war seine Entscheidung.«

»Er ist dein Vater.«

»Ach, hör auf! Herbert ist mein Vater.«

»Na gut. Dann ist er halt ein armer, alter, einsamer Mann.« Sie strich sich die feuchten Haare aus dem Gesicht. »Außerdem hast du selbst gesagt, wie leid ihm das alles tut. Bei jedem anderen würde das reichen.«

Natürlich hatte Lena recht. Aber ich konnte Christian

einfach nicht mit den Maßstäben messen, mit denen ich *jeden anderen* messen würde.

»Gegenwart ist immer auch die Konsequenz aus der Vergangenheit«, dozierte Lena neben mir.

Ich blieb stehen. »Lena, bitte! Erspar mir deine Erstsemestersprüche! Der Mann hat mir sein ganzes Dilemma geschildert, aus seiner Sicht. Dabei hat er das Dilemma von unserer Mutter und von uns Kindern völlig ausgeklammert. Damit komme ich nicht zurecht.«

Sie nickte langsam, und wir setzten uns im gleichen Tempo wieder in Bewegung.

»Ach so. Okay. Wie oft hast du mit ihm gesprochen?«

Ich sparte mir die Antwort.

»Weißt du, was ich mich frage?«

»Was?«

»Ich frage mich, warum du ihn überhaupt gesucht hast, wenn du jetzt nichts von dem willst, was er dir geben kann?«

Zwischenzeitlich waren wir wieder in Niersbach gelandet. Ich atmete die vertraute Luft. Hier war ich aufgewachsen. In diesen Straßen hatte ich mit anderen Kindern gespielt, und wenn ich mir das Knie aufgeschlagen hatte, war ich zu Marlies gerannt, damit sie mich tröstete. Jedes Haus, jeder Stein waren mir vertraut. Ich hatte immer genau gewusst, wer hinter welcher beleuchteten Scheibe saß und welche der beleuchteten Scheiben zu wem gehörte.

Jetzt lief ich neben meiner Tochter durch den Ort, in dem ich aufgewachsen war, sah in genau die gleichen beleuchteten Fenster, aber ich fühlte mich fremd. Ich war zur Außenseiterin geworden. War es seine Schuld? Hatte er mir dieses selbstverständliche Gefühl der Zugehörigkeit genommen?

»Weil er mir nichts geben kann«, sagte ich. »Er kann nur nehmen.«

22. November 2017

Einen Tag vor meinem Geburtstag brachte der Postbote ein Päckchen. Es war flach und nicht sehr schwer. Kein Absender. Ich riss das Papier ab. Zum Vorschein kam ein Fotobuch, auf dem Deckblatt das Bild einer sehr jungen Frau. Sie hatte zwei Babys auf dem Schoß, und um den Hals trug sie eine Kette, an der eine winzige Eule hing. Oben stand: *Zum Geburtstag. Für Nadja.* Und unten: *Von Christian.*

Ich setzte mich mit dem Buch an den Küchentisch, fuhr mit dem Finger über die lächelnden Lippen meiner Mutter und hielt den Schmerz aus. Als ich ihn kaum mehr spürte, schlug ich es auf. Zwanzig Seiten, die uns so zeigten, wie wir waren, vor mehr als vierzig Jahren. Nur das letzte Bild fiel aus der Reihe. Ein Kindergesicht, das ich nicht kannte. Ein Junge, schon etwas älter, vielleicht vier oder fünf Jahre, schätzte ich. Glatte, helle Haare, sehr blaue Augen und ein feuchter Mund, an dem noch dunkle Spuren von Schokolade zu erkennen waren.

Die Sonne schickte ein paar helle Strahlen durch die Wolkenlücken. Viel zu mild für die Jahreszeit, das sagten alle. Die Windräder standen still. Ich klappte das Buch zusammen und schluckte gegen den dicken Kloß an, der in meinem Hals saß. Streichelte meinen noch sehr kleinen, runden Bauch und heulte. Gab mich endlich dem blöden Schmerz hin, der seit Wochen in meinem Inneren tobte.

Danach ging es mir nicht gut. Aber besser.

23. November 2017

Ralph und ich hatten ein paar gemeinsame Rituale, die uns seit Jahren begleiteten. Geburtstage fingen bei uns zum Beispiel grundsätzlich mit einem feudalen Frühstück an. Schon in aller Frühe hatte Ralph frische Brötchen besorgt und den Tisch schön gedeckt.

Ich packte die Tüte aus. »Wo sind denn die Kürbiskernbrötchen?«

»Seit wann willst du Kürbiskernbrötchen?«

»Ich esse im Moment ständig Kürbiskerne, ich bin süchtig danach. Wenn du mich mehr beachten würdest, hättest du das längst bemerkt.«

Meine Stimmung wankte zurzeit wie ein Schiff auf hoher See. Man konnte mir nichts recht machen.

»Nadja, ich tue im Moment kaum etwas anderes, als dich zu beachten.«

»Entschuldigung«, murmelte ich beschämt. Er hatte ja recht. Und am Ende tat es mir immer leid.

Nach dem Frühstück verabschiedete Ralph sich und warf noch einen besorgten Blick auf das Chaos in der Küche. Hier sah es aus wie auf einem Schlachtfeld, aber seltsamerweise machte es mir nichts aus. Dabei war ich immer eine Ordnungsfanatikerin gewesen. Eine Meisterin im Aufräumen und Sortieren, im Verstauen und Falten. Jetzt fehlte es mir nicht nur an Energie, ich konnte auf einmal auch nichts Sinnhaftes mehr darin erkennen.

»Kommst du klar?«

»Klar«, behauptete ich und schob ihn zur Tür. »Bis nachher!«

Das Chaos um mich herum ignorierend, schlug ich das Rezeptbuch auf. Es war alt und ziemlich fleckig und hatte ganz früher einmal meiner Oma gehört. Marlies hatte es mir vor ein paar Jahren überlassen, weil sie die Rezepte ohnehin alle auswendig kannte, und irgendwann würde ich es wahrscheinlich an Lena weitergeben. Seite 11. Gedeckter Apfelkuchen, sehr fein. Je 250 Gramm Mehl, Zucker und Butter, 100 Gramm Stärke, etwas Backpulver, ein Schuss Milch, fünf Eier und sechs Äpfel.

Ich wog die Zutaten ab, rührte den Teig und schaltete den Backofen an. Umluft, 180 Grad, 45 Minuten. Das Fotobuch lag neben der Schüssel, Corinna lächelte mich an. Ich lächelte nicht zurück.

Das schmutzige Frühstücksgeschirr stapelte sich noch auf dem Tisch. Ich begann, es in die Spülmaschine zu räumen, und verglich dabei diesen Geburtstag mit den Geburtstagen der letzten Jahre. Zum vierzigsten hatte es eine große Party mit Freunden gegeben. Und im letzten Jahr ein Krimidinner mit Ralph. Es fühlte sich sehr seltsam an, daran zu denken. Als hätten diese Geburtstage nichts mehr mit mir zu tun. Zu diesem Zeitpunkt hatte noch keiner von uns gewusst, dass ich eine Zwillingsschwester hatte und so weiter. Außer Marlies. Und Herbert vermutlich.

Christians Brief lag auch auf dem Tisch. Ich hatte ihn

gestern endlich gelesen. Nach der Sache mit dem Fotobuch. Im Nachhinein verstand ich gar nicht mehr, weshalb es mir so schwergefallen war. Der Brief hatte nichts verbessert und nichts verschlechtert. Christian war nicht dumm. Er hatte mit keinem Wort versucht, irgendetwas zu beschönigen oder zu entschuldigen. Auf der ganzen Linie versagt. Schuldig im Sinne der Anklage. *Ich akzeptiere eure Entscheidung. Und doch bin ich von ganzem Herzen dankbar, dass es euch gibt und dass ich dir, Nadja, begegnen durfte. Bla, bla, bla.*

Während ich die letzten Teller in die Maschine räumte, konzentrierte ich mich ganz auf mein Tun. Lena hatte mir geraten, nicht so viel über die Vergangenheit zu grübeln und nicht alles analysieren zu wollen. »Bleib doch einfach mal hier«, hatte sie gesagt. »Dein Leben ist doch gut.« Mit anderen Worten: *Lebe den Augenblick.*

Es stimmte. Mir ging es wirklich gut. Viel besser als Pia. Sie wohnte jetzt wieder in ihrem alten Kinderzimmer bei Sibille und Rainer. Ich dagegen hatte Ralph und Lena. Und das Baby. Und Marlies und Herbert. Und Christian?

Ich sah auf die Uhr und rechnete. Zweihundertfünfzig Kilometer lagen zwischen Münster und Niersbach. Rund drei Stunden Fahrtzeit. Ungefähr. Nichts, was sich nicht überwinden ließ.

Nadja

Immer noch 23. November 2017, so gegen 15 Uhr

Marlies gab Herbert das Blech mit der Donauwelle, und Herbert drückte mir einen Umschlag mit Geld in die Hand.

»Herzlichen Glückwunsch, mein Mädchen«, sagte er.

»Von mir auch«, sagte Marlies und umarmte mich. Unser Verhältnis hatte sich nach der Ankündigung eines neuen Enkels nicht nur wieder eingependelt, es hatte sich sogar um Klassen verbessert. Sie freute sich nicht weniger als Ralph und hatte ihre Maßstäbe, in diesem Fall zu meinen Gunsten, verschoben. Trotzdem rechnete ich bei dem, was ich jetzt mitzuteilen hatte, mit gewohntem Widerstand.

»Ich ... also, ich muss euch etwas sagen. Ich habe Christian angerufen, er kommt, ich schätze, er wird so gegen vier da sein«, ratterte ich meine zurechtgelegten Wörter herunter.

»Schön«, sagte Marlies.

»Ich musste das tun, er hat mir einen Brief geschrieben, und am Ende muss man ja irgendwann auch mal wieder nach vorne ...«

»Wie viele Leute sind wir denn? Reicht der Kuchen? Hast du überhaupt schon Kaffee gekocht?«, fragte sie und verschwand mit der Donauwelle in der Küche.

Ich folgte ihr und zählte lautlos mit den Fingern. »Zehn, glaube ich«, teilte ich mein Ergebnis mit. Ich sah zu, wie sie ein Messer aus der Schublade nahm und die Donauwelle zu zerteilen begann. Völlig gleichmäßig, ein Stück wie das andere. Niemand konnte das besser.

»Mama? Ist alles in Ordnung?«

»Natürlich. Dein Apfelkuchen sieht sehr gut aus. Hast du Sahne?«

Ich blinzelte irritiert. Eine Ohnmacht, die demonstrative Weigerung, unter diesen Umständen zu bleiben, eine offen gezeigte gekränkte Miene, damit wäre ich klargekommen. Damit hatte ich sogar gerechnet.

»Nadja? Hast du Sahne?«

»Äh, ja. Im Kühlschrank. Schon geschlagen.«

Sie nahm einen Stapel Teller aus dem Schrank und zählte sie ab. Herbert setzte sich auf den erstbesten Stuhl und lächelte mir zu. Zwischen uns hatte es immer eine Art des Verstehens gegeben, für das wir keine Worte brauchten. Und plötzlich verstand ich es. Es war, als hätte sich eine imaginäre Tür geöffnet: Das, was Marlies all die Jahre vor mir versteckt hatte, dieses sorgfältig gehütete Geheimnis, war jetzt kein Geheimnis mehr. Es gab nichts mehr, wovor sie mich schützen musste. Und die Welt drehte sich trotzdem weiter. Auch die in Niersbach.

Marlies nahm einen kleinen Löffel, öffnete den Kühlschrank und probierte von der Sahne. »Du nimmst immer zu viel Zucker.«

»Ich weiß«, sagte ich. »Tut mir leid.«

Nadja

Immer noch 23. November 2017, jetzt 15 Uhr 35

»Komm«, sagte ich und nahm Pias Hand. Ich führte sie nach oben, in Lenas altes Kinderzimmer, das ich jetzt als Wäschezimmer nutzte, das aber bald wieder ein Kinderzimmer sein würde. Es war nicht groß; wenn man die Dachschräge berücksichtigte, blieben gerade einmal achteinhalb Quadratmeter.

»Was ist los? Soll ich dir beim Bügeln helfen?«, fragte sie.

Ich schüttelte den Kopf. »Quatsch. Ich muss dir etwas sagen. Genau genommen muss ich dir sogar zwei Dinge sagen. Und das will ich lieber unter Ausschluss der Öffentlichkeit tun.«

»Erstens?«

»Erstens: Ich bin schwanger.«

»Herzlichen Glückwunsch! Aber das wusste ich schon.«

»Ach?« Ich ging im Geist die möglichen Verräter durch. »Von Lena?« Das schien mir am wahrscheinlichsten und am unwahrscheinlichsten zugleich.

»Nein. Keine Panik, niemand hat sich verplappert oder so. Nennen wir es mal eine Art Intuition.«

»Dann hast du es nicht gewusst, sondern höchstens geahnt.«

»Nadja, als du mich in der Reha besucht hast, war dir ständig übel. Und du hast alles verweigert, was nur nach Alkohol klang, sogar die Eierlikörtorte im Café.« Pia lächelte. »Außerdem: Ich bin dein Zwilling. Was ist mit zweitens?«

Ich zeigte ihr das Fotobuch.

Sie hörte auf zu lächeln. »Das habe ich auch bekommen.«

»Ach ja?«

»Ja. Genau das gleiche vermute ich. Wahrscheinlich auch genau den gleichen Brief.«

»Hast du ihn gelesen?«

»Ja, natürlich.«

»Und?«

Sie sah mich an. »Was willst du denn jetzt hören?«

Das war eine völlig bescheuerte Frage. Oder eine besonders kluge. Keine Ahnung. Mir fiel nichts ein.

»Ich brauche ihn nicht«, sagte Pia und verschränkte die Arme. Ich hörte das Wörtchen *mehr*, das dahinter mitschwang.

»Was würdest du sagen, wenn … also wenn ich ihn eingeladen habe?«

»Hast du?«

Ich nickte. »Er ist alt, und er hat niemanden«, versuchte ich, mein Handeln zu verteidigen, und benutzte dazu Lenas Worte. »Also, da gibt es wohl eine Frau in Griechenland, aber ich habe keine Ahnung, ob …«

Pia verzog spöttisch den Mund. »Schon gut«, unterbrach sie mich. »Du kannst hier tun und lassen, was du willst. Es ist dein Haus.«

»Darum geht es doch gar nicht.«

»Ich muss ja nicht mit ihm reden.«

»Ach, Pia.«

»Wahrscheinlich kann er uns noch nicht einmal unterscheiden.«

Ich seufzte resigniert. Sie hob die Hand. »Keine Angst. Ich werde dir deine Party schon nicht versauen.«

»Es ist unsere Party.«

»In dem Fall hättest du mich tatsächlich vorher fragen müssen.«

»Kannst du der Sache nicht wenigstens eine Chance geben?« Um ein Haar hätte ich *Sanse* gesagt.

»Warum? Für deinen Seelenfrieden?«

Ich setzte mich auf den nächstbesten Stuhl. »Es geht doch nicht um meinen Seelenfrieden«, erwiderte ich. Aber das stimmte natürlich nicht. Genau darum ging es. Meine Seele lechzte nach Frieden.

»Es ist doch sowieso entschieden, warum müssen wir überhaupt noch darüber reden? Lass uns lieber runtergehen und auf unseren Geburtstag anstoßen. *Ich* bin ja nicht schwanger.«

»Aber das stimmt doch so nicht.«

»Doch. Darauf kannst du dich hundertprozentig verlassen.«

»Ich meine, ich frage dich doch gerade.«

»Nein. Du fragst mich nicht. Du teilst mir nur mit.«

»Es war nicht geplant. Ich …«

»Nadja, das bringt doch jetzt nix mehr.«

»Soll ich ihn wieder ausladen?«

Sie fixierte mich. »Interessante Option. Was, wenn ich Ja sage?«

Ich zuckte hilflos mit den Schultern.

»Weißt du, was mich wirklich nervt? Deine ständigen Alleingänge.«

»Was?«, fragte ich irritiert.

»Ach, egal.« Sie drehte sich zur Tür.

»Pia! Das ist unfair. Wir waren uns einig. Wir wollten ihn beide finden. Ich meine, deshalb waren wir doch in Münster. Es war doch *unser* Vater-Projekt.«

»Ja. Das *war* es«, sagte sie und schlug die Tür hinter sich zu.

Ich blieb sitzen, starrte ihr hinterher und staunte über mich selbst. Es war schon rekordverdächtig, wie lange es manchmal dauerte, bis mir ein Licht aufging. *Tut mir leid.*

Das Schrillen der Klingel bohrte sich in mein Ohr. Ich quälte mich hoch und hielt dabei meinen Bauch. Dabei gab es noch gar nichts zu halten.

»Hier«, sagte Pia. Sie stand im Flur und sah aus, als hätte sie auf mich gewartet. »Das hätte ich beinah vergessen. Zum Geburtstag und so weiter.« Sie gab mir ein Päckchen.

Natürlich kannte ich das Päckchen. Ich hatte vor ein paar Wochen das Bett mit ihm geteilt, eine ganze Nacht lang. Natürlich kannte ich auch den Inhalt. Es war die kleine Eule aus Glas, die ich in Münster in einem Schaufenster entdeckt hatte. Und natürlich heulte ich. Schon das zweite Mal innerhalb von zwei Tagen.

Pia heulte nicht. Aber ihre Augen schwammen verdächtig.

Christian konnte uns unterscheiden, von Anfang an. Er sah gut aus, viel besser, als ich ihn in Erinnerung hatte. Sein Gesicht war jetzt glatt rasiert, die faltige Haut hatte den grauen ungesunden Schleier verloren, und die schmutzige Arbeitskleidung hatte er gegen einen dunklen Anzug und ein makellos gebügeltes Hemd eingetauscht.

Ich heftete meinen Blick auf Pia, die ihm zuhörte, das Gesicht ernst, aber nicht verkniffen, und war beruhigt. *Ich muss ja nicht mit ihm reden,* hatte sie gesagt, vom Zuhören war nicht die Rede gewesen.

Meine Augen wanderten weiter. Zu Herbert und Marlies, Lena und Alexander, Sibille und Rainer. Da waren sie alle. Meine Familie. Und natürlich Ralph, mein Mann, der gerade in der Küche war, um frischen Kaffee zu kochen. Vor meinem geistigen Auge schwebten auch noch Benno und Corinna und die blassen Gesichter unserer Großeltern. Und das unseres ungeborenen Kindes. Sogar die Gesichter meiner so früh gestorbenen Geschwister. Mit jedem Einzelnen war ich verbunden, untrennbar und über den Tod hinaus. Das spürte ich.

Die Stimmen wurden zu einem leisen Hintergrundgeräusch. Ich rutschte tiefer in den Sitz, und mein Blick wanderte zum Fenster. Ein halbwegs blauer Himmel, davor die rotierenden Blätter der Windräder hoch oben auf dem Kamm.

Ich atmete tief, und endlich fühlte ich, was ich seit Monaten vermisst hatte: Hier, genau hier, war ich zu Hause.

Epilog

Nadja

Mai 2018

Es war eine Hausgeburt. Nur vier Stunden und keine Komplikationen. Einen Tag später sitzen wir auf der Terrasse und bestaunen unseren Sohn. Alles an ihm ist klein. Die winzigen Hände, das bisschen Mund, die kaum vorhandenen Haare. Alles an ihm ist perfekt.

Ralph zieht die Augenbrauen hoch, eine seiner typischen Attitüden, wenn er gerührt ist und es nicht zeigen will, und blickt auf den Garten. »Ich glaube, ihm gefällt es hier.«

»Er sieht doch noch gar nichts. Er ist noch zu klein.«

»Es gefällt ihm trotzdem«, behauptet mein Mann.

Ich schmunzle und lasse ihm den Glauben. Mein Blick fällt auf die Karte, die vor mir auf dem Tisch liegt. Eine Fotokarte, auf der ein älteres Paar zu sehen ist, das fröhlich in die Kamera lacht. Christian und Lambrini. Hinten handschriftliche Grüße aus Griechenland und die dringende Aufforderung, uns sofort zu melden, wenn er, sie, es da ist.

»Hast du Christian angerufen?«, frage ich also.

»Ja. Heute Morgen. Er wollte sich gleich um einen Flug kümmern. Ich nehme an, er kommt morgen.«

»Und Lambrini?«

»Kommt nach. Er meint, sie muss noch arbeiten.«

»Gut«, sage ich zufrieden und streiche meinem Sohn mit dem Zeigefinger über die Wange. Einen Moment herrscht Stille. Bis ich das formuliere, was mich gerade am meisten bewegt. »Wie sollen wir ihn nennen? Greta kommt ja nicht mehr infrage.«

»Hm. Wie findest du Ben?«

»Ich weiß nicht. Er sieht nicht aus wie Ben.«

»Paul?«

Ich schüttle den Kopf.

»Ferdinand?«

»Nein.«

Keine Tochter dieses Mal. Ein Sohn. Dabei waren sich nicht nur Lena und ich, sondern auch die Frauenärztin ganz sicher gewesen.

»Nach was sieht er denn aus?«

Ich beuge mich über das Baby, drücke ihm einen federleichten Kuss auf die Stirn und überlege. »Ich finde, er sieht ein bisschen aus wie unser Fritz?«

»Was?«, fragt Ralph und schaut sich seinen Sohn genauer an. »Du hast recht«, meint er überrascht. »Er sieht ihm wirklich ähnlich.«

»Sag ich doch.«

Wir lächeln beide.

»Hallo, kleiner Fritz«, flüstere ich probehalber. Es klingt richtig. »Willkommen bei den Klemans!«